Mark Fahnert

KLANG DES FEUERS

Mark Fahnert

KLANG DES FEUERS

Thriller

PIPER

Mehr über unsere Autoren und Bücher:
www.piper.de

Wenn Ihnen dieser Thriller gefallen hat, schreiben Sie uns unter Nennung des Titels »Klang des Feuers« an *empfehlungen@piper.de*, und wir empfehlen Ihnen gerne vergleichbare Bücher.

Von Mark Fahnert liegen im Piper Verlag vor:
Lied des Zorns
Klang des Feuers

FSC
www.fsc.org
MIX
Papier aus verantwortungsvollen Quellen
FSC® C083411

ISBN 978-3-492-06212-1

Dieses Werk wurde vermittelt durch die
AVA international GmbH Autoren- und Verlagsagentur
www.ava-international.de
Satz: Satz für Satz, Wangen im Allgäu
Gesetzt aus der Freight
Druck und Bindung: CPI books GmbH, Leck
Printed in the EU

PROLOG

Waldfriedhof Zehlendorf, 02:09 Uhr MEZ

WIEBKE MEINERT REDETE mit sich selbst. Wahrscheinlich häufiger als andere Menschen, was möglicherweise daran lag, dass es keine anderen Menschen in ihrem Leben gab. Jedenfalls keine wichtigen. Nicht mehr. Das war nicht immer ihre Entscheidung, denn manchmal wurden ihr die wichtigen Menschen einfach genommen. Wiebkes Hand zitterte, als sie das Herbstlaub vom Grabstein wischte. Saskia war ihr genommen worden. Sie hatte das Grab ihrer Zwillingsschwester noch nie besucht.

Niemand sonst war auf dem Friedhof, abgesehen von streunenden Katzen, die wie halb vergessene Erinnerungen zwischen den Grabsteinen umherschlichen. Manchmal fragte Wiebke sich, wessen Erinnerungen auf Friedhöfen spukten. Die der Toten oder die der Lebenden. Doch Wiebke wollte sich nicht erinnern, denn die Erinnerungen waren zu schmerzhaft. Saskia. Die Gute, die alles erreicht hatte. Der Liebling der Eltern. Mit einer steilen Karriere. Wiebke hingegen hatte gar nichts erreicht. Fast nichts. Unbemerkt von den Eltern, die nur auf Saskia und ihr strahlendes Leben fixiert waren, hatte Wiebke sich von ihrer Familie entfernt. Und als sie hätte für ihre Schwester da sein müssen, war sie es nicht gewesen. Wiebke schloss die Augen. Ihr Puls hatte sich beruhigt, die

Atmung normalisiert. Sie war gerannt, so wie sie ihr halbes Leben gerannt war. Immer vergebens, aber vielleicht hatte es dieses Mal gereicht. War sie den Verfolgern entkommen?

»Weißt du, Saskia?« Wiebke schloss kurz die Augen und rief sich ins Gedächtnis, wie lächerlich Saskia das Selbstgespräch gefunden hätte. »Du warst der wichtigste Mensch in meinem Leben, auch wenn ich es nicht zugeben wollte. Du fehlst mir, und ich vermisse dich so sehr, dass es wehtut.«

In solchen Momenten wünschte Wiebke, sie würde anstatt Saskia in der Erde liegen. Sie spürte die Kälte, die vom Rücken aus bis in den letzten Winkel ihres Körpers kroch. Sie betäubte den Schmerz, denn etwas anderes als Schmerz spürte Wiebke schon lange nicht mehr. Was anderes wollte sie auch nicht spüren, denn nur durch den Schmerz wurde ihr bewusst, dass sie noch lebte. Sie ertastete die Inschrift des Grabsteins. *Das Schicksal nennt keine Gründe.*

Es gab keinen Grund für den Mord an Saskia, jedenfalls keinen erkennbaren. Offiziell war sie im Auftrag des Entwicklungsministeriums bei einer Veranstaltung in Offenbach. Am nächsten Morgen explodierte ihr Auto in einer Tiefgarage in Hamburg. Dass es sich bei dem verbrannten Leichnam um Wiebkes Schwester handelte, wurde durch eine DNA-Analyse bestätigt. Der Fall wurde zu den Akten gelegt. Keine Hinweise auf mögliche Täter. Angeblich trotz intensiver Ermittlungsarbeit. Dabei lag der erste Hinweis klar auf der Hand: Warum starb Saskia in Hamburg, wenn sie doch angeblich in Offenbach ein Meeting hatte? Zwischen Hamburg und Offenbach lagen über fünfhundert Kilometer Wegstrecke. Laut Polizeiangaben fehlte das Motiv. Natürlich gab es das nicht. Jedenfalls kein offensichtliches. Saskia hatte in Kreisen gearbeitet, wo Schwarz und Weiß immer zu Grau verschwammen. Wo es so viele Gründe dafür gab, Menschen zu ermorden, dass niemand den wirklichen Grund im Geflecht aus geopolitischen, wirtschaftlichen, ideologischen und religiösen Interessen erkennen konnte. Wiebke kannte sich damit aus. Sie war selbst ein Teil dieses Spiels gewesen. Nicht wie Saskia als Agentin, sondern als Soldatin, die deutsche Interessen auch ohne Mandat oder politische Entscheidung hinter feindlichen Linien durchsetzte, nötigenfalls mit Gewalt. Doch sie hatte dieses Spiel satt, wollte nicht mehr Teil davon sein. Nachdem Saskia ermordet worden war, musste Wiebke nun aber wieder in das Leben zurückkehren, das sie so sehr hasste. Sie wollte ihre Schwester rächen.

Und Rache bedeutet Einsamkeit.

Man ist, was man ist. Davor kann niemand flüchten. Saskia hatte das immer gesagt und sanft gelächelt. Ganz im Stil der großen Schwester, die sie gewesen war. Auch wenn es nur drei Minuten waren, die Saskia und Wiebke trennten. Drei Minuten können manchmal ein ganzes Universum sein.

Wiebke zuckte zusammen. War da ein Knacken? Sie verharrte bewegungslos, zwang sich, keine hektischen Bewegungen zu machen, atmete flach und horchte in die wieder eingekehrte Stille hinein. Doch der Friedhof schwieg. Wiebke spannte jeden Muskel an, konzentrierte sich. Wie hatten ihre Verfolger sie finden können? Sie hatte alles getan, um sie abzuschütteln. Normalerweise war sie gut darin, unsichtbar zu werden, um dann wie ein Geist ihre Gegner auszuschalten. Aber jetzt wurde sie von Geistern heimgesucht. Ihre Verfolger schlichen sich an. Das bedeutete nichts Gutes. Das bedeutete es nie.

Ihre Sinne schärften sich. Der Geruch feuchter Erde stieg ihr in die Nase. Die Kälte wurde noch intensiver.

Der Lichtstrahl einer Taschenlampe durchschnitt das Nachtgrau, strich über Grabsteine und verharrte schließlich auf ihrem Oberkörper. Das Licht blendete sie.

Die Verfolger hatten sie gefunden.

Das Ende war unvermeidlich.

»Wir sehen uns, große Schwester. Gleich bin ich bei dir.«

VIER TAGE VORHER

Die erbarmungsloseste Waffe ist die gelassene Darlegung der Fakten.

Raymond Barre,
französischer Politiker

1

Monchique, 21:05 Uhr MEZ

SIE WAR ALT und gebrechlich, gehörte noch nie zu den Lautesten. Ihr Auftreten war eher unscheinbar. Trotzdem hörte man ihr zu. Anfangs waren es nur wenige gewesen. Vielleicht eine Handvoll. Doch dann hatte es sich entwickelt. Wenn sie sprach, blieben immer mehr Menschen stehen. Je mehr es wurden, desto schlimmer wurde die Furcht, die sie manchmal die Worte vergessen ließ. Es waren wichtige Worte, deswegen unterdrückte sie das Gefühl. Erst zu Hause, wenn sie alleine war, explodierte die Angst, zerriss förmlich ihre zarte Seele. Unzählige Schnitte an den Unterarmen zeugten davon. Aber irgendwann musste sie sich eingestehen, dass sie süchtig geworden war. Süchtig, im Rampenlicht zu stehen, ein Bad in der Menge zu nehmen. All die Schilder zu lesen, die ihr entgegengestreckt wurden. Angst zu tanken und diese später gegen sich selbst zu richten. Ihr war bewusst, dass sie irgendwann den letzten Schnitt machen würde. Weil der Schmerz schon jetzt nicht mehr ausreichte, musste sie tiefer schneiden.

»Bist du bereit, Jara?« Der Mann mit den Kopfhörern um den Hals stand in der halb geöffneten Tür des Wohntrailers, der schon einige Zeit ihr Zuhause war. Hier zog sie sich um, bereitete die Reden vor, während jemand anders sie von Ort zu Ort fuhr, damit sich ihr Wort in Europa verbreitete. Die

Menschen pilgerten schon zu den Veranstaltungen. Es hatte sich ein regelrechter Demonstrationskult entwickelt, und Jara stand in seinem Zentrum. Vielleicht deshalb, weil sie wusste, wovon sie sprach. Sie hatte die Schrecken des Krieges in Bosnien miterlebt. Sie hatte gesehen, wie Soldaten ins Dorf marschiert waren und jeden Muslim erschossen. Jara hatte hilflos mitansehen müssen, wie Soldaten ihr die Waisenkinder wegnahmen, die zu schützen sie geschworen hatte. Was dann passierte ...

Es gab auch die kritischen Stimmen. Manche zweifelten ihre Geschichte an. So wie immer. Die graue Masse an machtgeilen Arschlöchern behauptete, dass sie gesteuert wurde, dass jede Demonstration inszeniert war, dass hinter ihr jemand stand, der kräftig an ihren Worten verdiente.

Jara blickte in den Spiegel über dem Schminktisch. Der Wohntrailer war klein, aber recht luxuriös. War das falsch? Offensichtlich. Jedenfalls wenn man den Schlagzeilen bedeutender Zeitungen wie *Le Monde*, *Frankfurter Allgemeine*, *El Pais* oder *Guardian* glaubte.

Jara wurde dort eine Lügnerin genannt. Sie wäre die Marionette eines Magnaten, der durch ihre Worte unfassbar reich wurde. Man machte sich Sorgen. Wenn sie mal schlecht geschlafen hatte, was nebenbei bemerkt jeder Mensch ab und an tat, und deswegen die Augenringe deutlicher zu sehen waren, hieß es, die ganze Sache fräße sie auf. Sie wäre austauschbar. Ein Kaugummi, der weggeworfen würde, wenn er keinen Geschmack mehr hatte.

Aber das war sie nicht. Austauschbar. Auch wenn es niemand glaubte. Es waren ihre Worte, die sie der Masse entgegenschleuderte. Es waren ihre Worte, die sich am Anfang im Wind verloren hatten, nun aber selbst wie ein Wind waren. Wie ein Orkan, der die Menschen aufwachen ließ. Sie ängstigte. Und ja, das war ihr Ziel. War es von Anfang an gewesen. Sie wollte, dass die Menschen Angst hatten. So viel Angst, dass sie begriffen, dass verkriechen keine Lösung war. Niemand sollte das erleben müssen, was sie erlebt hatte. Die Menschen mussten aufstehen und für die Zukunft kämpfen. Und die Alten mussten Buße tun für das, was sie in der Vergangenheit versäumt hatten. Es hätte niemals so weit kommen dürfen. Jaras Generation hatte die Augen verschlossen und nach Entschuldigungen gesucht, nichts tun zu müssen. Erst war es das Studium, dann der Beruf, später die Kinder, die großgezogen werden mussten. Irgendwas fand sich immer. Bloß nicht aufstehen und gegen die bestehende Gesellschaftsordnung rebellieren. Ihrer Generation war es gut gegangen. Warum das also ändern? Manchmal überlegte Jara, ob sie auch so geworden wäre, hätte sie woanders gelebt, hätte sie nicht diese Erfahrungen gemacht, die ihr heute noch den Schlaf raubten. Noch heute hörte sie manchmal das Geschrei der Kinder. Das Lachen der Soldaten.

Die Schüsse.

»Bist du so weit?«

Sie legte die Bürste hin und drehte sich zur Tür. Der Mann mit den Kopfhörern stand immer noch da.

Sie nickte stumm und stand auf. Ein Gefühl der Schwäche benetzte ihren Körper. Unbemerkt von dem Mann mit den Kopfhörern taumelte sie, hielt sich fest und fand so etwas wie Sicherheit. Dann trat sie aus dem Trailer in den lauen Herbstabend. Sofort flackerte Blitzlichtgewitter. Die Presse hatte sich gut positioniert. Direkt am Eingang, aber noch hinter dem Absperrgitter, das Jara einen Weg zur Bühne freihielt. Etwas abseits stand ihr älterer Bruder im Gespräch mit anderen Anzugträgern. Er bemerkte nicht einmal, dass sie den Trailer verlassen hatte. Zu vertieft schien er in die Geschäfte, die er offensichtlich machte. Irgendjemand verdiente immer. Warum also nicht ihr Bruder? Er organisierte die Auftritte. Er verhandelte das Honorar.

Jara brauchte die Öffentlichkeit. Deswegen die verhassten Auftritte. Und egal, wie häufig sie vor einer Menge sprach, eins änderte sich nie: der schwere Gang über die Treppe zum Rednerpult. Dorthin, wo unzählige Mikrofone waren, die ihre Worte in die Welt hinaustrugen, dafür sorgten, dass die Botschaft nicht wieder ungehört vom Wind weggetragen wurde. Jara hatte das Gefühl, dass die Blitzlichter mehr wurden, als sie am Rednerpult stand. Die Menschen vor ihr hielten Transparente oder Schilder in die Höhe.

Soldaten sind Mörder, war auf ihnen zu lesen. *Nie wieder Krieg, Waffenexporte sind Völkermord, Politiker sind Mörder, Stoppt Waffenlieferungen.*

Und genau das war die Botschaft.

Sie atmete ein und spürte die Angst.

»Ich will, dass ihr euch fürchtet.« Jaras Stimme wurde von den Mikrofonen aufgenommen und über Lautsprecher über den Platz getragen. Sie wartete, bis ihre eigenen Worte verhallt waren. »Wir sind nicht zufällig hier. Heute wollen wir trauern. Um einen Vater, der in einem Krieg gestorben ist, den die portugiesische Regierung zu verantworten hat, den Menschen zu verantworten haben, die Geld mit dem Tod verdienen. Die Waffen in Länder liefern, die im Chaos versinken. Die Politiker behaupten, im Sinne des Volkes zu handeln. Aber tun sie das wirklich? Ist es euer Wille, dass Unschuldige sterben? Durch Gewehre und Granaten? Nein!«

Berauschender Applaus. Sie riefen ihren Namen.

Jara nahm die Szene wie in Zeitlupe wahr. Deswegen erblickte sie auch den Mann in der ersten Reihe sofort, der eine Maschinenpistole unter seiner Jacke hervorzog. Sie wusste, dass sie keine Chance hatte. Welch eine Ironie. Sie hatte niemals geglaubt, durch ein Projektil zu sterben. Aber vielleicht war es gut, dachte sie. So werden die Menschen erst recht aufgerüttelt.

Sie wachen endlich auf.
Während ich für immer schlafen werde.
Und ewige Ruhe finde.

2

Bonn, 07:13 Uhr MEZ

AUF DEM BILDSCHIRM waren die verwackelten Aufnahmen einer Kleinstadt zu sehen. Weiß getünchte Häuser mit bunten Türen, Wäsche, die zum Trocknen aufgehängt worden war. Die Sonne stand tief am Horizont. Eine romantische Szene, die auf eine Postkarte gehörte. Wären da nicht die vielen Polizeifahrzeuge gewesen, die Rettungswagen, die schreienden Menschen. Das viele Blut.

Brigitta Wittlich löste den Blick vom Bildschirm und wandte sich zur Studiokamera. »Gestern wurde wieder einmal ein Paradies vom islamistischen Terrorismus getroffen. Ich begrüße Sie, liebe Zuschauerinnen und Zuschauer, zu unserer Sondersendung im WDR. Und ich möchte Professor Liebknecht hier im Studio willkommen heißen.«

Sie blickte ihrem Studiogast ins Gesicht. Wenn der Professor Emotionen hatte, so zeigte er sie nicht, aber als er Brigitta ansah, erkannte sie die Erschütterung tief in seinen Augen. Liebknechts Lippen waren so fest aufeinandergepresst, dass sie nicht mehr als ein dünner Strich waren. Er nickte der Journalistin zu.

»Professor Carl Liebknecht gehört unbestritten zu den renommiertesten Terrorismusexperten unserer Zeit. Danke, dass Sie so kurzfristig kommen konnten.«

Liebknecht faltete die Hände. »Ich danke Ihnen.«

Brigitta blickte wieder in die Kamera. »Monchique, eine portugiesische Kleinstadt in der Algarve mit gerade mal fünftausend Einwohnern, wurde gestern Abend grausam erschüttert, als ein vermummter und bewaffneter Mann eine friedliche Demonstration stürmte. Die Menschen lauschten den Worten der Rüstungsgegnerin Jara Van Dyk, als der Vermummte gnadenlos das Feuer eröffnete. Zeugen zufolge soll er dabei Allahu Akbar geschrien haben. Die Anzahl der zivilen Opfer ist bisher nicht bestätigt, aber es ist sicher, dass im Kugelhagel unschuldige Kinder starben, ebenso wie Jara Van Dyk. Nach bisherigen Informationen ist der Täter auf der Flucht. Was ist das für ein Monster, das eine solche Tat begeht, Herr Liebknecht?«

»Zwei Dinge, Frau Wittlich. Erstens ist bisher nicht offiziell bestätigt, dass es sich bei dem Angriff tatsächlich um einen terroristischen Akt handelt. Und zweitens ...« Liebknecht räusperte sich. »Zweitens ist es ein Mensch, der das getan hat. Wir neigen immer dazu, Täter, die Grausames getan haben, als Monster oder Bestien zu bezeichnen. Warum tun wir das? Weil wir nicht begreifen, wozu unsere Spezies fähig ist, welche Grausamkeit in jedem von uns steckt. Bei dem einen bricht es aus, während der andere es im Zaum halten kann. Deswegen dehumanisieren wir die Täter und setzen sie mit wilden Tieren gleich.«

»Was wollen Sie mir damit sagen, Professor?«

»Dass der Täter menschlich war. Und dass mutmaßlich sein Glaube an eine höhere Macht ihn zu dieser Tat getrieben hat. Im Übrigen ist die Religion auch eine Erfindung der Menschheit.«

»Aber eine friedliche Demonstration gegen europäische Waffenexporte als Angriffsziel?«

»Was soll ich sagen? Wenn Sie die Internetpropaganda islamistischer Organisationen verfolgen, werden Sie feststellen, dass die Tat in Portugal die logische Konsequenz des entschlossenen Krieges gegen solche Organisationen ist.«

»Sie meinen, dass wir daran schuld sind?«

»Mitnichten. Ich befürworte schon lange ein noch entschlosseneres Vorgehen gegen Islamisten. Was ich damit sagen will, ist, dass Terrorismus Theater ist. Ein Heischen nach größtmöglicher Aufmerksamkeit, um das Ziel, Angst und Schrecken zu verbreiten, zu erreichen. Groß müssen die Anschläge sein. Spektakulär wie der 11. September. Aber das erfordert einen unermesslichen logistischen Aufwand. So etwas kann eine Terrororganisation nur leisten, wenn sie in der Blüte ihrer Macht steht. Geht ihr Stern unter, müssen andere Ideen her, wie man Terror verbreiten kann. Das kann man gut an der Propaganda des sogenannten Islamischen Staats erkennen. Zuerst protzig mit einem mehr oder minder bekannten Rapper, der Naschids in deutscher Sprache machte. Aber dann, immer kleiner werdend, wurden Lone-Wolf-Anschläge auf weiche Ziele propagiert.«

»Lone-Wolf-Anschläge? Weiche Ziele?« Brigitta runzelte die Stirn.

»Der Terrorist als einsamer Wolf. Radikalisiert im Internet. Ohne direkten Kontakt zu anderen Mitgliedern der Gruppe. Für Sicherheitsbehörden absolut nicht kontrollierbar. Es grenzt an ein Wunder, wenn diese Männer und Frauen vor ihrer Tat enttarnt werden können. Aufzuhalten sind sie nicht. Eine unglaublich simple, aber effektive Idee. Und solche Menschen greifen zivile Ziele an. Sie sind dort, wo es keine wirksamen Sicherheitsvorkehrungen gibt. Wo es für unser Verständnis auch keine geben sollte. Kindergärten oder Schulen, Volksfeste, Sportveranstaltungen oder Einkaufszentren. Überall dort, wo sich die Kuffar sicher fühlen. Mit dem Ziel, dass wir uns nirgends mehr sicher fühlen können.«

Brigitta wollte etwas sagen, aber die Regie gab Anweisung

über ihren In-Ear-Kopfhörer. »Ich höre gerade, dass wir eine Liveschaltung haben.«

Sie blickte wieder zu dem kleinen Bildschirm vor sich. Auf diesem war Juan da Silva zu sehen, der ein betroffenes Gesicht machte. Zu betroffen, als dass es echt sein könnte, fand Brigitta. Außerdem kannte sie Juan. Ein arrogantes und karrieregeiles Arschloch, das für eine Story seine eigene Oma umbringen würde.

»Bin ich auf Sendung?« Juan blickte in die Kamera.

»Sie sind live im Studio. Können Sie uns etwas über die aktuelle Lage in Monchique sagen?«

»Das kann ich.« Juan nickte. »Unsere schlimmsten Befürchtungen sind wahr geworden. Vor wenigen Minuten erreichte ein Bekennervideo das portugiesische Innenministerium. Die Terrororganisation *LFOS* reklamiert den Anschlag für sich. Details sind nicht bekannt, aber es wird gemunkelt, dass die Terroristen Bezug auf das militärische Engagement der portugiesischen Regierung im Sudan nehmen. Es wird wohl auch mit weiteren Anschlägen in europäischen Ländern gedroht.«

»Die *LFOS*? Darunter kann ich mir nichts vorstellen.« Brigitta blickte Professor Liebknecht an.

»Die *Liberation Fighters of Sudan*. Im internationalen Kontext bisher eine eher unbedeutende Terrororganisation, deren Ziel die Errichtung eines islamischen Staats im Sudan ist.« Liebknecht wischte sich über die Stirn.

»Also eine eher territorial ausgerichtete Organisation. Dann stellt sich die Frage, warum sie einen Anschlag in Europa verübt hat.«

»Schauen Sie sich die politische Lage im Sudan an. Vor fast einem Jahr wurde Präsident Yayah al-Salhi durch seine eigenen Militärs gestürzt. Eine Folge der anhaltenden Bürgerproteste in der Hauptstadt Khartum. Aber dadurch änderte sich für die Menschen nichts. Der aktuelle Machthaber, General Salim

Nasir, ist ein noch schlimmerer Despot. Er führt die Politik der letzten dreißig Jahre mit eiserner Hand fort. Rufe nach einer zivilen Regierung werden mit Waffengewalt zum Schweigen gebracht. Und was machen die Vereinten Nationen? Sie schicken Blauhelme und humanitäre Hilfe. Ich will das nicht kleinreden, aber das sind nur Tropfen, die verdampfen, bevor sie überhaupt auf dem heißen Stein ankommen.«

»Und Sie glauben, islamistische Organisationen nutzen die Zeit der Schwäche aus, um an die Macht zu kommen?«

So etwas wie ein Lächeln huschte über Liebknechts Lippen. »Würden Sie das nicht tun? Ich würde, wenn ich könnte. Das ist die Chance, die politische Landschaft eines Landes zu meinen Gunsten zu ändern. Ich muss nur unliebsame Mitspieler ausschalten. Solche Terrorakte, wie wir sie gestern Abend in Portugal erleben mussten, sind sehr gut dazu geeignet.«

»Erklären Sie mir das bitte.«

»Der Sudan ist weit weg. Europa kämpft mit sich selbst. Wir haben genug eigene Probleme. Der Brexit war nur der Anfang. Wir haben einen erstarkenden Rechtspopulismus. Politiker, die bereit sind, für den eigenen Profit ihr Land zu verraten, um es dann regieren zu können. Denken Sie an die Ibiza-Affäre. Russland und China erstarken weiter auf dem wirtschaftlichen Sektor. Die USA werden von einem Narzissten regiert, der Anfang des letzten Jahrhunderts gut zu den Diktatoren aus Deutschland, Italien oder Russland gepasst hätte. Diese Probleme sind es, die uns Europäer umtreiben. Was interessiert uns eine humanitäre Krise im Sudan? Wir wollen, dass unsere Geldbeutel voll sind, genauso wie unsere Kühlschränke. Und jetzt sterben Kinder für einen sich anbahnenden Bürgerkrieg, der uns nicht interessiert. Was glauben Sie, wie wird sich jetzt die öffentliche Meinung in Bezug auf ein Engagement im Sudan verändern?«

»Aber es kann doch niemandem egal sein, wenn ein neues

Kalifat entsteht. Der Sudan ist reich an Bodenschätzen, von denen auch wir Europäer profitieren.«

»Tun wir das wirklich? Und selbst wenn, die meisten Menschen haben heutzutage eine Aufmerksamkeitsspanne, die kaum die Länge eines YouTube-Videoclips hat. Schauen Sie mal rein. Da gibt es Menschen, die ihre Einkäufe filmisch festhalten. Solche Beiträge werden tausendfach angeklickt. Was erwarten Sie denn von dieser Generation, in der ›YouTuber‹ und ›Influencer‹ die Berufswünsche junger Menschen sind? Dass sich diese Jugendlichen mit geopolitischen Zusammenhängen auseinandersetzen? Dass sie verstehen, dass ein neuerliches Kalifat, wie immer es auch benannt wird oder welche Islamisten es führen, eine akute Bedrohung für unsere Demokratie ist?«

»Ich habe mal gelesen, dass in der islamischen Vorstellung die Welt in drei Bereiche unterteilt ist. Ist das richtig?«

Liebknecht nickte. »Grundsätzlich ja, aber der Salafismus zum Beispiel lehnt diese Dreiteilung ab, denn im Frühislam, auf den sich der Salafismus per Definition stützt, gab es nur zwei sogenannte Häuser: das Dar al-Islam, das Haus des Islam, in dem die Muslime die Herrscher sind und das es immer weiter auszubreiten galt, und das Dar al-Harb, das Haus des Krieges, der Herrschaftsbereich der Nicht-Muslime, den es zu bekämpfen galt, um das Dar al-Islam weiter auszubreiten. Im Laufe der Zeit konstruierten Islamgelehrte das Dar al-Ahd, das Haus des Vertrages. Nur durch dieses Konstrukt war es möglich, dass Muslime und Anhänger anderer Glaubensrichtungen friedlich nebeneinander leben konnten. Islamisten lehnen das Dar al-Ahd ab, denn der Islam ist eine Religion mit Weltherrschaftsanspruch.«

»Also sind alle Muslime Terroristen?«

Liebknecht schüttelte den Kopf. »Ich glaube, ich habe das schon einmal gesagt, aber ich sage es gerne wieder. Was für eine

Welt wäre das, in der fast zwei Milliarden potenzielle Terroristen leben? So viele Muslime gibt es nämlich auf der Welt. Und bei den zwei Milliarden wären Ökoterroristen, Nazis, Anarchisten, Separatisten, christliche Spinner und sonstige Terroristen noch gar nicht mit eingerechnet.«

»Aber Sie sagten doch, dass der Islam einen Weltherrschaftsanspruch ...«

»Das sagte ich, ja. Das muss man wissen, um die extremen Islamisten zu verstehen. Es ist wichtig zu wissen, in welcher Vorstellungswelt diese Menschen leben, damit sie wirksam bekämpft werden können. Und der Großteil der Muslime lebt einfach nur seinen Glauben aus. Sie sind keinesfalls extremistisch. Islam und Islamismus sind zwei grundlegend unterschiedliche Dinge.«

Brigitta bekam eine Regieanweisung. Ihre Sendezeit war um. »Eine letzte Frage noch. Übermorgen findet in Dortmund das Fußball-Länderspiel zwischen Deutschland und England statt. Müssen wir uns Sorgen machen?«

»Wie ich gesagt habe: Terrorismus ist Theater. Die Augen der Welt sind auf das Spiel gerichtet.«

»Ich danke Ihnen für das Gespräch, Professor Liebknecht.« In die Kamera gewandt sagte sie: »Herzlichen Dank fürs Zuschauen und für Ihr Interesse. Trotz der schrecklichen Ereignisse in Portugal wünsche ich Ihnen einen schönen Tag.«

3

Sudanesische Grenzregion, 09:17 Uhr EAT

Wasser bedeutet nicht nur Leben.
Wasser bedeutet Freiheit.
Für uns ist es selbstverständlich, den Wasserhahn aufzudrehen, wenn wir duschen wollen. Eine Wasserflasche zu nehmen, wenn wir durstig sind. Dabei vergessen wir, dass nichts davon selbstverständlich ist.
Nirgendwo auf der Welt, und erst recht nicht hier.

Thomas Langenberg las noch einmal die Zeilen, die er gerade geschrieben hatte. Sollte er Susanne von den Gefahren erzählen, die hier lauerten? Von den wilden Bestien, Menschen wie Tieren? Von dem Leid der Dorfbewohner? Von einer Regierung, die keinen Deut besser war als die umherstreifenden Warlords? Von den Kindersoldaten? Thomas schüttelte den Kopf, aber ganz verschweigen wollte er es auch nicht.

Das Dorf, neben dem wir unser Lager aufgeschlagen haben, liegt an einem ausgetrockneten Flussbett. Noch vor vier Jahren, so sagte man mir, floss hier sauberes Wasser. Eine Selbstverständlichkeit. Doch dann kam die Katastrophe. Die sudanesische Regierung verkaufte die Wasserrechte an einen Großkonzern. Nun pumpen sie das Wasser an der Quelle ab, füllen es in Plastikflaschen und transportieren es nach Europa. Denk mal eine Sekunde über diese Perversion nach. Nur eine verdammte Sekunde. Und dann weißt du, warum ich dich und Milana alleine lassen musste. Die Welt ist kaputt und wahrscheinlich nicht mehr zu retten. Wir könnten jetzt die Hände in den Schoß legen und warten, bis uns ein Tsunami, ein Orkan oder ein Virus auslöscht. Vielleicht löscht sich die Menschheit auch gegenseitig aus. Es ist egal. Läuft alles auf dasselbe hinaus. Unser Planet stirbt. Und wir sterben mit ihm. Auf der anderen Seite können wir etwas tun. Wir können aufstehen und unseren Beitrag leisten, egal wie dieser aussieht. Jeder Beitrag zählt. Jeder kann etwas tun. Und sei es nur, dieses Wasser nicht mehr zu kaufen. Nichts mehr von dem zu kaufen, was der Konzern herstellt oder vertreibt.

Zudem fühle ich mich dem Eid des Hippokrates verpflichtet. Das ist mein Kampf, mein Krieg, den ich gegen das willkürliche Unrecht führe, das im Namen des Geldes und der Macht den Unschuldigen angetan wird. Ich will dir schreiben, was hier der Alltag ist. Während die Männer in der Fabrik das Wasser abfüllen, müssen die Frauen und Kinder des Dorfes im Morgengrauen aufbrechen, um Wasser zu holen. Dafür müssen sie sechs Kilometer durch den Dschungel laufen. Sechs Kilometer voller Gefahren. Sechs Kilometer hin und mit Wasser beladen wieder zurück. Manche kehren nicht zurück. Der Tod ist allgegenwärtig.

Thomas setzte den Stift ab. Er wollte seiner Frau keine Angst machen. Sie hatte es für keine gute Idee gehalten, in den Sudan zu gehen. Afrika war so weit weg von Deutschland. Wen kümmerte es, wenn die Menschen dort verdursteten? Es gab genug Probleme im eigenen Land. Und außerdem wüteten im Sudan die Warlords. Das hatte sie in einer Fernsehreportage gesehen. Susanne hatte das Wort Warlords betont, als wären es mystische Geister aus uralten Legenden. Dabei waren es egozentrische, nazistische Arschlöcher, die ihren zu kleinen Pimmel durch Gewalt und Allmachtsfantasien kompensierten. Thomas grinste. Es gab keinen Unterschied zu Politikern.

Er blickte zur Uhr. Kurz vor halb zehn. Julian wollte heute mit der Medikamentenausgabe beginnen. Mit einer geschickten Handbewegung faltete er den Brief zusammen und steckte das Papier in die Innentasche seiner leichten Weste. Dann nahm er den weißen Kittel vom Haken und trat aus dem Frachtcontainer. Sein Kollege Julian stand schon an der Felskante und blickte in die Ferne. Dorthin, wo das Blau des Himmels auf das Grün des Dschungels traf. Thomas ging zu seinem Freund und Kollegen und stellte sich neben ihn.

»Ein wundervoller Morgen.« Julian löste den Blick nicht von der Schönheit der Natur. Er atmete tief ein.

»Schade, dass wir bald weiterziehen müssen.«

»Weil du die schöne Aussicht vermissen wirst? Oder Ivie?«

»Ivie? Was ist mit ihr?«

»Ich habe euch gestern beobachtet. Ihr seid euch nahegekommen.« Julian stieß Thomas mit dem Ellenbogen an.

»Ich habe sie nur einmal angelächelt.«

»Auf die Anzahl kommt es nicht an, sondern darauf, wie man einen Menschen anlächelt. In deinem Lächeln konnte man Stolz und Vorurteil lesen.«

Thomas' Ohren fühlten sich heiß an. Ivie war eine Schönheit, wenn auch nicht im klassischen Sinne. Sie hatte harte, fast männliche Gesichtszüge, dafür aber auch Rundungen. Genau dort, wo eine Frau Rundungen haben sollte. Ihre tiefbraune Haut war weich, und wenn sie schwitzte, roch sie unbeschreiblich.

»Lass uns gehen.« Julian setzte den Strohhut auf, den er in

der Hand gehalten hatte. »Die Medikamente geben sich nicht von alleine aus.«

Sie folgten dem schmalen Pfad, der sie zum Dorf führte. Eine Ansammlung von Lehmhäusern mit Strohdächern, dazwischen Fertigbauhäuser mit Ziegeldächern. Gelbe und blaue Farbtupfer zwischen dem allgegenwärtigen Rotbraun. Hier roch es immer nach Farbentferner. Ein Ältester des Dorfes hatte Thomas einmal erklärt, dass der Geruch von den Gräsern stamme, mit denen die Dächer gedeckt waren.

Thomas fühlte, dass etwas im Dorf nicht stimmte. Es war die Art, wie ihn die Frauen und Männer beim Vorbeigehen anblickten. Die Art, wie sie ihrer Arbeit nachgingen. Es waren die fehlenden Kinder, oder die, die zwar zu sehen waren, aber nicht spielten. Und es war ganz sicher der Anblick der jungen Männer, die Gewehre geschultert hatten und gemeinsam auf dem Dorfplatz standen.

Julian blieb stehen. »Ich habe ein mieses Gefühl.«

Ein junger Mann in Jeans und löchrigem Trikot des FC Barcelona löste sich aus der Gruppe der Bewaffneten und kam auf sie zu. Thomas hatte ihn schon mal im Dorf gesehen.

»Warum tragt ihr Waffen?«, fragte er auf Englisch.

Der junge Afrikaner blickte ihn mit ernster Miene an. »Es ist etwas passiert.«

»Und deshalb müsst ihr euch bewaffnen?«

Der junge Mann nickte. Er zeigte auf eines der Fertighäuser und ging dann darauf zu. Thomas und Julian folgten. Drinnen war es stickig und roch nach Schweiß, Blut und Pisse. Ein muskulöser Mann mit freiem Oberkörper saß gefesselt auf einem Stuhl. Das Gesicht war geschwollen, übersäht mit Platzwunden.

»Was habt ihr mit ihm gemacht?« Thomas wollte zu ihm gehen und die Wunden versorgen, doch der junge Afrikaner hielt ihn zurück.

»Nicht. Er ist gefährlich.«

»Er ist gefesselt. Ihr habt ihn zusammengeschlagen. Was ist in euch gefahren?«

»Gefährlich.« Mehr sagte der junge Afrikaner nicht.

In diesem Moment hob der gefesselte Mann den Kopf. Er grinste. Seine Zähne waren blutrot. Thomas erstarrte. Dieser Blick war wie ein Versprechen. Ein grausames Versprechen.

»Motombe hutu. Illa Motombe hutu«, sagte der Gefangene, gefolgt von einem kratzigen Lachen, das in einem Husten endete. Er spuckte blutigen Speichel auf den Lehmboden.

Die jungen bewaffneten Männer erstarrten. Sie blickten sich an. Thomas konnte ihre Angst riechen, spüren, schmecken.

Einer der jungen Männer hob seine Pistole und drückte ab. Der Schuss zerfetzte den Kopf des Gefesselten.

»Aber ihr ... das geht nicht!«, schrie Thomas.

»Wir sind tot«, sagte der Todesschütze. Seine Stimme klang beinahe emotionslos. »Bald kommen er.«

»Wer kommt?«

»Naked Death. Und er kennen keine Gnade.«

Bevor Thomas überhaupt klar denken konnte, hörte er draußen eine dumpfe Explosion, gefolgt von Schüssen aus Schnellfeuergewehren.

Und dann panische Schreie.

4

Monchique, 08:20 Uhr MEZ

JOSÉ EDUARDO DA SANTOS kaute Kaugummi. Die breiige Masse schmeckte schrecklich. Obwohl Freshfruit auf der Packung stand, fand sich kein Obstgeschmack, jedenfalls keiner, den José kannte. Und er aß viel Obst und probierte sogar exotische Sorten, letztens erst eine Tamarillo. Aber José kaute keine Kaugummis wegen des Geschmacks, sondern um sich das Rauchen abzugewöhnen. Wenn er jedoch an Tatorten wie diesem hier war, bereute er die Entscheidung, den Zigaretten abgeschworen zu haben. Und seine Frau wäre ziemlich enttäuscht, wenn er rückfällig würde. Vielleicht war enttäuscht das falsche Wort. Fuchsteufelswild traf es besser, und so widerstand er dem Drang, sich einen Glimmstängel anzustecken. Im Interesse des Familienporzellans.

Seine Partnerin kam auf ihn zu. Sie hieß Abroholos, und genauso war sie auch. Wie der starke Wind an der Küste Brasiliens zwischen der Cabo de São Tomé und Cabo Frio.

»Wie viele, Abro?«, fragte José.

Sie trug Stiefeletten, Jeans und eine kurze schwarze Lederjacke. Ihr Haar hatte sie zu einem Zopf gebunden. Sie sah gut aus, fand José, aber das sagte er nicht. Wieder im Interesse des Familienporzellans.

»Dreiundzwanzig Opfer und fast genauso viele Verletzte.«

»Kinder?«

Abro presste die Lippen zusammen, bis sie nur noch ein dünner weißer Strich in ihrem hellbraunen Gesicht waren. Sie wollte etwas sagen, aber ihre Stimme versagte. José blickte auf ihre Schuhspitzen. Seine waren zu langweilig. Barfußschuhe. Wieder eine Idee seiner Frau. Sie wollte, dass er gesund lebte. Als ob das möglich wäre in seinem Job. Ständig unterwegs, unzählige Überstunden. Islamistische Terroristen schliefen anscheinend nie. Und so konnte er auch kaum schlafen.

»Und was ist mit dem Täter?«, fragte José.

In ihren Augen blitzte Dankbarkeit auf, nicht über die ermordeten Kinder sprechen zu müssen. »Er konnte mittlerweile festgenommen werden. Er wird gerade von Beamten der Guarda Nacional Republicana zum Polizeirevier gebracht.«

»Haben wir ein Motiv?«

»Brauchen wir eins?« Abro zuckte mit den Schultern. »Der Typ hat Allahu Akbar geschrien, bevor er das Feuer eröffnete. Ich denke, wir haben unser Motiv.«

»Ist das sicher?«

»Ist was sicher?«

»Dass er Allahu Akbar geschrien hat.«

»Warum fragst du?«

»In letzter Zeit sind die Menschen sehr hysterisch, weißt du? Hören Sachen, die gar nicht gesagt wurden.«

»Und das Bekennervideo?«

José lachte bitter. »Das war doch wie aus der Konservendose. Anschlag passiert. Zack! Video da. Da stimmt was nicht. Und diese *Liberation Fighters of Sudan*. Hast du von denen schon einmal gehört?«

»Noch nie.«

»Anscheinend spielt diese Organisation international in der Campeonato Nacional de Seniores. Und kaum lässt unsere

Regierung erklären, dass sie die drohende Eskalation im Sudan durch militärische Mittel eindämmen will, kommt so ein Liberation Fighter aus seinem Loch gekrochen und begeht einen Anschlag. Und kurz danach erscheint ein gut gemachtes Bekennervideo. Alles ohne Pannen? Ohne Erfahrung?«

»Du suchst das Haar in der Suppe. Wie immer.«

»Häufig habe ich damit recht.«

»Häufig aber auch nicht.«

José blickte zu den Bestattern, die gerade einen kleinen Sarg in einen Kombi luden. Niemals dürfte es solch kleine Särge geben. Dieser Anschlag stach tief ins Herz. Und genau deswegen mussten die Verantwortlichen schnell gefunden werden. Aber es waren schon elf Stunden vergangen, und die Polizei hatte den Tatort noch immer nicht zu Ende bearbeitet. Erst jetzt wurden die letzten Leichen abtransportiert.

»Wer von der Polícia Judiciária ist vor Ort?«

»Kommissar Rodriques Almeida.«

José verzog das Gesicht. »Roberto also.«

»Kennst du ihn?«

»Ihm fehlt das Gefühl, das man für solch sensible Ermittlungen braucht, das Gespür für das Zusammenspiel zwischen Polizei und Geheimdienst. Du wirst es bald merken.«

»Also so ein Typ, der strikt nach Auftrag und Zuständigkeit handelt?«

José nickte. »Ein Untertan. Solche Menschen machten es möglich, dass Europa im letzten Jahrhundert fest im Griff der Faschisten und Nazis war.«

»Redest du über mich?«

José drehte sich zu dem hageren Mann um, der mit wippendem Gang und einer festen Entschlossenheit im Gesicht auf ihn zukam. José war sich nicht sicher, was Roberto von dem gerade Gesagten gehört hatte. Es war ihm auch egal. Seine Abneigung gegen Roberto war allseits bekannt.

»Wenn man vom Teufel spricht«, sagte José.

Kommissar Roberto Rodriques Almeida fuhr sich mit der Hand durch die Frisur, die aussah, als gehöre sie zu einer Playmobilfigur. »Sie sind Silva Pereira, richtig?«

Abro nickte.

»Tun Sie sich selbst einen Gefallen und hören Sie nicht auf José. Seine Worte sind Gift, das sich in Blut verwandelt.«

»Dass ihr beide am Tatort seid, ist keine gute Voraussetzung dafür, die Verantwortlichen zu ermitteln. Ihr seid ja wie Waldorf und Statler.« Abros Blick wanderte zwischen José und Roberto hin und her.

»Die Kriminalpolizei hat die Situation im Griff.« Roberto stemmte die Hände in die Hüften.

»Wir möchten aber trotzdem die eine oder andere Frage stellen.« José hasste es, immer wieder die gleichen Grabenkämpfe führen zu müssen. Jedem hier war klar, dass die Polícia Judiciária für die strafrechtlichen Ermittlungen im Inland zuständig war. Der Serviço de Informações de Segurança, der Inlandsgeheimdienst, sammelte lediglich Informationen. Aber um Informationen sammeln zu können, waren die Agenten des SIS darauf angewiesen, ihre Arbeit in Ruhe machen zu können. Und da half es nichts, wenn Kriminalbeamte wie Roberto die Das-ist-meine-Stadt-Mentalität an den Tag legten.

»Ich weiß nicht, was das bringen soll. Unsere seit gestern Abend laufenden Ermittlungen am Tatort sind abgeschlossen. Jetzt kümmern wir uns um den Täter.« Das Wort »wir« war so stark betont, dass es einer Ausgrenzung gleichkam. Jedenfalls fühlte es sich für José so an, und als er zu Abro blickte, war ihm klar, dass sie es genauso sah. Sie verdrehte die Augen und schüttelte den Kopf.

»Haben Sie ein Problem damit, Silva Pereira?« Roberto richtete die Frage an Abro. Wahrscheinlich keine gute Idee, dachte José. Sie stammte aus einer Diplomatenfamilie und war der lebende Beweis dafür, dass nicht alle Gene von Mutter und Vater an die Tochter weitergeben wurden.

»Punkt eins«, sagte Abro mit betont ruhiger Stimme. »Mein vollständiger Name ist Abroholos Xana Carvhallo Barbosa Silva Pereira. Entweder sprechen Sie mich also mit meinem Vornamen an oder mit meinem vollständigen Namen. Freunde dürfen mich Abro nennen. Sie nicht. Punkt zwei: Wir vom Serviço de Informações de Segurança haben den gesetzlichen Auftrag, Informationen über terroristische Anschläge im Inland zu sammeln, um die Bürger Portugals schützen zu können. Also können Sie hier gerne einen Affentanz aufführen und Zuständigkeit einfordern, die Sie nicht haben, oder wir kürzen die Sache ab. Sie beantworten unsere Fragen und lassen uns in Ruhe arbeiten, okay? Der Vorteil ist, dass wir dann schneller wieder weg sind. Ich möchte Sie genauso wenig in meiner Nähe haben wie Sie mich.«

Roberto knirschte mit den Zähnen. Irgendwo zirpte eine Zikade. Es musste ein Männchen sein. José dachte an den Ausspruch des griechischen Dichters Xenarchos: *Glücklich leben die Zikaden, denn sie haben stumme Weiber.*

»Und das war noch freundlich formuliert«, sagte José zu Roberto. »Würdest du uns jetzt unsere Arbeit machen lassen?«

Der Kriminalbeamte atmete tief ein. »Ich schicke euch einen Kollegen als Ansprechpartner.«

Roberto stampfte davon. José konnte sich ein Grinsen nicht verkneifen.

»Ich darf dich aber weiter Abro nennen, oder?«, fragte er.

»Du darfst mich nennen, wie du willst.« Ein schelmisches Lächeln huschte ihr über die Lippen. »Nur nicht Mäuschen, Schatz oder so was in der Art.«

»Das würde mir nie einfallen.«

Der Kontaktmann, den Roberto schickte, war jung und adrett. Ein Anzugträger, der das Klemmbrett vor seiner Brust wie einen Schild umklammerte. Und er war genauso steif wie die Bügelfalte seiner grauen Hose. Er sprach mit nasaler Stimme, was José schon nach den ersten Worten auf den Geist ging.

»Ich möchte nur eins klarstellen«, sagte der Kontaktmann. »Die PJ wird den Ermittlungserfolg für sich verbuchen, nicht ihr vom SIS.«

Als ob es darum ging. Hier waren Menschen ums Leben gekommen. So etwas durfte nicht passieren. Niemals. Das zu verhindern wäre ein Erfolg gewesen. Also hatten sie verloren. Die PJ, der SIS, die ganze Welt.

»Und ich möchte klarstellen, dass der Tatort durch den Generalstaatsanwalt noch nicht freigegeben wurde.«

José versenkte seine Hände in den Hosentaschen. »Wir wollen nicht zum Tatort. Wir wollen Informationen über den Attentäter. Haben Sie da was?«

Der junge Beamte reichte ihm das Klemmbrett. Es waren mehrere Computerausdrucke, aus denen hervorging, dass Osman El Hady vor zwei Jahren als Flüchtling aus dem Sudan registriert wurde. Aktuell studierte er an der Uni Sozialwissenschaften. Keine kriminalpolizeilichen Erkenntnisse. Ein unbeschriebenes Blatt. Aber offensichtlich islamistisch radikalisiert. War er das schon vorher? Oder hatte er sich erst in Portugal der islamistischen Szene zugewandt? Was war passiert, dass ein offensichtlich integrierter Mensch plötzlich eine Waffe in die Hand nahm und im Namen Allahs auf wehrlose Demonstranten schoss? José schaute auf die Meldeadresse in Alferce. Das war der Nachbarort, etwa zehn Kilometer entfernt.

»Haben Sie schon nach dem Fahrzeug des Täters gesucht?«

»Ich verstehe nicht, was Sie meinen.«

José deutete auf die Computerausdrucke. »El Hady wohnt in Alferce. Zur Tatzeit fährt kein Bus, soweit ich weiß. Und zehn Kilometer mit einer Maschinenpistole unter der Jacke zu laufen wäre sogar hier in der Einöde irgendjemandem aufgefallen.

Er muss also mit dem Auto gekommen sein. Haben Sie nach dem Fahrzeug gesucht?«

Der junge Beamte schüttelte den Kopf. »Wir waren mit dem Tatort beschäftigt.«

»Dann machen Sie da weiter. Vielleicht kann der SIS die Kriminalpolizei unterstützen, auch wenn ihr natürlich alles im Griff habt.«

Offenbar hatte der junge Beamte die Spitze verstanden, denn er verzog das Gesicht und ging. Intelligentes Bürschchen, dachte José. Wahrscheinlich heult er sich gleich bei Roberto aus.

»Das Auto?«, fragte Abro.

»Vielleicht ist es auch nichts. Aber erfahrungsgemäß haben Attentäter bis kurz vorher noch Kontakt zu religiösen Autoritäten.«

»Um sich die letzte Salbung geben zu lassen?«

»So was in der Art. Ich weiß nur nicht, ob Islamisten das auch so nennen.«

»Wie willst du das Auto finden? Es ist, als ob wir eine Nadel im Heuhaufen suchen.«

5

Sudanesische Grenzregion, 09:29 Uhr EAT

DAS DORF wirkte, als wäre eine biblische Plage über seine Bewohner und ihre Habseligkeiten gekommen. Thomas stand vor der Hütte, in der er Zeuge des kaltblütigen Mordes geworden war. Und nun wurde er Zeuge dessen, wofür dieser Mann als Vorbote gelten musste. Bewaffnete Soldaten schossen wahllos auf fliehende Frauen und Kinder, die blutend zu Boden gingen. Die Soldaten traten auf die kriechenden und schreienden Menschen zu und schossen ihnen in die Köpfe. Die wenigen Männer lieferten sich einen verzweifelten Kampf mit den Angreifern, aber sie hatten keine Chance gegen die organisierten Kämpfer. Thomas war unfähig, sich zu bewegen. Er hatte in seinem Leben als Arzt viel Leid und Elend gesehen, aber nichts davon hatte ihn auf das vorbereiten können, was nun geschah. Eine Explosion zerfetzte eine Wellblechhütte. Thomas sah wie in Zeitlupe ein Metallstück auf sich zurasen, da spürte er einen Schlag und landete im Staub. Julian lag auf ihm. Das Metallteil drang dort in die Mauer, wo Thomas' Kopf gewesen wäre, hätte Julian ihn nicht in letzter Sekunde umgerissen.

»Wir müssen weg«, schrie Julian. Er drückte sich hoch, rannte zur brennenden Wellblechhütte und verschwand hinter schwarzen Rauchschwaden. Thomas lag kraftlos im heißen

Sand. Seine Arme zitterten, aber er schaffte es, sich auf die Knie zu drücken. Schwer atmend blickte er sich um. Einer der Soldaten kam mit erhobener Waffe auf ihn zu. Thomas war überzeugt, ziemlich bald zu sterben. Aber er wollte nicht sterben und sammelte seine letzten Kraftreserven, um auf die Füße zu kommen. Der Soldat kam immer näher, sein Finger krümmte sich um den Abzug. Thomas schloss die Augen. Schüsse peitschten durch die Luft, aber er spürte keinen Einschlag. Als er die Augen öffnete, lag der Soldat reglos am Boden. Ein junger Mann aus dem Dorf rannte zur Leiche und wollte sich das Sturmgewehr greifen, doch eine Maschinengewehrsalve streckte ihn nieder. Der junge Mann hatte Thomas das Leben gerettet, nur um selbst zu sterben. Das Leben war einfach nicht fair.

Ich brauche Deckung. Der Gedanke trieb Thomas an und ließ ihn stolpernd zur brennenden Wellblechhütte laufen. Die Hitze des Feuers versenkte ihm die Haare auf den Unterarmen und brannte in seinem Gesicht. Der Rauch raubte ihm den Atem. Er duckte sich hinter einem rostigen Metallfass. Zwei Soldaten rannten an ihm vorbei. Er sah keine Hoheitsabzeichen an den Ärmeln der grünen Uniformjacken, keine Rangabzeichen auf den Schultern. Irreguläre Truppen also. Geduckt huschte er zur nächsten Hauswand, presste sich dagegen und spürte die Wärme, die der Lehm abstrahlte. Die Schüsse hörten auf, es wurde gespenstisch still. Nur einen Atemzug lang, aber diese Zeit reichte, um das Geschrei der Menschen noch schrecklicher wirken zu lassen.

»Hierher.« Julians geflüsterte Stimme. Aber es klang wie geschrien.

Thomas schaute sich um. Zuerst entdeckte er seinen Freund nicht, aber dann nahm er eine Bewegung zwischen den schwarzen Müllsäcken wahr, die mannshoch aufgetürmt waren. Julian winkte ihn zu sich. Thomas nickte und wagte einen schnellen Blick um die Hausecke. Dort standen zwei Uniformierte und rauchten. Sie drehten ihm den Rücken zu, das war seine Chance. Er drückte sich von der Hauswand ab, spannte die Beinmuskeln an und wollte losrennen, doch Julian hob die Hand. Einer der Soldaten hatte sich umgedreht. Hatte er etwas gehört? Seine Schritte knirschten im Sand. Die Klangfarbe der Stimme verriet eine gewisse Alarmbereitschaft. Diese Männer gehörten zu einer Miliz, waren also schlechter ausgebildet als reguläre Soldaten, aber darauf trainiert zu überleben. Und überleben hieß bei solchen Männern, andere Menschen zu töten. Gnade oder Erbarmen waren Fehler, die sie sich nicht leisten konnten. Dementsprechend mussten sie wachsam sein.

Die Schritte wurden lauter, und Thomas hatte keine Möglichkeit, sich zu verstecken.

6

Berlin, 08:34 Uhr MEZ

WIEBKE MEINERT beobachtete Uwe Templer durch die Windschutzscheibe des Ford C-Max, wie er mit zwei Kaffeebechern in der Hand auf sie zukam. Er öffnete die Beifahrertür und quetschte sich auf den Sitz.

»Ist das ein Auto für Liliputaner? Was soll der Scheiß?« Er reichte ihr einen der Kaffeebecher. »Wird langsam zur Gewohnheit, dass wir uns in einer geklauten Karre treffen.«

Wiebke hatte den BND-Agenten vor einiger Zeit kennengelernt, als sie versucht hatte, einen terroristischen Anschlag zu verhindern. Seine Hinweise waren entscheidend gewesen, deswegen vertraute sie ihm. Halbwegs zumindest.

Sie nahm den Becher. »Ist da Zucker drin?«

»Trinken Sie ihn nicht komplett schwarz? Würde jedenfalls zu Ihrer Seele passen.«

»Also kein Zucker?«

»Hätten Sie nicht ein größeres Auto klauen können?« Templer versuchte, es sich auf dem Beifahrersitz bequem zu machen. »Wo ist dieser verflixte Rückstellhebel für den Sitz?«

»Ich klaue keine Autos.«

»Natürlich nicht. Und was war das mit dem Caddy? Der war nur ausgeliehen, oder was?«

»Ein Caddy ist kein Auto, sondern ein Zustand.« Wiebke

wühlte im Seitenfach der Fahrertür. »Hier muss doch irgendwo Zucker sein.«

Der BND-Agent öffnete das Handschuhfach. Darin lagen CDs von Helene Fischer und Andreas Gabalier. »Wenn das wirklich Ihr Auto ist, haben Sie einen schlechten Musikgeschmack.«

»Das geht Sie nichts an.« Wiebke schlug die Klappe des Handschuhfachs zu.

»Wie wäre es mit einem ›Danke für den Kaffee, lieber Uwe.‹?«

»Haben Sie das, worum ich Sie gebeten habe?«

Er legte den Kopf schief. »Bekomme ich zur Abwechslung mal ein paar Antworten? Zum Beispiel was Sie mit den Informationen anfangen wollen, die ich auf höchst illegalem Weg versucht habe zu besorgen?«

»›Versucht‹ bedeutet also, dass Sie nichts für mich haben?«

»Das habe ich nicht gesagt.«

»Saskia ist nicht tot.«

»Das hatten wir schon. Sie sind die Einzige, die das glaubt.« Templer blickte sie fast mitleidig an.

»Ich fühle es. Sie ist entführt worden. Ich bitte Sie darum, mir alle Informationen diesbezüglich zu besorgen. Ist nicht offensichtlich, was ich damit will?« Der Gedanke an Saskia schmerzte in ihrer Seele. Wiebke blickte zur Seite, knabberte an ihrer Unterlippe. »Ich will verdammt noch mal, dass die Verantwortlichen zur Rechenschaft gezogen werden. Ich will meine Schwester zurück.«

»Sollten Sie das nicht lieber der Polizei überlassen? Die werden extra dafür ausgebildet, wissen Sie.«

»Das sind Stümper. Oder haben Sie irgendwo von einem Ermittlungserfolg gelesen?«

»Vielleicht liegt es auch daran, dass es keine Ermittlungsansätze gibt.«

»Ein Auto explodiert in einer Tiefgarage. Mitten in Hamburg. Sie können mir nicht erzählen, dass es keine Zeugen gibt, dass niemand weiß, was Saskia dort gemacht hat.«

Templer atmete hörbar aus. Er griff in die Innentasche seiner Funktionsjacke, holte einen Zettel hervor und reichte ihn Wiebke.

»Was ist das?«

»Ein Name. Afsaneh El-Sayed. Sie ist vom Landeskriminalamt Hamburg. Hat die Ermittlungen geleitet. Aber mehr kann ich nicht liefern.«

»Warum nicht?«

»Weil es Geheimhaltungsstufen gibt. Und der Ermittlungsvorgang bezüglich Ihrer Schwester ist da ganz hoch eingestuft. Topsecret sozusagen.«

»Und wer hat Zugriff?«

»Hohe Führungsbeamte des Bundesnachrichtendienstes und des Bundesamts für Verfassungsschutz.«

Wiebke steckte den Zettel in die Hosentasche. »Das ist ungewöhnlich, oder? Es muss doch Hinweise geben.«

»Sie meinen das Gerücht, dass Ihre Schwester bei einem Anti-Terror-Einsatz in Hamburg war?«

Wiebke nickte. Das war es, was man ihr erzählt hatte. An dem Tag, an dem Saskia gestorben war. Aber es waren die Worte eines Verräters gewesen. Wie viel war diese Information wert?

Templer wischte sich über den Mund. »Sie wissen selbst, woher diese Informationen stammen. Ihre Schwester arbeitete beim Entwicklungsministerium. Warum also sollte sie einen Einsatz in Hamburg gehabt haben?«

»Sie war Agentin.«

»Und gleichzeitig Ministeriumsmitarbeiterin? Wir wissen beide, dass das unmöglich ist. Denken Sie an das Trennungsgebot und an die Gewaltenteilung.«

»Ich weiß es aber.« Wiebke merkte selbst, dass sie wie ein trotziges Kind klang.

»Haben Sie Beweise für die Existenz einer geheimen Polizeieinheit mit nachrichtendienstlichen Befugnissen, die sich hinter der Fassade von Beamten des Entwicklungsministeriums verbirgt?«

»Waren Sie es nicht, der solche Spekulationen in den Raum warf? Sie erinnern sich an den gestohlenen Caddy, dann können Sie sich sicher auch an das erinnern, war Sie mir gesagt haben.«

»Ich hatte Ihnen gesagt, dass Saskia in Stockholm war und Professor Liebknecht getroffen hat.«

»Sie haben mir von einem Schlüssel erzählt, den Sie unbedingt brauchen.«

Templer blickte sie lange an und nickte dann langsam. »Das war eine Fehlinformation, der ich aufgrund der knappen Zeit aufgesessen bin. Ihre Schwester war nie in Stockholm. Jedenfalls nicht zur fraglichen Zeit. Und sie hat auch nicht Professor Liebknecht getroffen.«

»Schon komisch, oder?«

»Was meinen Sie?«

»Alle Informationen über Saskia unterliegen der strengsten Geheimhaltung, aber Informationen, die sie in Zusammenhang mit einer geheimen Anti-Terror-Einheit der Bundesrepublik bringen würden, sind frei zugänglich, weil Sie beweisen sollen, dass Saskia nicht in dieser Einheit war. Glauben Sie, dass ich verfickt noch mal so dämlich bin?«

Templer zuckte mit den Schultern. »So läuft das Geschäft. Nichts ist, wie es scheint. Und glauben Sie mir, nicht jedes Gerücht wird gezielt gestreut.«

»Dann sind wir also fertig.« Wiebke wurde unruhig, ihre Hände und Füße kribbelten. Viele Hinweise hatte sie nicht bekommen. Nur einen Namen. Und die Erkenntnis, dass Uwe Templer sie anlog. Er klang damals so überzeugt, als er ihr von dem Schlüssel erzählte, den Saskia von Liebknecht bekommen haben sollte.

»Sie schmeißen mich raus? Ich habe nicht einmal meinen Kaffee ausgetrunken.«

»Warum heißt es wohl To-go-Becher?«

Templer lachte. »Schlagfertig sind Sie, das muss ich Ihnen lassen.« Er schälte sich aus dem C-Max und blieb auf dem Bürgersteig stehen.

»Eine Sache noch«, rief Wiebke.

Er beugte sich in den Innenraum.

»Ich hasse es, wenn ich angelogen werde.«

»Und ich dachte, Sie wollten sich für den Kaffee bedanken.« Templer grinste zum Abschied. Wiebke beobachtete ihn durch die Windschutzscheibe, bis er hinter der nächsten Hausecke verschwunden war. Erst dann schlug sie die Hände vors Gesicht. Sie hatte so sehr gehofft, Informationen zu bekommen, die sie auf die Spur der Entführer ihrer Schwester bringen würden. Aber sie hatte nichts, gar nichts. Nur den Scheißnamen einer Polizistin, die offensichtlich ihren Job nicht richtig machte. Afsaneh El-Sayed. Wahrscheinlich eine frustrierte Zicke, die unter Minderwertigkeitskomplexen litt und deswegen mit ausgefeilter Inkompetenz wichtige Ermittlungsverfahren leitete.

Aber es war die einzige Spur, die Wiebke hatte. Und Hamburg war immer einen Besuch wert. Sie entschied, mit dem Zug zu fahren. Den C-Max parkte sie auf einem Behindertenparkplatz vor dem Hauptbahnhof. Das konnten die Bullen wenigstens: den ruhenden Verkehr überwachen und bei der Überprüfung feststellen, dass der C-Max als gestohlen ausgeschrieben war. So bekamen die Besitzer zumindest ihr Auto zurück.

7

Monchique, 08:36 Uhr MEZ

JOSÉ BLICKTE die lange Straße entlang, die schnurgerade bergan verlief und sich irgendwo zwischen einem Wäldchen und einem Schuppen am Horizont verlor. Unterschiedlichste Fahrzeuge standen dicht gedrängt an beiden Seiten. Was hatte seine Kollegin gesagt? Wie wolle er das Auto des Attentäters finden? Das wäre die Nadel im Heuhaufen. Dann hatte sie sich im Quiosque de Refresco an der Ecke ein Eis gekauft. Nun stand sie neben ihm und leckte mit der Zungenspitze das geschmolzene Eis von der Waffel. So konnte José sich nicht konzentrieren. Machte sie das extra? Ganz sicher wusste sie, wie ihre Wirkung auf Männer war. Und José hatte schon häufig beobachtet, dass sie mit Männern spielte wie eine Katze mit einer Maus. Zu häufig, als dass er sich nicht wünschte, einmal die Maus zu sein. Aber Abro war auch wie der Wind, nach dem sie benannt wurde: Sie hinterließ Zerstörung. Einige Männer hatten wegen Abro ihre Ehefrauen verlassen, nur um kurze Zeit später von ihr fallen gelassen zu werden wie ein uninteressantes Spielzeug. Und José wollte weder eine Maus noch ein Spielzeug sein.

»Und jetzt?«, fragte sie. »Wie willst du das Auto finden?«

»Nicht, indem wir hier rumstehen und Eis schlecken.«

Seine Kollegin zuckte mit den Schultern. »Wir könnten einfach bei der Zulassungsstelle nachfragen. Oder die Polizei um Hilfe bitten? Schließlich haben die eine Möglichkeit, schnell eine Halterfeststellung zu machen.«

»Die Polizei fällt wohl aus, und in der Zulassungsstelle arbeiten doch nur Faultiere. Fragst du heute, bekommst du nächste Woche eine Antwort. Nein, ich will mir das Fahrzeug jetzt ansehen. Und wer sagt denn, dass die Kennzeichenzuteilung auf seinen Namen lief? El Hady war Student. Vielleicht unterstützte ihn jemand?«

»Und wer? Er kam vor zwei Jahren aus dem Sudan.«

»Das ist doch was. Damit können wir anfangen.«

Abro blickte José verwirrt an. »Ich verstehe gerade gar nichts.«

»Stell dir vor, du wirst aus deinem Land vertrieben. Was würdest du tun?«

Das Gesicht seiner Kollegin hellte sich auf. »Ich würde meine nationale Identität trotzdem behalten wollen.«

»Vielleicht durch einen Autoaufkleber?«

»Eventuell. Aber wie sieht die Flagge des Sudan aus?«

»Rot, weiß, schwarz. Links ein grünes Dreieck.«

»Woher weißt du das alles?«

José wollte erwidern, dass er seine Zeit nicht mit Frauengeschichten oder Sport verplemperte, aber er lächelte nur. »Vielleicht ist es auch der Aufkleber der Uni, wo er Sozialwissenschaften studierte.«

»In Portugal gibt es viele Unis.«

»Ich denke, El Hady ist nicht allzu weit gefahren. Deswegen tippe ich auf die Universität der Algarve in Faro. Das ist von Alferce circa siebzig Kilometer entfernt.«

»Und du weißt auch, wie das Logo der Uni aussieht, richtig?«

Wieder lächelte José. Natürlich wusste er das.

Sie suchten im Umkreis von circa fünfhundert Metern um

den Tatort. José war der Ansicht, dass der Attentäter nicht viel weiter weg geparkt haben konnte, schließlich lief er mit einer Maschinenpistole herum. Eine solche Waffe konnte man zwar eine Zeit lang gut verstecken, aber irgendjemandem fiel immer etwas auf. Das Risiko eines langen Weges wäre zu groß gewesen. Und José behielt recht: Vor einem Café parkte ein klappriger Fiat. Auf der Heckscheibe klebte ein Aufkleber mit dem Logo der Uni von Faro. Hätte auch jedem anderen Studenten gehören können, aber am Rückspiegel hing ein schwarzer Minikoran mit aufgedrucktem Glaubensbekenntnis, und auf der Rückbank lag, halb verborgen von einer Decke, ein Gegenstand, der wie ein Magazin aussah. Abro machte sich am Türschloss zu schaffen. Es dauerte keine zwei Atemzüge, da schwang die Tür auf. Sie machte für José eine einladende Geste.

»Ich frage lieber nicht, warum du so schnell Autos knacken kannst.« José schüttelte den Kopf.

»Ich frage dich ja auch nicht über deine Herkunft aus, oder?« Abro zuckte mit den Schultern.

José beugte sich in den Innenraum. Es roch muffig süßlich. Wie alter Schweiß. Der Gestank rührte von einem Shirt, das im Fußraum lag.

»Das stinkt ja wie die Kuscheldecke eines Pumas.«

»Glaubst du, er hat so sehr geschwitzt, dass er sich umgezogen hat?«

»Wie würdest du reagieren, wenn du weißt, dass du gleich in den Tod fährst, vorher aber noch ein paar Demonstranten erschießt? Du würdest auch schwitzen, oder?«

»Vermutlich.«

José schlug die Decke zur Seite. Darunter lag tatsächlich ein gefülltes Magazin. Und eine Laptoptasche. Aber als der nach der Tasche griff, musste er feststellen, dass sie leer war. Nicht gut. Er schälte sich aus dem Fahrzeug.

»Willst du zuerst die gute oder die schlechte Nachricht?«

»Es ist das Auto des Attentäters, aber der Laptop fehlt«, sagte seine Kollegin. »Ich habe es gesehen.«

José blickte sich um. Hier waren Wohnhäuser, ein Lebensmittelgeschäft, ein Schuhladen, ein Café und wieder Wohnhäuser. »Darf ich dich auf einen Kaffee einladen?«

»Das kommt jetzt aber etwas plötzlich.«

»Bilde dir nichts ein. Das ist ein dienstlicher Termin.«

Es war eine logische Kette, jedenfalls für José. Der Attentäter hatte hier geparkt. Er was so aufgeregt, dass er stark schwitzte. So sehr, dass er sich ein neues Shirt angezogen hatte. Höchstwahrscheinlich hatte er Durst bekommen. Also war er entweder ins Café oder zum Lebensmittelladen gegangen. Der fehlende Laptop deutete darauf hin, dass er sich irgendwo hingesetzt hatte. Also schied der Laden aus.

Das Glöckchen bimmelte hell, als er und Abro das Café betraten. Es war klein und geschmackvoll eingerichtet und duftete nach frischen Brötchen und Kaffee. Eine junge Frau lächelte sie an. Das Lächeln wurde jedoch eisiger, als José seine Dienstmarke zeigte. Es war die Marke der Polícia Judiciária, die er immer für alle Fälle dabeihatte.

»Kriminalpolizei?« Die junge Frau hob eine Augenbraue.

»Sie haben doch sicher vom Attentat gehört?«, fragte José.

Die Frau blickte zu Boden und nickte.

»Wir haben Grund zu der Annahme, dass der Attentäter kurz vor dem Anschlag in Ihrem Café war. Hatten Sie gestern Abend geöffnet?«

Wieder ein stummes Nicken.

»Können Sie sich an jemanden erinnern, der sich ungewöhnlich verhielt?«

»Hier war ein junger Schwarzer.« Sie bekam große Augen. »Darf ich das überhaupt sagen?«

»Was?«

»Schwarzer. Oder ist das rassistisch?«

»Wenn es der Beschreibung eines Täters dient, dürfen Sie alles sagen«, beruhigte José die junge Frau. »Er war also hier?«

»Er saß dort in der Ecke, wirkte nervös. Tippte die ganze Zeit auf seinem Laptop rum.«

»Hat er etwas zu Ihnen gesagt?«

»Ich hab ihn gefragt, was los ist. Er meinte, er stünde kurz vor einer wichtigen Prüfung.«

Während José mit der Bedienung sprach, schaute sich Abro in der Ecke um, wo Osman El Hady gesessen hatte. Unter einem Kissen fand sie den Laptop. Es sah so aus, als hätte ihn El Hady dort versteckt. Sie gab das Gerät José, der sich an den nächsten Tisch setzte.

»Würden Sie uns zwei Kaffee bringen?«, fragte er die Bedienung.

Dann klappte er das Gerät auf. Der Bildschirm leuchtete. Passwortgeschützt. Natürlich. José schaute auf sein Handy. WLAN war vorhanden. Nun musste er sich entscheiden. Schnell arbeiten oder nach dem Protokoll des SIS handeln? Er entschied sich für die schnelle Variante und legte sein Mobiltelefon neben den Laptop. Dann tippte er auf ein Icon. Auf den Bildschirmen erschienen Piktogramme, die einen Verbindungsaufbau anzeigten.

»Was machst du da?«, fragte seine Kollegin.

»Was nötig ist.«

»Ich meine, was ist das für ein Programm, das da gerade ausgeführt wird? So was habe ich noch nie gesehen.«

»Manche Dinge brauchst du nicht zu wissen. Es ist besser so.«

Er blickte ihr in die Augen und sah brennende Neugier. Typisch Abro. Sie wollte einfach alles wissen. Das war ihre Obsession, das machte sie zu einer so guten Ermittlerin. Aber in diesem Fall ... das durfte sie nicht wissen, denn das Programm, das gerade ausgeführt wurde, stammte vom israelischen Geheimdienst Mossad. Die Israelis waren in der Welt führend bei der Kryptografie. Es gab keinen Messengerdienst, den sie nicht überwachen konnten, keinen Passwortschutz, den sie nicht knacken konnten. Und das binnen Minuten. Dass José das Kryptoprogramm von den Israelis bekommen hatte bedeutete aber auch, dass er beim Einsatz sämtliche Informationen an den Mossad weiterleitete. Das machte ihn praktisch zum Doppelagenten. Faktisch auch, denn die Weitergabe streng geheimer Informationen an einen anderen Geheimdienst, sei es ein befreundeter oder nicht, verstieß im höchsten Maße gegen jedes Gesetz und führte zu strafrechtlichen Konsequenzen. Oder zu weitaus Schlimmerem. In der Welt der Geheimdienste wurden Verräter nicht selten finalisiert.

José blickte auf das Handydisplay, das Passwort war geknackt. Jetzt begann der Download. Viele Daten waren anscheinend nicht vorhanden. Ungewöhnlich für einen Studenten, fand José. Das helle Klingeln des Glöckchens ließ ihn aufschauen. Verdammter Mist, da war Roberto in Begleitung seines Speichelleckers, der das Klemmbrett immer noch wie einen Schild vor sich trug. Roberto blickte wütend in Josés Richtung. Der Download war zu sechsundachtzig Prozent abgeschlossen.

»Wie kann ich Ihnen helfen?«, fragte die Bedienung.

Roberto zeigte wortlos seine Dienstmarke.

»Ich habe Ihren Kollegen schon alles erzählt.«

»Kollegen?« Roberto blickte zwischen der Bedienung und José hin und her. »Sie meinen diesen Herren?«

Die Bedienung nickte.

Zweiundneunzig Prozent.

»Das sind keine Kollegen. Das sind Betrüger!«

»Betrüger?« Die Bedienung schlug die Hände vor den Mund. »Aber ... die haben doch ...«

»Woher hast du die Dienstmarke, José?« Roberto stand nun

dicht vor dem Tisch. José erhob sich und versuchte, den Laptop abzuschirmen.

»Was läuft hier?« Robertos Halsschlagader pulsierte, die Haut am Hals färbte sich rot.

»Reg dich nicht auf. Achte auf dein Herz!« José hob beschwichtigend die Hände.

Vierundneunzig Prozent. Der Download musste komplett abgeschlossen sein, um mit den gespiegelten Daten arbeiten zu können.

»Auf einen Scheiß achte ich. Was machst du da?« Roberto deutete auf den Laptop.

»Der gehört Osman El Hady.«

»Dachte ich mir. Und wann wolltest du das Beweismittel der ermittelnden Behörde übergeben?«

»Sofort nachdem ich meinen Kaffee ausgetrunken habe.«

»Aber zwischendrin rumschnüffeln, ja? Du weißt, dass du das nicht darfst.«

»Wie soll ich rumschnüffeln, wenn der Laptop mit einem Passwort geschützt ist?«

Achtundneunzig Prozent.

Roberto griff nach dem Laptop. José war schneller und klappte ihn zu.

»Gib ihn mir«, knurrte Roberto.

José übergab den Laptop. Die Polizisten rauschten davon.

»Was war das jetzt?«, wollte Abro wissen.

»Später«, sagte José. Er zahlte die beiden Kaffee, und sie gingen zum Dienstwagen zurück. Der Innenraum war klimatisiert. José checkte sofort die Daten. Download abgeschlossen. Glück gehabt.

»Du bist ein mieses Arschloch!« Abro zeigte ihr südländisches Temperament. »In was hast du mich da hineingezogen?«

»Ich habe dich in gar nichts hineingezogen.«

»Warum hast du die Daten gespiegelt? Du hättest den Laptop offiziell übergeben können. Die Daten hätten wir gekriegt. Warum um alles in der Welt musste das jetzt sein? Warum benutzt du illegale Software?«

Zum ersten Mal verfluchte José, dass er Abro als Partnerin ausgewählt hatte. Sie war so verdammt gut, und es hätte ihm klar sein müssen, dass sich dies irgendwann einmal gegen ihn richten würde.

Er drückte einen Knopf. Die Beifahrertür schwang auf. Man brauchte bei den neusten Fahrzeugen nicht einmal mehr per Hand die Tür öffnen. Ein Wunder der Technik.

»Du kannst aussteigen. Ist besser so. Geh irgendwohin. Vergiss, was ich gerade gemacht habe. Viel ist ja auch nicht passiert. Eigentlich gar nichts.«

»Erklär es mir! Verdammt, ich will doch nur Antworten!«

Was sollte er sagen? Dass es Hinweise auf einen »Deep State« gab? Nicht auf nationaler Ebene, sondern europaweit! Dass man niemandem mehr vertrauen konnte? Dass er wusste, die Beweise auf dem Laptop würden vernichtet oder zumindest verändert werden? Solche Anschläge wurden zwar sicher nicht von den Antagonisten des »Deep States« in Auftrag gegeben, aber durchaus dazu genutzt, die bestehende politische Ordnung zu torpedieren, um die eigene politische Ideologie zu stärken. Er wusste dies alles, weil er selbst ein Teil dieser Verschwörung war. José drückte wieder den Knopf. Die Beifahrertür glitt beinahe lautlos zu.

»Ich schwöre dir, die Antworten werden dir nicht gefallen.«

»Hat mich das jemals interessiert?«

José blickte sie lange an. Er verlor sich fast in den dunklen Augen, dann lächelte er.

»Willkommen an Bord.«

8

In der Nähe von Cochabamba, 03:37 Uhr BOT

DAVID TEITELBAUM gehörte nicht zu den Menschen, die in Bars gingen, um ihre Probleme zu ertränken. Im Grunde gab es keinen Ort auf der Welt, den er mehr hasste als Bars. Allein schon der Geruch nach abgestandenem Alkohol, vermischt mit Schweiß und Körpergerüchen, trieb ihm die Galle in die Kehle. Und dann die geistlosen Gespräche, die mit voranschreitender Stunde immer mehr gelallt wurden. Mit überschwänglichen Gesten. Männer und Frauen, die wie Teenager heftig knutschend in irgendeiner halbdunklen Ecke standen. Als Vorbereitungshandlung auf das Unvermeidliche. Unvermeidlich war es auch, dass der Sexpartner der letzten Nacht, im Licht des neuen Tages betrachtet, es nicht einmal wert gewesen wäre, auch nur ein Hallo gesagt zu bekommen.

David saß am speckigen Tresen einer Bar, dessen Namen er schon kurz nach dem Betreten wieder vergessen hatte. Irgendwo auf der Straße zwischen Cochabamba und Municipio Colcapirhua. Also am Arsch der Welt, wobei Cochabamba angeblich die drittgrößte Stadt Boliviens war. Es war eine dieser typischen Truckerkneipen. Aus einem Lautsprecher kratzte bolivianische Volksmusik, die sich mit amerikanischen Countrysongs abwechselte.

David klammerte sich an seinem Bierglas fest. Sein Blick

wanderte zu dem alten Röhrenfernseher, der zwischen Schnapsflaschen stand. Die hübsche Reporterin blickte professionell betroffen in die Kamera. Das Bild einer weißen Villa, eingerahmt von hohen Bäumen, wurde eingeblendet. Daneben war das Bild eines jungen Mannes, ein echter Milchbubi, entschied David.

Jemand zupfte den Wirt am Ärmel. »Hey. Mach mal laut.«

»Warum?«

»Das ist doch DJ Bolivio. Sieht aus, als wäre was passiert.«

Der Wirt zuckte mit den Schultern und schaltete die Musik aus. Für einen kurzen Moment war nur das Stimmengemurmel der Gäste zu hören, das Klirren der Gläser und Flaschen. Dann schallte die Stimme der Reporterin durch den Schankraum.

»... Polizei von einem schweren Verbrechen aus. Nachbarn sahen, wie der beliebte Musiker von einer Person in den Kofferraum seines schwarzen SUV gezerrt wurde. Bolivio habe sich heftig gewehrt, aber der unbekannte Täter habe brutal zugeschlagen und so die Gegenwehr gebrochen. Wahrscheinlich haben wir es mit einer Entführung zu tun.« Die Reporterin blickte mit ihrem Rehblick in die Kamera. »Aber warum? Warum sollte jemand DJ Bolivio entführen? Er begeistert Millionen, nicht nur hier in Bolivien.«

Der Wirt schaltete den Ton wieder ab. Das Stimmengemurmel war noch einmal zu hören, bevor die Musik wieder die Gespräche überlagerte. David war sich sicher, dass es in der Kneipe nur noch ein Gesprächsthema gab. Wo war DJ Bolivio? Und wer hatte ihn entführt?

David starrte das leere Bierglas vor sich an, als wäre es die Glaskugel eines Wahrsagers. Dabei brauchte er keinen Blick in die Zukunft. Er war es, der die Zukunft gestaltete. Jedenfalls in diesem einen kleinen Moment.

Ein Mann stellte sich zu ihm an den Tresen. »Nachts, wenn

die Blumen blühen, stehe ich gerne am Balkon und beobachte die Sonnenstrahlen.«

David runzelte die Stirn. »Kommst du klar, oder was?«

Der Mann blickte David mit kleinen Mäuseaugen an, die in einem verkniffenen Mäusegesicht lagen. »Sagt man das nicht in euren Kreisen, wenn man sichergehen will, den richtigen getroffen zu haben?«

»Keine Ahnung.« David starrte wieder in sein Bierglas. »Und wenn ich davon keine Ahnung habe, werde ich wohl nicht der richtige Gesprächspartner sein. Oder ist das so ein Sexding?«

»Ein was?«

»Na ja, es gibt ja für viele Sachen eine codierte Sprache. Vielleicht hast du mir gerade gesagt, dass du ein perverses Schwein bist, das sich gerne Dinge in den Arsch steckt und dabei angepisst wird.«

»Pass bloß auf, was du sagst!«

»Ich bin vorsichtig.«

»Tot bist du gleich.«

»Cooler Spruch. Selber ausgedacht? Oder hast du den aus dem Fernsehen?«

Etwas stach schmerzhaft in Davids Hüfte. Er blickte an sich hinab und erkannte eine Pistole mit kurzem Lauf, die ihm Mäusegesicht in die Seite drückte. Es war eine Beretta Storm, Kaliber 9 Millimeter, fünfzehn Schuss. Eine Fangschusswaffe für Jäger, aber auch gerne die kleine Schwarze in der Jackentasche für Typen wie sein Gegenüber. Und es war nicht seine einzige Waffe. Unter der Jacke war offensichtlich noch eine größere Handfeuerwaffe.

Gut zu wissen, dachte David.

»Wir kennen uns kaum«, sagte er, »und dann werden wir gleich so intim?«

»Glaubst du, ich drücke nicht ab? Traust du mir das nicht zu?«

»Doch. Ich traue es dir zu. Das ist aber nicht dein Problem. Dein Problem ist, dass dein Boss mich lebend haben will, weil er glaubt, ich habe etwas, das ihm gehört.«

David blickte ihm ins Gesicht. Ein Augenlid zuckte nervös. Für David das Zeichen, dass er mit seiner Vermutung richtiggelegen hatte.

»Und jetzt verrat mir mal deinen Namen. Ich möchte dich in Gedanken nicht immer Mäusegesicht nennen müssen. Ich bin David.«

»Halt die Fresse, Arschloch.«

»Ziemlich lang der Name. Reicht Arsch?«

»Du mieses Stück ...« Mäusegesicht erhöhte den Druck, den er mit dem Lauf seiner Pistole ausübte. »Wir gehen jetzt ganz langsam zu deinem Auto. Kein Aufsehen. Verstanden? Nicht, dass das hier jemanden interessieren würde, aber ich will keine Sauerei.«

David schälte sich betont langsam vom Barhocker und steuerte die Tür an. Mäusegesicht war dicht hinter ihm. Draußen war es trotz der frühen Uhrzeit schon warm, die Luft stickig und von Abgasen geschwängert. Aber alles war besser als der Kneipengestank. Der schwarze SUV parkte in einem Hinterhof. Eine einzelne Glühbirne kämpfte gegen das Zwielicht, Insekten flogen im Lichtschein umher.

»Ist das deiner?« Mäusegesicht deutete mit der Waffe zum Auto.

»Ein schöner Wagen, nicht wahr? Liegt wie ein Brett auf der Straße.«

»Sieht aus wie der von DJ Bolivio.«

»Was für ein Zufall.« David zuckte mit den Schultern.

Als sie vor dem Auto standen, spürte er einen Stoß zwischen den Schulterblättern und prallte gegen die Beifahrertür. Mäusegesicht tastete ihn ab. »Wo ist er?«

»So klein ist er nun auch wieder nicht.«

Mäusegesicht schlug zu. Das Griffstück explodierte an Davids Schläfe, er ging zu Boden. Ein Tritt in die Rippen. David hustete, schmeckte Blut.

»Mach keine Witze. Wo ist DJ Bolivio?«

»Fick dich, Arschloch.« Jedes Wort tat weh. David rotzte auf den Boden. »Du hast den Falschen.«

»Die Vögel zwitschern es aber von den Dächern. Und außerdem fährst du einen schwarzen SUV.«

David lachte und hustete. Er drückte sich auf die Knie und setzte sich auf den Boden, mit dem Rücken am Autoreifen. »Glaubst du, ich bin so blöd, mit der Karre eines Entführten durch die Gegend zu fahren? Da könnte ich mich auch gleich von einem Sicario des Blanca-Muerte-Kartells erschießen lassen.«

Mäusegesicht lachte und entblößte lückenhafte Zahnreihen. »Wir haben immer eine Kugel für Arschlöcher wie dich.«

»Cooler Spruch. Solltest du dir auf die Stirn tätowieren lassen.« Mit einer Handbewegung wischte David sich den Rotz von der Nase. »Und was jetzt?«

»Steh auf, Wichser.« Mäusegesicht machte einen Schritt zurück und bedrohte David weiterhin mit der Pistole, den Finger am Abzug. »Und jetzt zum Kofferraum.«

David öffnete die Kofferraumklappe.

»Geh zur Seite.« Mit einem schnellen Blick überprüfte Mäusegesicht, dass der Kofferraum leer war.

»Hab doch gesagt, dass ich Verbandskasten und Warndreieck dabeihabe.«

»Halt deine scheiß Fresse! Steig ein! Wir fahren.«

»Nach Memphis?«

»Memphis? Was?«

»Da wohnte Elvis Presley.«

»Ich freue mich darauf, dich gleich kaltmachen zu dürfen. Als Erstes stopfe ich dir dein vorlautes Maul.«

Mäusegesicht öffnete die Beifahrertür und wartete, bis David beinahe auf der Fahrerseite eingestiegen war. Erst dann beugte er sich ins Innere und bedrohte David, bis er sich angeschnallt und die Hände ans Lenkrad gelegt hatte. Dann stieg Mäusegesicht ein. »Und jetzt fahr.«

»Wohin?«

»Das sage ich dir schon noch.«

David lenkte den SUV auf die Straße. Sie fuhren schweigend aus der Stadt.

»Jetzt sag schon, wie heißt du eigentlich? Ich meine, wir kennen uns ja jetzt schon eine ganze Weile«, sagte David.

Mäusegesicht nickte. »Okay. Nenn mich El Impiedoso.«

Der Gnadenlose.

Zumindest wusste David jetzt, was ihn am Ende dieser Fahrt erwartete.

9

Sudanesische Grenzregion, 09:39 Uhr EAT

DER SAND KNIRSCHTE, die Schritte kamen näher. Thomas duckte sich, schlang die Arme um den Körper. Das Knirschen wurde lauter. Kein Entkommen, keine Hoffnung darauf, dass der Soldat ihn übersehen würde. Thomas schloss die Augen und erinnerte sich daran, wie er als Kind geglaubt hatte, wenn er nichts sah, würden die anderen ihn auch nicht sehen. Das hatte schon damals beim Versteckspiel mit seinen Freunden nicht geklappt. Jetzt ging es um Leben und Tod, die Soldaten waren gnadenlos. Fressen oder gefressen werden. Dieser Gedanke rüttelte Thomas auf. Er öffnete die Augen und schaute sich um. Eine Holzlatte. Ein verrosteter, krummer Nagel ragte heraus. Das musste reichen.

Dann stand der Soldat vor ihm. So etwas wie Überraschung stand ihm ins Gesicht geschrieben. Wertvolle Millisekunden verstrichen, ehe er das Sturmgewehr hob. Thomas packte die Latte und schlug zu. Er traf die Schläfe, der Nagel drang dem Soldaten in den Kopf, der Blick wurde sofort leer. Das Holz glitt durch Thomas' Hände, als der Soldat zur Seite kippte. Splitter drangen ihm ins Fleisch. Thomas leckte sich über die Lippen. Er griff das Sturmgewehr, das der Tote fallen gelassen hatte. Mit einem schnellen Blick schaute er um die Hausecke. Der andere Soldat rannte schon auf ihn zu, das Gewehr im Anschlag.

Thomas richtete die Mündung des Sturmgewehrs aus. Als er den Abzug betätigte, ratterte eine Salve über den Boden, Sand spritzte auf. Der Soldat wich zur Seite und suchte Deckung. Eine weitere Salve streckte ihn im Rennen nieder.

Plötzlich waren gerufene Befehle zu hören. Weitere Soldaten waren aufmerksam geworden. Thomas musste weg, ein Versteck suchen und hoffen, dass sie ihn nicht fanden. Geduckt rannte er dorthin, wo er Julian das letzte Mal gesehen hatte. Zu den aufgetürmten Müllsäcken. Sein Freund war nicht mehr da. Thomas starrte das Sturmgewehr an, das er in seiner Hand hielt, und ließ es dann in den Sand fallen. Das Stimmengewirr wurde lauter, und es schien von allen Seiten zu kommen. Er blickte sich um. Wo verdammt konnte er sich verstecken? Der Müllsackstapel war die einzige Möglichkeit. Er kroch durch das stinkende Meer aus Plastik, bis er glaubte, dass er nicht mehr gesehen werden konnte. Doch da war eine kleine Lücke zwischen den Säcken. Er kramte sein Handy hervor, hielt es hoch und startete die Videofunktion. Mehrere Stiefelpaare waren nun dort, wo er das Sturmgewehr fallen gelassen hatte. Die Soldaten sprachen Englisch miteinander, aber mit einem harten Akzent.

»Wie viele Tote, Major?«

»Zwei bisher, Commander.«

»Findet das Schwein und bringt ihn zu mir.«

»Verstanden, Commander.«

Die Stiefelpaare verschwanden aus dem Sichtfeld der Handykamera. Nur ein Paar blieb. Und es näherte sich den Müllsäcken. Thomas hielt den Atem an und schaltete das Mobiltelefon aus. Nichts durfte ihn verraten. Atemlose Stille. Sein Herz schlug wild, als wolle es ihm aus der Brust springen und fliehen.

Er hörte ein Kratzen, als würde sich der Soldat an den Müllsäcken zu schaffen machen. Was tat er da? Dann drang ein

Sonnenstrahl zu Thomas hindurch. Er spannte die Muskeln an. Der Soldat riss einen Sack vom Stapel. Gleich würde er ihn finden. Und dann? Dieser Commander hatte bedrohlich geklungen, nicht nur wegen seines harten Akzents. Da war noch etwas anderes. Pure Wut, getragen von grausamem Hass. Thomas würde nicht einfach sterben. Er würde hingerichtet werden. Und diese Hinrichtung würde eine Bestrafung sein. Dafür, dass er zwei Soldaten getötet hatte. Töten und getötet werden. Eine nicht aufzuhaltende Gewaltspirale, die überall auf der Welt funktionierte. Bei Straßengangs, Gangsta-Rappern, der Mafia, Milizen, aber auch bei Regierungen. So war der Mensch.

Ein weiterer Müllsack wurde heruntergerissen. Beim nächsten würde der Soldat ihn sehen, dessen war sich Thomas sicher. Er schloss die Augen, dachte an Gott. Nicht, dass er jemals gläubig gewesen wäre, denn dafür hatte er zu viel Leid und Elend in der Welt gesehen. Aber es half, so etwas wie eine innere Ruhe zu finden. Die Kraft, das Unvermeidliche zu ertragen. Thomas nahm sich vor, nicht um sein Leben zu betteln. Es würde so oder so vergebens sein und den sadistischen Schweinen nur Genugtuung verschaffen, bei dem einen oder anderen vielleicht noch eine Erektion. Wer wusste schon, was Menschen zu so grausamen Handlungen antrieb.

Plötzlich Tumult. Ein panischer Schrei. Harte Worte. Beschimpfungen. Auf Englisch und in einer Sprache, die Thomas nicht verstand. Wieder ein panischer Schrei, gefolgt von einem Wimmern. Julian? O Gott! Thomas presste die Lippen aufeinander. Sie hatten seinen Freund. Und sie glaubten, er hätte die Soldaten getötet. Er würde bestraft werden für das, was ein anderer getan hatte. Wieder ein Beweis dafür, dass es weder ein gerechtes Universum noch einen Gott gab.

»Commander!«, rief jemand triumphierend. »Wir haben ihn.«

Thomas schaltete wieder die Kamera des Telefons ein. Die

Köpfe der Soldaten waren abgeschnitten. Julian wurde auf den Boden gestoßen. Er versuchte aufzustehen, aber ein Tritt in den Bauch ließ ihn zusammenbrechen. Er wälzte sich auf den Rücken. Thomas erkannte, dass sein Freund im Gesicht blutete. Platzwunden. Spuren von Faustschlägen. Julian atmete flach. Er hatte wahrscheinlich keine Kraft mehr, sich zu wehren.

Kurz darauf sah Thomas, wie eine Gruppe Frauen zu dem Platz geführt wurde. Und Ivie war eine von ihnen. Diese Füße würde er unter Hunderten anderen Füßen erkennen. Außerdem trug sie noch das Knöchelkettchen, das er ihr geschenkt hatte.

»Ich bin Naked Death«, hörte Thomas die Stimme des Commanders. »Und ich bin grausam. Aber ich gebe euch die Chance eures Lebens. Tötet diesen Mann, und ihr werdet leben. Damit ihr seht, dass ich es ernst meine …«

Ein Schuss ertönte. Ein Frauenkörper sank zu Boden.

»Er oder ihr! Nicht nachdenken. Jetzt!«

Eine Frau trat vor, ihre Spitzhacke fiel nieder. Kraftlos, nur der Schwerkraft folgend. Dann folgte eine weitere Spitzhacke, und noch eine.

Die Soldaten lachten und johlten, als wäre das alles ein Spaß. Thomas schaltete die Videofunktion seines Mobiltelefons aus. Er wollte nicht sehen, wie sein Freund starb. Konnte es nicht. Doch er hörte es. Jedes Geräusch drang tief in seine Seele und zerriss sie. Aber er konnte nichts für Julian tun. Und diese Erkenntnis schmerzte noch mehr.

Thomas entschied zu warten, bis es Nacht war oder bis die Soldaten abzogen. Dann würde er aus seinem Versteck kriechen und nach Hause zurückkehren. Zu seiner Frau und seiner Tochter. Er würde in Sicherheit sein. Doch dann dachte er an Ivie. Die Frau, in die er sich verliebt hatte. Da war er sich nicht mehr sicher, ob er wirklich nach Deutschland gehörte, ob sein

Platz noch im Kreis der Familie war. Die Arbeit als Arzt in Krisenregionen hatte ihn verändert. Aber hatte es ihn so weit verändert, dass er nicht mehr wusste, wohin er gehörte? Wo er in Sicherheit war?

Das Johlen und Lachen hörte auf. Drei Schüsse hallten durchs Dorf, gefolgt von drei dumpfen Aufschlägen und dem Geschrei der Frauen. Naked Death war offensichtlich ein Mann, der gegebene Versprechen nicht hielt. In diesem Moment traf Thomas eine Entscheidung, und er hoffte, dass diese Entscheidung die richtige war. Julian hatte er nicht retten können, aber vielleicht Ivie.

Und er betete zu Gott, dass die Frau, die er liebte, nicht gerade erschossen worden war.

10

Monchique, 08:52 Uhr MEZ

DIE FAHRT ZUM Polizeirevier dauerte nicht lange. José überlegte, was er Abro erzählen sollte. Sie war schlau, also würde sie eine Lüge sicher erkennen. Aber was wäre mit einer Halbwahrheit? Würde sie die schlucken? Er hatte ihr zwar ein »Willkommen an Bord« versprochen, aber überzeugt war er nicht, dass es dazu kommen würde. Dafür kannte er Abro zu gut. Sie spielte nach den Regeln.

Er nicht.

»Wie gesagt«, begann José. »Wir haben Hinweise darauf, dass eine Organisation die Stabilität Europas unterminieren will. Sie unterstützen zum Beispiel den aufkommenden Rechtspopulismus, um die Staaten von innen heraus zu zerstören.«

»Wer sind die?«

»Schon einmal von den Old Men gehört?«

Sie schüttelte den Kopf.

»Das ist eine Gruppe ehemaliger Agenten.«

»Wenn die Bedrohung so groß ist, warum tun die Staaten nichts dagegen?«

José lachte. »Hast du schon einmal ein Phantom gejagt? Sie gehören zu den Besten ihres Fachs. So einfach ist das also nicht.«

»Höre ich da Bewunderung in deiner Stimme?«

»Warum nicht? Die Old Men schaffen es, einen gewaltigen Apparat wie Europa zu destabilisieren, ohne selbst in Erscheinung zu treten.«

»Und deswegen hast du die Daten heimlich vom Laptop gezogen?«

José nickte. »Solche Menschen wie Roberto sind anfällig für die Ideen der Old Men. Wenn er die Daten bekommt, wird er sie entweder vernichten oder verändern. Da bin ich mir sicher. Ziemlich sicher sogar.«

»Aber zumindest haben wir eine Kopie.«

José blickte zu dem Gebäude. Ein Schild über dem Eingang wies es als Polizeirevier aus. Die Fassade war schmucklos und in schlichtem Grau gehalten.

»Wir sind da«, sagte er. »Kein Wort über die Old Men zu Roberto, klar?«

»Natürlich.«

Während sie ausstiegen, dachte José darüber nach, dass es schade um Abro war. Sie hatte zu viel mitbekommen. Kurz hoffte er, dass sie vielleicht der Idee der Old Men erliegen könnte, aber als er ihren entschlossenen Blick sah, wusste er, dass dies nicht der Fall sein würde.

Abro musste sterben. Sehr bald schon.

Breite Treppenstufen führten zum gläsernen Haupteingang des Reviers. José hielt seiner Kollegin die Tür auf. In diesem Moment verließ ein Mann in schwarzem Anzug die Polizeiwache. Er roch nach Zedernholz und Moschus. Wahrscheinlich ein sündhaft teures Parfum. Der Anzug war maßgeschneidert, das erkannte José sofort.

»Willst du hier Wurzeln schlagen?«, fragte Abro.

José blickte dem Mann hinterher, bis dieser einen dunklen Mercedes erreichte, die Fahrertür öffnete und die Aktentasche auf den Beifahrersitz warf. Kurz darauf rauschte der Mercedes mit deutlich überhöhter Geschwindigkeit davon.

»Wer war das denn?«, fragte José.

»Keine Ahnung. Vielleicht ein schwerreicher Bonze, der gerade eine Anzeige erstattet hat?«

»Oder ein Rechtsanwalt.«

»Wie kommst du denn darauf?«

»Hier wird ein mehrfacher Mörder festgehalten. Ich wundere mich nur, dass die Presse noch nicht da ist.«

»Manchmal braucht man Glück im Leben.«

Anscheinend erwartete Roberto sie schon. Er stand im Wachraum hinter einem gemauerten Tresen. Irgendwo rauschte ein Funkgerät.

»Was wollt ihr denn hier?« Roberto konnte seine Wut nicht verbergen.

»Wir möchten mit Osman El Hady sprechen.« Josés Stimme strotzte vor Entschlossenheit. Er wollte sofort klarmachen, dass er keinen Widerspruch duldete, dass er keine Zeit verlieren wollte.

»Das wird leider nicht möglich sein.«

»Warum nicht?«

Roberto stemmte die Fäuste in die Hüften. »Gerade war sein Anwalt da. Nach einem kurzen Gespräch mit seinem Mandanten wurde uns klargemacht, dass dieser nur gegenüber einem Richter aussagen will. Wir versuchen nun, einen Richter zu erreichen.«

»Das ist doch Bullshit.« José spürte die Wut. »Wir haben die Möglichkeit eines informatorischen Gesprächs. Was die Polizei darf oder nicht, ist mir völlig egal.«

»Und mir ist es egal, was der SIS darf, solange sich der Verdächtige in der Obhut der Polizei befindet.«

Aus dem Augenwinkel sah José, wie Abro mit dem Uniformierten sprach. Dieser nickte kurz und bemühte die Computertastatur, die vor ihm auf dem Tisch lag. Es dauerte nur einen kurzen Augenblick, dann drehte sie sich zu Roberto und José um.

»Was ist?«, wollte Roberto wissen.

»Der Rechtsanwalt. Haben Sie seinen Ausweis gesehen?«

»Ja, warum?«

»Weil es ungewöhnlich ist, dass ein Rechtsanwalt mit einem Mietfahrzeug vorfährt.« Sie deutete auf den Computerbildschirm. »Die Versicherung für das Fahrzeug ist auf eine Autovermietung in Porto zugelassen.«

»Woher ...?« Roberto blickte zwischen Abro und José hin und her.

»Ich habe mir das Kennzeichen gemerkt.«

José blickte zu Boden. Er presste die Lippen fest aufeinander. Um Abro war es wirklich schade. Ob es vielleicht doch eine andere Lösung gab?

»Vielleicht hatte er eine Panne?«, sagte Roberto.

»Und dann leiht er sich ein Fahrzeug in Porto?«

Roberto legte die Stirn in Falten, dann schlug er mit der flachen Hand auf die Theke. »Verdammt! Ich werde euch ja so oder so nicht los.«

Er führte José und Abro in den hinteren Teil der Wache, vorbei an Büros und einem Aufenthaltsraum. Dort lief ein Fernseher. Auf dem Bildschirm flimmerte das Bild eines Polizeigebäudes, das von einem Meer von Reportern und Kameraleuten belagert wurde.

»Die glauben, wir wären in Portimao«, sagte Roberto, der offensichtlich Josés fragenden Blick gesehen hatte.

»Ich bin fast beeindruckt.«

»Dass ich das mal aus deinem Mund höre.«

Die Zellen lagen im Untergeschoss. Am Treppenabsatz versperrten breite Gitterstangen den Zugang zu den dahinterliegenden Fluren. An einem einfachen Holztisch saß ein Uniformierter. Er hatte die Füße hochgelegt und las ein Buch. *Cancao da Ira,* entzifferte José. Dem Cover nach wohl ein Thriller.

Roberto schlug gegen die Gitterstäbe. Der Uniformierte schreckte hoch, blickte sich um und drückte dann auf einen Knopf. Das Türschloss summte, und Roberto öffnete den Durchgang. Der Uniformierte stand auf und salutierte.

»Wir wollen zu Osman El Hady.«

»Alles klar, Herr Kommissar.«

Der Uniformierte führte sie zu einer Stahltür. Bevor er die Tür öffnete, blickte er durch den Türspion. Die Zelle war karg und erinnerte eher an das Zimmer in einem Rohbau. Grauer Betonboden. Graue Betonwände. Graue Decke. Eine Neonröhre, die summend Licht spendete. In der Ecke war eine Pritsche, darauf eine blaue Gummimatratze. Osman lag auf der Seite mit dem Gesicht zur Wand, zugedeckt mit einer braunen Wolldecke. Keine Reaktion, nicht mal ein Zucken. Roberto trat an die Pritsche.

»Aufstehen. Besuch.«

Keine Reaktion.

»Aufstehen habe ich gesagt.« Roberto packte Osman an der Schulter und rüttelte. Fast augenblicklich rutschte der Körper von der Pritsche. Beim Aufprall auf den harten Boden gab es ein dumpfes Geräusch. Wie immer, wenn ein lebloser Körper irgendwo aufprallte. Nein, nicht nur leblos. Osman war tot. José reichte ein Blick in die starren Augen, die in einem verzerrten Gesicht lagen. Der Todeskampf musste grausam gewesen sein, aber schnell und beinahe lautlos. Gift, entschied José. Er war der Erste, der sich aus der Schockstarre lösen konnte. Er hockte sich neben den Leichnam und nahm den leichten Mandelgeruch wahr. Blausäure. Cyanid. Wahrscheinlich aber ein weiterentwickelter Stoff. Verabreicht durch eine Spritze. Die abgebrochene Nadel steckte noch in der Schulter am Halsansatz. Dort, wo die Küsse der Geliebten am meisten kribbelten. Verdammte Scheiße! José ballte eine Faust.

»Das war Mord«, sagte er. »Der liebe Herr Rechtsanwalt.«

»Ich lasse sofort fahnden.« Roberto stürzte förmlich aus der Zelle, gefolgt von dem Uniformierten.

José und Abro waren allein mit dem Toten.

»Das war effizient«, sagte er.

»Der Mord?«

»Nicht nur das.« José schüttelte den Kopf. »Ich meine die ganze Aktion. Wann wurde Osman festgenommen? Vor zwei Stunden? Drei? Das Attentat war so geplant, dass er eigentlich dort draufgehen sollte. Wäre bei der schießwütigen Guarda Nacional auch zu erwarten gewesen. Aber unser Attentäter konnte flüchten und überlebte. Und diejenigen, die das alles geplant haben, hatten einen sehr effektiven Plan B zur Hand. Das ist schon ein genialer Schachzug, einen Inhaftierten in einer Polizeiwache zu ermorden und auch noch davonzukommen. Findest du nicht?«

Abro nickte.

»Das Attentat auf die Demonstration war kein islamistischer Anschlag, auch wenn man uns das glauben lassen will. Deutet ja alles darauf hin. Ein Muslim aus dem Sudan, der Allahu Akbar geschrien hat, bevor er unschuldige Demonstranten ermordet. Aber das ist es nicht. Das Motiv für die Anstiftung liegt tiefer. Viel tiefer, als wir momentan erfassen können.«

»Die Destabilisierung unseres Gesellschaftssystems?« Die Frage war mehr eine Feststellung.

José nickte wieder. »Ich denke, dass wir es hier mit einer Geheimdienstaktion zu tun haben.«

»Die Old Men?« Abro flüsterte.

»Vielleicht. Diese ganze Sache trägt jedenfalls ihre Handschrift.« José erhob sich. »Wir sind hier fertig.«

Sie verließen die Polizeistation und damit auch die Hektik, die ausgebrochen war. Ihre Fahrt führte in die Berge. Irgendwo zwischen Barranco dos Pisoes und Cascalheira hielt José an. Es war ein kleiner Parkplatz mit halb zerfallener Holzhütte. Der Schotter knirschte unter den Reifen.

»Ich muss mal«, sagte José.

Er stieg aus und folgte einem kleinen Pfad in den Wald. Dort lehnte er sich an einen Baumstamm und atmete durch, bevor er auf das Display seines Smartphones blickte. Eine Nachricht von einer unbekannten Nummer. José wusste jedoch, von wem der Text kam. *Deus Vult.* Mehr war nicht zu lesen. Gott will es. Die Antwort der Menschen auf den Aufruf Papst Urbans II. zur Befreiung Jerusalems. Das war irgendwann um 1090 gewesen, hatte aber immer noch Gültigkeit. Nur ging es heute nicht um die Befreiung Jerusalems.

»Was machst du da?«

José hatte seine Kollegin nicht kommen hören.

»Nichts. Alles in Ordnung.«

»Dann lass uns fahren. Wir müssen unsere Vorgesetzten über die Machenschaften dieser Old Men informieren. Das muss aufhören.«

»Ja, das muss aufhören.« José antwortete mechanisch. Er hatte seine Walther PPK schon in der Hand, als Abro sich wieder umdrehte. Er schlug schnell zu. Überrascht fiel sie auf den Boden und wirbelte herum. Ihre Bewegung gefror. Sie blickte in die Mündung der Pistole.

»Unten bleiben!« José bellte den Befehl heraus.

Abro kniete sich hin. Aber sie bettelte nicht um ihr Leben. Ihre Augen funkelten wild entschlossen.

»Warum?« Mehr brauchte sie nicht zu sagen. Ihr war ganz gewiss klar, dass José die ganze Zeit gelogen hatte, dass er ein falsches Spiel trieb und dass er von den Old Men beauftragt wurde.

»Weil Europa eine Totgeburt ist. Gefangen in den Klauen von nutzlosen Bürokraten und unfähigen Politikern, deren größtes Problem die Krümmung der importierten Bananen ist.«

»Deshalb müssen Menschen sterben?«

José zuckte mit den Schultern. »Es gibt so oder so zu viele von uns auf dieser Welt.«

Sie blickte zur Pistole, die in Josés Hand zitterte.

»Du musst das nicht tun«, sagte sie.

»Ich weiß«, sagte er.

Er schoss zweimal. Effizient. Wie er es gelernt hatte. Erst ins Herz, dann in den Kopf. Abros Körper sackte zur Seite und blieb sofort reglos liegen.

In diesem Moment klingelte das Smartphone. José steckte die Pistole zurück und nahm das Gespräch an.

»Chiffrierte Leitung«, drang die elektronische Stimme aus dem Lautsprecher.

»Genau im richtigen Moment, Fitzgerald«, sagte José.

»Woher hast du die Daten?«, fragte Fitzgerald.

»Vom Laptop des Attentäters. Kannst du damit etwas anfangen?«

»Die Daten sind Gold wert. Ist sichergestellt, dass niemand sonst an diese Daten kommt?«

»Ich habe die Festplatte gleichzeitig vollständig gelöscht und eine Routine gestartet, die unentwegt riesige Datenmengen aus dem Netz lädt.«

»Hervorragend.« Fitzgerald machte eine Pause. »Du klingst, als wärst du etwas außer Atem. Was ist los?«

»Ich habe gerade meine Partnerin erschossen.«

»Die Hübsche?«

José blickte zum Körper zu seinen Füßen. »Ja, die Hübsche. Schade drum.«

»Dann wird es Zeit, dass du abtauchst.«

»Werde ich.« José beendete das Gespräch.

Er dachte an Marokko oder Schweden oder irgendwo in Südamerika. Brasilien vielleicht? Oder Bolivien?

Er scharrte Abroholos Körper nicht einmal zu. Man würde

ihn irgendwann finden. Oder auch nicht. José war es egal. Zu dem Zeitpunkt würde er schon weit weg sein, in einem anderen Leben. Ohne seine Frau. Ohne Barfußschuhe. Ohne verfickte Nikotinkaugummis.

11

Sudanesische Grenzregion, 10:26 Uhr EAT

ER HATTE SCHON beinahe seinen Namen vergessen. Langenberg. Thomas Langenberg, sagte er sich immer wieder. Seine Glieder schmerzten, und die Hitze war unerträglich. Dazu der Gestank des Unrats und die Fliegen, die von den Leichen angezogen wurden. Und dann war da noch der Durst, der im Hals brannte und seine Kehle zuschnürte. Er musste aus seinem Versteck.

So leise wie möglich kroch er aus dem Müllhaufen. Die Leichen, die direkt davor lagen, ignorierte er. Für seinen Freund konnte er nichts mehr tun. Und er wollte nicht sehen, wie grausam Julian zu Tode gekommen war.

Thomas blickte sich um. Das Dorf lag in Trümmern, irgendwo brannte noch eine Hütte. Die schwarze Rauchsäule stieg senkrecht zum Himmel. Soldaten waren keine mehr zu sehen, aber er konnte sie noch hören. Die Musik, die zwischen den Trümmern ertönte, die fröhlichen Klänge, passten nicht hierher.

Vorsichtig huschte er zur nächsten Hütte und drückte sich gegen die Wand. Er musste Ivie finden. Nicht auszudenken, was ihr die Soldaten antun könnten. Er wollte sie vor diesem Schicksal bewahren, denn sie war der Grund, warum er noch hier war. Julians und sein Auftrag im Dorf war schon vor zwei

Tagen beendet gewesen. Julian hatte sofort abreisen wollen, doch Thomas hatte sich Ausreden einfallen lassen, um noch länger zu bleiben. Wenn sie nach Plan gehandelt hätten, wäre Julian noch am Leben. Beide kannten die Gefahren, aber Thomas hatte gewählt und konnte diese Entscheidung nun nicht mehr rückgängig machen. Er hatte sich gegen seine Familie in Deutschland entschieden. Für die Liebe zu einer Frau, die möglicherweise das Paradies bedeutete. Ivie und er waren sich nähergekommen. Verboten nahe. Er hatte ihre steifen Brustwarzen an seinem nackten Unterarm gespürt. Ivie hatte gelächelt. Unsicher, ob es ihm gefiel. Thomas hatte ihr ebenfalls ein Lächeln geschenkt.

Genug davon, ermahnte er sich. Er musste wachsam bleiben. Wahrscheinlich patrouillierten überall Soldaten. Oder waren sich die Söldner sicher, dass niemand kam?

Thomas presste die Lippen aufeinander. Er hatte bei seiner Ankunft am Flughafen von Khartum den Zustand der sudanesischen Armee gesehen. Müde Soldaten, aufgerieben in einem Krieg im Jemen, den sie für die Saudis geführt hatten. Weiter aufgerieben in einem Krieg untereinander, als General Nasir die Macht an sich gerissen hatte. Jetzt waren sie desillusioniert. General Nasir hatte die sudanesische Militärunterstützung im Jemen beendet und damit die dringend benötigten saudischen Waffenlieferungen. In der Presse hatte Nasir dann beteuert, dass seine Truppe der terroristischen Bedrohung gewachsen war. Zwar verstand Thomas nicht viel vom Militär, aber er war sich sicher, dass die Söldner hier im Dorf den regulären sudanesischen Truppen überlegen waren.

General Nasir benötigte neue Waffen, um zu verhindern, dass aus dem Sudan ein Kalifat wurde. Ein Land, in dem Menschen öffentlich ausgepeitscht wurden, weil sie rauchten oder eine Frau angeschaut hatten, die nicht ihre Ehefrau war. Ein Land, in dem Kuffar, also Juden, Christen und Muslime, die angeblich nicht dem wahren Islam folgten, grausam hingerichtet wurden. Ein Land, in dem das Scharia-Recht galt. Ein Recht, das subjektiver nicht sein konnte. Der Richterspruch hing von der Auslegung des Korans und der Sunna des jeweiligen Richters ab. Und meist waren das mittelalterliche Ansprüche, die nicht in die heutige Zeit passten. Islamisten hingegen waren stolz, zu den Altvorderen zu gehören. Zu den wahren Muslimen, die zu den Wurzeln des Glaubens zurückgekehrt waren.

Der Sudan würde ein noch grausameres Land werden.

Thomas hatte sich bis zum Dorfplatz geschlichen, von wo die Musik kam. Die Söldner saßen in Grüppchen verteilt im Halbkreis auf dem Boden, aßen und tranken, lachten miteinander oder saßen einfach nur still da. Das Bild hatte etwas von einem Pfadfinderausflug, wären da nicht die Leichen gewesen, die vor den Hütten lagen. Im Krieg war kein Platz für die Würde der Toten. Es gab einfach zu viele davon.

Wo war Ivie? Nirgends konnte Thomas eine Frau zwischen den Männern erkennen. Doch! Dort am Boden. Sie kniete. Ungläubig schüttelte er den Kopf. Sie aß. Trank. Lachte! Zusammen mit einem Mann, der höchstwahrscheinlich Naked Death war. Thomas wusste es nicht mit Sicherheit, aber die anderen hielten einen gebührenden und respektvollen Abstand. Alle außer Ivie. Sie tat das, was sie mit ihm getan hatte. Spürte Naked Death auch ihre steifen Brustwarzen auf seiner Haut?

Ich verdammter Idiot! Thomas dachte an seine Frau. Und an Milana, seine Tochter. Im Krieg war kein Platz für Loyalität. Wahrscheinlich verschwendete Ivie keinen einzigen Gedanken mehr an ihn. An Thomas Langenberg, Arzt ohne Grenzen.

Plötzlich bekam er von hinten einen Stoß. Ein Söldner hatte ihn entdeckt und beförderte ihn nun auf den Dorfplatz. Der Söldner lachte, sodass die Aufmerksamkeit der anderen auf ihn gelenkt wurde. Die ersten Männer erhoben sich. Wahrscheinlich wussten sie, welches Spektakel sie nun erwartete. Thomas wehrte sich, was zu noch mehr Gelächter und Gejohle führte. Er hätte genauso gut gegen einen Elefanten kämpfen können.

Der Mann neben Ivie erhob sich. Gelächter und Gejohle verstummten sofort. Thomas wusste, dass es Naked Death war, noch bevor die abgewetzten Spitzen der Kampfstiefel in sein Sichtfeld kamen. Er schloss die Augen. Den ersten Tritt spürte er wenige Sekunden später. Irgendetwas knackte. Er wusste sofort, dass es eine oder zwei seiner Rippen gewesen waren. Anatomisch gesehen irgendwo zwischen der vierten und neunten Rippe. Sehr schmerzhaft, was Thomas sofort beim Einatmen spürte. Er wimmerte. Der Schmerz wurde größer, als er auf die Knie gewuchtet wurde. Trotzdem schrie er nicht. Ihm war klar, dass er gleich sterben würde. Vorsichtig öffnete er die Augen.

Naked Death machte eine Handbewegung. Ivie stand auf und stellte sich neben ihn. Sie blickte auf Thomas herab.

»Töte ihn«, sagte Naked Death. »Zeig mir, aus was für einem Holz du geschnitzt bist.«

Hatte Thomas geglaubt, Ivie würde zögern, so wurde er enttäuscht. Jemand reichte ihr eine Pistole und schwarze Schuhcreme. Sie öffnete die Dose und strich mit den Fingern durch die Paste. Dann glitt sie damit grob über seine Stirn und Wangen. Es war ein Zeichen, dass er das Gesicht verloren hatte. Kurz vor dem Tod gab es kaum eine tiefere Demütigung. Und Ivie tat es mit Genuss.

»Du musst das nicht tun, Ivie. Ich wollte dich doch retten.« Thomas lief der Rotz aus der Nase. »Hör auf damit. Bitte! Sag denen, dass ich hier nur helfen wollte. Lass mich gehen! Ich werde niemandem etwas verraten.«

Ein Lächeln umspielte ihre Lippen. Dann hob sie die Pistole und zielte auf seinen Kopf. Thomas blickte ihr in die Augen. Er fand kein Mitleid, kein Zögern. Nur eiskalte Berechnung.

Zu spät wurde ihm klar, dass im Krieg kein Platz für Liebe war.

12

Cochabamba, 05:28 Uhr BOT

WIR MÜSSEN hier abbiegen.« El Impiedoso wies auf eine Abzweigung, die zu einer Fabrik führte.

David lenkte den Wagen von der löchrigen Straßen und bog in die Zufahrt. Das Gelände wurde von einem hohen Stacheldrahtzaun umgeben. Vor ihnen standen zusammengewürfelte Backsteingebäude, deren Sinn sich für David nicht erschloss. Bei dem dreistöckigen Haus könnte es sich um das Verwaltungsgebäude handeln. Es könnte aber genauso gut auch einem anderen Zweck dienen.

»Hier halten wir an.«

David stoppte den Wagen vor einem Flachdachgebäude mit breiten Zufahrtstoren und Laderampen für Lastkraftwagen. Trübes Licht sickerte durch staubige Fensterscheiben nach draußen, zusammen mit dem Lärm von laufenden Maschinen.

»Was ist das hier?«, fragte er El Impiedoso.

»Eine Fabrik für Energiedrinks. ›*A Besta* weckt das Biest in dir!‹« Er gluckste. »Dank der besonderen Zutaten.«

Offensichtlich gehörte die Fabrik dem Drogenkartell. Aber zu welchem Zweck? Geldwäsche? Schmuggel? Beides? David zuckte mit den Schultern. »Ein ordentlicher bolivianischer Kaffee ist mir allemal lieber.«

»Steig aus!« Mäusegesicht deutete mit dem Pistolenlauf auf

das Seitenfenster der Fahrertür. Als David sich dorthin umdrehte, sah er zwei Männer in Jeans und Shirts. Beide trugen Kopftücher und hatten AK-47 in den Händen. Anscheinend dauerte es den Sicarios zu lange. Einer von ihnen riss die Fahrertür auf und packte David am Oberarm. Bevor er überhaupt irgendetwas tun konnte, lag er schon im Staub. Direkt vor ihm waren zwei *Nike Air Max* in der Größe von Kindersärgen. Die Sicarios wuchteten David auf die Füße und rammten ihn gegen die Seite des SUV.

»Hab den Wichser schon durchsucht«, hörte er Mäusegesicht sagen. »Bringt ihn rein.«

David wurde vom SUV weggestoßen. Er stolperte in Richtung der Lkw-Rampen und weiter bis zu einer grauen Metalltür.

»Was soll die verfickte Scheiße?«, fragte er.

Dafür erntete er einen harten Faustschlag in die Magengrube. Als er daraufhin würgte, schmeckte er Galle auf der Zunge. Der Typ mit den Kindersargschuhen fraß wahrscheinlich tonnenweise Steroide zum Frühstück, zusammen mit einer Portion Stahl. Sein Faustschlag glich einem Dampfhammer. David lehnte sich gegen die Wellblechwand, die eine angenehme Kühle ausstrahlte. El Impiedoso lehnte sich daneben, zückte eine zerknitterte Zigarettenschachtel und bot David einen Glimmstängel an, den dieser aber ablehnte. Schulterzuckend zündete er sich eine Kippe an und blies den blauen Dunst in den morgendlichen Himmel.

»Manchmal ist das Leben scheiße, was?«

»Du bist nicht der, der rumgeschubst wird.«

Impiedoso lachte kurz. »Das ist deine Schuld. Warum musstest du auch diesen DJ entführen? Oder hast du ihn schon kaltgemacht?« Er blickte David an und wartete offensichtlich auf eine Antwort, die er aber nicht bekam. »Na ja. Nicht, dass es mich stören würde. Der Typ hat echt verflucht schlechte Musik gemacht. Ich meine, wer mischt schon traditionelle bolivianische Musik mit Elektrobeats? Um das aushalten zu können, musst du zwingend irgendeinen Scheiß einwerfen. Irgendwas, das dein Bewusstsein betäubt.«

»Ist das euer Geschäftsmodell? Ihr lasst einen Schwachkopf schlechte Musik machen, damit die Jugend mehr Drogen nimmt?«

»Du gibst also zu, den DJ entführt zu haben?«

Wieder keine Antwort. David schüttelte kaum merklich den Kopf und leckte sich über die spröden Lippen.

»Komm schon, mach es dir und mir nicht so schwer. Gib es einfach zu, und ich verspreche dir, dich schnell um die Ecke zu bringen. Gehst du da erst rein, gibt es Menschen, die dir mit einem Hammer jeden Knochen brechen, selbst wenn du schon lange zugegeben hast, dem Kartell geschadet zu haben. Die da drin sind voll durchgeknallte Killer, auf sämtlichen Drogen, die du dir vorstellen kannst. Überleg es dir. Eine Kugel oder hammermäßige Schmerzen.«

»Im wahrsten Sinne des Wortes, was?«

El Impiedoso neigte den Kopf, dann verstand er Davids Wortwitz und lachte.

»Wie viel Zeit habe ich noch?«

»Bis du da reingehst?« Er wartete, bis David genickt hatte. »Die Zigarette noch.«

Der Glimmstängel war halb aufgeraucht.

»Was hörst du für Musik?« David wechselte das Thema.

»Kennst du so oder so nicht.«

»Komm, versuch es mal.«

»Willst du Zeit schinden?«

Jetzt lachte David. »Was soll mir das bringen? Ich möchte einfach nur ein nettes Gespräch, bevor mich irgendwelche kranken Schweine abschlachten für etwas, das ich nicht getan habe.«

»Luzmila Carpio. Sagt dir das was?«

David schloss die Augen und versuchte sich zu erinnern. »Anfang 1950 geboren. Wuchs bei sehr naturverbundenen Menschen auf. Wurde später Sängerin einer Band und gelangte so zu einer gewissen Berühmtheit. Sie blieb ihrem Stil jedoch treu und sprang nicht auf den westlich geprägten Musikzug auf. Luzmila ist für ihre indigen geprägte Musik bekannt. Sie singt in ihrer Muttersprache. Ketschua oder Aymara.«

El Impiedoso klopfte David auf die Schulter. »Du hast echt was drauf. Sie singt tatsächlich in beiden Sprachen.« Er schnippte die Kippe weg. Als sie auf dem Boden aufschlug, spritzte Glut in alle Richtungen. »Ist fast ein Jammer, dass du gleich sterben wirst.«

»Und ich hatte gehofft, du lässt mich jetzt gehen.«

»Das wäre mein Todesurteil. Der Boss ist da rigoros.«

»Der Boss? Wird er auch da sein?«

»Ich an deiner Stelle würde mich nicht darüber freuen.« Impiedoso öffnete die Metalltür. Das Lärmen der Maschinen schwoll an. David wagte einen Blick ins Innere. Vor ihm lag eine große Halle, die von unzähligen Neonröhren an der Decke beleuchtet wurde. Arbeiter in weißen Kitteln standen an Fließbändern, auf denen bunte Getränkedosen fuhren. Die Arbeiter packten die Dosen in Kartons, die sie auf Paletten stapelten. Mehrere Gabelstapler fuhren wie Ameisen umher, um die Paletten einzusammeln. Effizient wie ein Uhrwerk.

David spürte einen Stoß zwischen den Schulterblättern. Die beiden Sicarios schwärmten aus und riefen etwas, das David nicht verstand. Offensichtlich hatte das aber mit ihm zu tun, denn die Arbeiter schalteten die Maschinen aus, und bevor sie verschwanden, warfen sie ihm mitleidige Blicke zu. David hatte sich einen besseren Ort zum Sterben gewünscht. In einem schicken Restaurant beim Essen oder auf dem Balkon seiner Villa mit Blick auf Saint-Tropez. Eigentlich war es überall besser als hier. Gut, vielleicht nicht auf einer Müllkippe. Aber auch der Zeitpunkt passte David nicht. Nicht heute. Er hatte noch so viel vor.

El Impiedoso stieß ihn weiter bis zu einem Stuhl, der vor einem einfachen Holztisch stand. Die Tischplatte war fleckig, und David konnte sich sehr gut vorstellen, was die Flecken verursacht hatte.

»Setzen!« Der Killer zog den Stuhl zurück.

13

Berlin, 10:28 Uhr MEZ

WIEBKE HATTE den ICE gerade noch so erreicht. Nun war sie auf dem Weg nach Hamburg. Aber was dann? Sie hatte nur den Namen der Polizeibeamtin: Afsaneh El-Sayed, Mordermittlerin beim Landeskriminalamt. Es würde schwierig werden, mit ihr in Kontakt zu treten, schließlich konnte Wiebke nicht einfach in die Dienststelle spazieren und nachfragen. Aus eigener Erfahrung wusste sie, dass Polizisten eher allergisch auf so was reagierten. Und darüber hinaus waren die Ermittlungen zum Bombenattentat auf Saskia offensichtlich als geheim eingestuft.

Wiebke musste sich also etwas anderes überlegen.

Ihr Mobiltelefon vibrierte. Uwe Templer hatte ihr eine Nachricht geschickt. Ihr Magen zog sich zusammen. Er hatte sie belogen, und das ärgerte sie. Mehr als ihr lieb war. War er ihr vielleicht wichtig geworden? Wenn ja, dann nicht wegen seines Aussehens. Er hatte leichtes Übergewicht und war mit Mitte vierzig etwa zehn Jahre älter als sie. Wenn er grinste, entblößte er fast zu perfekte Zähne. Und er hatte schütteres Haar, das an vielen Stellen schon grau geworden war. Also kein Mann, von dem sich Wiebke angezogen fühlte. Eher das komplette Gegenteil. Wobei sie in der Wahl ihrer Sexpartner immer flexibel geblieben war. Mehr als Sex war auch nicht drin. Immer wenn jemand eine Zahnbürste in ihrer Wohnung lassen wollte, hatte Wiebke einen Rückzieher gemacht. Sie war nie bereit für eine feste Bindung gewesen, und sie wollte es auch dabei belassen. Und dann war sie zur Division *Schnelle Krisenintervention* gekommen, eine Fallschirmjäger-Spezialeinheit der Bundeswehr, die hinter feindlichen Linien operierte und Geheimaufträge der Bundesregierung ausführte. Dort hatte sie Theresa kennengelernt. Allein der Gedanke an diese wunderbare Frau trieb Wiebke eine Gänsehaut in den Nacken.

Theresa hatte Wiebke an die Hand genommen und war mit ihr gemeinsam durch eine sinnliche und gefühlvolle Welt gestreift, die im krassen Gegensatz zu der brutalen Realität stand, in der sie sich sonst bewegten. Vielleicht war das der Grund, warum es langfristig nicht geklappt hatte. Dieses eine Mal wäre Wiebke bereit dazu gewesen, eine feste Bindung einzugehen. Doch die Realität hatte ihren Tribut gefordert. Wiebke schloss kurz die Augen, verbannte die Erinnerungen dorthin, wo sie hingehörten, und öffnete dann die Nachricht, die Templer ihr geschickt hatte.

Wir müssen dringend reden.

Müssen wir nicht. Wiebke biss sich auf die Unterlippe.

Worüber?, schrieb sie zurück.

Das möchte ich persönlich besprechen.

Ich bin nicht mehr in Berlin.

Der Messenger zeigte an, dass Templer die Nachricht gelesen hatte, aber er antwortete nicht. Sie wartete und wollte gerade das Telefon wieder einstecken, als eine Nachricht kam. *Diese Info werden Sie brauchen.*

Dann schickte er eine Adresse in Hamburg. Kein Name, nur eine Straße. Keine Hausnummer. Wiebke wusste sofort, dass das die Adresse von Afsaneh El-Sayed war.

Melden Sie sich, wenn Sie wieder in Berlin sind?

Möglicherweise, schrieb Wiebke zurück.

Es ist wichtig.

Sie zuckte mit den Schultern und schaltete das Telefon aus. Nun hatte sie einen Ansatzpunkt. Wenn es lief, wie sie es sich wünschte, würden die Entführer ihrer Schwester schon bald vor ihr im Staub knien und um ihr Leben flehen. Wiebke knirschte mit den Zähnen. Sie war sich nicht sicher, ob sie die Täter der Justiz übergeben oder ob sie die gerechte Bestrafung selbst in die Hand nehmen würde.

Einmal Soldatin. Immer Soldatin.

Einmal Mörderin. Immer Mörderin.

Wiebke hatte diesem Leben entkommen wollen, aber man hatte sie zurückgeholt. Nun war sie wieder im Spiel. Und sie spielte immer noch nach ihren eigenen Regeln.

14

Hamburg, 10:30 Uhr MEZ

DAS TELEFON SPIELTE die Titelmelodie der Krimiserie *Friesland*, die Afsaneh so sehr liebte. Jede Folge hatte sie mindestens viermal gesehen, wenn nicht noch häufiger. Aber wenn ihr Mobiltelefon diese Melodie spielte, bedeutete es nichts Gutes. Vielleicht hatte sie deswegen den Klingelton der Telefonnummer ihrer Dienststelle zugeordnet. Damit Freud und Leid dicht beieinanderlagen.

»Hast du heute nicht deinen freien Tag?« Kevin kuschelte mit den zerwühlten Laken und schmatzte. »Oder meinst du, die haben sich verwählt?«

Afsaneh griff nach dem Handy, das neben ihr auf dem Nachtschränkchen lag. »Die verwählen sich nie.«

»Müssen die so früh anrufen? Ich will einmal ausschlafen. Nur ein einziges Mal.«

»Es ist halb elf.«

Sie nahm das Gespräch an und hörte die Stimme ihres Kollegen Mirko. »Ich weiß, du hast heute frei.«

»Und warum rufst du dann an?« Sie bekam die Augen kaum auf. Gestern Abend war es spät geworden. Sehr spät. Zu spät für ihr Alter. Sie war noch keine vierzig, aber sie musste sich eingestehen, dass es ihr immer schwerer viel, nach zwölf ins Bett zu gehen.

»Jemand wurde ermordet.«

»Und dafür gibt es genügend andere Mordermittler beim Landeskriminalamt.«

»Die alte Frau Benning ist tot.«

Afsaneh saß sofort senkrecht im Bett. Benning. Dieser Name verfolgte sie bereits fast ihre gesamte Karriere bei der Hamburger Polizei. Der alte Benning saß in Haft mit anschließender Sicherungsverwahrung. Er hatte drei Prostituierte auf Sankt Pauli regelrecht abgeschlachtet. Das war vor mittlerweile zwölf Jahren Afsanehs erster Fall als Mordermittlerin gewesen.

»Ich wusste doch, dass es dich interessiert«, sagte Mirko. »Bin schon auf dem Weg zu dir.«

»Hab ich noch Zeit zu duschen?« Sie fühlte sich, als wäre sie tagelang durch den peruanischen Dschungel geirrt, und wahrscheinlich stank sie wie eine ganze Alpakaherde.

»Schaffst du es in fünf Minuten?«

»Wenn du dich nicht beschwerst, dass ich rieche, ja.«

»Okay. Ich gebe dir zehn Minuten. Beeil dich.«

Sie legte auf, beugte sich zu Kevin und hauchte ihm einen Kuss zwischen die Schulterblätter. Schade eigentlich. Der Tag war anders geplant gewesen. Frühstück im Bett und danach ... wer weiß?

»Musst du wirklich los?«, fragte er.

»Es ist wichtig. Und ich muss mich beeilen.«

»Ich warte auf dich. Im Bett. Nackt.«

Sie kicherte, als er seine starken Arme um sie schloss. Spielerisch drückte sie ihn weg. »Du bist ein Schuft. So kann ich mich gar nicht auf den Fall konzentrieren.«

»Du sollst auch nur an mich denken.« Er lächelte sie an. »Jetzt verschwinde. Ich will weiterschlafen, bevor ich mich wieder an meine Doktorarbeit setzen muss.«

Afsaneh schlurfte in die Küche und stellte die Senseo an, dann duschte sie. Den Kaffee trank sie, während sie sich anzog.

Fünfzehn Minuten später trat sie auf den Gehweg. Mirko hatte auf der anderen Straßenseite geparkt. Sie stieg in den Audi und wurde von trockener Heizungsluft empfangen. Bis vor ein paar Tagen hatte es so ausgesehen, als gäbe es einen goldenen Herbst, doch dann waren die Stürme gekommen, und mit ihnen die kalte Luft.

»Wartest du schon lange?«, fragte Afsaneh.

Mirko fuhr mit quietschenden Reifen an und reihte den Audi in den fließenden Verkehr ein. »Jerome Benning hat bei der Leitstelle angerufen und gemeint, dass er seine Oma seit drei Tagen nicht erreichen könne. Die Kollegen vom Streifendienst sind dann gemeinsam mit ihm zur Wohnung.«

»Der Leichnam ist also dort?«

Mirko nickte. »Der Mann vom Schlüsseldienst hat wohl gekotzt, nachdem er die Tür aufgemacht hat.«

»So schlimm?«

»Angeblich. Ich habe nur kurz mit Edmund gesprochen.«

»Die Spurensicherung ist also schon vor Ort.«

»Er musste wohl nicht erst duschen.«

»Sehr witzig.«

Mirko beschleunigte den Audi und nahm Kurs auf Billstedt. Afsaneh hing ihren Gedanken nach. Sie kannte Jerome Benning. Er war relativ früh, schon mit ungefähr zwölf, auf die schiefe Bahn geraten. Erst ein Kioskeinbruch, dann Kindergärten, gefolgt von Grundschulen. Später einfache Körperverletzungsdelikte und mit sechzehn der erste Raub. Die erste Verurteilung. Sozialstunden. Drei Monate Gehweg fegen und Unkraut jäten. Die Strafe hatte ihn offensichtlich nicht beeindruckt, Jerome hatte einfach weitergemacht. Weil er es nicht anders gelernt hatte, und weil er es wollte.

Afsaneh glaubte, dass die Gesellschaft ihre eigenen Verbrecher machte, weil sie Verbrecher brauchte, um sich als Gemeinschaft zu fühlen. Indem man andere ausgrenzte, um die bestehenden Werte hochhalten zu können, schaffte man ein verbindendes Element. Ein Scheißspiel, das aber seit Generationen funktionierte. Auf der anderen Seite gab es allerdings auch Menschen, die gerne die Rolle der Außenseiter annahmen, die gerne als Opfer der Gesellschaft dastanden oder sich gegen sie auflehnten. Und wenn Worte nicht genügten, ließen sie die Fäuste und Gewalt sprechen. So wie Jerome, der nicht wirklich eine Chance gehabt hatte. Aufgewachsen in einem labilen Elternhaus, das unter der Einflussnahme einer dominanten Großmutter litt, sah er von klein auf, wie schwer es seine Mutter hatte und wie sie zur Alkoholikerin wurde. Einen richtigen Knacks hatte die junge Familie Benning aber bekommen, als der Großvater als Frauenmörder entlarvt und festgenommen worden war. Von Afsaneh.

»Du bist so still heute.« Mirkos Stimme holte sie aus ihrer Gedankenwelt.

»War lang gestern.«

»Was hast du gemacht?«

»Ich war zusammen mit Kevin auf einem Konzert in der Fabrik. Kleine Indieband. Nichts, was du kennst.« Sie betrachtete ihr Gesicht, das sich in der Seitenscheibe spiegelte. Irgendwann musste es ausgesprochen werden. Irgendwann mussten sie und Mirko darüber reden.

»Ist das jetzt was Festes?« Seine Stimme klang kratzig.

»Mit Kevin und mir?«

»Vergiss es einfach, okay?«

Sie blickte ihn an. Er hatte seine Kiefermuskulatur angespannt, sodass sein kantiges Kinn noch kräftiger hervorstach. Mirko war wütend, und wenn er wütend war, wirkte er noch anziehender.

»Hör mal, Mirko.« Vielleicht war jetzt ja doch der richtige Zeitpunkt. »Wir müssen reden. Über das, was passiert ist. Das ist eine Sache, die nicht ...«

Er schlug mit der flachen Hand aufs Lenkrad. »Hast du eine Sekunde darüber nachgedacht, dass ich vielleicht nicht darüber reden möchte? Es ist passiert. Na und? Ich werde damit fertig. Du offensichtlich auch. Können wir uns einfach auf den Fall konzentrieren?«

Afsaneh nickte stumm.

Vielleicht gab es für manche Dinge nie einen guten Zeitpunkt.

15

Cochabamba, 05:44 Uhr BOT

ES WAR BEINAHE STILL in der Lagerhalle, abgesehen vom Summen der Ventilatoren, die die Abfüllmaschinen abkühlten. El Impiedoso blickte auf seine Armbanduhr. David lehnte sich zurück. Die Lehne des alten Holzstuhls knarzte, als wolle sie gegen die plötzliche Belastung protestieren. Er beobachtete die Sicarios. Sie bewegten sich professionell und hielten sich in einer günstigen Schussposition. Ausgebildete Killer, wahrscheinlich früher Angehörige der bolivianischen Streitkräfte, bevor sie dem Ruf des Geldes erlagen und fortan für das Kartell töteten. David konnte es ihnen nicht verübeln. Hier in Bolivien war es nicht die Frage, ob man für den Präsidenten oder für einen Kartellboss mordete. Die Frage war, wo man genug Geld verdiente, um seine Familie zu ernähren.

Die Sicarios versteifen sich, als Schritte zu hören waren, und auch El Impiedoso spielte nervös mit der Zigarette, die er sich gerade hatte anstecken wollen.

»Es ist so weit«, flüsterte er David zu.

Und dann war der Boss da. Eine mächtige Erscheinung, deren Präsenz sofort die ganze Lagerhalle füllte. Er gehörte zweifelsohne zu den Menschen, die niemals einen Raum betreten konnten, ohne einen Auftritt zu haben. Es fehlte nur noch Musik. *Conquest of Paradise* zum Beispiel. David unterdrückte ein Grinsen. Der mächtige Mann sollte glauben, er sei beeindruckt.

Bevor der Boss sich setzte, wischte er einen imaginären Fleck vom Revers seiner weißen Anzugjacke.

»Ich hasse es, auf diesen unbequemen Holzstühlen sitzen zu müssen«, sagte er zu David. »Das macht mich wütend. Wollen Sie, dass ich wütend bin?«

»Warum sollte ich das wollen?«

»Genau. Niemand will das. Es bekommt einem auch nicht, müssen Sie wissen. Es ist ungesund. Tödlich ungesund.« Er bewegte sich auf dem Stuhl hin und her. »Dass Sie sterben werden, ist Ihnen klar, oder?«

David presste die Lippen aufeinander und nickte.

»Die Frage ist nur, ob es schnell geht oder ob Sie so lange leiden müssen, bis Sie flehen, in die Hölle geschickt zu werden. Ihre Entscheidung.«

»Und was muss ich dafür tun?«

»Der Mann kommt schnell zur Sache. Kein Rumgeflenne, kein Gebettel. Gefällt mir.« Der Boss starrte David direkt in die Augen. »Wo ist DJ Bolivio?«

David blickte auf seine Armbanduhr. Der Sekundenzeiger tickte. Wo bleibt sie? Verdammt!

»Ich habe Ihrem Lakai schon gesagt, dass …«

»Machen Sie es sich nicht schwerer als nötig. Sagen Sie uns einfach, wo Sie ihn hingebracht haben.«

David zuckte mit den Schultern. »Ich weiß nicht, wie Sie auf die Idee kommen, dass ich Ihren kleinen DJ entführt haben könnte.«

»Die Vögel zwitschern es von den Dächern. Also?« Der Boss machte ein Handzeichen. Daraufhin trat ein unglaublich dünner Mann an den Tisch. In seiner Hand hielt er einen abgewetzten Koffer.

»Wer ist das schon wieder?«, fragte David.

»Derjenige, der immer Antworten bekommt. Ob Sie antworten wollen oder nicht. Er kennt Mittel und Wege, wirklich jede Zunge zu lösen.«

»Haben Sie den von der CIA abgestaubt? Oder vom FSB?«

Der Boss lachte. »Sie gefallen mir. Haben Sie gar keine Angst? Vor den Schmerzen zum Beispiel? Ich schwöre Ihnen, dass Sie so viele Schmerzen haben werden, dass Sie wünschten, niemals geboren zu sein.«

»Und das alles nur, weil Sie glauben, ich hätte Ihren Musiker entführt? Was ist, wenn die Vögel eine Lüge von den Dächern gezwitschert haben?«

Der Boss schüttelte den Kopf. »Glaube ich nicht. Und wenn das der Fall sein sollte, werden erst Sie und dann die Vögel sterben.«

David blickte wieder auf seine Armbanduhr. Der Sekundenzeiger tickte, blieb dann aber stehen. Das Zeichen. Er spürte die Anspannung, die immer kam, wenn er einen Auftrag zu erledigen hatte. Und sein aktueller Auftrag war es, den Boss des Kartells auszuschalten.

»Seien wir mal ganz ehrlich«, sagte David. »Ich habe der Welt einen Gefallen getan, als ich Ihren kleinen DJ vom Spielfeld nahm.«

»Wie meinen Sie das?«

David spannte die Muskeln an. Es musste jetzt schnell gehen. Sehr schnell sogar. »Es ist wie beim Schach. Manchmal muss eine Spielfigur geopfert werden, um den König mattsetzen zu können.« Ihm war klar, dass auch er dieses Opfer sein könnte. Damit hatte David kein Problem. Das war sein Job.

Es dauerte ein paar Sekunden, bis der Boss begriff, was David ihm gerade gesagt hatte. Dann ging alles ganz schnell. Der Boss sprang auf.

»Tötet ihn«, schrie er. »Tötet ihn, verdammt!«

El Impiedoso reagierte als Erster, dann die beiden Sicarios.

Der dünne Mann mit dem Koffer in der Hand blieb wie angewurzelt stehen. El Impiedoso riss seinen Revolver aus dem Halfter. David duckte sich, wirbelte herum und holte ihn mit einem Tritt von den Füßen. Der erste Schuss durchschlug das Wellblechdach der Halle. Einer der Sicarios kam näher, hatte aber wegen Impiedoso kein freies Schussfeld. Ein Tritt traf David mit voller Wucht. Er rollte sich ab, griff den Revolver, den Impiedoso fallen lassen hatte, kam auf die Füße und feuerte. Der erste Sicario kippte nach hinten. Der zweite rotzte eine Salve aus seinem Sturmgewehr. Knapp vorbei. David hechtete hinter eine Palette Energydrinks. Sie war kein guter Schutz, denn Projektile aus dem Sturmgewehr würden die Dosen ohne Mühe durchschlagen. Das wusste offenbar auch der Sicario. Er feuerte eine weitere Salve. Dosen platzten, es regnete eine klebrige Flüssigkeit. In der Halle roch es plötzlich nach Gummibärchen und Erdbeeren.

David rannte geduckt hinter ein Förderband. Ihm blieb kurz Zeit, um zu verschnaufen. Wo blieb Helena? Aus dem Augenwinkel sah er, wie weitere Sicarios durch eine Tür in die Halle stürmten. Der Schuss aus einer Schrotflinte donnerte durch die Halle. Wahrscheinlich aus einer SPAS-12, was bedeutete, dass der Schütze jetzt noch sieben Schuss in einer hohen Kadenz hatte. Die SPAS-12 war für den Kampf in engen Räumen entwickelt worden. Und hier war es definitiv eng. David hatte nur einen Revolver. Ein Freedom Arms Modell 83. Grundsätzlich eine schöne Waffe. Gut ausbalanciert. Hohe Durchschlagskraft. Aber Single-Action. Vor jedem Schuss musste der Hahn gespannt werden. Das kostete Zeit, die David nicht hatte.

Projektile schlugen gegen das Metall. David spannte den Hahn des Revolvers. Er wollte warten, bis das Dauerfeuer verstummt war. Kein Magazin der Welt hatte unendlich Schuss. Die Sicarios mussten zwangsläufig irgendwann nachladen. Das war Davids Chance, einen weiteren mit einem gezielten Schuss auszuschalten. Er wischte sich den Schweiß von der Stirn. Dann wurde ihm klar, dass die Sicarios ihn mit Sperrfeuer fixierten. Er wirbelte herum. Direkt hinter ihm trat der Schrotflintenschütze aus der Deckung. Beide hoben gleichzeitig die Waffen. Aus dieser kurzen Entfernung würden die Schrotkugeln seinen Körper zerfetzten. Für David blieb nur eine Möglichkeit: die Flucht nach vorne. Er rollte sich ab. Der Schuss aus der Flinte donnerte über ihn hinweg. David bildete sich ein, die Schrotkugeln sehen zu können, die über ihn hinwegfegten. Der Schütze wich zurück, doch es war zu spät. David lag ihm zu Füßen. Ein Schuss krachte. Das Projektil drang in den Unterbauch, und noch bevor der Schütze auf dem Boden aufschlug, hatte David die SPAS-12 in der Hand. Mit noch sechs Schuss.

Das Sperrfeuer hörte auf. Zahlreiches Klicken verriet, dass die Sicarios ihre Waffen nachluden. Mit einem schnellen Blick um die Ecke vergewisserte sich David seiner Umgebung. Bevor er etwas erkennen konnte, zerriss eine Salve die kurze Ruhe. Dieses Mal schossen aber nicht alle Sicarios. Sie würden sich abwechseln. Die waren gut, dachte David, verdammt gut. Und absolut tödlich.

»Stopp!« Die Stimme des Bosses erhob sich über die Schussgeräusche, die sofort verstummten.

David atmete schwer. Die Erschöpfung brannte wie Batteriesäure in seinen Muskeln. Aber das Adrenalin pushte ihn weiter. Und sein Überlebenswille.

»Geben Sie auf«, schrie der Boss. »Sie haben keine Chance. Das hier kann schnell ein Ende haben.«

»Angst um Ihre Bestände an Energydrinks?« David war klar, dass der Boss ihn nur beschäftigen wollte, bis die Sicarios hinter ihm waren, um ein besseres Schussfeld zu bekommen.

»Warum?«, fragte der Boss. »Warum das alles?«

David entschied, sich auf das kleine Spielchen einzulassen und währenddessen ebenfalls eine bessere Schussposition zu finden. »Das ist doch offensichtlich. Sie haben Geschäfte mit der Organisation gemacht, für die ich arbeite. Ich werde immer dann geschickt, wenn es Probleme gibt. Und es gab Probleme, oder nicht?«

Anscheinend überlegte der Boss, denn er antwortete erst nach einer Weile. »Was genau meinen Sie?«

Leise Schritte näherten sich Davids Position. Er duckte sich hinter eine Transportkiste. Genau rechtzeitig, denn in diesem Moment schlich ein Sicario um die Ecke. Die Waffe stieß er nach vorne. Offensichtlich sah er David nicht, aber David sah ihn. *La Santa Muerte*, die Mutter des Todes, war auf seine nackte Brust tätowiert. Eine Todesheilige mit Sense in der einen und Globus in der anderen Hand. Eine Heilige, die handelte, während andere nur diskutierten. Man verschrieb sich ihr, indem man sie um Rache für einen Mord oder ein anderes Verbrechen bat. Und Santa Muerte handelte. Sie handelte immer. Wenn die Rache vollzogen war, diente man ihr mit seinem Leben. Ein einfaches Glaubenssystem, geboren aus Armut und Gewalt. So etwas funktionierte überall auf der Welt. Und es gab keine Glaubensrichtung, die nicht von religiös verklärten Spinnern missbraucht werden konnte. Der Unterschied beim Santa-Muerte-Kult war, dass die grausame Gewalt ein wesentlicher Bestandteil war. Das machte diesen Glauben nicht besser oder schlechter als das Christentum, den Islam oder den Buddhismus, aber vielleicht den innewohnenden Fanatismus etwas gefährlicher. Der Sicario und seine Kumpels würden lächelnd in den Tod gehen und keinen Schritt zurückweichen.

Für La Santa Muerte.

16

Hamburg, 10:46 Uhr MEZ

MIRKO BOG IN eine Stichstraße ein. Schon von Weitem konnte Afsaneh erkennen, wo sie hinmussten. Zwei Streifen- und ein Rettungswagen standen mit eingeschalteten Blaulichtern mitten auf der Straße. Dazwischen parkte der graue VW-Bulli der Spurensicherung. Eine Traube Gaffer hatte sich vor dem heruntergekommenen Mehrfamilienhaus gebildet. Der Beamte am Hauseingang wollte von Afsaneh und Mirko die Kriminaldienstmarken sehen. Er tippte kurz mit dem Finger gegen den Schirm seiner Mütze, bevor er zur Seite trat und sie in den Hausflur ließ.

»Frau Benning wohnt in der dritten Etage. Sie hat schon lange keine Nachbarn mehr«, sagte Afsaneh.

»Woher willst du das wissen?«

»Ich habe einen Blick auf das Klingelbrett geworfen. Sechs Klingeln, zwei davon sind leer. Das Haus hat drei Etagen.«

»Und auf jeder Etage sind zwei Wohneinheiten. Schon klar. Aber woher willst du wissen, dass sie schon lange keine Nachbarn mehr hat?«

»Am Plastik der namenlosen Klingeln war Kondenswasser. Gehen wir mal hoch.«

Oben am Treppenabsatz wartete eine Uniformierte. Dieses Mal war der Bulle eine Frau.

»Hallo Birte«, begrüßte Afsaneh die Kollegin.

»Frau Yuccapalme. Ich hab mich schon gefragt, wann wir uns nach deiner Beförderung zur Mordkommissionsleiterin über den Weg laufen.«

Afsaneh spannte die Halsmuskeln an und deutete mit dem Kopf in Richtung Mirko.

»Oh.« Birte schlug die Hand vor den Mund, musste aber lächeln. »Das war der andere Bewerber auf den Posten?«

»Hast du die Leiche gefunden?«

Birte schüttelte den Kopf. »Die Kollegen vom Nachtdienst.«

»Bekommen wir noch einen Bericht?«

»Der müsste schon in eurem Posteingang sein. Aber ich habe noch weitere Infos für euch.« Sie holte einen mehrfach geknickten Zettel aus der Hemdtasche und faltete das Papier auseinander. »Die Tote ist Edeltraut …«

»Benning«, unterbrach Afsaneh die Streifenkollegin. »Jahrgang '43. Ihr Mann sitzt wegen Mordes. Sie hat zwei Kinder. Die Tochter wohnt irgendwo in Bayern. Der Sohn in der Nähe von Rissen.«

»Und ich dachte immer, die Kriminalpolizei rät.« Birte steckte den Zettel wieder weg.

»Wo ist die Tatwaffe?«, schaltete Mirko sich ins Gespräch ein. Seine Stimme klang genervt.

»So einfach macht es Ihnen der Mörder nicht, Herr Kommissar«, sagte die Streifenpolizistin. »Aber vielleicht fragen Sie einfach den Enkel. Der war nämlich vor drei Tagen mit Frau Benning an der Alster verabredet. Vielleicht weiß der, wo die Tatwaffe ist.«

Mirko gab so etwas wie ein Knurren von sich und stampfte in den Flur.

»Darf der überhaupt reden, ohne dass du es erlaubt hast?«

»Lass gut sein.« Afsaneh berührte Birtes Schulter und ging an ihr vorbei. Im Flur roch es nach Verwesung, der typisch süßliche Duft des Todes. Sie schaute sich um. An der Garderobe hingen Jacken in hellem Grau, Braun und Altrosa. Darunter standen Gesundheitsschuhe in Reih und Glied. Alles aufgeräumt, augenscheinlich nichts durchwühlt. Mirko wartete und warf Afsaneh einen finsteren Blick zu. »Ich hab euch gehört, weißt du. Ist schon schlimm genug, dass ich als Dienstälterer nicht der MK-Leiter geworden bin. Und jetzt machen sich die Hühner auch noch darüber lustig.«

Das war Mirkos eigene Schuld, dachte Afsaneh. »Vielleicht solltest du mal an deinem Auftreten arbeiten.«

»Was soll das wieder heißen?«

Sie blieb im Flur stehen und starrte zu Boden. »Weißt du, warum ich Frau Yuccapalme genannt werde?«

»Was hat das hiermit zu tun?«

»Die Kolleginnen und Kollegen haben mir zum Abschied von der Dienstgruppe so eine Palme geschenkt, weil sie der Meinung waren, dass Kriminalbeamte immer eine Yuccapalme im Büro stehen haben. Die Kripos hätten ja genug Zeit, sich um Pflanzen zu kümmern. Im Blumentopf steckte ein Playmobilpolizist, damit ich meine Zeit im Streifendienst nicht vergesse. Die Palme ist schon längst verdorrt, aber der Polizist steht noch neben meinem Bildschirm.«

»Ich verstehe immer noch nicht, was du sagen willst.«

»Du hast deine Zeit im Streifendienst vergessen.«

»Könnt ihr eure Streitereien auf später verschieben? Ihr habt zu tun.« Edmunds Stimme drang aus dem Wohnzimmer.

Dort war es genauso aufgeräumt wie im Flur. In der Ecke stand ein alter Röhrenfernseher. Zwei Sessel und eine Couch gruppierten sich um einen niedrigen Tisch, auf dem eine aufgeschlagene Fernsehzeitung lag. An der Wand hingen Fotos von den Kindern, den Enkeln und dem Mann der alten Benning. Ein kleines Eckregal war überladen mit Büchern von Marie-Louise Fischer, Heinz G. Konsalik und Johannes Mario Simmel. Nur der Leichnam in einem der Sessel störte diese Idylle. Um den Sessel herum hatte sich ein rostbrauner Fleck auf dem Teppich gebildet.

Edmund deutete auf die zerrissene Rüschenbluse. »Erstochen. Mindestens acht Stiche.«

»Wie lange ist sie schon tot?«, fragte Afsaneh.

»Keine Ahnung. Ich würde auf weniger als achtzehn Stunden tippen. Der Rigor Mortis ist dabei, sich auszubilden. Eine genauere Bestimmung ist hier vor Ort aber nicht möglich.«

»Irgendwelche Besonderheiten?«

Edmund neigte den Kopf zur Seite. »Bis auf die Tatsache, dass die Dame brutal mit mehreren Messerstichen in die Brust grausam abgeschlachtet wurde?«

»Du weißt, was ich meine.«

»Die Ohrläppchen sind gerissen, und der Ringfinger der rechten Hand fehlt.«

Afsaneh blickte ihn überrascht an.

»Ist eine alte Verletzung. So kaltblütig war unser Mörder dann doch nicht. An der linken Hand der Toten ist ein Ring, der sündhaft teuer aussieht. Den Verletzungen am Finger nach hat der Mörder versucht, diesen Ring abzuziehen. Post mortem. Ich bin hier fertig. Euren Bericht bekommt ihr heute Nachmittag oder spätestens morgen früh.«

»Heute Nachmittag wäre besser«, antwortete Afsaneh.

Edmund nahm den Spurensicherungskoffer und verließ das Wohnzimmer. Aus dem Flur rief er: »Ich habe schon einen Bestatter bestellt. Er wird sicher gleich hier eintreffen.«

Mirko runzelte die Stirn. »Wenn Jerome Benning seine Oma seit drei Tagen vermisst und sich die Leichenstarre noch nicht vollständig ausgebildet hat, kann zeitlich was nicht hinkommen, oder?«

»Die Fernsehzeitung ist auf die Programmübersicht von gestern geblättert.« Afsaneh deutete auf den Couchtisch.

»Ich habe beim Reingehen keine Hebelmarken oder andere Beschädigungen an der Tür festgestellt. Du?«

»Nein. Unten an der Haustür sieht es so aus, als hätte man mehrmals versucht, hier einzubrechen.«

»Das habe ich auch gesehen. In diesem Viertel aber nicht ungewöhnlich. Die Hebelmarken sehen auch alt aus. Ich lasse das trotzdem überprüfen. Vielleicht hat jemand in den letzten Monaten Anzeige erstattet.«

»Die Wohnungseingangstür ist unbeschädigt. Es sieht so aus, als hätte sie ihren Mörder reingelassen.«

»Oder der Mörder hatte einen Schlüssel.«

Es fühlte sich wie früher an, als Mirko und Afsaneh noch einfache Tatortbeamte bei der Mordkommission gewesen waren. Sie hatten sich ergänzt, häufig die gleichen Ideen gehabt, sich in Spuren verbissen und bis in die Nacht Zeugenaussagen gelesen, in der Hoffnung, Widersprüche zu finden. Widersprüche, die einen Zeugen zu einem Täter machten.

Sie waren ein unschlagbares Team. Bis zu dem Tag, als Afsaneh die jüngste Leiterin einer Mordkommission in der Geschichte der Hamburger Polizei wurde. Protegiert von den Vorgesetzten. Das hatte Mirko auf die Palme gebracht.

Afsaneh betrat die Küche, die wie der Rest der Wohnung sehr ordentlich war. Auf der Anrichte stand ein kleiner Teller, auf dem ein angebissenes Käsebrot lag. Die Käsescheibe glänzte an den Rändern und bog sich. Neben dem Mülleimer standen zwei leere Bierdosen.

Afsaneh öffnete den Mülleimer und fand dort benutzte Teebeutel, eine Plastikverpackung für Käse und einen Kassenbon. Frau Benning hatte die zwei Bierdosen am gestrigen Tag gekauft, zusammen mit einer Auswahl Tütensuppen und drei Kiwis. Nichts Besonderes also. Afsaneh warf den Kassenbon zurück in den Müll.

»Kommst du mal?« Mirkos Stimme kam aus dem Schlafzimmer, und als Afsaneh den Raum betrat, wusste sie, warum ihr Kollege sie gerufen hatte.

»Der Kleiderschrank wurde durchwühlt«, sagte er. »Und ich habe das hier gefunden.«

Sie nahm den braunen Umschlag, den Mirko ihr hingehalten hatte. Darin waren Fotos und Postkarten.

»Dafür gibt es doch Fotoalben.«

»War der Benning wahrscheinlich zu langweilig. Aber das hier ist interessant.« Er zeigte auf ein Foto, das die Benning im Porträt zeigte. Sie trug Ohrringe in Libellenform. Viel Gold. Viele Edelsteine.

»Die sehen teuer aus«, sagte Afsaneh.

»Und fehlen jetzt.«

Sie steckte das Foto in die Innentasche ihrer Regenjacke. »Ich lasse den Bildausschnitt vergrößern. Vielleicht tauchen die Ohrringe wieder auf.«

»Meinst du, der Täter ist so blöd, dass er so auffällige Ohrringe bei einem Pfandleiher versetzt?«

Sie neigte den Kopf zur Seite. »Er war so blöd, eine alte Frau deswegen zu ermorden.«

Birte stand im Durchgang zum Schlafzimmer. »Der Bestatter ist unten. Soll er schon hochkommen?«

Afsaneh nickte. »Wo ist eigentlich Jerome Benning?«

»Unten im Rettungswagen. Er wird behandelt. Steht wohl unter Schock.«

»Ich geh mal zu ihm. Bleibst du und kümmerst dich um den Bestatter?« Afsaneh nickte Mirko zu und verließ die Wohnung.

17

Cochabamba, 05:49 Uhr BOT

DAVID BEREITETE SICH auf den Tod vor. Helena hatte ihn im Stich gelassen. Über eine Fernsteuerung hatte sie die Funkverbindung von seiner Uhr unterbrochen, sodass diese stehen geblieben war. Das vereinbarte Zeichen. Unauffällig und effektiv. Nachdem die Schießerei in der Lagerhalle losgegangen war, hätte Helena das tun sollen, was sie am besten konnte. Sie war jedoch nicht hier, um David gegen die Übermacht der Sicarios zu helfen. Und damit tat sie das, was sie am zweitbesten konnte. Über das Warum des Verrats machte David sich nur kurz Gedanken. Brachte ja doch nichts. Er würde hier nicht mehr lebend rauskommen, aber er wollte seine Haut so teuer wie möglich verkaufen. Den tätowierten Sicario würde er auf jeden Fall noch mitnehmen.

Dieser hielt das Sturmgewehr so, als wäre es ein Teil von ihm. Nicht so, wie die Möchtegerngangster in Berlin oder Frankfurt, die sich die Waffenhaltung aus Videospielen oder schlechten TV-Serien abgeschaut hatten. Natürlich sollte man Menschen mit Waffen niemals unterschätzen, aber es gab Unterschiede. Dieser hier war mit gerade mal sechzehn oder sogar noch weniger Jahren schon ein Killer. In einem solchen Alter sollten Kinder das Erwachsenwerden entdecken. Eine Freundin oder einen Freund haben. Verliebt sein. Das erste Mal mit einem

Mädchen oder Jungen schlafen. Den ersten Trennungsschmerz erleben. Den ersten Kater nach einer durchzechten Nacht haben. Aber niemals, wirklich niemals Killer sein. Und dieser Umstand machte die ganzen Kartelle, Gangs und Clans noch viel schlimmer, als sie es mit Drogenverkauf, Menschenhandel, Erpressung, Bedrohungen und Mord schon längst waren. Die Bosse der Organisationen nahmen Jugendliche auf, deren Lebensperspektive mies war. Ärmliche Verhältnisse, verfickt schlechte Eltern, miese schulische Leistungen. Vordergründig gaben sie diesen Kindern und Jugendlichen eine Perspektive. Doch am Ende gab es kein Zurück in ein normales Leben. Für die Bosse war das gut so, denn die Jugendlichen waren für sie Kanonenfutter. Austauschbare Ware. Es gab genügend Kandidaten, die ihren Platz einnehmen konnten. Und die Toten würde niemand vermissen. Erst recht nicht die Clanchefs oder Kartellbosse, die nur ihren eigenen Profit im Auge hatten.

Der Sicario war beinahe bei David. Zwei Schritte noch, vielleicht drei. Könnte er ihn lautlos ausschalten? Ihn packen und würgen oder das Genick brechen? So, wie er es beim Mossad gelernt hatte. Aber das würde zu lange dauern und wahrscheinlich nicht gänzlich lautlos sein. Die anderen Sicarios würden aufmerksam werden und schießen. Egal, ob dabei ihr Kamerad ums Leben kam. Hauptsache, David war ausgeschaltet. Mit einem Messer wäre es einfacher. Er hatte aber keins. Nur die Schrotflinte und einen Revolver. Oberflächlich betrachtet waren dies die besseren Waffen leider aber unglaublich laut.

Einen Schritt noch, dann würde David schießen. Der Sicario blieb stehen. David schnellte um die Ecke, die Schrotflinte im Anschlag. Im Gesicht des Sicarios stand Überraschung. Dann entspannten sich seine Gesichtszüge. Etwas ragte aus seinem Hals. Eine Klinge. Erst jetzt sah David, dass Helena hinter dem Sicario stand. Sie zog das Messer heraus, fing die Leiche auf und legte sie beinahe sanft und geräuschlos zu Boden.

»Du hast dir Zeit gelassen«, flüsterte David.

Als Antwort bekam er ein kurzes Lächeln.

Helena trug schwarze Jeans und ein schwarzes Langarmshirt mit Aufnähern an den Ärmeln. Keine Hoheitsabzeichen, sondern eine Katze im Comicstil, die eine Minigun hielt.

»Ich habe schon vier Ziele ausgeschaltet«, sagte sie.

»Bleiben noch zwei.« Ihm fiel auf, dass Helena ihre Haare gefärbt hatte. Eine Mischung aus Hellgrau und Salzfarben. Diese Haarfarbe verstärkte, unterstützt durch die schwarze Kleidung, ihren makellosen Teint, der mondbeschienenem Schnee glich.

Sie warf David sein Messer zu, das sie für ihn verwahrt hatte. »Jeder einen?«

Er schüttelte den Kopf. »Einer muss überleben, um von dem hier erzählen zu können. Dafür fällt der Boss aus.«

Schüsse brachen los. Projektile schlugen dicht vor David und Helena ein.

Er wagte einen Blick aus seiner Deckung hervor. Der Boss feuerte eine Salve nach der anderen in die Richtung, in der er David vermutete. Er und Helena hatten jedoch längst ihren Standort verlagert. Der andere Überlebende agierte besonnener. Er hielt sich zurück, und selbst aus der Entfernung konnte David erkennen, wie die Augen wild hin und her zuckten. Das Sturmgewehr hielt er im Anschlag, bereit, bei der kleinsten Bewegung abzudrücken. Und von allen Sicarios, die gerade nach seinem Leben getrachtet hatten, war es El Impiedoso, dem David nicht den Tod gewünscht hatte. Der Killer hatte nur seinen Job gemacht. Solche Dinge wie hier in der Lagerhalle waren niemals etwas Persönliches. David kannte den Boss nicht einmal mit Namen. Es war ihm auch egal.

Fitzgerald hatte ihm und Helena den Auftrag gegeben, den Boss auszuschalten. Es gab wohl Probleme. Soweit David das verstanden hatte, ging es um einen Deal. Die Old Men sicherten dem Kartell eine freie Drogenroute in die USA. Im Gegenzug hatte sich das Kartell verpflichtet, die bolivianische Regierung unter Druck zu setzen oder nötigenfalls das ganze Scheißland zu kaufen. Offenbar hatte das Kartell seinen Teil der Abmachung nicht erfüllt, denn im letzten Monat war eine Waffenlieferung, die offiziell für die mexikanische Polizei deklariert worden war, an der Grenze zum Reservoire Nacional los Flamecos vom bolivianischen Militär beschlagnahmt worden. Die Waffen waren für Chile bestimmt. Die Old Men unterstützten dort die Opposition, die bei der letzten Wahl verloren hatte, diese Niederlage jedoch nicht akzeptierte. Immer wieder kam es in Chile zu Ausschreitungen. Anhänger der Opposition waren den Regierungstruppen gnadenlos unterlegen. Mit der Waffenlieferung an die Rebellen hätte sich das Blatt wenden sollen und damit die Politik in Chile, die dann besser zu den Plänen der Old Men gepasst hätte. Offensichtlich passte die aktuelle Politik in Chile jedoch zu den Interessen der bolivianischen Regierung. Wenn man diesen Trümmerhaufen aus korrupten Politikern überhaupt als Regierung bezeichnen konnte.

Aber das alles ging David eigentlich nichts an. Es interessierte ihn auch nicht besonders. Nur sein Auftrag zählte. Und die moralischen Bedenken hatte er seit der Sache mit der Journalistin über Bord geworfen. Fitzgerald hatte ihm eine neue Chance gegeben, die David nutzen wollte. Wäre da nicht diese Wiebke Meinert, die ihm nicht aus dem Kopf gehen wollte. Diese Frau folgte ihrem eigenen moralischen Kompass. Sie tat vielleicht nicht immer das Richtige, aber letztendlich dienten ihre Taten immer dem Guten in der Welt. Und darum beneidete David sie.

Der Boss wechselte das Magazin. Dieses Mal schoss er jedoch nicht wild um sich, sondern reihte sich neben El Impiedoso ein und nutzte ihn als Schutzschild. Als ob das bei einem Schuss aus einer SPAS-12 helfen würde.

David nahm das Messer, das Helena ihm gegeben hatte. Er wog es hin und her, gewöhnte sich an das Gewicht, an die Balance. Es war völliger Wahnsinn, aus der Deckung zu treten, um das Messer zu werfen. Aber das war Davids Plan. Er wollte Impiedoso nicht töten. Er atmete ein und konzentrierte sich. Helena hatte anscheinend seinen Plan erkannt. Sie bewegte sich etwas von ihm weg und machte Lärm. Der Boss und Impiedoso wirbelten herum. Jetzt oder nie. David trat aus der Deckung hervor, das Messer wurfbereit in der Hand. Er machte einen Schritt. Zwei. Der Boss bemerkte ihn. Mit wutverzerrtem Gesicht riss er das Sturmgewehr herum.

David hatte das Gefühl, die Zeit würde plötzlich sehr viel langsamer laufen. Seine Hand schnellte vor, dass Messer verließ sie und drehte sich um die eigene Achse. Sollte die Klinge beim Aufprall keine tödliche Wirkung zeigen, wäre der Boss im Vorteil. David stand ungeschützt nur ein paar Meter entfernt. Selbst der schlechteste Schütze der Welt würde aus dieser Entfernung sein Ziel nicht verfehlen. David hielt den Atem an. Der Zeigefinger vom Boss krümmte sich um den Abzug. In weniger als einer Sekunde würden Geschosse Davids Körper durchdringen. Dazu kam es aber nicht. Das Messer drang in den Oberkörper seines Gegenübers. Dort, wo das Herz schlug. Fast augenblicklich färbte sich der weiße Anzugstoff rot. Ungläubig starrte der Boss auf den Messergriff, der aus seiner Brust ragte. Dann versagten seine Beine. Er kippte zur Seite und schlug dumpf auf den Hallenboden, wo er reglos liegen blieb.

El Impiedoso schoss auf David. Offenbar aus purer Verzweiflung, denn er traf ihn nicht. Daraufhin gingen beide in Deckung.

Hatte David den Einsatz gerade mit einer Schachpartie verglichen, dann passte der Vergleich in diesem Moment umso besser. Er und Helena waren mattgesetzt. Um zu den Ausgängen zu kommen, mussten sie ein ganzes Stück ohne Deckung rennen, was Impiedoso ein freies Schussfeld gab. Abwarten war auch keine Option, denn mit Sicherheit war Verstärkung unterwegs.

Heute war ein guter Tag für La Santa Muerte. Sie würde David und Helena bekommen. Egal, wie viele Sicarios noch sterben würden.

»Hey«, rief David in die nun gespenstisch wirkende Stille. Seine Stimme hallte von den dünnen Metallwänden der Lagerhalle wider.

»Hey«, antwortete El Impiedoso.

»Ich habe nichts persönlich gegen dich. Meine Mission ist erfüllt.«

»Was heißt das für mich?«

»Das heißt, dass wir gehen. Ohne weiteres Blutvergießen.«

Ein Lachen. »Das soll ich glauben?«

»La Santa Muerte hat heute genug bekommen, finde ich.«

»Was soll der Scheiß mit der Tussi? Das kannst du den Kindern hier erzählen. Ich hab damit nichts zu tun. Man sieht ja, was der Glaube an eine höhere Macht bringt. Man beißt schneller ins Gras, als man verfickte Scheiße sagen kann.«

»Das ist gut, sehr gut sogar«, sagte David. »Lass uns vernünftig handeln. Legen wir die Waffen weg. Wir werden Leben. Du wirst leben. Ich werde leben.« Von Helena sagte David nichts.

»Und die Frau, die bei dir ist? Wird die auch leben, oder opferst du sie?«

El Impiedoso war nicht zu unterschätzen. Auch wenn er am Anfang nicht so gewirkt hatte und David die Bezeichnung Mäusegesicht nicht ohne Grund in den Sinn gekommen war. Zum Glück hatte er ihn nicht unterschätzt. Diesen Fehler hatten sicherlich diejenigen gemacht, die durch El Impiedosos Hand gestorben waren.

»Ich bin eindeutig in der besseren Position. Schließlich kommt bald Verstärkung.«

Falsch, dachte David. El Impiedoso war ein Profi. Und deswegen würde er einen Vorteil niemals verraten, es sei denn, um seinen Feinden zu suggerieren, dass er bald im Vorteil war. Es würde keine Unterstützung kommen. Jedenfalls nicht so schnell. Dieser Versuch war beinahe enttäuschend, aber in der Situation vollkommen nachvollziehbar.

»Wir haben für solche Spielchen keine Zeit.« Helena war wieder neben David geschlichen.

»Du hast recht«, flüsterte David. »Tust du mir einen Gefallen und tötest ihn, wenn es nicht klappt?«

»Wenn was nicht klappt?«

Er gab ihr keine Antwort. Stattdessen trat er mit erhobenen Händen aus der Deckung hervor.

»Siehst du?«, rief er Impiedoso zu und warf die Schrotflinte und den Revolver weg. »Wir haben nicht vor, dich zu töten. Verschwinde einfach. Niemand hält dich auf.«

El Impiedoso schälte sich aus seiner Deckung, das Sturmgewehr im Anschlag. David glaubte, sein Herzschlag würde aussetzen. Wenn der Killer schoss, war dies die beste Gelegenheit. El Impiedoso beäugte ihn.

»Ich würde uns auch nicht vertrauen. Wäre sicher ein Fehler. Deswegen gebe ich dir einen Vertrauensvorschuss.«

David hoffte inständig, dass sein Plan aufging. Es ging um so viel mehr, denn wenn die Old Men weiterhin die Opposition in Chile unterstützen wollten, brauchten sie Verbündete. Und David sah in El Impiedoso einen solchen Verbündeten. Natürlich könnten Waffen über Argentinien oder Peru geliefert werden, aber der Aufbau von Handelswegen kostete Zeit. Und Zeit war etwas, das im Moment nicht im Überfluss vorhanden war. Mit jedem Tag im Amt festigte die aktuelle Regierung in Chile ihren Machtanspruch, indem sie gnadenlos gegen Oppositionstruppen vorging. Bald war niemand mehr übrig, den die Old Men mit Waffen beliefern konnten.

»Warum? Wozu das Ganze?«, fragte Impiedoso.

»Warum der Boss sterben musste?«

»Sicher nicht wegen seines Musikgeschmacks.«

David schüttelte den Kopf. »Da wärst du der erste Kandidat. Wie hieß die Frau noch mal?«

»Luzmila Carpio.«

»Ja, genau. Die gute Luzmila. Mein Musikgeschmack ist auch nicht viel besser.«

El Impiedoso entspannte sich ein wenig. Die Waffe hielt er immer noch im Anschlag, aber die Anspannung war aus seinem Gesicht verschwunden. »Was willst du?«

»Dass du deinen Leuten sagst, dass der Boss sich nicht an Abmachungen gehalten hat. Und dass deswegen Menschen sterben mussten.«

»Ich bin ein kleiner Fisch im Teich. Wer wird schon auf mich hören?«

Wieder eine Lüge. Mit Sicherheit gehörte El Impiedoso nicht zu den ganz großen Fischen, aber er war auch niemand, der einfach mit dem Schwarm schwamm. Vielleicht ein Regenbogenfisch unter Barschen. Jedenfalls ein Jemand, der herausstach.

»Wenn wir jetzt alle von hier verschwinden, kannst du es ausprobieren. Sag Morte Irmao, dass Fitzgerald auf eine Kontaktaufnahme wartet. Sag ihm, dass dein Boss ein Verräter war.«

»Morte Irmao? Glaubst du ehrlich, dass ich weiß, wer das ist? Dieser Mann ist ein Geist. Niemand, den ich kenne, hat ihn je gesehen.«

»Dann sag es einem der anderen Unterbosse des Kartells. Irgendwann wird die Nachricht bis an die Spitze gelangen.«

David war sich sicher, dass dies spätestens am nächsten Tag passieren würde. Im Zeitalter der elektronischen Kommunikation verbreiteten sich Nachrichten wie Lauffeuer. Erst recht die schlechten. Oder die wichtigen. Und diese Nachricht war wichtig für den obersten Kartellboss. David gefiel die Vorstellung, dass es auch eine Frau sein könnte. Er mochte starke Frauen. Lydia war stark gewesen. Aber sie wurde ihm viel zu früh genommen, brutal entrissen. Auch Wiebke Meinert war eine starke Persönlichkeit, alleine schon deswegen, weil sie jeden Tag mit ihren Dämonen zu kämpfen hatte. David hatte sie mehrfach im Krankenhaus besucht, auch wenn sie davon nichts mitbekommen hatte, weil sie im Koma lag. Aber er hatte sie beobachtet, gesehen, wie sie kämpfte.

Wahrscheinlich würde er sie nie wiedersehen. Doch wenn er hier nicht lebend rauskam, spielte das eh keine Rolle. Er wagte es, El Impiedoso kurz aus den Augen zu lassen, um nach Helena zu sehen, die gerade noch neben ihm gewesen war.

David richtete seinen Blick wieder nach vorne, da sah er sie. Helena stand leicht schräg hinter El Impiedoso. Die Klinge ihres Kampfmessers glänzte scharf im Schein der Neonröhren. Viel Zeit hatte er nicht mehr. David nicht und El Impiedoso auch nicht. Helena brachte sich in eine bessere Angriffsposition.

»Sorgst du dafür, dass Morte Irmao hiervon erfährt?« David breitete die Arme aus, als wolle er die ganzen Leichen präsentieren.

»Du lässt mich wirklich gehen? Warum?«

Helena hatte sich schon sehr dicht an El Impiedoso herangeschlichen. Sie bewegte sich anmutig, wie eine todbringende Tänzerin.

»Ich möchte dir die Chance geben, deinen Musikgeschmack zu korrigieren. Probier mal was Vernünftiges aus.«

El Impiedoso lachte und schüttelte den Kopf. »Du bist ein fairer Mann.«

Helena stand bereit. Selbst aus der Entfernung erkannte David, dass sie jede Millisekunde zuschlagen könnte. El Impiedoso ließ das Sturmgewehr fallen, gerade noch rechtzeitig. Helena wich zurück. Wenn El Impiedoso herumwirbelte und sie sah, wäre es mit dem Vertrauen vorbei. Aber Helena war schon wieder wie ein Schatten mit der Umgebung verschmolzen. El Impiedoso blickte zu David.

»Eins noch«, sagte er. »Ich möchte meinen Revolver zurück. Der ist sozusagen mein Markenzeichen.«

David schob ihm schwungvoll die Pistole mit dem Fuß rüber. El Impiedoso stoppte sie ebenfalls mit dem Fuß, ließ David aber nicht aus den Augen, als er sich bückte, um sie aufzuheben.

»War's das?«, fragte David.

»Das war's. Ich hoffe, wir sehen uns nie wieder.«

»Das hoffe ich auch.«

Als El Impiedoso die Lagerhalle verließ, kam Helena aus ihrem Versteck. Sie zückte ein Mobiltelefon und fotografierte den Boss. Erst dann zog sie Davids Messer aus der Leiche und gab es ihm zurück. Er ließ es in die Knöchelscheide gleiten und nahm sich vor, mehr damit zu trainieren.

»Wir sind hier in Bolivien. Überall gibt es Kaffee. Sollen wir einen trinken? Ich lade dich ein.«

Helena blickte ihn skeptisch an. »Soll das ein Rendezvous werden?«

»Natürlich nicht. Ich wusste nicht einmal, dass du dieses Wort kennst.«

Sie blickte auf das Handydisplay, dann schüttelte sie den Kopf. »Aus dem Kaffee wird nichts. Wir haben einen Delta Zero One in Deutschland.«

Das war der Code für einen Hilferuf an die Old Men. Jemand Wichtiges wollte von der Bildfläche verschwinden. Und es musste schnell gehen.

18

Berlin, 10:54 Uhr MEZ

KRISTINE STILLER mochte die Ruhe vor dem Sturm, die ihr das stille Örtchen im Sicherheitstrakt des Kanzleramts bescherte. Sie war allein im Waschraum. Ein Blick in den Spiegel verriet ihr, dass die letzten Tage Spuren hinterlassen hatten: Dicke Augenringe zeichneten ihr Gesicht. Kein Wunder, ein Sitzungsmarathon jagte den nächsten. Hoch konzentrierten Diskussionen bis mitten in die Nacht folgten kurze Schlafphasen gefolgt vom Sammeln neuer Informationen. Und dann wieder von vorn, auch wenn Körper und Seele nach Erholung schrien. Kristine ignorierte die Erschöpfung, schließlich ging es bei den Sitzungen um nichts Geringeres als ein wenig mehr Frieden auf der Welt. Und Frieden war bitter nötig.

Seit über zehn Jahren stieg die Zahl der Konflikte in der Welt konstant an. 2017 war die Zahl ausnahmsweise rückläufig, aber Großmächte wie die USA oder Russland verschärften mit ihrer Politik die Situation in der Welt erneut. Kristine rieb sich die Wangen. Eine weltweite Entschärfung war dringend nötig, und jeder Beitrag zählte, auch wenn er noch so klein war. Doch Kristine hatte Großes vor. Deutschland gehörte neben den USA, Russland, Frankreich und China zu den größten Rüstungsexportländern der Welt. Fünfundsiebzig Prozent aller Waffenlieferungen gingen auf das Konto dieser Nationen. Deutschland stand dabei mit dreizehn Prozent auf Platz vier.

Für Kristines Geschmack war jede Waffe, die in die Hände von Mördern und Diktatoren gelangte, eine zu viel. Jedes Gewehr verschärfte die innerstaatlichen Konflikte, bis sie in einen handfesten Krieg eskalierten. Aber es gab nun mal Menschen, die reich wurden, wenn irgendwo auf der Welt Menschen starben. Und Politiker wie Herbert Menger gaben Schützenhilfe. Er war Mitglied der Christlichen Partei Deutschlands, die er mit seiner rechtskonservativen Strömung spaltete. Man munkelte, dass er damit die amtierende Partei in Deutschland für die Rechtspopulisten der KfDdP, Kompromisslos für Deutschland – die Partei, salon- und koalitionsfähig machen wollte. Das waren nur Gerüchte, aber an jedem Gerücht war ein Fünkchen Wahrheit. Doch das war ein Problem, mit dem sich Kristine später auseinandersetzen wollte. Jetzt galt es, den Vorbereitungsausschuss davon zu überzeugen, dem Bundessicherheitsrat zu empfehlen, weitere Ausfuhrgenehmigungen für deutsche Rüstungsexporte nicht zu erteilen. Kristine wischte sich noch einmal über das Gesicht, dann legte sie ihr Kopftuch wieder an. Als sie in den Spiegel schaute, stand jemand in der Eingangstür des Waschraums.

Sie zuckte zusammen und legte eine Hand auf die Brust. »Haben Sie mich erschreckt, Herr Templer.«

»Ich verstehe immer noch nicht, warum Sie zum Islam konvertiert sind.«

»Ganz einfach: ›Salam Aleikum‹ bedeutet ›Friede sei mit dir‹. Darüber hinaus geht es Sie nichts weiter an.« Sie drehte sich zu ihm um. »Ihnen ist klar, dass Sie in der Damentoilette gelandet sind?«

Uwe Templer lachte. »Ich kann nicht viel, aber lesen gehört zu meinen Stärken.«

»Was wollen Sie?«

»Es geht doch heute um Kriegswaffen, die nach Saudi-Arabien geliefert werden sollen, oder?«

»Sie wissen, dass eine solche Information als Verschlusssache geheim ist? Selbst wenn das stimmen würde, dürfte ich Ihnen darüber nichts sagen.«

»Und ich weiß, dass Sie mit Menger einen starken Kontrahenten haben. Er will die Ausfuhrgenehmigungen für diese Lieferungen. Sie nicht.«

Kristine biss sich auf die Zungenspitze. Woher wusste Templer das alles? Selbst die Information, wer an der heutigen Sitzung teilnahm, war streng geheim. Dass Kristine eine glühende Rüstungsexportgegnerin war, stand wiederum in der Zeitung. Mengers Position bei dieser Sache war hingegen bisher nicht breitgetreten worden. Also woher wusste Templer das? Irgendwo musste es ein Informationsleck geben.

»Sie sind nicht hier, um mit Ihrem Wissen zu prahlen. Was wollen Sie also?«, fragte Kristine.

Mit einer schwungvollen Bewegung zauberte er einen USB-Stick aus der Tasche seines Mantels. »Egal wie gut die Argumente von Menger sind, diese hier sind besser. Unschlagbar.«

»Was ist da drauf?« Sie griff nach dem Stick, aber Templer zog ihn weg.

»Ich möchte, dass Sie mir einen Gefallen tun.«

»Geld? Geht es darum? Wollen Sie Geld?«

Er schüttelte den Kopf. »Es geht nicht um mich, sondern um eine Frau, der ich gerade helfe. Sie hat Probleme, die von der Gruppe 64 verursacht werden.«

»Gruppe 64?« Kristine hob die Augenbrauen. »Nie gehört. Was soll das sein?«

»Schade.« Templer steckte den USB-Stick wieder in die Manteltasche. »Entschuldigen Sie die Störung, Frau Bundestagsabgeordnete. Das ist gar nicht das Männerklo. Irgendwie fehlen die Pissoire.«

Er drehte sich um und öffnete die Tür zum Flur.

»Warten Sie!«, rief Kristine.

Er ließ die Tür los. Wie in Zeitlupe fiel sie zurück ins Schloss. Erst dann drehte er sich um und grinste breit.

»Was ist auf dem Stick?«, fragte Kristine.

»Informationen, die jegliche Rüstungsexporte für die Saudis stoppen werden. Auch die bisher genehmigten.«

Wenn das stimmte ...

»Ich brauche den Stick!«

»Und ich will, dass Sie sich um meine Bitte kümmern.«

»Wohl eher Forderung. Was soll die Gruppe 64 sein?«

»Eine geheime Anti-Terror-Einheit, ausgestattet mit polizeilichen und geheimdienstlichen Befugnissen, die unter dem Deckmantel des Entwicklungsministeriums operiert.«

»Sie und ich wissen, dass es eine solche Einheit aus verfassungsmäßiger Sicht niemals geben kann.«

»Geben dürfte«, korrigierte Templer.

»Hören Sie, wenn auf diesem Stick das drauf ist, was Sie versprechen, brauche ich ihn dringend. Es geht um Menschenleben. Aber ich kann Ihnen nichts dafür anbieten, denn diese Anti-Terror-Einheit gibt es nicht.«

Uwe Templer betrachtete den USB-Stick, der in seiner Hand lag. Kristine blickte auf ihre Armbanduhr. Ihre Zeit wurde knapp.

»Ich muss in ein paar Minuten im Sitzungssaal sein«, sagte sie. Sie hatte nicht einmal mehr die Möglichkeit, die Daten auf dem Stick zu prüfen, falls Templer ihr diesen gab. »Um welche Probleme geht es hier?«

»Wissen Sie«, sagte er, »ich treffe ab und an dieses Mädchen. Eher eine Raubkatze, aber das ist ein anderes Thema. Die Schwester des Mädchens wurde vor einiger Zeit von einer Autobombe zerfetzt. Unsere Raubkatze ist aber davon überzeugt, dass ihre Schwester noch lebt.«

»Und was hat das hiermit zu tun?«

»Ich helfe dem Mädchen, ihre Schwester zu finden. Es passt einiges nicht zusammen, wissen Sie.«

»Kommen Sie auf den Punkt.« Sie blickte wieder auf ihre Armbanduhr.

»Wie kann es sein, dass Sie so eine glühende Rüstungsgegnerin sind, aber gleichzeitig so gut lügen können?«

»Das Lügen brauche ich Ihnen wohl nicht zu erklären, Herr Templer. Sie sind Agent. Lügen ist Ihr Beruf.«

»Ich lüge, um die Bundesrepublik Deutschland vor Schaden zu bewahren. Das ist mein Job.«

Kristine und Templer blickten einander an. Sie erkannte so etwas wie Verstehen in seinem Blick. Er warf ihr den Stick zu, den sie geschickt fing.

»Zeigen Sie das bei der Sitzung.«

»Ich weiß nicht einmal, was darauf zu sehen ist.«

»Vertrauen Sie mir, Frau Stiller. Was anderes bleibt Ihnen wegen der knappen Zeit gar nicht übrig.«

Er wandte sich wieder zur Tür und blieb abermals stehen. »Meine Raubkatze, Wiebke, ist auf dem Weg nach Hamburg. Ich habe ihr den Namen der Beamtin gegeben, die die Ermittlungen in Sachen Saskia Meinert geführt hat.«

»Was haben Sie davon, der Frau zu helfen?«

Templer zuckte mit den Schultern. »Jeder von uns hat seine Gründe. Sie haben Ihre, und ich habe meine.«

19

ICE Berlin–Hamburg, 11:00 Uhr MEZ

WIEBKE GLAUBTE schon, dass er ihren Anruf nicht annehmen würde. Wie häufig hatte sie es klingeln lassen? Vielleicht war er nicht da? Aber vielleicht sah er auch, wer anrief, und ging deswegen nicht dran. Sie würde nach allem, was passiert war, an seiner Stelle auch nicht mit ihr sprechen wollen. Aber sie musste mit ihm reden. Jetzt. Es war wichtig, denn er durfte nicht den Fehler machen, die Hoffnung aufzugeben. Sie selbst hatte es beinahe getan. Der Glaube an das Überleben ihrer Schwester gab ihr Kraft. Und das war es, was sie beide brauchten, um Saskia zu finden. Würde einer von beiden aufgeben, war ihre Schwester verloren. Für immer.

Wiebke war gerade dabei, den Verbindungsversuch zu unterbrechen, als eine Stimme zu hören war.

»Ja?«, fragte Hakim.

»Ich bin's.« Wiebkes Stimme zitterte. Sie hatte sich seit dem Anschlag nur ein einziges Mal bei Hakim und Leila gemeldet. Alleine schon deshalb hatte sie den Preis als schlechteste Schwägerin und Tante der Welt verdient. Und es gab noch viel mehr Preise dieser Art, die sie verdient hätte. Vielleicht würde es ja für Miss Bad Ass of the Universe reichen.

»Was willst du?«

»Reden.«

Ein Rauschen ertönte in der Leitung. Hakim sagte nichts, aber er hatte auch noch nicht aufgelegt. Das war so was wie ein Fortschritt.

»Wenn du reden willst, dann geh zum Friseur. Oder hast du eine Glatze? Soldaten haben doch oft Glatze, oder?«

Sie hatte ihn nur ein einziges Mal getroffen. Ein einziges Mal hatte gereicht, dass er einen schlechten Eindruck bekommen hatte. Und Hakim war nicht der Typ, der zweite Chancen gewährte.

»Ich gehöre nicht mehr dazu. Ich bin raus aus der Nummer. Für immer.«

»Soll ich deswegen applaudieren?«

»Es geht nicht um mich und auch nicht um dich. Es geht um Saskia. Verdammt!«

»Deine Schwester ist tot.« Das Beben in seiner Stimme war nicht zu überhören. Er schluckte den Schmerz hinunter.

»Sie lebt. Ich bin mir sicher, dass sie lebt!«

»Fängst du wieder mit der Entführungsgeschichte an?« Hakim atmete mehrmals tief ein und aus. Dann sprach er mit einer Stimme, die Eltern benutzten, wenn sie ihrem Kind erklärten, dass die Oma gestorben ist. »Es tut weh, weißt du? Leila leidet die ganze Zeit. Sie vermisst ihre Mutter. Ich vermisse meine Frau. Verdammt, ich bin nicht stark genug, meine Tochter zu trösten. Und dann kommst du und erzählst mir, dass Saskia noch leben könnte. Hoffnung ist manchmal Balsam für die Seele. Ich weiß, wovon ich spreche. Hoffnung hat mich überleben lassen. Aber diese Hoffnung, die du mir ungefragt gibst, ist mittlerweile eine Seelenqual. Saskia hat in dem Auto gesessen. Die Explosion hat sie zerfetzt. Ich hoffe, dass sie nicht leiden musste. Und dass sie gestorben ist, beweist der DNA-Test. Welche Beweise hast du für deine Theorie? Zeig sie mir! Aber erwarte nicht, dass ich deinen Gefühlen glauben schenke. Du kommst mit deinem Leben selbst nicht zurecht. Warum also sollte ich dir vertrauen?«

Das war eine gute Frage. Wiebke schloss die Augen und biss sich auf die Unterlippe. Einige Zeit nach der Explosion hatte sie gefühlt, dass ihre Zwillingsschwester litt. Und Tote leiden nicht. Aber das war nur ein Gefühl, kein Beweis. Nichts, womit man Menschen überzeugen konnte. Jedenfalls konnte Wiebke es nicht. Sie war nicht der Typ, der andere Menschen mit ihrem Charisma mitreißen konnte. Sie war eine Einzelgängerin, eine einsame Wölfin, die auf sich allein gestellt war.

»Wir haben Saskia vorgestern beerdigt.«

Was? Saskia beerdigt?

»Wir haben sie einäschern lassen. Ihre Urne liegt auf dem Waldfriedhof Zehlendorf begraben.«

»Das ist nicht richtig. Es ist nicht ihre Asche.«

»Es ist das einzig Richtige, was wir tun konnten, um endlich Frieden zu finden. Du musst auch einen Weg finden. Um deinetwillen.«

Wiebke spürte, wie der Zorn in ihr aufstieg. »Um meinetwillen? Ich gehe dir doch am Arsch vorbei! Für dich bin ich ein Freak, eine Verliererin. Aber ganz ehrlich, du bist es, der verliert. Nämlich den Glauben daran, dass Saskia noch lebt. Hast du sie je geliebt? Wahrscheinlich nicht. Oder warum brauchst du einen falschen Ort, wo du hingehen und trauern kannst? Sie ist es nicht, die da liegt. Du brauchst Frieden? Dann tu etwas! Werde aktiv! Such sie, verdammt! Such deine Frau! Sie ist meine Schwester. Und sie lebt!«

Aber das hörte Hakim nicht mehr. Er hatte bereits aufgelegt.

20

Hamburg, 11:04 Uhr MEZ

AFSANEH ÖFFNETE die seitliche Tür des Rettungswagens. Jerome Benning saß auf der Liege. Eine graue Decke lag um seine Schultern, und er hatte den Kopf zwischen den Ellenbogen vergraben. Er schaute auf, als Afsaneh hereinkam. Sein Gesicht sah aus wie ein mit Safran gefärbter Vanillepudding, in den man zwei Kohlestücke gepresst hatte.

»Hallo Jerome.« Afsaneh schloss die Schiebetür.

Er wischte sich mit einer labberigen Handbewegung den Schweiß von der Stirn. »Gibt es keine anderen Kriminalbullen in Hamburg?«

»Für dich nicht. Ich habe ein paar Fragen. Bereit?«

»Keine Beileidsbekundungen?«

»Wir wissen beide, dass jedes Wort in diese Richtung bei dir verschwendet ist. Also lassen wir das, okay?«

Jeromes Unterlippe zitterte, seine Augen glänzten im Schein der Deckenbeleuchtung. Afsaneh knirschte mit den Zähnen. Waren die Worte vielleicht doch zu hart gewesen? Trauerte Jerome tatsächlich um seine Großmutter? Egal, kurz durchatmen und weiter. »Du weißt, dass deine Oma ermordet wurde?«

»Hab's vermutet.«

»Die Kollegen sagten, dass du dich mit ihr vor drei Tagen treffen wolltest.«

»Wir hatten telefoniert. Ich bin erst vor ein paar Wochen zurück nach Hamburg. Großmutter und ich wollten zum Alex einen Kaffee trinken und dann ins Alsterhaus.«

»Wo wohnst du jetzt?«

»In Hamburg.«

»Das ist mir klar. Ich brauche die Adresse.«

»Bei einem Kumpel.«

»Die Straße gibt es in Hamburg nicht.«

»Da, wo mich gerade jemand aufnimmt.«

»Also bist du ohne festen Wohnsitz. Können wir dich sonst irgendwie erreichen? Handynummer?«

Jerome schüttelte den Kopf. »Ich bin derzeit klamm.«

»Was ist mit deinem Vater? Hast du zu ihm Kontakt?«

»Er nennt mich eine Missgeburt. Reicht das als Kontakt?«

Afsaneh war immer wieder erschüttert über die schlimmen Familienverhältnisse, denen sie ständig begegnete. Sie selbst war in einem behüteten Zuhause aufgewachsen. Ihr Vater war als Akademiker aus Syrien nach Deutschland gekommen. Lange vor dem schrecklichen Krieg dort. Eigentlich hatte er nur ein halbes Jahr bleiben wollen, um für eine Firma in Deutschland zu arbeiten, aber dann hatte er ihre Mutter getroffen und sich verliebt. Afsaneh hatte noch drei Geschwister, zwei Brüder und eine Schwester. Alle verstanden sich so gut, dass sie sich einmal im Monat bei ihren Eltern in Aurich zum Familienessen trafen.

»Du wolltest deine Großmutter vor drei Tagen treffen. Erst heute bist du hierhergekommen. Warum gerade heute, warum nicht vor drei Tagen?«

»Ich hatte so ein komisches Gefühl. Hab geklingelt, aber sie hat nicht geöffnet. Dann hab ich die Bullen gerufen.«

»Hatte deine Großmutter noch Kontakt mit deinem Vater?«

Jerome schüttelte den Kopf. »Die haben sich gestritten.«

»Und über was haben sie sich gestritten?« Sie war es beinahe leid, ihm jedes Wort aus der Nase ziehen zu müssen.

»Es ging um Kohle. Robert hat wohl mitbekommen, dass Oma das Testament geändert hat und er leer ausgehen würde.«

»Bist du dir da sicher?«

»Keine Ahnung. Hab's nur gehört.«

»Und du wolltest deine Großmutter treffen. Warum?«

»Dies und das halt. Guten Tag sagen.«

»Bist du in der Wohnung gewesen?«

Jerome schüttelte den Kopf.

Afsaneh klappte das Notizheft zu. »Wir werden deine Aussage später noch einmal im Rahmen einer zeugenschaftlichen Vernehmung protokollieren müssen. Überleg mal, wie wir dich dafür erreichen können. Wenn dir was eingefallen ist, sagst du einem Polizisten Bescheid. Okay?«

Sie stieg aus dem Rettungswagen. Mirko war wahrscheinlich noch in der Tatortwohnung. Im Treppenhaus wurde Afsaneh von einer alten Dame aufgehalten, die neugierig den Kopf durch den Türspalt steckte. Die Dame hatte kurze, graue Haare, die ihr das Aussehen einer englischen Teetante verliehen.

»Sind Sie von der Polizei?«, fragte sie.

Afsaneh zeigte ihr die Kriminaldienstmarke. Ihrer Erfahrung nach reichte ein einfaches Ja nicht aus. Viele ältere Menschen glaubten nicht, dass jemand mit offensichtlich südländischem Aussehen bei der Polizei arbeitete. Die Dame nickte und trat zur Seite, wohl eine Aufforderung, in den Wohnungsflur zu kommen. Im Vorbeigehen blickte Afsaneh aufs Klingelschild. Swoboda. Im Flur roch es muffig. Aus den achtlos hingeworfenen Schuhen strömte Schweißgeruch.

»Was möchten Sie von mir, Frau Swoboda?«

»Ich kann Ihnen sachdienliche Hinweise geben.«

»Um was geht es denn?«

Frau Swoboda lehnte sich verschwörerisch vor. »Ich habe

das Treiben die ganze Zeit beobachtet. Edeltraut, ich meine, Frau Benning, ist sicher ermordet worden. Und ich habe den Mörder gesehen.«

»Wirklich? Wann war das denn?«

»Vor drei Tagen.«

Das passte nicht mit der groben Todeszeitbestimmung zusammen. Afsaneh atmete hörbar aus. Normalerweise war der Informationsgehalt von neugierigen Nachbarn nicht zu unterschätzen, aber in diesem Fall ...

»Haben Sie gestern etwas Ungewöhnliches beobachtet?«

»Gestern?« Frau Swoboda verschränkte die Arme. »Da war ich beim Bridge.« Ihre Stimme klang, als müsste Afsaneh das wissen.

»Na gut. Was haben Sie denn vor drei Tagen beobachtet?«

»Zuerst habe ich etwas gehört. Jemand war im Hausflur ziemlich laut. Unerhört. Der hat irgendwas geschrien. Ich habe nur den Namen von Edeltraut, ich meine, Frau Benning, gehört.«

»Können Sie sich an die Uhrzeit erinnern?«

»Das muss nach acht gewesen sein. Laut Hausordnung ist ab zwanzig Uhr absolute Ruhe zu halten. Deswegen bin ich zum Türspion, um zu gucken, wer das war. Ich führe nämlich eine Liste mit Verfehlungen. Die gebe ich halbjährlich dem Vermieter.«

»Interessant. Und was haben Sie durch den Türspion beobachten können?«

»Einen Mann, den ich hier noch nie gesehen habe. Er ging die Treppe rauf.«

»Können Sie den Mann beschreiben?«

»Das Flurlicht auf meiner Etage ist kaputt. Ich habe den Hausmeister schon oft darauf hingewiesen, aber er ist ein faules Schwein.«

»Wenn es dunkel war, können Sie doch gar nicht wissen, ob Sie den Mann hier noch nie gesehen haben, oder?«

»Ich erkenne Menschen am Gang.«

Das war zu viel. Afsaneh griff nach der Türklinke. Freundlich bleiben, mahnte sie sich. »Danke für die Hinweise. Sollte ich noch Fragen haben, werde ich Sie per Post vorladen.«

»Warten Sie!« Frau Swoboda stemmte die Hände in die Hüften. »Ich habe Ihnen noch gar nicht von dem Streit erzählt, den ich mitbekommen habe.«

»Streit?«

»Edeltraut, ich meine, Frau Benning, war sehr laut. Ich konnte nicht anders, als jedes Wort mit anzuhören.«

Das klang eher wie die Entschuldigung einer Frau, die gelauscht hatte. »Um was ging es bei dem Streit?«

»Frau Benning regte sich über den Besuch des Mannes auf. Sie sagte so etwas wie: ›Dass du dich nach all den Jahren hier blicken lässt.‹ Darauf sagte der Mann, dass sie seinen Sohn in Ruhe lassen soll. Sie hätte so viel kaputt gemacht. Und dann sagte der Mann …« Frau Swoboda zitterte. »›Lässt du ihn nicht in Ruhe, steche ich dich ab.‹«

Afsaneh ließ die Türklinke los. Bis vor ein paar Sekunden war sie sicher gewesen, dass Jerome seine Großmutter ermordet hatte, nur die Beweise fehlten noch. Die Indizien waren mehr als eindeutig. Drogensüchtig, mehrfach wegen schwerer Körperverletzungsdelikte vorbestraft, und seine Geschichte hatte mehr Löcher als ein Strickschal. Aber jetzt? Afsaneh konnte sich vorstellen, wer der unbekannte Mann war. Robert Benning, Jeromes Vater.

»Ist sonst noch was passiert?«, fragte Afsaneh.

Frau Swoboda schüttelte den Kopf. »Das reicht ja wohl!«

So etwas wie Triumph erklang in ihrer Stimme. Wahrscheinlich wurde sie wegen ihrer ekelhaften Neugier gemieden oder sogar angefeindet. Nun hatte sie möglicherweise bei der Aufklärung eines Mordfalls geholfen. Sie würde der Star der Straße sein, dachte Afsaneh, zumindest für eine Woche.

21

Berlin, 11:08 Uhr MEZ

DER BLICK ZUR UHR war eine einzige Anklage. »Schön, dass Sie es einrichten konnten, Frau Stiller.«

Alle Anwesenden schauten zur Tür, wo Kristine gerade eingetreten war. Allesamt waren hochrangige Vertreter der verschiedenen Fraktionen im Bundestag und aus den Ministerien. Sie saßen schon am lang gezogenen ovalen Tisch und warteten. Ganz offensichtlich auf sie. Kristine schnürte es die Kehle zu. Sie stammelte etwas, das als Entschuldigung durchgehen konnte, dass sie noch kurz hatte telefonieren müssen, aber anscheinend war das Herbert Menger nicht genug.

»Beinahe könnte der Eindruck entstehen, dass Ihnen das Thema nicht wichtig genug ist, um pünktlich zu erscheinen«, sagte er und schaute dabei in die Runde.

Einige der Anwesenden nickten zustimmend. Und das schmerzte Kristine in der Seele. Typisch Menger. Aus jeder Situation konnte er einen Vorteil für sich herausziehen. Sie setzte sich an das Kopfende des Tisches, genau gegenüber von Menger, der sie schief ansah.

Wenn er nur nicht so gut aussehen würde, dachte Kristine. Der hellblaue Anzug passte perfekt, war wahrscheinlich maßgeschneidert. Genauso wie die hellbraunen Lederschuhe. Herbert Menger war ein Wolf im Schafspelz, brandgefährlich und eiskalt berechnend. Schon immer war er ein Macher gewesen. Sie versuchte, sich an das zu erinnern, was man ihr erzählt hatte. Er war in einem kleinen Dorf zwischen München und sonst wo aufgewachsen, aber das Dorfleben war ihm schnell zu klein. Schon als Zehnjähriger war Herbert dort, wo das Leben pulsierte: in Berlin. Am Hauptbahnhof. Von zu Hause weggelaufen. Er war großartig darin, Kontakte zu knüpfen und anderen das Gefühl zu geben, dass sie den kleinen Jungen ausnutzten, ohne dabei zu bemerken, dass sie nach Herberts Pfeife tanzten. So wurde es jedenfalls erzählt. Kristine hatte es nicht überprüft. Heute war Menger genau da, wo er sein wollte: in einem politischen Amt als parlamentarischer Vertreter des Wirtschaftsministeriums. Und genau dieses Ministerium entschied hauptsächlich über deutsche Waffenexporte.

Der Vertreter der Bundesregierung erhob sich von seinem Stuhl. Er war in jedweder Hinsicht ein blasser Mann, seine Stimme war dünn wie Papier. »Wenn wir dann alle da sind, können wir anfangen.« Kristine sah, wie sich seine Lippen tonlos bewegten. Er zählte bis fünf. Bestimmt hatte er das bei einem sündhaft teuren Rhetorikseminar gelernt.

»Ich möchte noch einmal klarstellen, dass die Bundesregierung Ihr Votum als Grundlage ihrer Entscheidung ansehen wird. Damit legt die Kanzlerin eine schwere Bürde auf Ihre Schultern. Ich übergebe das Wort an Herrn Menger.«

Der Vertreter der Bundesregierung setzte sich, es wurde still. Diese Stille quittierte Menger mit einem Lächeln. Er wusste nur zu gut, dass er im Vorteil war. Und er wusste, dass sein Votum für die Fortführung der Rüstungsexporte an Saudi-Arabien in diesem Gremium breite Zustimmung fand. Aber er wollte sichergehen. Und nur deshalb schaltete er mit der Fernbedienung den Beamer an, der an der Decke hing. Davon war Kristine überzeugt. Während der Beamer hochfuhr, dimmte sich das Licht im fensterlosen Raum, und an der weißen Wand hinter Menger zeichnete sich die dunkle Silhouette einer Industrieanlage vor rotgrauem Himmel ab.

»Wir erinnern uns«, sagte Menger. »Vor fast vier Monaten passierte das hier.«

Die dunkle Silhouette wurde durch heftige Explosionen erschüttert. Gewaltige Flammen stießen in den Himmel, begleitet von tiefschwarzen Rauchsäulen.

»Der Angriff auf die größte Ölraffinerie Saudi-Arabiens. Ausgeführt vom Iran.«

»Das ist eine kühne Behauptung, Herr Menger.« Kristine verschränkte die Arme. »Soweit ich weiß, liegen dafür keine gesicherten Beweise vor. Und die Iraner weisen die Unterstellung aufs Schärfste zurück.«

»Würden Sie das nicht auch tun? Aber ich kann Sie beruhigen, Frau Stiller. Es liegen mittlerweile genug Beweise vor.« Er klickte weiter, eine Landkarte erschien auf der Wand. In der Mitte war Saudi-Arabien, im Norden der Iran und südlich der Jemen. »Abkaik liegt im Nordwesten von Saudi-Arabien und damit sehr weit vom Aktionsgebiet der Huthi-Rebellen entfernt.«

Kristine wusste sofort, worauf Menger hinauswollte. Vor vier Monaten hatte sich die Lage am Golf verschärft, denn plötzlich brannte eine Ölraffinerie. Nur kurz darauf war klar, dass es sich um einen Angriff gehandelt hatte. Drohnen und Raketen waren in die Anlage eingeschlagen. Die USA und Saudi-Arabien hatten sofort behauptet, der Iran stecke hinter den Angriffen, denn die geborgenen Trümmerteile der Drohnen wiesen auf iranische Militärtechnik. Dennoch hatten sich die jemenitischen Huthi-Rebellen zu dem Angriff bekannt. Und genau deswegen waren die Trümmerteile kein Beweis für eine iranische Aggression, jedenfalls für keine direkte, denn die Huthi-Rebellen wurden durch den Iran unterstützt. Ganz sicher auch mit Waffen.

Herbert Menger räusperte sich. »Das sind wie viele Kilometer von der jemenitischen Grenze bis nach Abkaik? Ich weiß es nicht genau, aber es werden weit über tausend Kilometer sein. Niemand hier in diesem Raum kann mir erzählen, dass irgendwelche Rebellen über eine so gute Militärtechnik verfügen, die es erlaubt, ein Ziel in so weiter Entfernung exakt zu treffen.«

Kristine registrierte zustimmendes Nicken bei den Anwesenden. Sie musste nun bessere Argumente haben. Ob es Zeit für den Stick war, den Uwe Templer ihr gegeben hatte? Nein, sie traute dem Agenten nicht. Das hier musste ohne Geheimdienstinformationen gehen. Nutzte Kristine den Stick, würde Templer früher oder später eine Gegenleistung einfordern.

»Und das reicht Ihnen als Beweis, dass der Iran hinter dem Angriff steckt?«, fragte Kristine.

Menger schüttelte den Kopf. »Sehen Sie sich die Fotos von der Verwüstung an.« Auf der Wand erschienen Bilder zerstörter Gebäude. »Über achtzig Prozent der Gebäude sind auf der nördlichen Seite zerstört oder in südliche Richtung eingestürzt.«

»Und das bedeutet?«, fragte der Vertreter der Bundesregierung.

»So ein Flugkörper beschreibt eine spezielle Flugbahn. Raketen und Drohnen schlagen nicht im rechten Winkel ein. Das Schadensbild beweist, dass die Raketen aus nördlicher Richtung abgefeuert wurden. Und da liegt der Iran.« Menger zuckte mit den Schultern. »Iranische Militärtechnik. Abgefeuert aus Richtung des Iran. Was wollen Sie mehr?«

»Und was ist mit dem Bericht saudischer Journalisten, dass der Angriff inszeniert wurde?«, fragte Kristine. Sie bezog sich dabei auf Artikel über die sinkende Wirtschaftsleistung des Landes, denn die Einnahmen durch Ölgeschäfte sanken stetig, während die Bevölkerung immer weiter zunahm. Das Bruttoinlandsprodukt lag in den letzten Jahren bei nur circa 620 Milliarden Euro. Im letzten Jahr hatten die Saudis ihre öffentlichen Ausgaben um vierzig Prozent gesenkt, Bauprojekte eingefroren, staatliche Hilfen und Löhne gekürzt. Unangetastet blieben lediglich die Ausgaben für die Königsfamilie. Dies führte zu Unruhen im Land. Der amtierende König befürchtete das Aufblühen eines neuen Arabischen Frühlings in seinem Herrschaftsgebiet. Gleichzeitig hatte der Erzfeind Iran in der Region an Macht und Einfluss gewonnen. Und er war nun in der Lage, Aufstände im saudischen Königreich für sich zu nutzen, um endlich die Vormachtstellung in der Region zu festigen. Um das zu verhindern, hatten die Saudis ihre Rüstungsimporte um ein Vielfaches erhöht. Aber der Krieg im Jemen, der zu einer humanitären Katastrophe mutierte, hatte viele westliche Staaten dazu veranlasst, ihre Waffenexporte nach Saudi-Arabien einzufrieren, obwohl die Saudis als starke Verbündete gegen den internationalen islamistischen Terrorismus galten. Dieses Verbündetenargument, wie Kristine es nannte, wurde von Befürwortern immer wieder ins Feld geführt, um Rüstungsexporte zu ermöglichen. Und so bekamen Soldaten eines totalitären Staats deutsche Waffen in die Hände. Ungeachtet der humanitären Krise im Jemen.

Wer Waffen in solche Länder exportierte, war auch dafür verantwortlich, davon war Kristine überzeugt. Er trug Mitschuld, wenn Mütter um ihre Söhne weinten, wenn Väter auf dem Schlachtfeld starben und ihre Familien mittellos zurückließen. Deshalb musste das alles aufhören. Keine deutschen Waffen durften in einem Krieg benutzt werden. Nie mehr. Und genau dafür stand Kristine Stiller. Für das Ende der Exporte. Sie war der genaue Gegenpart zu Herbert Menger.

»Haben Sie schon einmal etwas von Fake News gehört?«, wand Menger ein.

»Das haben Sie jetzt nicht wirklich gerade gesagt!« Kristine spürte Hitze in sich aufsteigen. Ihre Hände ballten sich zu Fäusten und schienen zu glühen. »Sie können diese Fakten nicht einfach ausblenden, während Sie andere Gerüchte, die Ihnen in den Kram passen, als Fakten ansehen.«

»Was wollen Sie damit andeuten?« Menger beugte sich vor.

»Sie weisen uns immer wieder darauf hin, dass die Saudis wichtige Verbündete im Kampf gegen den internationalen islamistischen Terror sind, vergessen dabei aber, dass es die Saudis waren, die zum Beispiel im Syrienkrieg die Islamische Front und andere salafistische Gruppen erstarken ließen, um Assad zu stürzen. Und wir wollen nicht vergessen, dass Osama Bin Laden ein Saudi war.«

Herbert Menger lehnte sich wieder zurück, ein Grinsen huschte ihm übers Gesicht. »Adolf Hitler war Österreicher. Wollen Sie nun behaupten, dass alle Österreicher wahnsinnige Massenmörder und verbohrte Nazis sind?«

»Ich wollte damit sagen, dass die Saudis keine verlässlichen Partner im Kampf gegen den islamistischen Terrorismus sind.«

Menger entgegnete nichts darauf. Er blickte den Vertreter der Bundesregierung an, der seine Hände anstarrte und mit den Fingerkuppen über die Knöchel streichelte. Kurz war es still im Konferenzraum, dann entstand Gemurmel. Kristine spürte Erschöpfung und Frustration. Sie hatte trotz ihrer Vorbereitung auf ganzer Linie verloren. Derjenige, der am lautesten brüllte, bekam recht.

Mit diesem Satz war die aktuelle politische Landschaft in Deutschland erklärt. Seit dem Siegeszug der KfDdP, zuerst in den Länderparlamenten, später im Bundestag, herrschte die Politik der Verunsicherung, der Angst. Die Wähler trauten den etablierten Parteien nicht mehr zu, sich um die Probleme des Landes zu kümmern. Und davon gab es viele. Angefangen bei der Clankriminalität über Minuszinsen, Arbeitslosigkeit, Islamophobie und überforderte Politiker bis hin zu steigenden Mietpreisen. Sicher, viele der Probleme waren nicht wegzudiskutieren, einige aber durch Rechtspopulisten suggeriert oder überhöht. Diese Meinungsmacher setzten genau da an, wo die meisten Ängste waren. Sie verbreiteten Halbwahrheiten, machten die Menschen glauben, der Staat nehme sie aus wie eine Weihnachtsgans.

Oder sie betrachteten Sachverhalte völlig einseitig wie zuletzt bei der Einführung der CO_2-Steuer. Natürlich wurden dadurch fossile Brennstoffe und CO_2-intensive Produktionen teurer. Die Rechtspopulisten wurden nicht müde, genau darauf hinzuweisen, vergaßen aber zu erwähnen, dass durch die Einnahme der CO_2-Steuer andere Steuerentlastungen finanziert wurden. Entlastungen, die gerade Geringverdienern zugutekamen. Und genauso war es hier auch. Menger gewann, weil sich niemand im Raum die Mühe gemacht hatte, auch nur eine Sekunde über das nachzudenken, was die saudischen Journalisten behauptet hatten. Zugegeben, sie blieben in ihrem Bericht bei den Schlüsselfragen mehr als vage. Und auch den einen oder anderen Beweis blieben sie schuldig. Aber es war nicht das erste Mal, dass ein Angriff fingiert wurde, um einen Krieg zu legitimieren. Solch ein Vorgehen hatte in der Vergangenheit die ganze Welt in Brand gesteckt.

Anscheinend merkte der Vertreter der Bundesregierung die Stille im Raum. Er räusperte sich. »So wie ich das sehe, ist es wichtig, unsere saudischen Verbündeten im Kampf gegen den Terrorismus zu unterstützen. Und wenn der Iran tatsächlich die Angriffe auf die Raffinerie ausgeführt hat, ist das nichts Geringeres als eine Kriegserklärung. Und wenn es dort zum Krieg kommt, wird das unsere Wirtschaft in erheblichem Maß treffen.«

Und was ist mit den unschuldigen Menschen, die bei diesem Irrsinn zu Tode kommen werden, Arschloch? Kristine musste sich zusammenreißen, um ihre Gedanken nicht laut in den Raum zu schreien.

Der Vertreter der Bundesregierung blickte sich um. »Wenn das nun alle Beiträge waren, können wir zur Abstimmung schreiten. Ich denke, einfache Handzeichen genügen, oder? Zur Erinnerung, für die Entscheidung brauchen wir eine Zweidrittelmehrheit.«

Kristine schlug das Herz bis zum Hals. Der USB-Stick in ihrer Tasche wog plötzlich Tonnen. Hoffentlich mache ich das Richtige, dachte sie. Aber hatte sie eine Wahl?

»Ich möchte Ihnen noch etwas zeigen.« Sie hielt den USB-Stick in die Höhe.

Alle Augenpaare wandten sich ihr zu. Das siegessichere Lächeln in Mengers Gesicht gefror.

»Was ist das?«, fragte er.

»Material, das Ihre Meinung vielleicht ändern wird.«

Kristine erhob sich und ging zu dem Laptop, der an den Beamer angeschlossen war. Mit zitternder Hand steckte sie den Stick in den USB-Port. Ein grünes Lämpchen begann zu leuchten. Sie leckte sich über die Lippe wie schon damals als Kind, wenn es in der Schule stressig war. Ein Tick, den sie nie wieder losgeworden war. Die Projektion einer Verzeichnisstruktur erschien auf der Wand. Auf dem Stick war nur eine Datei. Alle Augenpaare richteten sich nun auf die Wand, an der zuvor Mengers Präsentation zu sehen gewesen war. Kristine startete das Video.

22

ICE Berlin–Hamburg, 11:09 Uhr MEZ

WIEBKE LAUSCHTE dem fast meditativen Klang des rasenden Zuges. Das gleichmäßige Hämmern machte sie müde. Sie schloss die Augen und konzentrierte sich auf das helle Rauschen in ihren Ohren. Es war niemals still. Sie war niemals still. Sie war rastlos, getrieben von der Idee, dass Saskia noch lebte. Ihre Schwester konnte nicht tot sein. Plötzlich drängte sich eine andere Erinnerung in den Vordergrund. Warum gerade jetzt?

Es war einige Jahre her.

Sechs, um genau zu sein. Und es war so weit weg passiert. Im Sudan. Die Erinnerung fühlte sich fremd an, und doch vertraut. Wie aus einem anderen Leben. Einem Leben, das sie gelebt und hinter sich gelassen hatte. Jedenfalls hatte sie das geglaubt.

Wiebke saß in einem Jeep und blies die Wangen auf. Der Mann, der vorne auf dem Beifahrersitz saß, ging ihr auf die Nerven. Er gehörte zur Kategorie Lackaffe. Sie mochte keine Menschen, deren Krawattenknoten nach einem stressigen Tag abends um acht noch genauso aussahen wie morgens um fünf. Sie mochte gar keine Krawattenträger. Der Typ tat wichtig. Sicher ein Staatssekretär des Verteidigungs- oder Außenministeriums oder ein Mitarbeiter des Bundesnachrichtendienstes.

»Und Sie sind sich sicher, dass Sie das hinbekommen? Es ist wichtig. Äußerst wichtig!« Er sprach sehr nasal.

Theresa, die den Jeep fuhr, nickte. »Trotzdem wäre die andere Lösung sicherer.«

»Hören Sie, gute Frau. Ich dachte, ich hätte mich klar und deutlich ausgedrückt. Der Außenminister will, dass dieses Treffen stattfindet. Es ist für die bilateralen Beziehungen zwischen der Bundesrepublik und dem Sudan von äußerster Wichtigkeit. Wir müssen gemeinsam Stärke demonstrieren. Und wie stünden wir denn da, wenn der Herr Minister kneifen würde?«

»Mit den *Liberation Fighters of Sudan* ist wirklich nicht zu spaßen.«

»Geheimdienstlichen Informationen zufolge sind sie nicht mehr als Aufständische ohne militärische Ausbildung. Ein Haufen disziplinloser Neger mit Sturmgewehren.«

»Die es aber geschafft haben, ein Passagierflugzeug abstürzen zu lassen. Haben Sie sich nicht ein einziges Mal gefragt, woher diese Neger die Stinger hatten?« Theresa betonte das Wort Neger und zeigte deutlich, dass ihr die Ausdrucksweise des Mannes mehr als missfiel. Damit hatte sie Wiebke auf ihrer Seite. Nur Schwachköpfe und Idioten beurteilten einen Menschen aufgrund seiner Hautfarbe.

Der Anzugträger wischte sich über den Mund. »Wie ich schon sagte ...«

»Ich bin nicht taub.« Die Adern an Theresas Schläfen schwollen an. Wiebke mochte das an ihr, denn sie kannte diese Reaktion noch aus anderen Situationen. Gestern Nacht zum Beispiel. Theresa und Wiebke hatten sich geliebt. Heimlich und still. Es war Teil des Reizes, das zu unterdrücken, was die sanften, aber fordernden Berührungen ausgelöst hatten. Damit es niemand von den anderen mitbekam. Niemand durfte es wissen, erst recht nicht Leutnant Griese. Nur Theresa und Wiebke wussten es. Ein Geheimnis, das zusammenschweißte, in einem Squad-Team aber auch gefährlich war. Bei den Einsätzen der Division *Schnelle Krisenintervention* durfte noch nicht einmal der Hauch eines Zweifels an der Loyalität untereinander aufkommen. Denn Zweifel untereinander waren tödlich in diesem Geschäft.

Theresa lenkte den Jeep von der staubigen Piste und hielt an. Sie waren irgendwo mitten in der sudanesischen Savanne. Dunkle Wolken zeichneten sich am Horizont ab. Es war Stunden her, dass Wiebke eine Behausung gesehen hatte – der ideale Ort, um ein Großmaul verschwinden zu lassen. Sie grinste bei diesem Gedanken.

Theresa lehnte sich zu dem Anzugträger. »Also. Nur, damit ich das richtig verstanden habe: Ihnen liegen Hinweise vor, dass es bei dem Treffen zwischen unserem Außenminister und dem sudanesischen Präsidenten zu einem Bombenanschlag kommen wird.«

Ein Nicken. »Wir wissen auch, wo sich die Terroristen verstecken. Sie müssen dort eindringen und den Operator ausschalten, bevor er den Knopf auf dem Laptop drückt.«

»Wie wäre es mit einem Luftschlag. Drüberfliegen, Bombe abwerfen und in Ruhe Cocktails trinken?«

Der Anzugträger verzog das Gesicht, als hätte er Zahnschmerzen.

»Warten Sie.« Theresa schlug sich mit der flachen Hand gegen die Stirn. »Jetzt habe ich es verstanden. Sie haben der sudanesischen Regierung nichts von diesem möglichen Attentat erzählt. Warum nicht?«

Der Anzugträger schwieg.

Wiebke lehnte sich von der Rückbank vor. »Ganz einfach«, sagte sie. »Die wollen den Laptop, um die Daten auswerten zu können. Was ist da drauf?«

Jetzt schnaubte der Anzugträger. »Uns ist natürlich bewusst

geworden, dass die *Liberation Fighters of Sudan* über schwere Waffen verfügen.«

»Aus Armeebeständen, richtig?«

»Deswegen halten wir unsere Informationen zurück. Es gibt nicht viele Möglichkeiten, woher die FIM-92 stammen könnten.«

»Sie meinen, irgendjemand aus der Regierung ...?«

»Oder der Präsident selbst. Oder es steckt der Südsudan dahinter, der Kongo, vom mir aus auch Südafrika. Wer weiß das schon? Hier in Afrika ist doch alles möglich.«

»Und warum sind Sie dann hier, wenn Ihnen der schwarze Kontinent so offenkundig nicht gefällt?«, fragte Theresa.

»Strafversetzt?«, fragte Wiebke.

»Wenn Sie mit der Waffe nur halb so gut sind wie mit Ihrer großen Klappe, dann besteht kein Anlass zur Sorge, dass dem Herrn Minister bei dem Treffen etwas passiert.« Er holte einen Speicherstick aus seiner Hemdtasche und überreichte ihn Theresa. »Hier sind Ihre Einsatzdaten. Das Treffen mit Präsident Al-Salhi ist in drei Stunden. Schaffen Sie das?«

Theresa steckte den Stick in den USB-Anschluss in der Mittelkonsole. Auf dem Bildschirm des Navigationsgeräts erschien eine Satellitenkarte. Zu sehen waren mehrere Lehmhäuser, Berge von Müllsäcken und ein paar Autos, die nahe an ein paar Akazien geparkt waren. »Ein Rattenloch.«

»Was hast du erwartet?« Wiebke beugte sich weiter vor, um besser sehen zu können. »Wissen Sie, mit wie vielen Elementen wir es zu tun bekommen?«

»Wie viele Terroristen da sein werden, meinen Sie?«

Wiebke nickte.

»Das ist nicht unser Job.« Der Anzugträger zuckte mit den Schultern. »Wir wissen nur, dass der Operator da sein wird. Schauen Sie sich mal das nächste Foto an.«

Theresa wischte über den Bildschirm. Zu sehen war ein Mann in blauer Djellaba und hellbraunem Hidschab.

»Ist das nicht Ibrahim Sheikh Al Abbass?«, fragte Wiebke. »Er gehörte doch zur Führungsriege des IS, oder?«

Der Anzugträger nickte. »Für uns der Beweis, dass die *Liberation Fighters of Sudan* den Treueschwur auf Al Baghdadi geleistet haben, bevor er ... Na ja, Sie wissen schon. Sonst wäre Al Abbass nämlich nicht hier.«

»Und damit ist auch klar, was die *LFOS* wollen.«

»Darum sollten wir uns später kümmern«, sagte Theresa. »Zuerst müssen wir die Bedrohung für den Minister ausschalten.«

Der Anzugträger öffnete die Beifahrertür. »Leutnant Gries steht direkt mit uns in Verbindung. Schalten Sie den Operator aus, und bringen Sie mir seinen Laptop.«

Er stieg aus und ging zu dem schwarzen Humvee, der hinter dem Jeep parkte. Wiebke kletterte von der Rückbank auf den Beifahrersitz. »Und schön zurück in seine Welt.« Sie deutete mit dem Daumen nach hinten.

»Ist wahrscheinlich auch noch klimatisiert.«

»Möchtest du das?«

Theresa zog die Augenbrauen zusammen. »Was meinst du?«

»Ich mag es, wenn du schwitzt.«

Theresa lächelte. »Du denkst immer nur an das eine.«

»Niemand soll behaupten, das wären nur Männerfantasien.«

Theresa legte den Vorwärtsgang ein. Die Reifen wirbelten Staub und Steine auf. »Erst die Arbeit, dann das Vergnügen.«

Wiebke schreckte hoch. Es dauerte einen Moment, bis sie sich orientiert hatte. Sie saß noch immer im Zug, hörte noch immer das gleichmäßige Hämmern. Ich muss eingeschlafen sein, sagte sie sich. Ich habe geträumt, alles nur geträumt. Aber warum fühlte es sich so real an? Warum schmerzte die plötzlich aufkeimende Sehnsucht so sehr? Vielleicht, weil ihr altes

Leben sie eingeholt hatte. Wiebke hatte irgendwo mal gelesen, dass eine dunkle Vergangenheit ihre Schatten in die Gegenwart wirft und sogar eine strahlende Zukunft überschatten konnte.

23

Hamburg, 11:12 Uhr MEZ

WO BIST DU so lange gewesen?« Mirko stand im Flur und blickte zu Afsaneh, die gerade die Treppe hochkam.

»Bei Frau Swoboda. Sie hat mir ein paar interessante und sachdienliche Dinge erzählt.« Sie erklärte ihrem Kollegen in kurzen Sätzen, um was es ging.

»Also hat sie den Täter gehört und wahrscheinlich auch gesehen.« Mirko hob die Augenbrauen. »Ich hätte meine Unterhose darauf verwettet, dass Jerome der Täter ist.«

»Und ich hätte meinen Slip dazugelegt«, witzelte Afsaneh. Es fühlte sich beinahe wie früher an, bevor die Sache mit der Beförderung Mirko und sie auseinandergebracht hatte. Es fühlte sich an, als wären sie wieder ein Team.

»Wo wohnt dieser Robert?«, fragte Mirko.

»Auf einem Hof in der Nähe von Rissen. Jedenfalls war das damals so. Aber wahrscheinlich hat es sich nicht geändert.«

»Dann lass uns fahren und einen Mörder festnehmen. Die Überprüfung der Daten vom Einwohnermeldeamt können wir während der Fahrt veranlassen.«

»Willst du einen Rekord aufstellen?«

Mirko runzelte die Stirn. »Was meinst du?«

»Den Täter so schnell wie möglich festnehmen?«

»Das macht sich immer gut in der Personalakte. Aber das ist nichts für mich. Das ist eher dein Metier.«

Sie blickte zu Boden. Das Teamgefühl war geplatzt wie ein Luftballon, den man mit einer spitzen Nadel bearbeitet hatte. Auf dem Weg zum Dienstwagen und auf der fast halbstündigen Fahrt nach Rissen, dem westlichsten Stadtteil Hamburgs, sprachen sie kein Wort miteinander. Die Landstraße führte an malerisch gelegenen Feldern und wunderschönen Häusern vorbei bis zum Gehöft von Robert Benning. Dies wiederum wirkte fehl am Platz. Die Grundstücksmauer war an vielen Stellen eingestürzt. Die Auffahrt mit Schlaglöchern übersät. Überall lagen Müllbeutel, verrostete Fässer und Europaletten.

»Schön hat er es hier«, kommentierte Mirko, der sehr vorsichtig bis vors Haus fuhr. Wahrscheinlich in Sorge, dass der Dienstwagen aufsetzen könnte.

Afsaneh stieg aus. Ihr Halbschuh versank im Matsch. »Was für eine Scheiße.« Sie tänzelte von einer trockenen Stelle zur nächsten, bis sie die Haustür erreicht hatte. Das Klingelschild war verwittert, aber der Name lesbar. Benning. Sie waren richtig. Erst nach dem zweiten Klingeln hörte Afsaneh innen eine Tür, und dann stand er vor ihnen. Ein Mann, der älter aussah, als er tatsächlich sein konnte. Der Bauchansatz zeichnete sich deutlich unter dem speckigen Unterhemd ab. Die Jogginghose hatte schon bessere Zeiten gesehen. Er blickte die beiden Polizisten fragend an.

»Sie sind Robert Benning?«

Er nahm die Kippe aus dem Mundwinkel und schnippte die Asche in den Flur. »Wer will das wissen?«

»Kriminalpolizei.« Sie zeigte ihm die Dienstmarke. »Wir würden gerne mit Ihnen sprechen.«

»Worum geht es?« Er machte keine Anstalten, sie ins Haus zu bitten. »Lassen Sie mich raten. Mein missratener Sohn hat wieder etwas angestellt.«

»Es geht um Ihre Mutter.«

»Was ist mit ihr?«

»Sie wurde tot in ihrer Wohnung aufgefunden.«

War Roberts Miene bisher feindselig gewesen, so änderte sich das für den Bruchteil einer Sekunde. Traurigkeit huschte über sein Gesicht und zog seine Mundwinkel nach unten. In dieser kurzen Zeit wurde er zu dem, der er wahrscheinlich jahrelang nicht gewesen war. Zum Sohn. Dann aber wurden seine Gesichtszüge wieder hart, er zuckte mit den Schultern. Eine Geste der Gleichgültigkeit, oder schüttelte er die aufkeimende Trauer ab? Afsaneh war sich nicht sicher.

»Ich hatte mit der Schnepfe lange Zeit nichts zu tun.« Seine Stimme klang völlig emotionslos.

»Dürfen wir kurz reinkommen, oder müssen wir die Sache vor der Tür besprechen?«

Robert blickte Afsaneh länger an, als es nötig gewesen wäre, dann machte er einen Schritt zur Seite und schlurfte in die Küche. In der Spüle standen ein paar Tassen und Teller, sonst war es ordentlich und sauber.

»Was wollen Sie denn mit mir besprechen?« Robert deutete auf wackelig aussehende Metallstühle.

»Ihre Mutter wurde ermordet«, sagte Afsaneh.

Wieder fiel Roberts Maske, und dieses Mal dauerte es länger, bis der harte Ausdruck in sein Gesicht zurückgekehrt war. »Dann hat jemand das wahre Wesen meiner Mutter erkannt.«

»Was meinen Sie damit?«

»Sie war bösartig. Intrigant. Eine Fremdgängerin.« Er machte einen tiefen Atemzug. »Mein Vater wusste von den vielen Liebhabern. Es muss die Hölle für ihn gewesen sein. Oder warum glauben Sie, hat er ein Ventil gesucht?«

Afsaneh war sofort klar, dass Robert von den Morden seines Vaters sprach. Dies als Ventil zu beschreiben war sicher besser, als den Vater noch mehr hassen zu müssen als die Mutter. Aber

Kinder sollten ihre Eltern nicht hassen müssen. Niemals. Das hatte aus Robert Benning einen Mann gemacht, der offenbar sich selbst hasste. Anders war es nicht zu erklären, dass die Wohnung in einem aufgeräumten Zustand war, während er selbst seinen Körper zugrunde richtete. Robert zündete sich eine neue Zigarette an.

»Hatten Sie deswegen ein angespanntes Verhältnis zu Ihrer Mutter? Es muss schwer für Sie gewesen sein.«

Robert zog an der Zigarette und blickte sie lange an. »Kenne ich Sie irgendwoher?«

»Ich habe die Ermittlungen gegen Ihren Vater geführt.«

Er starrte die Tischplatte an, dann lachte er freudlos. »So schließt sich der Kreis, was?«

Sie antwortete nicht.

»Natürlich hasse ich meine Mutter. Aber mein Vater war keinen Deut besser. Ein aggressiver Mann. Wahrscheinlich hat er Mutter deswegen in die Arme anderer Männer getrieben. Keine Ahnung. Das ist Küchenpsychologie. Er hat uns Kinder geschlagen, müssen Sie wissen. Grundlos. Hat ihm wahrscheinlich das Gefühl von Macht gegeben. Aber dann wollte er mehr und mehr und ...« Offenbar hatte er einen Kloß im Hals. »Jeder bekommt das, was er verdient. Mein Vater schmort in seiner eigenen Hölle.«

»Und was hat Ihre Mutter verdient?«, fragte Afsaneh.

Robert verengte die Augen zu dünnen Schlitzen. Wahrscheinlich war ihm bewusst geworden, dass die Beamten nicht vorbeigekommen waren, um ihm bloß die Todesnachricht zu überbringen.

»Vergessen zu werden«, sagte er dann. »Mutter sollte im Leben ihrer Enkel keine Rolle spielen. Es reichte schon, dass meine Schwester Doreen und ich unter ihr gelitten haben.« Er stand so ruckartig auf, dass der Stuhl zu Boden fiel. »Sehen Sie sich doch um. Ich bin gestrandet. Das Haus ist ein Drecksloch.

Mehr kann ich mir aber nicht leisten. Meine Ehe ist kaputt. Wegen meiner Mutter.«

»Das ist lange her.«

»Woher wollen Sie das denn wissen?«

»Wir haben mit Ihrem Sohn geredet.«

»Mit Jerome? Was soll das ganze Theater hier?«

Afsanehs Magen zog sich zusammen. Aus dem Augenwinkel sah sie, dass Mirko seine Hand unter die Jacke geschoben hatte. Anscheinend glaubte auch er, dass Robert Benning etwas ziemlich Dummes tun könnte. Afsaneh wog ihre nächsten Worte gut ab. Es musste entschlossen klingen. Ohne einen Hauch der Angst, die sie gerade spürte.

»Sie wissen, warum wir hier sind«, sagte sie.

Robert Benning schüttelte den Kopf. »Das glaub ich jetzt nicht. Sie ... Sie glauben doch nicht etwa, dass ich ... Natürlich glauben Sie das!«

»Haben Sie etwas mit dem Mord an Ihrer Mutter zu tun?« Afsaneh sah Robert in die Augen. Seine Pupillen zuckten hin und her. Bewies seine Nervosität, dass er der Mörder war? Fühlte sich Robert Benning ertappt? Oder war das die natürliche Reaktion auf die Situation? Immerhin hatte er gerade erfahren, dass seine Mutter ermordet worden war, nur um kurz darauf zu erfahren, dass die Polizei ihn als Täter auf dem Zettel hatte. Afsaneh überlegte, wie sie in so einer Situation reagieren würde. Wahrscheinlich nicht anders als Robert Benning.

»Wie kommen Sie darauf?« An seiner Stimme merkte man, dass er Mühe hatte, sich im Griff zu behalten.

»Aufgrund der vorliegenden Indizien müssen wir Sie zumindest in die engere Wahl der Tatverdächtigen ziehen.«

Er taumelte zurück, hielt sich an der Arbeitsplatte fest, schüttelte den Kopf. Immer wieder.

Afsaneh atmete tief ein. Die nächsten Sätze waren unvermeidlich, sogar gesetzliche Vorschrift. »Ich möchte Sie über

Ihre Rechte als Beschuldigter in einem Strafverfahren belehren. Sie haben das Recht, die Aussage zu verweigern. Wenn Sie wünschen, können Sie zu jedem Zeitpunkt der Befragung einen Rechtsbeistand zur Wahrung Ihrer Interessen beauftragen. Haben Sie das verstanden?«

Robert Benning blickte von Afsaneh zu Mirko und wieder zu Afsaneh. »Inhaltlich schon. Aber das hier ist doch ein schlechter Scherz, oder?«

»Wo waren Sie in der letzten Nacht?«

»Wo soll ich schon gewesen sein?«

»Waren Sie zu Hause?«

Robert biss auf die Unterlippe und nickte.

»Waren Sie allein?«

»Wer sollte schon hier gewesen sein?«

»Wann haben Sie Ihre Mutter das letzte Mal gesehen?«

»Keine Ahnung. Ich habe mir den Tag sicher nicht im Kalender angestrichen.«

»Länger als ein paar Monate?«

Robert zündete sich eine Zigarette an. »Ich habe meine Mutter seit Jahren nicht gesehen. Vielleicht zu Jeromes Einschulung? Oder zur Konfirmation? Ehrlich, keine Ahnung.«

»Welches Verhältnis haben Sie zu Ihrem Sohn?«

»Er ist ein guter Junge, hatte nur die falschen Freunde.« Robert fuhr sich mit der Hand durchs Haar. »Und vielleicht die falschen Eltern. Ich hätte früher reagieren müssen. Als er die ersten Zigaretten geklaut hat. Da dachte ich mir, es ist eine Jugendsünde, eine Mutprobe. So was in der Art. Ich habe auch nichts gesagt, als ich erfuhr, dass Jerome in die Bäckerei eingebrochen war. Da war es aber schon zu spät. Manchmal war er einfach ein paar Tage verschwunden. Dann kam er zurück, als ob nichts gewesen wäre. Ich habe geglaubt, dass es eine Phase ist. Bis dann die Polizei vor meiner Tür stand. Jerome hatte in Hamburg einer alten Frau die Tasche entrissen und ihr ins Gesicht geschlagen. Verstehen Sie mich nicht falsch. Diebstahl ist eine Sache. Nicht gut, aber vergleichsweise harmlos. Der alten Frau hatte er das Jochbein gebrochen. So kannte ich ihn gar nicht. In der Schule war er immer der Prügelknabe gewesen. Er hat sich einfach nicht gewehrt. Man konnte ihn herumschubsen. Ich habe ihm gesagt, dass er sich wehren muss.«

Robert drückte die Zigarette aus. Er hatte kein einziges Mal daran gezogen. »Der alten Frau habe ich Blumen geschickt. Anonym natürlich.«

Afsaneh beobachtete eine Verwandlung. Zuerst hatte sie Robert Benning für einen Kriminellen gehalten, der er vielleicht auch war, aber nun zeigte sich seine andere Seite: die des liebenden Vaters, der für seinen Sohn alles tun würde. Auch morden? Afsaneh erinnerte sich an die Worte der Nachbarin.

»Sie wurden vor ein paar Tagen gesehen«, sagte Afsaneh.

Die Kriminalbeamtin hatte sich auf dünnes Eis begeben.

»Gesehen? Bei meiner Mutter?«

»Die Zeugin meinte, dass es einen lauten Streit gegeben hätte. Sie kündigten an, dass Sie Ihre Mutter ...« Zweifel keimten in Afsaneh auf. Sie war versucht, die Todesart von Frau Benning zu nennen, entschied sich jedoch anders. »Dass Sie Ihre Mutter umbringen wollten, wenn sie nicht Ihren Sohn in Ruhe lassen würde.«

Robert schaute lange zu Boden. Er hatte die Zigarettenschachtel in die Hand. Dieses Mal zitterte sie. Er schaffte es erst beim zweiten Mal, die Kippe herauszufingern. Mirko musste Robert Feuer geben.

»Abstechen, ich habe gesagt, dass man sie abstechen müsste.«

»Sie waren also dort?«

Er nickte. »Mutter hat bei mir angerufen. Das ist einen oder zwei Monate her. Sie hatte Jerome getroffen und war geschockt, was aus dem lieben Jungen geworden ist. Sie warf mir vor, dass ich ein Versager wäre. Und sie gab mir die Schuld dafür.«

»Und?«

»Sie wollte den Jungen unter ihre Fittiche nehmen. Aus ihm sollte ein richtiger Mann werden und nicht so ein Verlierer wie sein Vater. Ich habe mir das eine Zeit lang gefallen lassen, doch dann bin ich vor ein paar Tagen nach Hamburg gefahren, um Mutter zur Rede zu stellen. Der Streit eskalierte, und ich habe endgültig mit ihr abrechnen wollen. Mein Leben hat sie zerstört, aber das Leben meines Jungen würde sie nicht bekommen.«

»Haben Sie das so zu ihr gesagt?«

Robert nickte. »Danach wollte sie mich enterben. Ich habe ihr gesagt, dass sie die bösartigste Frau wäre, die ich kenne, und dass sie nicht mehr meine Mutter sei. Danach habe ich gemeint, dass man sie abstechen sollte wie ein Schlachtschwein.«

»Um Ihren Sohn zu schützen?«

Robert presste die Lippen aufeinander.

»Haben Sie Ihren Sohn gestern Abend getroffen?«

»Sollte ich?«

»Er hat angerufen und Ihre Mutter als vermisst gemeldet.«

»Jerome? Meine Mutter?«

Es dauerte etwas, bis er die gesamte Situation erfasste. Die Kriminalbeamtin glaubte eine Träne im Augenwinkel glitzern zu sehen. Robert sackte zusammen, als hätte man ihm einen harten Schlag in die Magengegend verpasst.

»Die Situation war unerträglich geworden. Meine Mutter nervte mich immer weiter. Sie ließ mich nie in Ruhe. Nach dem Streit wurde es noch schlimmer. Sie terrorisierte mich. Ich bin gestern noch einmal zu ihr hin. Die verdammte Schnepfe war selbstherrlich bis zum Umfallen, und da bin ich ausgerastet.« Robert begann zu weinen.

Afsaneh hielt Mirko zurück, der schon die Handschellen hervorgeholt hatte.

»Waren Sie gestern betrunken? Oder Ihre Mutter?«

»Ich habe nicht getrunken.«

»Nicht einmal Bier?«

»Ich bin trockener Alkoholiker. Ein Schluck Bier würde mich sofort in die nächste Kneipe treiben, und dort würde ich mich besinnungslos saufen. Mutter hatte mir vor drei Tagen ein Gläschen Weißwein angeboten. Nur um zu sehen, wie ich wieder abstürze. Aber das ist ja nun vorbei ...«

Mirko schaltete sich ein. »Sie geben also zu, Ihre Mutter ermordet zu haben?«

Robert nickte.

»Dann sind Sie vorläufig festgenommen.« Und schon stand Mirko hinter Robert. Die Handschellen klickten.

»Können wir?«, sagte er zu Afsaneh, doch sie war sich nicht sicher, den Täter vor sich zu haben.

»Trinkt Ihre Mutter Bier?«

»Nein. Nur Wein.«

»Und warum haben Sie Ihre Mutter mit bloßen Händen erwürgt, wenn Sie doch vorher angekündigt haben, Sie erstechen zu wollen?«

Mirko runzelte die Stirn.

Robert blickte lange in Afsanehs Augen. Dieser Blick sollte wohl sagen, dass er gerne wieder Blumen gekauft hätte und dass er auch dieses Mal alles ins Reine bringen wollte. Der Blick war die Bitte eines verzweifelten Vaters, der alles für seinen Sohn tun würde.

»Hab ich das?« Roberts Stimme klang mechanisch.

Mirko schüttelte den Kopf. »Wissen Sie, wo sich Ihr Sohn gerade aufhält?«

»Bei seinem Freund, nehme ich an.«

Der Kriminalbeamte drückte Robert zurück auf den Küchenstuhl und nahm ihm die Handschellen ab. »Wissen Sie, wo oder wie wir Ihren Sohn erreichen können?«

Robert schüttelte den Kopf. »Er hat mich kontaktiert. Ich habe seine Handynummer nicht aufgeschrieben.«

Afsaneh war versucht, ihre Hand auf Roberts zitternde Hand zu legen. »Es wird nichts bringen, wenn Sie Jerome warnen.«

Er schaute sie lange an. Sein Blick war leer.

»Sie sind dafür nicht verantwortlich, und Sie können Jerome nicht immer schützen.«

Der Mann vor ihr hatte innerhalb kürzester Zeit seine Mutter und nun auch seinen Sohn verloren. Wobei sich Afsaneh sicher war, dass er zu Jerome schon lange kein gutes Verhältnis mehr hatte.

»Wir besorgen Ihnen einen Seelsorger.«

»Ich brauche keinen Psychoheini.« Robert hatte ein wenig seiner alten Selbstsicherheit zurück. »Was passiert denn jetzt mit meinem Jungen?«

Mirko zuckte mit den Schultern. »Wir werden Jerome festnehmen und vernehmen. Dann wird ein Haftrichter über das weitere Schicksal entscheiden.«

Robert blickte zu Boden.

»Er ist alt genug und muss für seine Tat geradestehen.«

Wortlos öffnete Robert eine Schublade und kramte Stift und Papier hervor. »Das ist seine Nummer und die Adresse seines Freundes, bei dem er untergekommen ist.«

Afsaneh blickte auf den Zettel, dann nickte sie zum Abschied. »Sie tun das Richtige.«

Robert saß zusammengesunken auf dem Küchenstuhl. Mirko und Afsaneh fanden alleine hinaus. Vor dem Dienstwagen blieb Mirko stehen und blickte noch einmal zurück zum Haus.

»Irgendwie tut er mir leid.«

Sie stiegen ein. Mirko lenkte den Wagen auf die Landstraße in Richtung Hamburg. Afsaneh starrte aus dem Fenster. In ihrem Kopf galoppierten die Gedanken. Zuerst der alte Benning, jetzt Jerome. Und jedes Mal sie. Afsaneh fühlte sich wie ein Fluch, der in unregelmäßigen Abständen diese Familie heimsuchte. Und die Aufopferung, die Robert für seinen Sohn gezeigt hatte, beeindruckte sie. Dann fragte sie sich, ob sie das Gleiche für ihr Kind tun würde. Ob sie bereit dazu wäre, unschuldig ins Gefängnis zu gehen.

Afsaneh räusperte sich. »Was machen wir mit Jerome Benning? Sollen wir hinfahren?«

»Wo ist das?«, fragte Mirko.

Sie schaute auf den Zettel, den Robert ihr gegeben hatte. »Cottaweg in Billstedt bei einem gewissen Bernd Schender.«

»Bernd Schender? Da klingelt was bei mir.« Er schlug mit der flachen Hand aufs Lenkrad. »Jetzt fällt es mir ein! Vor Jahren gab es einen Missbrauchsfall. Bernd Schender spielte am Hamburger Bahnhof so eine Art Engel für Trebegänger. Gab ihnen Essen und manchmal einen Unterschlupf für die Nacht. Im Gegenzug mussten die Jungen ihm zu Diensten sein.«

»Du meinst …?« Ihre Gedanken rasten. »Würde Jerome zu seinem Peiniger zurückgehen? Hat Robert uns angelogen?«

»Billstedt liegt am anderen Ende der Stadt. Wir könnten eine Streifenwagenbesatzung hinschicken und Jerome abholen lassen. Vielleicht erst mal unter dem Vorwand, dass wir noch Fragen haben.«

»Wird er sich nicht wundern, wenn wir seine Adresse kennen? Die hat er den Beamten am Tatort doch gar nicht genannt.«

Mirko zuckte mit den Schultern. »Dann hat der liebe Jerome auf der Fahrt zum LKA was zum Nachdenken.«

24

Berlin, 11:20 Uhr MEZ

KRISTINE STILLER starrte gebannt auf die Wand, an der die grobpixelige Aufnahme eines Gebäudes zu sehen war. Eine Tonspur gab es nicht, und der Winkel war offensichtlich nicht der einer offiziellen Überwachungskamera. Dennoch war genug zu erkennen. In der modernen Glasfront spiegelten sich Palmen. Vor dem Eingang standen zwei Soldaten in brauner Tarnfleckkleidung und roten Baretts auf den Köpfen. Sie hielten Schnellfeuergewehre vor der Brust gekreuzt und salutierten, als ein Mann in weißem Qamis und Keffiyeh in den Bildausschnitt trat. Einer der Soldaten öffnete die Glastür, und der Mann in der traditionellen Kleidung betrat das Gebäude. Ihm folgten drei Personen in Jeans und Shirts.

»Das Gebäude kommt mir bekannt vor«, sagte ein Teilnehmer der Sicherheitskonferenz.

»Steht das nicht irgendwo im Nahen Osten?«, kommentierte der Vertreter der Bundesregierung.

Es gab einen Schnitt. Nun war ein geschmackvoll eingerichtetes Büro zu sehen. Drei Männer saßen mit dem Rücken zur Kamera auf einfachen Holzstühlen. Offensichtlich waren es die Männer, die gerade das Gebäude betreten hatten. Einer von ihnen wippte nervös mit dem Bein, der andere stand auf und blickte in die Kamera, als würde er ein Gemälde ansehen.

Und die Wahrscheinlichkeit war hoch, dass er genau dies tat. Die Kamera war also versteckt. Genau wie die Kamera, die den Außenbereich des Gebäudes in diesem ungewöhnlichen Winkel gefilmt hatte. Kristine wurde warm und kalt. Was hatte Uwe Templer ihr da zugespielt?

»Was zeigen Sie uns hier?« Die Stimme von Herbert Menger klang eine Oktave dunkler und damit bedrohlicher als sonst. Jedenfalls für Kristine.

Die Aufnahme zeigte nun, wie der traditionell gekleidete Mann den Raum betrat, der offensichtlich sein Büro war, und sich hinter den Schreibtisch setzte.

»Ich habe Sie etwas gefragt, Frau Stiller.«

»Herr Menger!«, fuhr sie ihn an. »Wir haben uns gerade Ihren Film angeschaut. Jetzt ist meiner dran. Wie wäre es, wenn wir fair blieben?«

Fairness hatte mit Politik genauso viel zu tun wie Melkmaschinen mit der Hühnerzucht. Wer fair blieb, blieb auf der Strecke. Wer aber aufsteigen wollte, der musste mit harten Bandagen kämpfen, hart austeilen und hart einstecken können.

Herbert Menger wollte hoch hinaus. Ganz hoch. Möglicherweise durch die Hilfe der Rechtspopulisten. Hauptsache, an die Spitze, ganz egal, wie. Kristine wurde klar, dass sie hier keine Fairness erwarten konnte. Wie zur Bestätigung ihrer Annahme grinste Menger sie an.

»Ich verlange, sofort den Ursprung dieses Videos zu erfahren. Wer hat es Ihnen zugespielt, Frau Stiller?«

Kristines Puls raste, als ihr klar wurde, dass Herbert Menger dieses Video kannte. Was war denn schon zu sehen gewesen? Vier Menschen, davon einer in traditioneller arabischer Kleidung, betraten irgendein Gebäude, das in einem Land stand, wo auf offener Straße Palmen wuchsen. Die braunen Uniformen und roten Baretts der Soldaten erinnerten Kristine an die saudischen Soldaten, die sie mal bei einer Auslandsreise gesehen hatte. Aber wer waren die Männer? Vielleicht war der in traditioneller Kleidung ein Botschafter oder Generalsekretär. Aber die drei in Shirts und Jeans? Der eine, der das Bild betrachtet hatte, kam ihr bekannt vor. Sie blickte Menger an. Seine Kiefermuskulatur arbeitete.

Die Aufnahmen zeigten, dass die drei Männer mit dem Botschafter, wie Kristine entschied, ihn zu nennen, heftig diskutierten. Alle gestikulierten wild, und das Gesicht des Botschafters sprach Bände. Es zeigte eine gewisse Resignation. Aber auch so etwas wie Grauen. Über was redeten die Männer? Kristine verfluchte die fehlende Tonspur. Sie hätte so gerne gewusst, was da gesprochen wurde. Verdammter Mist!

»Jetzt fällt es mir wieder ein«, rief der ehemalige Außenminister dazwischen. »Ich kenne das Gebäude. Ich war selbst einmal dort. Das ist das saudi-arabische Generalkonsulat in Mumbai.«

»Indien?« Kristine stoppte das Video.

Der ehemalige Außenminister nickte. »Und der Mann mit dem Turban ist Salem Hawsawi. Ein Urgestein. Ist schon ewig Generalkonsul. Ich wusste gar nicht, dass er nun in Mumbai ist. Bei unserem letzten Treffen war er Generalkonsul in Deutschland, aber das ist Jahre her.«

»Wen interessiert das?« Menger hielt es nicht mehr auf dem Stuhl. Er war aufgestanden und lief umher wie ein wildes Tier im Käfig. »Wir sind nicht hier, um irgendwelche Videos zu gucken. Wir entscheiden über die Zukunft, über die Finanzkraft der Bundesrepublik Deutschland.«

»Über Rüstungsexporte«, warf Kristine ein. »Über Leid, Elend und Tod der Menschen, die mit deutschen Waffen verletzt oder ermordet werden. In irgendeinem Krieg, der mit Deutschland nichts zu tun hat.«

»Die Saudis halten uns islamistische Terroristen vom Hals!

Sie machen die arabische Halbinsel sicherer und bringen der Region so etwas wie Stabilität.«

»Das Gleiche könnte man von den Türken sagen, die nach dem Abzug US-amerikanischer Truppen aus Nordsyrien sofort die YPG angriffen, um angeblich eine Sicherheitszone zu errichten. Und? Was ist passiert? Die Kurden zogen ihre Truppen aus den Gefängnissen ab. Tausende mutmaßliche IS-Terroristen flohen. Einige kamen zurück in ihre Heimatländer, andere schlugen sich bis zur Grenze zwischen Afghanistan und Tadschikistan durch und schlossen sich den islamistischen Streitkräften des General Gulmurod Khalimov an. Der geschlagene Islamische Staat erstarkte plötzlich wieder und bedrohte die fragile Waffenruhe in Afghanistan. Und wissen Sie, was das Beste an dieser ganzen Geschichte ist?«

»Sie werden es mir sicher verraten, Frau Stiller, ob ich will oder nicht.« Menger stemmte die Hände in die Hüften.

»Der türkische Präsident nennt seine Angriffe auf kurdische Milizen Operation Friedensquell. Ist das die Stabilität, die Sie meinen?«

»Manchmal muss man für Frieden einen Krieg führen.«

Kristine schüttelte den Kopf. »Ich habe schon wirklich viele dämliche Äußerungen aus Ihrem Mund vernehmen müssen, aber diese schießt wirklich den Vogel ab.«

Menger wollte etwas erwidern, aber ein lautes Geräusch unterbrach ihn. Plötzlich waren alle Augen auf den Vertreter der Bundesregierung gerichtet, der sich die Hand rieb. Offenbar hatte er fest auf den Tisch geschlagen. Er blickte in die Runde. Man konnte ihm ansehen, dass er die Aufmerksamkeit hasste.

»Ihre offensichtliche gegenseitige Abneigung hat hier nichts zu suchen«, sagte er. »Wir wollen über die Fortführung deutscher Rüstungsexporte entscheiden. Und wir haben genug Zeit verplempert. Ich würde jetzt gerne mit der Abstimmung fortfahren. Alle einverstanden?«

Viele nickten. Das Grinsen in Mengers Gesicht wurde wieder breiter. Doch der ehemalige Außenminister lehnte sich nach vorne. »Ich bin nicht damit einverstanden. Es muss einen Grund geben, warum Frau Stiller uns dieses Video zeigt. Ist es nicht so?«

Kristine entschied sich für eine ehrliche Antwort. »Die Wahrheit ist, dass mir das Video gerade erst zugespielt wurde. Ich weiß nicht, was darauf noch zu sehen ist.«

Gemurmel erhob sich aus dem Kreis der Besprechungsteilnehmer, von Unmutsbekundungen bis hin zu Worten wie dreistes Verhalten und Frechheit. Der ehemalige Außenminister hingegen zeigte, warum er mehr als vier Legislaturperioden dieses Amt innegehabt hatte. Er war wie ein Fels in der Brandung. »Sie sind mutig, Frau Stiller. Und Mut muss belohnt werden.« Er wandte sich an den Vertreter der Bundesregierung. »Lassen Sie das Video weiterlaufen. Ich fürchte, ich weiß, was wir zu sehen bekommen werden. Und ich fürchte auch, dass dies unsere Entscheidung beeinflussen wird.«

Der Vertreter presste die Lippen zusammen, bis sie nur noch ein weißer Strich in seinem fahl wirkenden Gesicht waren. Er wagte einen Seitenblick zu Menger, der gedankenverloren auf den Tisch blickte. Es dauerte, bis er knapp nickte.

So war das also, dachte Kristine. Die Autoritäten bei dieser Besprechung waren von Anfang an nicht dem Protokoll entsprechend.

Das Video lief weiter. Salem Hawsawi schüttelte den Kopf und stand auf. Im Vorbeigehen legte er einem der Männer eine Hand auf die Schulter. Es wirkte wie ein Abschied für immer.

Hawsawi? Aber natürlich! Wie konnte sie nur so blöd sein? Kristine biss sich auf den Finger. Einer der Enthüllungsjournalisten, die über den angeblich fingierten Angriff auf die saudische Ölraffinerie berichtet hatten, hieß Hawsawi. Ravsan Hawsawi. Sohn des Generalkonsuls. War er der Mann, von dem sich der Konsul verabschiedet hatte?

Und dann passierte es. Kristine starrte geschockt auf die Videoprojektion. Es ging schnell. So schnell, dass die Darstellung der Kamera kaum mitkam. Mehrere maskierte Männer stürmten das Büro, überwältigten die drei Personen auf den Stühlen und stachen mit Spritzen zu. Es dauerte nur Sekunden, dann begannen die Krämpfe. Kristine schlug eine Hand vor den Mund.

»Machen Sie das aus!« Die Stimme des Vertreters der Bundesregierung verriet Grauen.

Das Video stoppte. Kristine blickte in entsetzte Gesichter. Nur der ehemalige Außenminister und Menger schienen ungerührt.

»Das war keine Überraschung«, kommentierte Menger.

»Was meinen Sie?«, fragte Kristine.

»Das ganze Video. Das Ende war von Anfang an klar. Wenn die drei saudischen Enthüllungsjournalisten Blumen bekommen hätten, wäre das eine Überraschung gewesen.«

»Was ... Was war das?«, stammelte der Vertreter der Bundesregierung.

»Gift«, antwortete der ehemalige Außenminister. »Schnell und effektiv. Aber die Schnelligkeit sollte nicht darüber hinwegtäuschen, dass die Männer eines qualvollen Todes gestorben sind.«

»Wer benutzt denn so was?«, fragte Kristine.

Der ehemalige Außenminister blickt sie lange an. »Diese Frage können Sie sich selbst beantworten.«

»Der saudische Geheimdienst?«

»Nicht nur, aber mit absoluter Sicherheit haben wir gerade Agenten des Al Muchabarat in Aktion gesehen.«

»Wir haben also gerade gesehen, wie saudische Agenten drei Journalisten liquidiert haben?« Kristine starrte Menger an. »Glauben Sie, dass die Agenten auf eigene Veranlassung gehandelt haben? Oder wusste das saudische Königshaus über die Aktion Bescheid?«

»Das ist keine Frage des Glaubens, sondern eine Wahrscheinlichkeitsrechnung. Saudi-Arabien ist ein autokratisch geführter Staat.« Menger zuckte mit den Schultern.

Der ehemalige Außenminister erhob sich. Er knöpfte sein Jackett zu und blickte in die Runde. »Die Abstimmung erübrigt sich, oder?«

Alle bis auf Menger und den Vertreter der Bundesregierung nickten. Der ehemalige Außenminister blickte Kristine in die Augen, bis auch sie genickt hatte. Kristine hatte gewonnen. Sämtliche Waffenlieferungen würden nun gestoppt werden. Auch diejenigen, die längst beschlossen und genehmigt worden waren. Ein Sieg auf ganzer Linie. Aber er fühlte sich nicht so an.

Sie merkte kaum, dass die Frauen und Männer den Besprechungsraum verließen. Erst als es völlig still geworden war, schaute sie auf. Menger saß ihr ruhig gegenüber.

»Woher haben Sie das Video?«, fragte er.

»Viel wichtiger ist doch, warum Sie es kannten und trotzdem weiterhin Waffen liefern wollten.«

Menger lachte kurz. »Ob Sie es glauben oder nicht, ich wollte Sie beschützen.«

»Mich? Beschützen? Das ist lächerlich.«

»Sie haben sich Feinde gemacht.« Er beugte sich vor. »Mächtige Feinde. Ich hoffe für Sie, dass Sie genügend mächtige Freunde haben, denen Sie vertrauen können.«

»Ich komme schon klar.«

Menger stand auf. »Wissen Sie, woher dieses Video stammt?«

Kristine schüttelte den Kopf.

»Vom Millî İstihbarat Teşkilâtı.«

»MIT? Türkischer Geheimdienst?«

Menger nickte. »Genau von den Menschen, die Sie wegen

der Operation Friedensquell so scharf kritisiert haben. Und Sie glauben hoffentlich nicht, dass die Türken uns das Video einfach so überlassen haben.«

Wieder schüttelte Kristine den Kopf. Ihr wurde schwindelig.

»Blumen haben die auch nicht gekriegt.« Menger grinste sein Haifischgrinsen. »Sie müssen sich etwas ganz Wichtiges hinter die Ohren schreiben, Frau Stiller. Die Welt ist nicht nur schwarz oder weiß. Sie ist grau. Durchgängig grau. Und wenn Sie strahlende Helden suchen, dann müssen Sie sich *Star Wars* oder *Indiana Jones* anschauen.«

Er verließ den Raum. Kristine beeilte sich, zur Toilette zu kommen, weil ihr so schlecht war.

Danach blieb sie kraftlos neben der Toilettenschüssel hocken. Noch nie hatte sich ein Sieg so mies angefühlt.

25

ICE Berlin–Hamburg, 11:56 Uhr MEZ

DEN MANN, der Wiebke im ICE Zeitung lesend gegenübersaß, bemerkte sie erst jetzt. Deswegen war sie sich nicht sicher, ob er nur eine Einbildung war. Trotzdem bereitete ihr das Sorgen. Nicht nur, weil sie ansonsten mit einer beinahe computergleichen Routine ihre Umgebung beobachtete, um jederzeit mögliche Gefahrenquellen erkennen zu können, sondern weil dieser Mann darüber hinaus mehr als auffällig gekleidet war. Er trug ein rostbraunes Jackett, eine rot-weiß gepunktete Krawatte auf einem blau-weiß gestreiften Hemd. Dazu eine khakifarbene Hose und Turnschuhe.

Sieht aus wie ein Testbild, entschied Wiebke. Vielleicht auch deswegen, um die Sorge über ihre zeitweilige Unaufmerksamkeit zu schmälern. Aber muss ich das, fragte sie sich, muss ich durchgängig aufmerksam sein? Kann ich nicht auch einmal abschalten? Einfach jemand sein, der im Zug sitzt und die Landschaft genießt? Sofort hörte sie die innere Stimme, die sonst den Klang ihrer Zwillingsschwester hatte. Dieses Mal jedoch hörte Wiebke die mahnenden Worte ihrer Mutter.

Du hast Saskia bisher nicht gefunden.

Aber ich habe doch alles getan! Sie presste die Lippen aufeinander und schaute zu einer Coladose am Boden, beobachtete, wie sie im Takt der Schienenschwellen vibrierte.

Ich fühle, dass Saskia lebt. Ich weiß es.

Weißt du das wirklich? Oder hoffst du es nur? Nicht um deiner Schwester willen, sondern um über dein Versagen hinwegzukommen?

Das ist nicht fair.

»Geht es Ihnen nicht gut?« Der Mann gegenüber hatte eine sonore Stimme. Wie die eines Therapeuten. Wiebke hatte in ihrer Zeit beim Militär viele Seelenklempner kennengelernt. Um posttraumatischem Stress vorzubeugen. Aber was halfen Worte, wenn Menschen gestorben waren? Worte, die Mörder im Auftrag der Regierung beruhigen sollten.

»Ich weiß nicht, was Sie meinen«, sagte Wiebke.

»Ihre Haut sieht blass aus, nein ...« Er legte den Kopf schief und begutachtete sie. »Eher wie Vanillepudding, den man über Nacht nicht in den Kühlschrank gestellt hat.«

»Sie haben ja Vergleiche drauf. Wollen Sie mich anbaggern?«

Der Mann lachte und faltete die Zeitung zusammen. »Es ist schon eine komische Welt. Nirgends kann man ein Gespräch anfangen, ohne direkt in Verdacht zu geraten, auf Sex aus zu sein. Natürlich möchte ich nicht mit Ihnen schlafen, was aber nicht daran liegt, dass ich Sie nicht attraktiv finden würde. Aber wissen Sie, ich mag eher Schokopudding.«

Er grinste sie an. Wiebke konnte ein Lächeln nicht unterdrücken. Und das tat gut. Als würde etwas von ihr abfallen.

»Ich bin etwas angespannt«, sagte sie. »Tut mir leid.«

»Schwamm drüber. Ich fahre die Strecke Berlin–Hamburg dreimal in der Woche. Das alleine macht schon krank. In Berlin wohnen, in Hamburg arbeiten. Zweihundertachtzig Kilometer Arbeitsweg mit Übernachtung in einem schäbigen Hotelzimmer.«

»Warum erzählen Sie mir das?«

»Um des Erzählens willens. Mein Leben macht mich einsam, wissen Sie. So wie Ihr Leben Sie einsam macht. Ich sehe so was sofort.«

»In welcher Psychoklinik arbeiten Sie?«

Der Mann lachte wieder. »Ich mache das, was Sie machen.«

Ganz sicher nicht, dachte Wiebke. Ich weiß ja selber nicht, was ich mache.

Ein kurzes Schweigen trat zwischen sie, dann fragte er: »Wie finden Sie das?«

Er deutete auf ein Foto in seiner Zeitung. Türkische Nationalspieler zeigten beim Torjubel in der Qualifikation zur Europameisterschaft den Militärgruß.

»Ist das nicht letztes Jahr gewesen?«

Der Mann zuckte mit den Schultern. »Ist die Zeitung schon so alt? Ich muss mich mal beim Kiosk beschweren. Aber egal. Was halten Sie davon?«

»Nationalspieler, die statt eines Torjubels den Militärgruß zeigen, sollten vom Wettbewerb ausgeschlossen werden. Mit Fußball habe ich nicht viel am Hut, aber ein großes Turnier, auf das die Welt blickt, darf nicht zur Bühne eines Autokraten werden, der nicht einmal das Wort Demokratie richtig buchstabieren kann. Auch seine Speichellecker haben dort nichts zu suchen. Anders kann ich Menschen nicht bezeichnen, die so etwas tun. Mit dem Militärgruß zeigen sie ihre Unterstützung für den Krieg und ihre Missachtung für die Zivilbevölkerung, die unweigerlich zum Opfer der Allmachtsfantasien dieses Mannes wird.« Wiebke schloss die Augen. »Krieg ist immer sinnlos. Glauben Sie mir. Ich weiß, wovon ich rede.«

Wiebke zuckte zusammen und öffnete die Augen. Sie spürte einen ziehenden Schmerz im Nacken. Offenbar war sie eingeschlafen. Der auffällig gekleidete Mann saß ihr nicht mehr gegenüber, nirgends lag eine Zeitung auf dem Sitz, und im Fußraum vibrierte keine Coladose. Wiebke wischte sich über den Mund. Ihr wurde klar, dass sie ihre Zwillingsschwester schnell finden musste. Sonst hätte sie nicht nur Saskia verloren, sondern auch ihren Verstand.

Jetzt hörte sie Falcos Stimme in ihrem Kopf.

Out of the dark. Into the light.

Wann kam jemand, der ihre Wunden küsste?

26

Berlin, 12:45 Uhr MEZ

UWE TEMPLER interessierte sich für viele Dinge, die den meisten Menschen völlig egal waren. Für die Geschichte der Currywurst zum Beispiel, um die sich viele Mythen und Legenden ranken. Wer hat sie erfunden? Und warum? Templer war sich sicher, dass der Ursprung des einzig wahren Fast Foods hier in Berlin lag und nicht in Hamburg oder Gelsenkirchen. 1949 hatte die Wurstbudenbesitzerin Herta Heuwer die erste Currysoße zusammengemischt. Daran dachte er, während er bei Konnopke saß. Dort gab es die beste Currywurst der Welt. Von Hand leicht schräg geschnitten, sodass mehr von der Currysoße am Wurststück hängen blieb. Und natürlich aß er Spandauer ohne Darm. Wer Currywurst mit Darm aß, fraß auch ein paniertes Schnitzel mit Zigeunersoße. Als Beilage gab es eine halbe Schrippe. Konnopke war der erste Imbiss gewesen, der Currywurst in der DDR verkauft hatte. Damals wurde die Wurst noch am Stück serviert, wahlweise mit kaltem Ketchup oder kalter, dickflüssiger Tomatensoße. Das jedenfalls hatte Uwes Vater ihm erzählt. Als Kundschafter des Friedens hatte er damals die ihm zugeteilten westdeutschen Besucher hierhergebracht. Als Geste des guten Willens. Und aus völligem Eigennutz und natürlich im Interesse der Deutschen Demokratischen Republik. Wobei wahrscheinlich der Eigennutz bei Uwes Vater ganz weit vorne stand. Wie bekam man sonst auf Staatskosten eine Currywurst? Noch dazu die beste?

Uwe schob ein paar Wurststücke zur Seite und tunkte die Schrippe in die Currysoße. Diese Würze gemischt mit dem Geschmack von Tomate war beinahe so gut wie ein frisch gezapftes kühles Weizen.

Ein Mann um die fünfzig kam auf ihn zu. Sein brauner Anzug passte zur Haarfarbe. Nachdem er den Regenschirm gegen den Stehtisch gelehnt hatte, nickte er Templer zur Begrüßung zu.

»Wie ist es gelaufen?«

Uwe legte die Schrippe zurück auf die Serviette. »Ich hoffe, Frau Stiller konnte mit den Daten etwas anfangen.«

»Menger wird wissen, dass wir ihr den Stick zugespielt haben.« Der Mann im braunen Anzug warf einen Blick auf die Currywurst. »Ich höre immer nur Gutes.«

»Von Frau Stiller?«

»Von der Currywurst hier. Ist sie wirklich so gut? Ich esse sonst kein Fast Food.«

Templer lachte und schob sich ein Wurststück in den Mund. »Sie machen ja Gedankensprünge. Natürlich ist die Currywurst hier Weltklasse. Kaufen Sie sich eine. Ich warte.«

Der Mann schüttelte den Kopf, aber sein Blick blieb am Teller kleben. »Glauben Sie, dass wir jetzt die Ratten der Gruppe 64 aus ihren Löchern getrieben haben?«

»Könnte sein.« Uwe kaute. »Bleibt abzuwarten.«

»So etwas wie die Gruppe 64 darf es nicht geben. Mit einer geheimen Staatspolizei haben wir unsere Erfahrungen ja schon gemacht. Die müssen also von der Bildfläche verschwinden. Leise und ohne großes Aufsehen.«

»Ist das der Grund? Ihre Motivation?«

Der Mann blickte Templer fragend an.

»Ich meine ja nur, jeder hat seine eigenen Motive.«

»Sie wissen genauso gut wie ich, dass in Deutschland zwei

Nachrichtendienste ausreichen, die mit ihrer Tätigkeit die Ermittlungen der Polizei ergänzen und die Arbeit der Politiker erst möglich machen. Es gibt nicht ohne Grund eine Gewaltenteilung, die sich seit Kriegsende bewährt hat.«

Uwe Templer zuckte mit den Schultern und konzentrierte sich wieder auf die restlichen Wurststücke, die in der mittlerweile lauwarmen Soße lagen. Offensichtlich hatte der andere verstanden, dass das Gespräch so gut wie beendet war. Er nahm seinen Schirm und wollte gehen.

»Wissen Sie, was mich wundert?«, fragte Templer.

»Was denn?«

»Dass Menschen, die etwas Gutes erreichen wollen, glauben, dafür Schlechtes tun zu müssen.«

»Wie meinen Sie das?«

»Ich habe einen Köder ausgelegt, wissen Sie?«

»Einen Köder?« Der Mann hielt seinen Schirm in der Hand, lehnte sich aber wieder gegen den Stehtisch.

»Sollte das passieren, was ich denke, dann habe ich einen Zugang zur Gruppe 64 gefunden.«

»Das wäre ein sehr guter Anfang.«

»Ja, das wäre es.«

Der Mann drückte sich vom Tisch ab. Templer befürchtete schon, der Teller mit den kläglichen Resten würde zu Boden fallen.

»Und die Frau, die Gutes will und Böses meint, ist Frau Stiller.«

Templer schüttelte den Kopf. »Heutzutage darf man niemandem trauen. Selbst denen nicht, die vordergründig Entscheidungen für das Volk treffen.«

»Denen erst recht nicht.«

Dieser Mann sollte der Leiter des EU-Geheimdienstes werden, falls es den jemals wirklich geben würde. Pläne dafür gab es schon lange, nur die Umsetzung erwies sich immer wieder als schwierig. Uwe hatte sich noch nicht entschieden, ob er es gut fand, dass ein so verrückter Geist, wenn auch hochintelligent, die Leitung einer Behörde übernehmen sollte, deren Leistungsfähigkeit einem Vergleich mit der CIA locker standhalten würde.

Doch darüber konnte Uwe sich später Gedanken machen. Es gab wichtigere Dinge. Seinen Köder zum Beispiel. Dass er dafür Wiebke Meinert benutzte, tat ihm beinahe leid. Wichtig war nur, dass sie es niemals erfuhr, denn sonst ...

Er wusste, wozu sie fähig war. Und er wollte lieber nicht erleben, was passierte, wenn sie die Wahrheit herausfand.

27

Hamburg, 13:29 Uhr MEZ

WIEBKE WAR mit der S-Bahn zur Haltestelle Hamburg-Rübenkamp gefahren und von dort den kurzen Fußweg bis zum Bruno-Georges-Platz gelaufen. Nun stand sie vor diesem riesigen Gebäude, das aus der Luft mit seinem kreisförmigen Grundriss und den abgehenden Bürotrakten an ein Zahnrad erinnerte. Oder an die Zeichnung einer Sonne, wie sie ein Kind malen würde. Auch wenn Wiebke dieser Vergleich gefiel, wollte sie sich das Gebäude des Landeskriminalamts Hamburg lieber als Zahnrad vorstellen. Das hatte was mit Arbeit zu tun.

Wiebke gestand sich ein, dass sie keinen blassen Schimmer hatte, was sie jetzt tun sollte. Ihr Blick wanderte an der Fassade entlang. Neben dem Haupteingang gab es sicher weitere Möglichkeiten, das Gebäude zu verlassen. Durch eine Tiefgarage zum Beispiel. Dieser Gedanke schmerzte, denn er erinnerte Wiebke an den Grund, der sie hierhergeführt hatte. Die Tiefgarage, in der die Autoexplosion stattgefunden hatte, war auch in dieser Stadt.

Sie musste mit Afsaneh El-Sayed reden. Aber wie?

Wiebkes Telefon klingelte. Es war Templer.

»Überwachen Sie mich?«

Ein knappes Lachen drang durch die Leitung. »Gegenfrage: Bin ich lebensmüde?«

»Woher wissen Sie dann, wo ich bin?«

»Warum glauben Sie, dass ich das weiß?«

»Weil Sie genau in dem Moment anrufen, in dem ich vor dem Landeskriminalamt stehe. Das kann kein Zufall sein.«

Wieder dieses knappe Lachen. »Vielleicht habe ich einfach nur Glück gehabt. So was kommt vor.«

Ganz sicher nicht. Wiebke knirschte mit den Zähnen. »Verraten Sie mir lieber, was Sie von mir wollen.«

»Ich wollte hören, ob Sie schon angekommen sind, das wäre also geklärt. Tragen Sie noch die Sachen von heute Morgen?«

Sie schaute an sich hinab. Grauer Mantel im Militärstil, Jeans, rote Chucks. Wie heute Morgen.

»Nein«, sagte sie. »Ich reise immer mit schwerem Gepäck und pflege mich während der Reise umzuziehen.«

»Gehen Sie die Treppe zum Haupteingang hoch. Bleiben Sie außerhalb der Kameras. Der Aufnahmebereich endet dort, wo das Glasdach aufhört.«

»Ist das denn erlaubt?«

»Was?«, fragte Templer.

»Die Außenkameras.«

»Glauben Sie etwa, dass die Polizei von den Kameras weiß?« Und wieder dieses kurze Lachen.

»Ich weiß nicht, ob mir das alles gefällt«, sagte sie.

»Je weiter Sie gehen, desto weniger wird es das tun. Glauben Sie mir, Wiebke. Ich strecke meinen Kaffee nicht ohne Grund mit Alkohol.«

Sie hatte die oberste Treppenstufe fast erreicht. Über dem Glaseingang prangte das Wort Polizeipräsidium in blauen Lettern, links war das Polizeiwappen und rechts das Wappen der Stadt Hamburg. Sie blickte über die hellgraue Brüstung auf die Zufahrtsstraße, die das Gebäude umgab wie ein Wassergraben eine mittelalterliche Burg. Und dann sah sie die zwei schwarzen Limousinen. Sie hielten direkt am Fuß der Treppe. Ein uniformierter Polizist eilte herbei, wurde aber von zwei Männern in schwarzen Anzügen sehr schnell abgefertigt. Die beiden gehörten zur Kategorie Mann, die Testosteron als Dauerparfum trug. Niemals hätten die in einen Anzug von der Stange gepasst. Und trotzdem erkannte Wiebke selbst aus der Entfernung die Beulen, die von den Waffen in den Schulterholstern stammten. Aus der hinteren Limousine stieg ein Mann im grauen Anzug, blickte sich um und betrat die Treppe. Er hielt direkt auf Wiebke zu. Der konnte doch nicht wegen ihr hier sein!

»Was soll das, Templer? Was spielen Sie für ein Spiel?«, zischte sie ins Telefon.

Er war der einzige Mensch, der wusste, dass sie hierhergefahren war.

»Was meinen Sie?«, fragte Templer.

Der Mann im grauen Anzug kam flankiert von seinen Bodyguards näher. Für ihren filmreifen Auftritt benutzten sie beinahe den gesamten Eingangsbereich. Menschen, die vom Präsidium kamen oder dorthin gingen, mussten ausweichen.

»Sie haben mich in eine Falle gelockt, und ich war so blöd, darauf reinzufallen!«

»Wiebke«, sagte er mit einer Stimme, die ein Vater an seine Tochter richtete, wenn er etwas erklärte. »Wenn ich irgendwas vorhätte, warum sollte ich es in Hamburg machen? In Berlin wusste ich, wo Sie waren.«

Wiebke sagte nichts. Der Mann und seine Bodyguards waren zu nah. Sie konnte den herben Männerduft des Rasierwassers riechen. Typisch für solche Alphas. Die Männer gingen an ihr vorbei, aber sie registrierte eine stockende Bewegung im fließenden Gang des grauen Anzugträgers. Sie drehte sich unauffällig zur Seite und konnte so einen Blick ins Gesicht des Mannes erhaschen. Harte Gesichtszüge, ein kantiges Kinn, eine Narbe, die von der Stirn über die Nase bis zur Lippe verlief.

Einer der Bodyguards hielt dem Grauen die Tür auf, dann waren sie aus Wiebkes Blickfeld verschwunden.

»Was ist denn los?«, fragte Uwe Templer.

»Die sind wegen mir hier, richtig?«

Während des kurzen Schweigens war nur das Rauschen der Verbindung zu hören. »Ja.«

Ein Wort. Zwei Buchstaben. Die ganze Wahrheit.

»Warum?«

»Sagen wir mal, dass es ein Test war.«

»Ein Test? Was soll der ganze Mist?«

»Ich habe meine Gründe. Das genügt vorerst. Wenn Sie wieder in Berlin sind, reden wir persönlich darüber.«

»Nach der Nummer will ich mich gar nicht mehr mit Ihnen unterhalten.«

»Wir haben das gleiche Ziel. Und ich habe ein weiteres Puzzleteil gefunden.« Er legte auf.

Sie starrte das Mobiltelefon an. In diesem Moment fielen ihr viele unschöne Namen für Uwe Templer ein. Sie blickte zum Eingang und wunderte sich, wie viele Menschen hier ein und aus gingen. Fast wie in einem Taubenschlag.

Ihre Aufmerksamkeit wurde auf eine Frau gelenkt, die das Gebäude verließ und sich suchend umblickte, bevor sie zielgerichtet auf Wiebke zusteuerte. Sie hatte schulterlange, tiefschwarze Haare, einen dunklen Teint und ein fein geschnittenes Gesicht. Männer lagen ihr garantiert zu Füßen. Frauen wahrscheinlich auch.

»Wer sind Sie?«, fragte die Frau, als sie vor Wiebke stand.

Wiebke legte die Stirn in Falten.

»Mich hat jemand angerufen.« Ihre Stimme klang nun genervt. »Und dieser Jemand hat gesagt, dass Sie hier auf mich warten würden. Es sei dringend.«

»Sie sind ...«

»Afsaneh El-Sayed.«

Es dauerte einen Moment, bis Wiebke realisierte, was Uwe Templer gerade für sie getan hatte. Deswegen hatte er wissen wollen, welche Kleidung sie trug. Und trotzdem spielte er ein undurchsichtiges Spiel, das ihr gar nicht gefiel. Zumal sie anscheinend nur eine Spielfigur war.

»Offensichtlich handelt es sich hier um ein Missverständnis«, sagte Afsaneh. »Ich habe wirklich zu tun und keine Zeit für so etwas.« Ärger huschte ihr übers Gesicht.

»Ich bin Wiebke Meinert.«

»Meinert?« Afsaneh schien nachzudenken.

»Sie haben im Mordfall meiner Zwillingsschwester ermittelt. Die Autoexplosion in der Tiefgarage vor sechs Monaten.«

»Die Ministeriumsmitarbeiterin.« Sie blickte zu Boden. »Mein Beileid.«

»Dafür bin ich nicht hier.«

»Ich versichere Ihnen, dass der Fall nicht abgeschlossen ist. Das sind ungeklärte Mordfälle nie, wissen Sie?«

»Ich brauche Informationen. Ich glaube, dass meine Schwester noch lebt.«

Afsaneh blickte ihr lange in die Augen. Es war schwer zu sagen, was sie gerade dachte. Wahrscheinlich, dass Wiebke verrückt war, dass sie den Tod ihrer Schwester akzeptieren musste. Tot blieb tot.

»Ihre Schwester wurde eindeutig identifiziert.«

»Es gibt trotzdem Ungereimtheiten. Angefangen damit, dass sie eigentlich nicht hätte in Hamburg sein sollen.«

»Ich bin nicht bereit, mit Ihnen über Details der Ermittlungen zu sprechen. Das ist unüblich.«

»Meine Schwester hat für einen Geheimdienst gearbeitet.«

Afsaneh schüttelte den Kopf. »Wer auch immer dieses Gerücht verbreitet hat, hat uns damit keinen Gefallen getan. Es gibt keine Hinweise darauf, dass Ihre Schwester eine Agentin war. Nicht beim Bundesverfassungsschutz, nicht beim Bundesnachrichtendienst. Sie war Ministeriumsmitarbeiterin.«

»Und was hat sie dann in Hamburg gemacht, wenn die Veranstaltung des Entwicklungsministeriums doch in Offenbach war?«

»Es gibt viele Gründe dafür, dass eine Ehefrau ihren Mann anlügt.«

So war das nicht. Saskia war anders. Saskia war nicht wie Wiebke. Nicht mal im Ansatz.

»Sie kannten meine Schwester nicht.«

»Es tut mir leid.« Afsaneh blickte auf die Uhr. »Ich muss wieder an die Arbeit.«

»Bitte!«, sagte Wiebke. »Bitte helfen Sie mir! Meine Schwester lebt. Ich will sie finden.«

Wieder blickte Afsaneh ihr in die Augen. Dieses Mal war es einfach zu erraten, was die Polizistin dachte: Sie hatte Mitleid. Höchstwahrscheinlich kannte sie die Zerreißprobe zwischen Hoffen und Bangen. Dabei gab es deutliche Beweise, dass Saskia der Bombe zum Opfer gefallen war. Viel Hoffnung blieb da nicht. Die Wahrscheinlichkeit, dass ein zweiter Mensch dasselbe DNA-Muster aufwies, war eins zu dreißig Milliarden. Und auch diese unvorstellbare Zahl war nur eine wissenschaftliche Schätzung. Warum also sollte Afsaneh Wiebkes Hoffen im Ansatz verstehen? Zu erdrückend war die Beweislast, und zu schwach waren die Ungereimtheiten. Aber es gab sie.

»Ich kann Ihnen nicht helfen«, sagte Afsaneh.

Wiebkes Blick ging zum Boden und blieb an Afsanehs Halbschuhen hängen. Die vereinzelten Schlammspritzer zeugten davon, dass Afsaneh tatsächlich zu tun hatte, dass sie wahrscheinlich gerade an einem Tatort gewesen war.

»Lassen Sie sich nicht beirren«, sagte Wiebke.

Afsaneh, die gerade dabei gewesen war, zurück ins Polizeipräsidium zu gehen, blieb stehen.

»Was meinen Sie?«

»Oben wartet jemand auf Sie.«

»Meine Kollegen warten auf mich. Ich habe in einem Mordfall zu tun.«

»Nein, nicht Ihre Kollegen. Ein Mann im grauen Anzug und mit einer Narbe im Gesicht. Er ist meinetwegen hier. Er wird verhindern wollen, dass Sie mir Informationen über meine Schwester geben. Er wird Sie bitten, die Ermittlungen ruhen zu lassen, sich nicht einzumischen. Irgendwas in der Art. Er wird freundlich sein. Aber lassen Sie sich nicht täuschen.«

»Wovon reden Sie da überhaupt?«

»Willkommen in meiner Welt.«

Nun war es Wiebke, die sich umdrehte und ging. Beinahe hatte sie das Gefühl, als würden Afsanehs schöne Augen auf ihr ruhen. Vielleicht war es so, aber vielleicht war die Beamtin auch schon zurück im Präsidium. Wiebke drehte sich nicht mehr um. Sie hatte ein anderes Ziel. Sie wollte zu dem Mann, den Saskia kurz vor ihrer Entführung getroffen hatte. Der Mann, der nach langer Lesereise endlich wieder in Deutschland war.

28

Hamburg, 13:38 Uhr MEZ

BEVOR AFSANEH das Polizeipräsidium betrat, drehte sie sich noch einmal um, aber von dieser Wiebke Meinert war nichts mehr zu sehen. Eine merkwürdige Frau. Tauchte aus dem Nichts auf und verschwand wie ein Geist. Was war diese Meinert für eine Person? Sie hatte etwas Gefährliches an sich gehabt. Das hatte Afsaneh mit jeder Faser ihres Körpers gespürt.

Sie beeilte sich, in den Fahrstuhl zu huschen. Oben angekommen sah sie Mirko, der im Gespräch mit dem Dienststellenleiter war. Petersmann trug wie immer einen Anzug. Die Krawatte lag über dem dicken Bauch und wirkte dadurch zu kurz. Er drehte sich zu Afsaneh um und lächelte sie an.

»Gute Arbeit, Frau El-Sayed. Nach Jerome Benning wird noch gefahndet, aber ich bin mir sicher, dass wir ihn heute noch festnehmen können.«

»Das war ich nicht alleine. Herr Stein und ich sind einfach ein gutes Team.« Afsaneh blickte zu Mirko. Aus seinem Gesichtsausdruck konnte sie nicht deuten, was er dachte.

»Wie sind Sie denn darauf gekommen, dass Jerome seine Großmutter ermordet hat?«

»Im Endeffekt war es der Einkaufszettel im Mülleimer.«

»Der Einkaufszettel?«

Afsaneh nickte. »Jerome behauptete, nicht bei seiner Großmutter gewesen zu sein. Aber sie hatte vor Kurzem Bier gekauft. Wir fanden zwei leere Dosen in der Küche.«

Petersmann verzog das Gesicht. »Aber die könnte doch Frau Benning mit ihrem Sohn getrunken haben. Wie hieß der noch gleich?«

»Robert. Er ist trockener Alkoholiker, und Frau Benning trinkt nur Wein. Aber keine Sorge. Die Bierdosen sind sichergestellt. Eine DNA-Analyse wird unsere Vermutung gerichtsverwertbar beweisen.«

Jetzt lächelte Petersmann wie ein Dienststellenleiter, dessen Mitarbeiter wieder einmal einen schnellen Erfolg erzielt hatten, was auch ihn in der Führungsetage gut dastehen ließ. Damit kam Petersmann seiner Beförderung ein gutes Stück näher. Er wollte leitender Kriminaldirektor werden.

»Wenn Sie uns entschuldigen würden«, sagte Afsaneh. »Herr Stein und ich müssen Berichte schreiben.«

Petersmann schüttelte den Kopf. »Sie kommen bitte mit mir in mein Büro.«

Sie konnte nicht sagen, was es war, das ihr eine Gänsehaut über den Rücken trieb, die veränderte Nuance in Petersmanns Stimme oder die Tatsache, dass sie schon wusste, worum es ging.

»Das kann nichts Gutes bedeuten«, flüsterte Mirko ihr zu. »Wo bist du eigentlich gerade gewesen?«

»Später.« Sie setzte gedanklich ein *vielleicht* dazu, denn etwas in ihr regte sich. Sie verstand nun, warum der Anrufer, der sie vor ein paar Minuten eindringlich darum gebeten hatte, nach unten zu gehen, so geheimnisvoll getan hatte. Sie hatte ihm gesagt, dass er sie mal kann, aber er war hartnäckig geblieben und hatte gemeint, dass es wichtig wäre und er sie nur bitten könnte. Und wenn sie täte, worum er bat, hätte sie einen neuen Freund, den sie irgendwann einmal brauchen würde.

Mehr hatte der Anrufer nicht gesagt. Und was hatte diese Wiebke Meinert gesagt? *Willkommen in meiner Welt.*

»Kommen Sie?« Petersmann machte eine einladende Geste in Richtung seines Büros, das am Ende des Flures lag. Afsaneh sah die Konturen des Mannes, der dort drinnen auf sie wartete, schon durch die Milchglasscheibe.

»Ich warte draußen«, sagte ihr Vorgesetzter mit einer Stimme, die keinen Widerspruch duldete, aber auch verriet, dass es ihm nicht passte.

Sie betrat das Büro. Der Mann im grauen Anzug stand am Fenster und rauchte, der Nikotingestank drang ihr in die Nase. Wie konnte Petersmann zulassen, dass in seinem Büro geraucht wurde? Wie in jedem öffentlichen Gebäude war das hier verboten, und Afsaneh wusste, dass ehemalige Raucher manchmal empfindlicher reagierten als diejenigen, die noch nie geraucht hatten. Als sie Petersmann kennengelernt hatte, rauchte er zwei Schachteln Camel ohne. Ein Herzinfarkt vor drei Jahren zwang ihn, damit aufzuhören. Sie schloss die Bürotür. Der Mann blies blauen Dunst aus dem Fenster, dann drehte er sich um. Eine breite Narbe zog sich quer über sein Gesicht. Sein Jackett war leger aufgeknöpft und ließ den muskulösen Oberkörper erahnen.

»Sie kennen Wiebke Meinert?« Er kam sofort zur Sache.

»Wie wäre es, wenn Sie erst mal Guten Tag sagen? Ich weiß nicht einmal, wer Sie sind.«

Er verzog das Gesicht. »Nennen Sie mich Bellheim. Josef Bellheim.«

»Das ist doch nicht Ihr richtiger Name.« Geheimdienst, entschied Afsaneh. Oder Bundeskriminalamt. Petersmann würde niemals einen Zivilisten alleine im Büro warten lassen. Nicht einmal seine Frau, wenn sie ihn besuchte.

»Zum Glück nicht«, sagte Bellheim. »Aber das ist egal. Sie wollten einen Namen, Sie haben einen bekommen.«

»Und was wollen Sie von mir?«

Er schnippte die Kippe aus dem Fenster. Der Nikotingestank hing weiterhin im Raum.

»Wiebke Meinert. Kennen Sie diese Frau?«

»Meinert. Das war doch der Nachname der Frau, die vor einiger Zeit bei einer Autoexplosion ums Leben kam. Die hatte aber einen anderen Vornamen, wenn ich mich recht erinnere. Saskia, oder?«

»Wiebke ist die Zwillingsschwester der Ermordeten.«

Afsaneh zuckte mit den Schultern und setzte sich auf einen der Stühle am Besprechungstisch. Eher ein Bistrotisch, auf dem eine Glasschale mit Weingummis stand und Ränder von Kaffeetassen zu sehen waren. Bellheim gefiel es anscheinend nicht, dass Afsaneh betont langsam agierte. Er ballte die Hände zu Fäusten und schnaubte. Offenbar stand er unter Zeitdruck. Sie lächelte ihn an. »Ich kann nicht einmal sagen, dass ich Saskia Meinert kannte. Ich meine, kennt man eine Leiche, auch wenn man in ihrer Vergangenheit nach Hinweisen auf das Mordmotiv gesucht hat?«

»Wir sind hier nicht in Ihrem Volkshochschulkurs für Küchenphilosophie.« Bellheim sprach betont hart. »Ich habe Ihnen eine Frage gestellt.«

»Die ich beantwortet habe.«

»Wo sind Sie gerade gewesen? Offenbar kamen Sie mit Ihrem Kollegen an, gingen dann aber kurz weg.«

Afsaneh sträubte sich, auf diese Frage zu antworten. Was denkt dieser Bellheim, wer er ist? Aber da war noch etwas anderes. Ein nagendes Gefühl der Angst.

Jede Geste, jedes Wort dieses Mannes war eine versteckte Drohung.

»Ich habe Sie etwas gefragt«, sagte Bellheim.

»Und ich wollte Sie nicht mit Frauensachen langweilen.«

»Frauensachen?« Bellheim runzelte die Stirn.

»Sie wissen schon.« Afsaneh deutete auf ihren Unterbauch. »Sachen, die nur Frauen haben.«

Bellheim nickte langsam, dann sagte er: »Der Anschlag in der Tiefgarage. Wie weit sind Sie mit den Ermittlungen?«

»Wir kennen bisher nur das Opfer. Kein Tatmotiv und erst recht keine Hinweise auf mögliche Täter.«

»Also ruhen Ihre Bemühungen gerade?«

»Mord verjährt nicht. Und die Weitergabe der Informationen über den Stand der Ermittlungen eines laufenden Verfahrens obliegt der Staatsanwaltschaft.«

»Das wollte ich hören.« So etwas wie ein Lachen drang aus seiner Kehle.

Dieses Mal war es Afsaneh, die die Stirn runzelte. »Wie meinen Sie das?«

»Uns liegen Informationen vor, dass Wiebke Meinert mit Ihnen Kontakt aufnehmen will, um mehr über den Mord an ihrer Zwillingsschwester zu erfahren.«

»Ist das ungewöhnlich?«

»Wie meinen Sie das?«

»Was würden Sie tun? Würden Sie nicht auch wissen wollen, was passiert ist, wenn Ihr Bruder so ums Leben kommt?«

»Ich habe keinen Bruder.«

Wahrscheinlich nicht mal Eltern, dachte Afsaneh. Sie stellte sich vor, wie Bellheim bei einem Fragebogen die Namen von Mutter und Vater eintragen musste. Reagenzglas A und B. Afsaneh grinste.

»Finden Sie hier irgendwas lustig?«

»Ich frage mich, was Sie von mir wollen. Warum drohen Sie mir?«

»Fühlen Sie sich bedroht?« Bellheim verengte die Augen zu Schlitzen. An seiner Schläfe pochte eine Ader.

»Das habe ich doch gerade gesagt, oder?«

»Ich frage nur, weil ich damit noch gar nicht angefangen

habe. Ich habe Sie nicht bedroht. Und ich möchte Sie in Ihrem eigenen Interesse nicht bedrohen müssen.«

»Aber Sie würden es tun?« Afsaneh rutschte jetzt auf der Sitzfläche hin und her.

Sie bekam keine Antwort, aber sie glaubte, ein kaum wahrnehmbares Nicken gesehen zu haben. Und dieses Nicken war für sie ein Zeichen, dass Bellheim nicht nur drohen würde. Die Welt von Wiebke Meinert gefiel ihr bisher nicht besonders gut.

Was für eine Scheiße! Afsaneh war hin- und hergerissen. Sollte sie Bellheim sagen, dass Wiebke schon mit ihr in Kontakt getreten war? Unter keinen Umständen wollte Afsaneh ein Teil dieser Welt sein, von der sie bisher nur geahnt hatte, dass es sie gab. Natürlich hatte sie häufig mit Kollegen des Staatsschutzes gesprochen, die immer mal was andeuteten, aber wegen ihrer Geheimschutzverpflichtung niemals konkret wurden. Afsaneh hatte das immer als Wichtigtuerei abgetan, als Mär der Staatsschutzkollegen, um Untätigkeit und Langeweile im Job zu verschleiern. Aber jetzt stand dieser Bellheim vor ihr, nachdem ein paar Minuten zuvor Wiebke Meinert vor ihr gestanden hatte. Zwei Menschen, die als unwiderlegbare Beweise für die Existenz der verborgenen Welt der Geheimdienste gelten mussten. Diese Erkenntnis rückte plötzlich die Autoexplosion in ein ganz neues Licht. Offenbar war sie ein klares Tötungsdelikt mit dem Merkmal Heimtücke. Also Mord.

Afsaneh knetete ihre Hände. Mord war ihre Welt, da kannte sie sich aus. Sie atmete tief ein und verschränkte die Arme.

»Sind wir jetzt fertig?«, fragte sie den Anzugträger.

Bellheim fuhr sich mit der Hand durchs Haar. »Ich hoffe, Sie wissen, was ich Ihnen sagen wollte.«

»Beinahe. Aber in Gänze werde ich das wohl nicht erfassen können.«

»Hören Sie! Wiebke Meinert ist der festen Überzeugung, dass ihre Zwillingsschwester noch lebt.«

»Aber das …« Afsaneh verstummte.

»… ist völlig unmöglich.« Er lächelte das erste Mal. »Sie sehen, wir verstehen uns.«

»Und darum veranstalten Sie das ganze Theater hier? Um mir zu sagen, dass Wiebke Meinert nicht mehr alle Tassen im Oberstübchen hat?«

»Frau Meinert ist sehr gefährlich.«

»Inwiefern?«

Bellheim stellte sich wieder ans offene Fenster und zündete eine Zigarette an. Während er den ersten Zug nahm, starrte er in den Himmel. »Sie ist eine Fanatikerin, die sich auf einen Kreuzzug begeben hat. Bekommt sie, was sie will, passiert nichts. Bekommt sie es nicht …« Die entstandene Pause hing ebenso schwer in der Luft wie der Zigarettengestank.

Bellheim drehte sich zu Afsaneh um. »Ich möchte Sie eindringlich warnen. Sollte Wiebke Meinert mit Ihnen in Kontakt treten, dann tun Sie, was sie verlangt. Und dann rufen Sie bei erster Gelegenheit diese Nummer an.« Er gab ihr eine Visitenkarte. Afsaneh blickte auf das elfenbeinfarbene Papier, auf dem nur eine Telefonnummer mit Berliner Vorwahl stand.

»Wo rufe ich da an?«

»Im Entwicklungsministerium. Sie haben sicher schon vermutet, dass ich beim Geheimdienst bin. Und was wäre ein Geheimdienst ohne Tarnung?« Er zwinkerte ihr zu, schnippte die halb aufgerauchte Kippe aus dem Fenster und verließ das Büro.

Afsaneh blickte noch lange auf die Visitenkarte.

29

Französischer Luftraum über dem Atlantik,
12:39 Uhr UTC-1

ÜBER DEN WOLKEN fühlt man sich frei. Für ihn stimmte das nicht. David fühlte sich niemals frei. Dafür hatte er zu viel erlebt. Er blickte aus dem Flugzeugfenster, konnte den Atlantik und die französische Küste vor lauter Wolken aber nicht sehen. Manche Menschen erkannten in den Wolkenbergen Fabeltiere oder Skulpturen, doch so viel Fantasie hatte David nicht. Für ihn waren es nur Wolkenberge. Er schloss die Augen. Als elfjähriger Junge hatte er Schriftsteller werden wollen und in der Schule einen ersten Text geschrieben. Nur eine handschriftliche Seite. Es ging um einen Forscher, der den Tempel des Anibus suchte. David hatte geglaubt, einen Roman geschrieben zu haben, doch die Lehrerin war anderer Meinung und gab ihm eine schlechte Note. Aber David ließ sich nicht beirren. Er schrieb weiter. Als niemand seine Kurzgeschichten veröffentlichen wollte, musste er schlussendlich aber einsehen, dass er nicht das Zeug zum Schriftsteller hatte. Und je älter er wurde, desto mehr nahm seine Fantasie ab, und er schlug einen anderen Weg ein. Als Auftragskiller der israelischen Regierung war er nun hier gelandet, in einem umgebauten Passagierflugzeug, das der Funktionalität der Air Force One in nichts nachstand. Es war vielleicht nicht ganz so groß, dafür aber mit ebenbürtiger Technik ausgestattet. David hatte sogar ein Privatzimmer. Jemand klopfte.

»Herein.«

Helena Petrova stand im Türrahmen. Nackt. Sie hatte einen makellosen Körper. Feste Brüste, rasierte Scham, fein gezeichnete Muskeln. Sie bewegte sich anmutig, und alles an ihr verriet, was sie wollte. Als sie ihm eine Kondompackung zuwarf, erhob sich David vom Sessel und ging zum Bett. Er hatte gerade noch Zeit, das Gummi überzustülpen, bevor ihr Ritt begann. Sex mit Helena war wie sie: kalt, emotionslos, mechanisch. Nichts verriet, dass es ihr Lust bereitete. Kein Zucken. Kein schneller werdender Atem. Sie schwitzte nicht einmal.

Viele Männer würden alles dafür geben, um einmal mit einer solchen Frau schlafen zu dürfen. David hingegen empfand nur wenig dabei. Anfangs war das noch anders gewesen, da hatte er nur ihren fantastischen Körper gesehen. Später jedoch hatte er tiefer blicken können und in ihre Seele geschaut. Oder besser gesagt in den Abgrund, der sich auftat. David hatte sich abwenden wollen, aber er konnte nicht leugnen, dass er eine innere Befriedigung empfand. Eine Bestätigung. Männlichkeit. Sucht. Seit Lydias Tod hatte er keine Frau gehabt. Gott hatte ihm die einzig wahre Liebe genommen und zu sich ins Haus der Ewigkeit geholt. Seither war David von Hass erfüllt, für Liebe gab es keinen Platz. Und Helena Petrova hatte ihm gezeigt, dass Sex sehr gut auch ohne Liebe funktionierte. Zumindest eine Zeit lang. Denn wenn man aufwacht, fühlt man sich schlechter als vorher.

David hatte Helena vor sechs Monaten in Moskau kennengelernt. Nachdem sich seine und Wiebke Meinerts Wege gekreuzt hatten. Diesen Gedanken schob er lieber schnell wieder weg und schloss die Augen. Alles hatte damit begonnen, dass Fitzgerald zu ihm gesagt hatte: »Ich möchte, dass Sie etwas für mich tun.«

Er hatte also einen Nachtclub in Moskau besucht. Nicht irgendeinen, sondern den berüchtigten *Kittycat Club* im Keller des ehemaligen *Hotel Rossija* am Roten Platz. Im *Kittycat Club* gab es nur eine Regel: Du musst so nackt wie möglich sein, aber trotzdem Kleidung tragen. Auf der Tanzfläche zuckten deswegen fast nackte Körper in glänzendem Lack und Leder zu harten Elektrobeats. David trug eine kurze Lederhose, hohe Springerstiefel und ein Netzoberteil. Im Ohr hatte er einen beinahe unsichtbaren Kopfhörer mit aktiver Geräuschunterdrückung, und seine Uhr leitete Sprachnachrichten weiter an seinen Kontakt. Fitzgerald.

David lehnte sich gegen eine der Betonsäulen. Eine angenehme Kühle erfasste die Haut an seinem Rücken. Die Stimmung im Club war so aufgeheizt, dass der Schweiß von der Decke tropfte. Warum ihn Fitzgerald hierhaben wollte, hatte er nicht gesagt. David ließ seinen Blick schweifen. Hier und da standen ein paar Kleinkriminelle, die Geschäfte machten. Die größeren Fische saßen an Tischen, taten jedoch letztendlich das Gleiche. Dazwischen waren Frauen, die entweder Nutten waren oder sich einfach nur wie solche kleideten.

Ein Mann zog jedoch Davids Aufmerksamkeit auf sich. Dieser Typ schien der größte Fisch hier zu sein. Er war nicht anders gekleidet als die anderen und ebenfalls von vier äußerst attraktiven Frauen auf dem runden Sofa flankiert, doch zusätzlich waren da noch eine Reihe Männer, die um ihn herumstanden und deren Jacken unter den Achseln verdächtig ausgebeult waren. Die Türsteher hatten David am Eingang nach Waffen durchsucht, so wie alle anderen Gäste auch. Jemand, der hier Männer mit Pistolen hereinbringen konnte, musste also ein großes Tier in der Moskauer Unterwelt sein.

Sein Kopfhörer knackte. Dann hörte David Fitzgeralds Stimme klar und deutlich.

»Mittlerweile müssten Sie Tjormin Kaspariv lokalisiert haben. Setzen Sie sich in genau vier Minuten auf das runde Sofa.«

David runzelte die Stirn. Die Männer mit den Pistolen waren nicht umsonst da.

»Ich weiß, was Sie jetzt denken, aber ich versichere Ihnen, die Leibwächter werden keine Zeit zum Reagieren haben. Vertrauen Sie mir.«

David schaute auf die Uhr. Der Sekundenzeiger schien über das Ziffernblatt zu kriechen. Vor seinem geistigen Auge malte er sich aus, was alles passieren könnte, wenn er dem Tisch zu nahe kam. Ein schneller Tod durch Kopfschuss war dabei die angenehmste Vorstellung. Zweifel an Fitzgerald nagten an David. Doch so langsam musste er dem alten Mann vertrauen. Es blieb ihm nichts anderes übrig. Aber mit Vertrauen war das so eine Sache.

Vertrauen konnte auch tödlich enden.

Die vier Minuten waren um.

David atmete ein, hielt die Luft an und war bereit, seine Haut so teuer wie möglich zu verkaufen, sollten die Bodyguards angreifen. Und tatsächlich reagierten sie, kaum dass er in die Nähe der Couch kam. Einer griff schon unter die Jacke, während die anderen sich so in Position brachten, dass sie Tjormin Kaspariv abschirmten.

Plötzlich ging das Licht an, die Musik erstarb. Türen schlugen mit voller Wucht gegen die Wand. Die tanzenden und zuckenden Körper gefroren in der Bewegung. Und auch die Bodyguards blieben stehen. Gebellte Befehle hallten durch den Club. Uniformierte Polizisten stürmten mit vorgehaltenen Waffen und schusssicheren Schilden herein. Eine Spezialeinheit. David presste die Lippen aufeinander. Die aufkeimende Panik der Gäste war wie Elektrizität in der Luft spürbar. Nur Kaspariv lehnte sich zurück und hatte ein Lächeln auf den Lippen. David setzte sich auf die Couch.

»Ich kann mich nicht erinnern, Sie eingeladen zu haben«, sagte Kaspariv in akzentfreiem Englisch.

»Ob ich stehe oder hier sitze, macht bei einer Polizeirazzia keinen Unterschied, oder?«

Kaspariv grinste und zuckte mit den Schultern. Aus dem Augenwinkel beobachtete David, dass sich die Bodyguards etwas entspannten. Von denen ging keine Gefahr aus. Vorerst.

Es wurde lauter im Club. Viele redeten auf Russisch durcheinander. David verstand kein Wort. Dann wurde es schlagartig still. Eine Frau in Uniform hatte den Club betreten, gefolgt von drei Männern. Anscheinend war sie bekannt, und jeder hatte Angst vor ihr. Sie steuerte direkt auf die runde Couch zu. Tjormin gefiel das anscheinend nicht. Er rutschte auf der Sitzfläche hin und her, während seine Lippen tonlos das Wort »Der'mo« formten. Scheiße. Die Polizistin blieb vor der Couch stehen und schenkte David einen abschätzigen Blick.

»Ausweis«, sagte sie mit einer Stimme, die wie der sibirische Winterwind klang.

David entschied sich für ein provokantes Spiel.

»Etwas mehr Freundlichkeit bitte«, sagte er.

Von der Polizistin kam keine sichtbare Reaktion. »Ausweis.«

Er lächelte sie an. »Können wir das nicht so regeln? Ich bin, na ja ... inkognito hier. Wollte nur etwas Spaß haben.«

Wie um es zu beweisen, legte er einen Arm um die Frau, die neben ihm auf der Couch saß.

»Ich wiederhole mich nur ungern.« Die Polizistin sprach glasklares Englisch. »Ausweis!«

David griff in die Hosentasche und holte eine 200-Euro-Banknote hervor, die er mit einer lässigen Bewegung in ihre Richtung warf. »Nehmen Sie, und denken Sie sich einen Namen aus, der Ihrer Meinung nach zu mir passt, okay?«

Nun ging alles sehr schnell. Sie griff den niedrigen Tisch und schleuderte ihn zur Seite. Die Polizistin machte einen Schritt und setzte David die Stiefelsohle zwischen die Beine. Er spürte das raue Profil, während sie den Lauf einer Makarow auf seinen Kopf richtete.

Die Nutte neben ihm schrie und sprang auf. Ohne auch nur hinzuschauen, packte die Polizistin ihr in die Haare. »Bleib hier!«, befahl sie. »Du wolltest ihm doch gleich einen blasen. Bis dahin leckst du mir die Stiefel, Dreckstück.«

Die Nutte heulte. Die Polizistin schubste sie weg. Dann wandte sie sich wieder David zu. »Zum letzten Mal: Ausweis!«

David tauchte aus der Erinnerung wieder auf. Es dauerte, bis er realisierte, dass er nicht mehr im *Kittycat Club* war. Die Geräusche des Flugzeugs halfen nur langsam bei der Orientierung.

Helena zitterte ein wenig, wie ein Zweig im Wind. Sie öffnete die Lippen und atmete kurz hörbar aus. Einen Höhepunkt konnte selbst eine Helena Petrova nicht unterdrücken. Sie war fertig. David nicht. Als sie sich zur Seite rollte, schloss sie für einen kurzen Moment die Augen, bevor sie aufstand und das Zimmer verließ.

David blieb gekrümmt im Bett liegen. Er spürte die Leere. Wann war das alles endlich vorbei?

Wann?

30

Hamburg, 14:45 Uhr MEZ

ES HATTE ZU regnen begonnen. Afsaneh beobachtete die Fensterscheibe, auf der dicke Tropfen aufprallten und abperlten. Das hatte etwas Meditatives und war wahrscheinlich der Grund, warum sie nicht mitbekommen hatte, dass Petersmann vor ihrem Schreibtisch stand. Sie zuckte zusammen. »Haben Sie mich erschreckt!«

»Es geht um das, was da gerade passiert ist.« Er nahm sich einen Stuhl und setzte sich ihr gegenüber. »Das gefällt mir nicht. Ganz und gar nicht.«

»Was meinen Sie?«

»Dieser Mann, Bellheim oder wie auch immer. Was wollte er? Warum war er hier?«

Wie lange kannte sie Petersmann? Fünfzehn Jahre? Siebzehn? Schon als Streifenpolizistin war sie ihm begegnet. Sie hatten sich von Anfang an gemocht. Nicht als Freunde, sondern als Kollegen in einem Vorgesetztenverhältnis. Trotzdem war Petersmann zu einer Vertrauensperson geworden. Afsaneh wusste, dass sie jederzeit mit Problemen zu ihm gehen konnte. Er hatte immer eine Lösung, und, was viel wichtiger war, er tratschte nicht. Jedes Problem behandelte er wie ein Geheimnis, das dort blieb, wo es hingehörte: zwischen ihnen beiden. Aber jetzt? Jetzt war da etwas anderes. Misstrauen.

»Geht es Ihnen nicht gut?« Petersmann riss sie mit seiner dunklen Stimme aus ihrer Gedanken.

»Warum sollte es mir schlecht gehen?« Sie blickte ihm ins Gesicht und erkannte sofort, dass er die Lüge durchschaut hatte.

»Hat Bellheim Ihnen auf irgendeine Art gedroht?«

Afsaneh knabberte an ihrer Unterlippe. Von allen Möglichkeiten, die in Betracht kamen, war eine Drohung die letzte, auf die sie gekommen wäre. Es sei denn ... es sei denn, Petersmann wusste, worum es ging. Plötzlich war ihr klar, dass sie ein Spiel spielen musste, von dem sie nicht einmal wusste, wie es hieß.

»Wie kommen Sie denn darauf?« Sie lehnte sich so lässig wie möglich im Bürostuhl zurück.

Nun tat Petersmann etwas vollkommen Unerwartetes. Er stand auf und ging zur Bürotür, um sie zu schließen. Statt sich wieder hinzusetzen, lehnte er sich gegen die Wand. Bevor er sprach, atmete er mehrmals tief durch.

»Ich kenne solche Leute leider nur zu gut. Bellheim war vom Nachrichtendienst, richtig?«

»Hat er mir nicht gesagt.«

»Braucht er auch nicht. Er riecht danach. Nicht, dass Sie mich falsch verstehen.«

»Was sollte ich denn falsch verstehen?«

»Bei den Nachrichtendiensten arbeiten wirklich gute Leute. Aber da gibt es auch Mitarbeiter, die die James-Bond-Musik als Weckton haben, wissen Sie. Und Bellheim gehört ganz sicher dazu. Noch schlimmer sind die Leute, die glauben, die Lizenz zum Töten zu besitzen.« Er verzog das Gesicht und verschränkte die Arme.

»Warum erzählen Sie mir das?« Sie beugte sich vor und beobachtete die Reaktion ihres Chefs.

Der zuckte nur mit den Schultern. »Ich war mal beim Staatsschutz. Ist ewig her, dreißig Jahre etwa. Wir hatten einen Tipp bekommen, wo sich zwei Gesuchte der RAF versteckten. Es wäre der Fahndungserfolg des Jahrzehnts geworden, wäre da nicht plötzlich so ein Typ aufgetaucht. Smart. Adrett. Nachrichtendienstler. Er bot Hilfe an, die wir gerne angenommen haben. Damals glaubte ich noch, dass Nachrichtendienste und Polizei gemeinsame Ziele haben.«

»Ist ja nicht ganz abwegig. Immerhin geht es für alle um die Sicherheit Deutschlands.«

Petersmann blickte Afsaneh lange an, bevor er antwortete. »Tut es das wirklich?«

»Keine Ahnung. Sagen Sie es mir.«

»Damals wäre beinahe alles gut gelaufen, aber anscheinend wurden die Gesuchten gewarnt. Das Versteck war verlassen, als die GSG-9 es stürmte. Dann gab es Meldungen, dass die vermeintlichen Terroristen am Bahnhof gesehen wurden. Am Ende starben ein Kollege und einer der Verdächtigen. Später stellte die Staatsanwaltschaft fest, dass der Verdächtige auf den Gleisen Suizid begangen hatte.«

»Sie glauben das nicht?«

Petersmann schloss die Augen. »Ich weiß nicht, was ich glauben soll. Bei der Aufklärung der Geschehnisse am Bahnhof verschwanden Beweise, und bei der Obduktion wurden unerklärliche Fehler gemacht. Für mich steht fest, dass es anders gelaufen wäre, wenn der Nachrichtendienst keine Karten im Spiel gehabt hätte.«

Afsaneh schwieg. Sie lehnte sich zurück und faltete die Hände vor ihrem Gesicht. Gedankenverloren liebkoste sie ihre Fingerspitzen. Was hatte diese Geschichte mit all dem hier zu tun? Es sei denn ... Sie spürte ein Kribbeln in ihrem Körper. Afsaneh sprang förmlich aus dem Bürostuhl. Ihr Jagdinstinkt war geweckt.

Saskia Meinerts Tod war der Schlüssel. Da sollte etwas verborgen werden.

»Wo wollen Sie hin?«, rief ihr Petersmann hinterher.

Afsaneh drehte sich vom Flur aus zu ihm um. »Ich muss dringend etwas überprüfen.«

So etwas wie ein wissendes Lächeln flog über sein Gesicht. Er nickte.

»Chef, das bleibt unter uns, ja?«

»Viel Erfolg!«

31

Hamburg, 14:58 Uhr MEZ

HERBERT MENGER war so schnell wie möglich von Berlin nach Hamburg gefahren. Das, was diese Kristine Stiller erreicht hatte, brachte alles in Gefahr. Einfach alles! Auf dem Weg zum Hafen hatte er ein Treffen ausgemacht, das vor einer halben Stunde hätte stattfinden sollen. Er wartete im strömenden Regen, geduckt unter dem Schirm, zwischen den Mauern aus bunten Hochseecontainern und den Kranbauten, die wie riesige Finger in den dunkelgrauen Himmel ragten. Kein guter Platz für ein Treffen, und erst recht kein guter Platz, um zu warten.

Er schaute sich immer wieder um. Das Elbwasser schwappte gegen die Kaimauer, in der Ferne war das Nebelhorn eines Schiffes zu hören. Ein Seil schlug rhythmisch gegen eine Stange, und der Wind trug den Gestank von Diesel, Teer und totem Fisch zu ihm. Es war wirklich kein guter Ort, um zu warten. Er beschloss, es gut sein zu lassen. Ihn wunderte nur, dass sie das Treffen platzen ließ. Das tat sie sonst nie. Ausgerechnet jetzt, da es wirklich wichtig war, änderte sie ihre Gewohnheiten? Menger ballte die Hände zu Fäusten. Verdammt! Er musste mit ihr reden. Und sie ließ ihn im Regen stehen.

Er ging zu der Selbstbedienungstankstelle, an der sein Auto stand. Den Schirm hatte er gerade eingeklappt, als er das Geräusch von Reifen auf nassem Asphalt hörte. Der dunkle Mercedes hielt dicht vor ihm an. Der Fahrer stieg schnell aus, umrundete das Fahrzeug und spannte den Regenschirm auf. Als er die hintere Tür öffnete, erblickte Menger sie. Elisabeth Hohenstahl. Sie schälte sich aus dem Mercedes, ohne den Fahrer überhaupt zu beachten, nahm den Regenschirm und trat auf Menger zu.

»Beinahe sah es so aus, als wollten Sie wegfahren.« Sie lächelte ihn an.

»Wie lange soll ich denn hier warten? Es ist eine Unverschämtheit, dass Sie mich hier überhaupt warten lassen.«

»Wir wissen beide, dass mir Ihr Amt völlig egal ist. Bisher haben die Vertreter des Wirtschaftsministeriums immer nach meiner Pfeife getanzt. Sie sind keine Ausnahme.«

Menger spürte den Ärger in sich aufsteigen, aber er schluckte seinen Kommentar runter. Elisabeth Hohenstahl hatte recht. Und er war, gelinde gesagt, nicht gerade in einer günstigen Position. Er blickte zu Boden. Die knöchelhohen Stiefeletten an ihren Füßen hatten garantiert ein kleines Vermögen gekostet.

»Gehen wir ein Stück?«, fragte sie.

Der Weg führte am Hafenbecken entlang. Ein paar Schritte hinter ihnen lief der Chauffeur. Menger war sich sicher, dass dieser bewaffnet war. Die Hohenstahl überließ nichts dem Zufall. Anders hätte sie es auch nicht geschafft, dorthin zu kommen, wo sie war: an der Spitze. Sie war die Vorsitzende des GDWE, des Gesamtverbandes deutscher Waffenhersteller und Exporteure.

»Hätten Sie den totalen Exportstopp nicht verhindern können?«

»Das Video ist aufgetaucht«, sagte Menger.

»Sie hatten gesagt, dass diese unschöne Sache nicht publik werden würde.«

»Unschöne Sache? Nur, damit wir uns richtig verstehen, es war die Ermordung der saudischen Journalisten. Und den Auftrag dazu hat höchstwahrscheinlich Kronprinz Hamid Ibn El Faradh erteilt. Und wenn nicht, so wusste er zumindest von der Aktion des saudischen Geheimdienstes und billigte diese.«

»Haben Sie Beweise, dass der Kronprinz darin verwickelt ist?«

Menger legte den Kopf schief.

»Das ist das Problem mit Geheiminformationen«, sagte die Hohenstahl. »Sie können sie nicht verwenden, ohne die weiße Weste der Bundesrepublik zu beschmutzen. Oder wollen Sie zugeben, dass die feinen Herren und Damen des Bundesnachrichtendienstes die diplomatischen Vertretungen der NATO-Partner ausspionieren? Das Video stammt doch von den Türken, oder? Vom MIT, richtig?«

»Die Türken haben viel von uns bekommen, damit dieses Video nicht publik wird. Sehr viel.« Menger knirschte mit den Zähnen.

»Und trotzdem wurde es öffentlich. Mit erheblichen Folgen für die deutsche Wirtschaft.«

Elisabeth Hohenstahl setzte eine ernste Miene auf. »Der GDWE hat die aktuelle Bundesregierung unterstützt, weil versprochen wurde, dass die Rüstungsexporte unangetastet bleiben. Wir haben Arbeitsplätze geschaffen. Wir haben produziert. Und nun bleiben wir auf der Ware sitzen?« Sie schüttelte den Kopf. »Ihnen muss klar sein, dass ich und meine Geschäftskollegen das nicht hinnehmen werden. Wir haben schon mit unseren Anwälten gesprochen.«

Menger wusste sofort, dass es um Schadenersatzklagen ging, die höchstwahrscheinlich auch erfolgreich sein würden. Lange Prozesse, unendliche Untersuchungsausschüsse. Und gerade die brachten manchmal Dinge ans Licht, die besser im Zwielicht verborgen blieben.

»Ich kümmere mich darum«, sagte Menger mit tonloser Stimme. »Ich kümmere mich zuerst um das Sicherheitsleck beim Nachrichtendienst.«

»Das will ich hoffen.«

Menger streckte ihr zum Abschied die Hand hin, doch Elisabeth Hohenstahl ignorierte die Höflichkeit und trat stattdessen den Rückweg an. Doch sie drehte sich noch einmal kurz zu Menger um. »Wer hat das Video denn gezeigt?«

»Stiller. Kristine Stiller.«

32

Hamburg, 15:03 Uhr MEZ

DER ASSERVATENRAUM befand sich im Keller des Polizeipräsidiums Hamburg. Man brauchte einen Schlüssel, um überhaupt mit dem Fahrstuhl ins zweite Untergeschoss zu gelangen. Die Fahrstuhltür glitt auf und gab den Blick auf einen grauen Gang frei. Neonröhren summten um die Wette und spendeten ein kaltes bläuliches Licht. Afsaneh fröstelte. Hier unten war es immer kalt, und das lag nicht nur an der Temperatur. Ihre Schritte hallten von den Wänden wider. Sie ging an grauen Stahltüren vorbei, von denen sie nicht mal wusste, was sich dahinter verbarg. Es gab auch keine Hinweisschilder. Als Afsaneh um die Ecke kam, sah sie, dass dort ein junger Beamter in Uniform an einem Schreibtisch saß. Er schaute vom Tablet hoch, auf dem er sich die Zeit mit irgendeinem Spiel vertrieb. Afsaneh war verwundert. Normalerweise saß hier nie jemand.

»Strafarbeit?«, fragte sie den jungen Beamten.

»Vorschrift.« Er verzog das Gesicht.

Wie alles in einer guten deutschen Behörde war auch die Bewachung der Asservatenkammer per Erlass geregelt. Das Ende des Flurs war durch eine Wand aus Gitterstäben markiert. Die Tür zu dem dahinterliegenden Bereich konnte nur durch einen Zahlencode geöffnet werden, der sich wöchentlich änderte. Die eigentliche Tür zur Asservatenkammer war alarmgesichert und mit einem Sicherheitsschloss versehen. Aber das war graue Theorie. Der Schlüssel für die Kammer hing normalerweise in einem Kasten direkt neben der Tür oder steckte im Schloss. Und die davor befindliche Gittertür stand sonst immer offen, weil niemand sich die Mühe machen wollte, jeden Montag um 08:00 Uhr einen neuen Code zu generieren. Warum war das jetzt auf einmal anders? Afsaneh zog die Augenbrauen zusammen. Hatte sie was verpasst?

»Ist ein ziemlich mieser Job, oder? Wirst du denn nicht auf der Straße gebraucht?«

Er zuckte mit den Schultern. »Sag das mal den Vorgesetzten und Politikern. Seit der Sache in Lügde haben die einen Stift in der Hose und wollen sicherstellen, dass so was hier nicht passieren kann. Obwohl es doch alles jahrelang so geklappt hat.«

Verdammter Mist. Sie hatte gehofft, unbemerkt in die Akte zum Fall Saskia Meinert blicken zu können.

»Was kann ich denn für dich tun?«, fragte der Beamte. Dabei strich er sich die blaue Krawatte glatt.

»Ermittlungen«, sagte sie so beiläufig wie möglich, in der Hoffnung, dass es wichtig klang. »Es gibt eine neue Spur zu einem Fall. Das muss ich abgleichen.«

»Dann brauche ich die Genehmigung.«

»Was für eine Genehmigung?«

»Hast du die Mail nicht gelesen?« Er legte den Kopf schief. »Der Dienstvorgesetzte muss unterschreiben, wenn du eine archivierte Akte samt Beweismittel erneut öffnen willst.«

Was ist das denn für ein Bullshit? Afsaneh schüttelte unwillkürlich den Kopf. Beinahe ärgerte sie sich, aber sie war lange genug bei der Polizei, um zu verstehen, dass Vorgesetzte immer über das Ziel hinausschossen. Eine Genehmigung zur erneuten Akteneinsicht hatte es bisher nie gegeben und war vollkommen unpraktikabel.

»Wer hat sich denn den Schwachsinn ausgedacht?«

Der Beamte zeigte zur Decke. »Beschwerden bitte in dreifacher Ausfertigung direkt zum Büro in der achten Etage. Ich kann es nicht ändern.«

Die achte Etage. Das Büro des Polizeipräsidenten.

War ja klar.

»Brauche ich auch einen Passierschein A38?«

Der Beamte schaute sie verdutzt an. Er war wahrscheinlich zu jung, um den Witz zu verstehen.

»Kannst du mich nicht kurz so reinlassen? Es ist wichtig.« Dieses Mal klang ihre Stimme dringlich.

»Mir ist mein Job wichtig. Was glaubst du, wie die mir den Arsch aufreißen. Ich sitze nicht umsonst hier.«

»Haste was ausgefressen?« Afsaneh zwinkerte. Dann eben die Kumpeltour.

»Ist auch egal.« Der junge Beamte widmete sich wieder seinem Spiel auf dem Tablet. Sie sah animierte Charaktere aus dem *Star Wars*-Universum, die gegen eine Gruppe Kampfdroiden antraten.

Die Kumpeltour funktionierte auch nicht.

»Ich sage es auch keinem.«

Er schaute wieder hoch und deutete mit dem Kopf zur Wand, die sich hinter den Gitterstäben befand. Eine Kamera. Seit wann gab es denn hier eine Kamera? Die Landesausgaben für die Polizei waren auch in Hamburg traditionell knapp bemessen. Aber für so was war plötzlich Geld da?

»Ich kann dir nicht helfen«, sagte der junge Beamte.

»Da kann man nichts machen.« Einen Versuch war es wert gewesen. Afsanehs Blick richtete sich auf den PC, der auf dem Schreibtisch stand. Sie wagte einen letzten Versuch. »Könntest du zumindest in der Datenbank nachschauen, wo die Akte abgelegt wurde? Ich möchte meinen Chef nicht sinnlos wegen einer Genehmigung belästigen.« Das mit der Genehmigung ist eh schon sinnlos genug.

»Das mache ich gerne.« Der Beamte legte das Tablet zur Seite und loggte sich ins Polizeisystem ein. »Wonach soll ich suchen?«

»Meinert. Saskia Meinert.«

Er tippte den Namen in die Suchmaske. Kurz darauf runzelte er die Stirn. »Wie wird das geschrieben?«

»Was meinst du?«

»Ich finde hier keine Akte für Meinert.« Er buchstabierte den Nachnamen.

»Was soll das heißen, du findest keine Akte?«

»Es ist keine da.« Zur Bestätigung drehte er den Bildschirm so, dass Afsaneh auf die Suchmaske blicken konnte.

Datensatz nicht gefunden.

Aber ... das konnte nicht sein! Unmöglich. Wo war die Akte? Afsaneh hatte sie selbst in die Asservatenkammer gebracht, zusammen mit den Beweismitteln. Wiebke Meinert war vielleicht doch nicht verrückt. Und sie hatte recht damit, dass es Ungereimtheiten gab. Jemand musste die Akte woandershin gebracht haben. Aber warum?

Zurück in ihrem Büro, vergrub Afsaneh ihr Gesicht in den Händen. Was ging hier vor? Das war gesetzwidrig. Einfach so eine polizeiliche Ermittlungsakte aus einem Verwahrgelass mitgehen zu lassen war eine ganz große Nummer. Und nicht nur das. Sie komplett aus dem System zu löschen, als ob es die Ermittlungen nie gegeben hätte, war unvorstellbar.

Sie dachte kurz daran, dass es möglicherweise eine offizielle Stelle gewesen sein könnte, die die Ermittlungen übernommen hatte. Das Bundeskriminalamt? Der Generalbundesanwalt beim Bundesgerichtshof? Aber nein. Erstens war die Zuständigkeit der Ermittlungen klar, und zweitens hätte es in so einem Fall einen elektronischen Vermerk über den Verbleib der Akte gegeben. Und hätte man Afsaneh nicht auch benachrichtigt, wenn die Ermittlungen von einer anderen Behörde übernommen worden wären?

Es klopfte, und Mirko stand im Türrahmen. »Jerome Benning wurde gerade festgenommen. Wir sollten uns auf die Vern…« Er stockte, und sein Gesicht sah aus, als hätte er einen Geist gesehen. »Geht es dir nicht gut?«

Afsaneh pfriemelte sich eine Haarsträhne hinters Ohr. »Sehe ich so scheiße aus?«

Er nickte. »Ziemlich.«

Unwillkürlich zog sie eine Schreibtischschublade auf. Dort lag für alle Fälle ein Schminkspiegel. Mirko hatte recht. Ihre sonst so gesunde Bräune hatte sich verändert. Ihr Gesicht hatte die Farbe einer Betonwand.

»Ich bin müde«, sagte sie lahm und schloss die Schublade.

»Ich weiß, wie du aussiehst, wenn du müde bist.«

Und jetzt? Sie hatte mit Mirko zu viel durchgemacht, als dass sie ihm etwas vormachen könnte. Sie glaubte auch nicht, dass er ein falsches Spiel spielen würde. Aber trotzdem, sie wollte ihn nicht in diese Sache hineinziehen. Immerhin hatte sie vor, die Warnung dieses Bellheim zu ignorieren. Mehr noch, sie wollte den Fall Saskia Meinert noch einmal aufrollen. Aber ohne Akte?

»Was ist los?« Mirko setzte sich auf die Schreibtischkante.

Na gut. »Kannst du dich an dieses explodierte Auto in der Tiefgarage erinnern?«

»War ein besonderer Fall. Die Ministeriumsmitarbeiterin, richtig?«

Afsaneh nickte. »Mir ist da was eingefallen, das ich noch mal überprüfen wollte.«

»Wirklich?« Er wirkte überrascht. »Wir hatten doch alle Spuren mehrmals überprüft.«

»Die Akte ist nicht mehr da!«, beeilte sie sich zu sagen. »Ich war gerade unten.«

»Wie? Nicht mehr da?«

»Nicht mehr im System.«

Sie tippte die Daten in die Suchmaske und ließ Mirko auf den Bildschirm blicken.

»Datensatz nicht vorhanden? Das ist komisch.«

»Das ist Beweismittelunterdrückung.«

»Es gibt doch sicher eine Erklärung dafür. Vielleicht wurde der Datensatz gesperrt?«

»Selbst wenn, würde das dort stehen. Wegen des Satzschutzes. Zugriff nur für hastenichtgesehen.«

Mirko knabberte an seiner Unterlippe. »Du hast recht. Was ist mit den Beweismitteln? Sind die auch weg?«

»Höchstwahrscheinlich. Ich war eben unten. In die Asservatenkammer geht es nur noch mit vorheriger Genehmigung.«

»Und wie ich dich kenne, willst du dem auf den Grund gehen.« Er legte den Kopf zur Seite. Ein Lächeln umspielte seine Mundwinkel.

»Wo soll ich anfangen?«

»Es gab da doch dieses Gerücht, dass es einen Polizeieinsatz gab. Wie hieß der Einsatzleiter noch mal?«

Afsaneh schloss die Augen und kramte in ihren Erinnerungen, dann fiel es ihr ein. »Wiemers. Jann Wiemers.«

»Richtig. Der ist doch bei der Sondergruppe ST.«

»Staatsschutz?«

Mirko nickte. »Die Kollegen sind nicht gerade redselig, aber einen Versuch wäre es wert. Und vielleicht habe ich auch noch ein paar Fotos von Saskia Meinert und dem Tatort in meiner Schreibtischschublade ...«

»Du hast noch Fotos vom Opfer?«

»Es ist nicht, wie du denkst!« Er grinste. »Ich wollte die

Bilder zu den Asservaten legen und hab es schlicht vergessen. Nicht verraten, ja?«

»Nein, natürlich nicht.«

Noch während Mirko das Büro verließ, griff sie schon zum Telefonhörer. Sie musste Jann Wiemers erreichen. So schnell wie möglich.

33

Otterndorf, 15:36 Uhr MEZ

DAS HAUS LAG etwas abseits am Kanal, bei dem kleinen Wäldchen, irgendwo zwischen Otterndorf und Nackenbüttel. Von der Hauptstraße führte eine Stichstraße bis zu einem eisernen Gatter, an das sich eine hohe Backsteinmauer anschloss. Ein Gehöft, wie es an der Nordsee viele gab. Und dieses gehörte Professor Carl Liebknecht.

Wiebke parkte den gestohlenen Wagen so, dass er von der Straße aus nicht zu sehen war, sie ihn aber schnell erreichen konnte. Vielleicht brauchte sie den Wagen ja noch. Dann spähte sie zum schmiedeeisernen Tor hinüber. An der Auffahrt war nichts Auffälliges. Liebknechts Porsche Cayenne parkte vor der Garage, das Rolltor war geöffnet. Es wirkte fast so, als hätte er gerade wegfahren wollen. Einkaufen vielleicht? In Otterndorf hatte Wiebke einen kleinen Supermarkt gesehen. Viel mehr dürfte es dort aber nicht geben. Trotzdem hatte sie ein ungutes Gefühl. Irgendetwas stimmte hier nicht.

Sie musste mit dem Professor sprechen. Uwe Templer hatte etwas von einem Schlüssel erwähnt, den der Professor Saskia angeblich in Stockholm gegeben hatte. Jedes Detail konnte eine Spur sein, die zu Saskia führte. Oder zu ihren Mördern. Wiebke biss die Zähne zusammen und spähte wieder zum Gutshof hinüber. Nichts bewegte sich, alles war ruhig. Zu ruhig. Natürlich konnte sie sich irren, aber es war unwahrscheinlich. Sie verließ den Wagen und rannte über die Straße zur anderen Seite. Dort war ein kleiner Graben vor der Backsteinmauer. Sie schaute nach Kameras und fand zwei, die auf hohen Masten standen und direkt auf das Einfahrtstor gerichtet waren. Offensichtlich dachte niemand daran, dass Eindringlinge über die Mauer klettern könnten.

Der Mauersims war circa zwei Meter hoch, dazu kam die Senkung des Grabens. Wiebke sprang und bekam mit den Fingerkuppen den Sims zu packen. Ihre Hände protestierten schmerzhaft. Der Stein war vom vorangegangenen Regen feucht und rutschig, sodass sie kaum Halt fand. Mit einer schnellen Bewegung zog sie sich hoch, schwang die Beine hinüber und landete im Gras.

Der Garten war sehr gepflegt. Liebknecht verbrachte hier wohl viel Zeit, wenn er nicht gerade an einem neuen Buch schrieb oder im Fernsehen als Terrorismusexperte auftrat. Neben dem Haupthaus gab es zwei weitere Gebäude, und alle zusammen waren u-förmig angelegt. Eins dürften die ehemaligen Stallungen sein. Wiebke glaubte nicht, dass Liebknecht noch Viehzucht betrieb. Das andere Haus hatte früher möglicherweise als Unterkunft für Diener und Mägde gedient. Höchstwahrscheinlich war es auch verlassen. Soweit Wiebke wusste, lebte der Professor alleine. Geduckt rannte sie zu den Stallungen und blickte von dort zum gepflasterten Hof. Liebknechts Porsche Cayenne nahm ihr die Sicht auf die Eingangstür des Haupthauses.

Plötzlich nahm sie eine Bewegung wahr. Hatte die Gardine sich bewegt? Sie kniff die Augen zusammen und fokussierte das Fenster. Sie fragte sich, ob es besser gewesen wäre, eine Waffe mitzunehmen. In Deutschland war es nicht unbedingt leicht, legal an eine Waffe zu kommen. Doch wenn man wusste, wo und bei wem, bekam man alles. Wenn auch nicht legal.

Jetzt wackelte die Gardine erneut. Wiebke konnte die Kontur einer Person erkennen. Liebknecht? Nein. Dafür war die Person zu kräftig. Es war also noch jemand hier. War der Professor in Gefahr? Oder war der Mann am Fenster nur zu Besuch? Nein. Sein Verhalten deutete auf etwas anderes hin. Wiebke schlich zurück und arbeitete sich dann langsam an der Rückseite der Stallungen entlang. Von dort gelangte sie zur Terrasse des Haupthauses. Es gab wenig Deckung, doch sie konnte durch das Terrassenfenster ins Wohnzimmer blicken und sah jemanden mit schwarzer Lederjacke und Jeans. Kräftige Statur, aber definitiv nicht die Person, die sie vorne am Fenster gesehen hatte. Es waren also mindestens zwei. Und damit war klar, dass Professor Liebknecht in Gefahr war. Wiebke dachte an die Männer, die sie beim Landeskriminalamt Hamburg gesehen hatte. Sie waren ihr einfach immer einen Schritt voraus. Um Spuren zu verwischen? Spuren, die zu Saskia führten? Professor Liebknecht war Wiebkes letzter Anhaltspunkt.

An der Seite des Hauses fand sie einen Kellereingang. Wenn sie schnell genug war, konnte der Mann im Wohnzimmer sie wahrscheinlich nicht sehen. Wahrscheinlich. War das genug? Er blickte nach draußen, als würde er den Garten beobachten. Sie musste einen günstigen Moment abwarten. Als der zweite Mann das Wohnzimmer betrat und mit dem Lederjackenträger sprach, huschte sie geduckt zu der Treppe und schlich hinunter. Die alte Holztür war grundsätzlich kein Problem, aber da sie leise sein musste, konnte sie ihr nicht einfach einen Tritt verpassen. Wiebke lehnte sich vorsichtig dagegen und erhöhte Stück für Stück den Druck. Die Tür gab knirschend und knackend nach. Wiebke hielt den Atem an und lauschte, ob die Männer etwas gehört hatten. Leise betrat sie den Weinkeller. Unzählige Regale aus dunklem Holz und voller Flaschen verloren sich im Halbdunkel. Schwach konnte sie die Konturen eines Bogendurchgangs ausmachen, an dessen Ende Stufen zu erkennen waren. Dort brannte Licht.

Wiebke bewegte sich seitwärts mit dem Rücken zu den Weinregalen. Es gab zwei Gefahrenpunkte, die sie im Auge behalten musste, den Aufgang vor ihr und die Tür, durch die sie reingekommen war. Am Fuß der gewundenen Treppe erkannte sie, dass die Stufen aus Stein und deutlich abgenutzt waren. Sie schob sich weiter vor, dicht an der Wand entlang. Oben war die Kellertür zu erkennen. Einfaches Holz, ein Sprossenfenster, rot-weiß karierte Gardinen. Auf der vorletzten Stufe hockte Wiebke sich hin und lauschte. Gedämpfte Stimmen und unverständliche Gesprächsfetzen waren zu hören. Aber auch Aufregung, vielleicht sogar Angst. Diese Männer waren keine Profis. Sie waren es nicht gewöhnt, in einer solchen Situation zu sein, in der Angst unweigerlich zu einer falschen und damit tödlichen Entscheidung führen konnte.

Grundsätzlich war ein gewisses Maß an Angst nötig, um zu überleben. Der Körper schüttete Hormone aus, die Atmung und Muskeln stimulierten. So erkannte man Gefahren besser, weil sich die Wahrnehmung schärfte. Aus diesem Grund haben nur Idioten keine Angst. Doch die Angst, die Wiebke in den Stimmen wahrnahm, war von der hinderlichen Art. Wie viele Male hatte sie genau diese Angst gespürt? Sie wusste es nicht mehr, aber sie hatte es jedes verdammte Mal gehasst. Sie hatte immer härter gearbeitet, um die Enge nicht mehr spüren zu müssen. Sie hatte die Angst in Kraft umgewandelt. In eine brutale Kraft voller gnadenloser Effizienz.

Doch wie alles im Leben forderte diese Entwicklung einen grausamen Tribut. Der Ehrgeiz hatte etwas aus ihr gemacht, was sie niemals hatte sein wollen. Sie war weggelaufen, hatte sich versteckt. Sie war gut darin, hinter feindlichen Linien zu überleben, und trotzdem hatte das System sie wieder aufgespürt. Das System war es auch gewesen, das sie zurück in ihr altes Leben gezwungen hatte. Und nun brauchte sie Informationen. Von zwei wahrscheinlich bewaffneten Männern ließ sie sich nicht abhalten.

Langsam drückte sie die Türklinke hinunter. Jetzt bloß kein Geräusch machen. Der Spalt gab den Blick in einen Flur frei, in dem ein altmodisches Telefontischchen stand. Wiebke erkannte die Vordertür. Damit wusste sie, wo das Wohnzimmer war. Sie öffnete die Tür ein weiteres Stück und huschte durch den Spalt, duckte sich hinter das Telefontischchen und lauschte. Einer der Männer lief im Wohnzimmer hin und her. Sie spürte sogar die Vibrationen, die seine Schritte auf den alten Dielen verursachten. Der andere bewegte sich nicht. Niemand sprach ein Wort. Die gespenstische Stille war erdrückend. Wiebke glitt aus ihrer Deckung und schlich zur Wohnzimmertür. Von dort sah sie, dass der eine immer noch am Fenster stand und nach draußen blickte, während der andere vor dem Sofa hin und her lief. Beide hatten Pistolen in der Hand.

Und auf dem Sofa saß Carl Liebknecht. Er wirkte verängstigt, beinahe panisch. Der Schweiß lief ihm über die Stirn.

Das war eine Entführung. Diese Männer wollten den Professor verschwinden lassen! Aber warum waren sie noch hier? Warteten sie auf Komplizen? Wiebke hatte draußen nur ein Fahrzeug gesehen, und das gehörte dem Professor. Nur Idioten nahmen das Fahrzeug des Opfers als Fluchtwagen. Wenn die Männer auf Komplizen warteten, würde es hier bald ungemütlich werden, jedenfalls für Wiebke. Zwei Männer waren kein Problem, drei oder vier Gegner hingegen schon eine Herausforderung. Alles darüber war reiner Selbstmord. Wiebke musste schnell handeln. Sie wollte sich gerade in Bewegung setzen, als sie einen Luftzug im Nacken spürte. Hinter ihr stand jemand, und dieser Jemand richtete garantiert eine Waffe auf sie.

Sie saß in der Falle.

34

Hamburg, 15:38 Uhr MEZ

JANN WIEMERS hatte wieder zu rauchen angefangen. Ohne Filter, eine Schachtel mindestens. Er blickte zu der Tasse Kaffee, die vor ihm kalt wurde. Trotz des regnerischen Wetters musste er draußen sitzen. Erst jetzt war ihm wirklich bewusst geworden, dass man in Cafés nicht mehr rauchen durfte. In der Tasse war wirklich nur Kaffee, obwohl er gerne einen Schuss Alkohol hinzugefügt hätte. Etwas sagte ihm, dass er seiner Kollegin nicht alkoholisiert entgegentreten sollte. Er hob die Tasse, zitterte und brauchte beide Hände, um sie zu seinen Lippen zu führen. Der Kaffee schmeckte leicht bitter mit einem Hauch Zartbitterschokolade im Abgang.

Afsaneh El-Sayed. Jann hatte schon viel von ihr gehört. Nicht immer nur Gutes, aber über wen hörte man schon immer nur Gutes? Über ihn bestimmt nicht. Jedenfalls nicht mehr seit der Explosion in der Tiefgarage, seit dem Tod der Ministeriumsmitarbeiterin. Er zog an der Zigarette. El-Sayed hatte er noch nie persönlich getroffen. Was sie wohl von ihm wollte?

»Wollen Sie sich umbringen?«

Er schaute hoch und erblickte sie. Ziemlich hübsch. Sie trug Jeans und eine hüftlange, hellbraune Lederjacke, die sie halb geschlossen hatte. Darunter trug sie eine modische Bluse.

»Weil ich draußen in der Kälte sitze?«

Afsaneh schüttelte den Kopf und zeigte auf den Glimmstängel zwischen seinen Fingern.

»Ach das?« Jann lachte kurz. »Ich bin zu feige für Suizid. Das hier geht auch. Ist nur langsamer, aber ich habe Zeit. Wollen Sie sich nicht setzen?«

Sie zog einen Stuhl zurück und setzte sich. Jann sah, dass sie Stiefeletten in der Farbe ihrer Lederjacke trug. Worauf Frauen alles achteten. Oder achten mussten, weil sie glaubten, für Männer attraktiv sein zu müssen. Jann drückte die Kippe aus. Diese Gedanken führten zu weit.

»Kommen wir gleich zur Sache«, sagte Afsaneh.

»Ich habe auch nicht ewig Zeit.« Er spürte ein Ziehen in den Schultern, Schmerzen im Oberschenkel und ein Kribbeln überall, das ihn reizbarer machte.

»Kennen Sie diese Frau?« Afsaneh legte eine Schwarz-Weiß-Fotografie auf den Tisch. Jann blickte nicht einmal hin, sondern schüttelte sofort den Kopf.

»Saskia Meinert. Klingelt da was bei Ihnen?«

»Sollte es?« Und wie es klingelte. Sie war mit ihm in der konspirativen Wohnung gewesen. Beinahe wäre mehr passiert. Offenbar wollte sie es auch, hatte aber im letzten Moment die Flammen gelöscht, die sie bei ihm entzündet hatte. Er und Saskia hatten den ganzen Abend geredet. Hauptsächlich belangloses Zeug. Hätte er andere Themen angesprochen, wenn er gewusst hätte, dass es Saskias letzter Abend war?

»Sie wurde ermordet. Und Sie waren da.« Zur Bestätigung legte Afsaneh weitere Bilder auf den Tisch. Die Tiefgarage. Feuerwehrleute. Und Jann, wie er im Gespräch mit einem Rettungssanitäter war. Der Sanitäter hatte ihm ins Ohr gestochen, um die Sauerstoffsättigung seines Blutes zu testen. Eine prophylaktische Maßnahme, weil er so viel Rauch eingeatmet hatte. Alles fühlte sich an wie aus einem anderen Leben.

»Sie brauchen nur meinen Bericht zu lesen.«

»Das habe ich.« Afsaneh beugte sich vor. »Mehrmals.«

Richtig, sie war die Ermittlungsleiterin gewesen und hatte Zugang zu den Akten gehabt.

»Und was machen wir dann hier? Offensichtlich wissen Sie sehr viel mehr als ich.«

Sie schüttelte den Kopf. »Nichts weiß ich. Nur das, was in den Akten stand.«

»Ich weiß nicht, was Sie meinen.«

»Es gab Gerüchte.«

»Was für Gerüchte?« Er wusste, was jetzt kommen würde.

»Frau Meinert habe Sie bei einem Einsatz unterstützt.«

Jann schüttelte den Kopf. »Sind Sie deswegen hier? Glauben Sie das etwa?«

»Sagen Sie es mir.« Afsaneh tippte auf die Fotos. »Sie müssen zugeben, dass es ein komischer Zufall ist.«

»Was meinen Sie mit Zufall?«

»Das Gerücht und dass Sie da waren.« Sie lehnte sich zurück und betrachtete ihn, wie sie wahrscheinlich einen Mordverdächtigen betrachten würde, um Anzeichen einer Lüge zu erkennen.

»Ich bin nicht einer Ihrer Verdächtigen«, sagte Jann. »Sagen Sie mir einfach, was Sie von mir wollen, damit wir diese Farce beenden können.«

»Hat es vorher einen Einsatz gegeben?«

Jann knetete seine Hände, die er unter dem Tisch versteckt hatte. Warum sollte er lügen? Was war er den Männern schuldig, die ihn besucht hatten? Die ihm gesagt hatten, was er sagen sollte? Nichts war er ihnen schuldig! Am liebsten würde er die Hölle über ihnen ausschütten. Sie hatten ihn fertiggemacht, öffentlich demontiert und in die Alkoholsucht getrieben. Sein Leben war zerstört. Warum also sollte er lügen?

»Es hat einen Einsatz gegeben«, sagte Jann langsam.

»Lassen Sie sich nicht alles aus der Nase ziehen. Was war das für ein Einsatz?«

Er blickte ihr ins Gesicht. Eine begehrenswerte Frau, und unerreichbar für ihn. Jedenfalls in seinem jetzigen Zustand.

»Okay.« Er atmete hörbar aus. »Wir bekamen kurzfristig den Auftrag, einen Waffenverkauf unter Islamisten zu verhindern. Der Waffenhändler kam aus Gelsenkirchen, soweit ich mich erinnere. Ein Kurde. Den Namen habe ich vergessen.«

»Ibrahim Attasch«, sagte Afsaneh so beiläufig wie möglich und mit einem Hauch Arroganz, der ihr trotzdem stand. Wie ein teures Parfum.

»Ja, kann sein.« Jann blickte zu Boden. »Jedenfalls war an diesem Attasch ein mobiles Einsatzkommando aus NRW dran. In der Wohnung unserer Zielperson wurde die Ware ausgetauscht. Dann kam es zum Zugriff. Alles lief glatt.«

»Und?«

»Was und?«

»Wo ist der Einsatzbericht? Wo sind die Festnahmeanzeigen? Sicherstellungsprotokolle? All diese Unterlagen habe ich in der Akte zum Fall Meinert nicht gesehen.«

Jann zuckte mit den Schultern. »Weil keine Berichte oder Anzeigen gefertigt wurden.«

»Was? Sie nehmen Terroristen fest und schreiben keinen Bericht?« Afsaneh schüttelte den Kopf. »Unglaublich!«

Er lehnte sich zurück, fischte eine Kippe aus der Schachtel, die auf dem Tisch lag, und zündete die Zigarette an. »Es ist nicht so, wie Sie denken.«

»Was glauben Sie, was ich denke?«

Jann blies den blauen Dunst gegen die bunte Regenmarkise, unter der sie saßen. »Wir haben unseren Erfolg gefeiert. Man nimmt ja nicht alle Tage einen Terroristen fest, oder?« Er wartete kurz, aber Afsaneh sagte nichts. »Na ja, auf jeden Fall kamen drei Männer in Anzügen. Die sahen alleine deswegen schon wichtig aus, und waren es vermutlich auch. Sie beglückwünschten uns zu der Leistung, die wir im Einsatz gezeigt hatten. Aber es war kein Einsatz.«

Afsaneh runzelte die Stirn. »Hört sich aber danach an.«

»Finde ich auch. Es war aber trotzdem nur eine groß angelegte Übung.«

»Das glaubt doch niemand.«

»Stimmt. Ich auch nicht. Deswegen habe ich ein paar Tage später bei der Justiz nachgefragt.« Er nahm einen tiefen Zug. Er hatte in seinem Leben viele Fehler gemacht, sich in die falsche Frau verliebt und dafür die richtige gehen lassen. Fehlentscheidungen hier, ein falsches Urteil da. Aber die Summe all dessen würde nicht annähernd zu der Katastrophe führen, die diese verfickte dämliche Anfrage bei der Justiz ausgelöst hatte.

»Und?«, fragte Afsaneh.

»Nichts. Es gab weder ein Ermittlungsverfahren noch irgendwelche Hafteintragungen für die beiden Terroristen, die wir festgenommen hatten.«

Und danach waren sie gekommen. Die Anzugträger. Sie hatten Jann sehr deutlich gemacht, dass er die Finger von Dingen lassen sollte, die für ihn zu groß waren. Er hatte sie ausgelacht und gemeint, dass niemand über dem Gesetz stünde, dass es in Deutschland rechtsstaatlich und professionell zuginge. Die Männer hatten Jann das Gegenteil bewiesen. Plötzlich waren auf seinem Dienstrechner Bilder aufgetaucht. Schlimme Bilder von Kindern. Er schloss die Augen und verdrängte die Erinnerung. Es hatte ein Ermittlungsverfahren gegeben. Beschaffen und Verbreiten von Kinderpornografie. Die Beweislast war erdrückend, obwohl er nie solche Bilder heruntergeladen hatte. Dann waren die Männer noch einmal zu ihm gekommen. Und Jann hatte eingelenkt. Kurz darauf war das Verfahren eingestellt worden. Die Beweise führten plötzlich zu einem Chinahack. Janns Unschuld war bewiesen, doch das Misstrauen der

Kollegen blieb. Seine Karriere war beendet, es folgte die Versetzung in die Aktenhaltung.

Aus dieser ganzen Geschichte hatte er eins gelernt: Fresse halten.

»Wo ist Saskia Meinert in dieser Geschichte?«

»Saskia Meinert?«

»Die Ministeriumsmitarbeiterin.«

Jann nahm einen tiefen Zug. »Sie spielt keine Rolle. Soll ich lügen, damit Sie zufrieden sind?«

Afsaneh sammelte die Fotos auf dem Tisch ein. »Was haben Sie eigentlich in der Tiefgarage gemacht? Sie wohnen doch etwas außerhalb von Hamburg.«

»Wie gesagt, wir haben die Festnahme der Terroristen gefeiert. Da glaubten wir ja noch, dass wir den großen Wurf gelandet hatten. Ich war müde. Deswegen fuhr ich nicht nach Hause, sondern in eine konspirative Wohnung.«

»Ist das denn erlaubt?«

Jann zuckte mit den Schultern. »Was ist schon erlaubt? Ich parke jedenfalls immer meinen Wagen in der Tiefgarage und gehe ein Stück.«

»Und als Sie am nächsten Morgen wieder zu Ihrem Auto gingen, sahen Sie zufällig Saskia Meinerts brennendes Fahrzeug?«

»Sie glauben mir nicht?«

Afsaneh stand auf. »Ich glaube an Zufälle. Wirklich, das tue ich. Aber manchmal gibt es in einer Geschichte einen Zufall zu viel.«

»Was wollen Sie jetzt von mir hören?«

»Nichts.« Sie steckte die Fotos in die Innentasche ihrer Lederjacke. »Nur eine Frage noch.«

Jann drückte die Zigarette im Aschenbecher aus. Er sah, wie sie ihm ein neues Foto hinschob. Es zeigte die Einfahrt der Tiefgarage und ihn, wie er mit einem uniformierten Kollegen sprach.

»Fahren Sie immer barfuß Auto?«

Er antwortete nicht. Als er Saskias Jacke gefunden hatte, war er ihr hinterhergerannt, um sie noch zu erwischen. Auf Schuhe hatte er in der Eile verzichtet. Als er aufsah, war Afsaneh weg. Er nahm das Bild und drehte es um. Auf der Rückseite war eine Mobilfunknummer notiert. Keine dienstliche Nummer. Wahrscheinlich Afsanehs privater Anschluss. Ihm wurde bewusst, dass sie niemals lockerlassen würde. Sie begab sich in große Gefahr.

35

Otterndorf, 15:46 Uhr MEZ

WIEBKE WIRBELTE herum und schlug hart zu. Der Mann hinter ihr hatte nicht einmal Zeit, Überraschung zu zeigen. Trotzdem löste sich ein Schuss aus seiner Waffe. Das Projektil ging knapp an Wiebkes Kopf vorbei, krachte irgendwo in die Wand und ließ einen Bilderrahmen splittern. Sie wuchtete ihren Körper gegen den bewaffneten Mann. Der Aufprall schmerzte in der Schulter, trotzdem rammte sie ihm den Ellenbogen ins Gesicht. Er sackte zusammen. Bevor Wiebke die Waffe greifen konnte, kam der zweite Mann um die Ecke. Sie trat ihm zwischen die Beine, sodass er heulend vor ihre Füße sank. Ihr Knie explodierte in seinem Gesicht. Zwei erledigt. Blieb noch einer. Wahrscheinlich hockte der hinter irgendeiner Deckung im Wohnzimmer. Oder er hatte Liebknecht als Geisel genommen. Egal, was der Mann tat, es war verdächtig still. Nicht einmal Liebknecht gab einen Ton von sich. Vermutlich war er im Schwitzkasten des dritten Mannes und wurde als Schutzschild missbraucht.

Wiebke blickte zu der Waffe, die vor ihr auf dem Boden lag. Es wäre leicht, dem Mann in den Kopf zu schießen und so Liebknecht zu befreien. Aber die Gefahr war zu groß, den Professor zu verletzen. Die Realität war nicht wie ein Film. Die Verbrecher standen niemals still und warteten darauf, dass der Held sie niederstreckte. Und außerdem war Wiebke weit davon entfernt, eine Heldin zu sein.

Ein schneller Blick um die Ecke ins Wohnzimmer negierte ihre Annahme. Weder Liebknecht noch der dritte Mann waren zu sehen. Die Terrassentür war geschlossen, der Hebel zeigte nach unten. Gab es noch einen weiteren Ausgang?

Ein Schuss hämmerte durch den Raum, das Holz der Türzarge zerbarst. Da hatte Wiebke ihre Antwort. Sie fühlte Splitter in ihrer Wange. Aber dafür hatte sie den Standort des Schützen ausgemacht. Hinter der Couch, die frei im Raum stand, waren die beiden Männer. Sie hörte, wie sich jemand bewegte. Vermutlich erhob sich der Mann, um einen weiteren Schuss abzugeben. Das war ihre Chance! In der Vorwärtsbewegung griff sie nach der Waffe und stürzte ins Wohnzimmer. Zwei, drei Schritte, ungeschützt und ohne Deckung. Der Mann deutete mit der Waffe in ihre Richtung und schoss. Er verfehlte und richtete die Waffe neu aus. Dieses Mal würde er treffen. Wiebke blieb nur eine Chance. Sie packte die Sessellehne und sprang, rammte ihre Füße gegen seinen Oberkörper. Er stolperte rückwärts und prallte gegen die Terrassentür, das Glas zersprang. Im Splitterregen knallte er auf die Terrasse und blieb liegen. Wiebke rollte sich ab und kam sofort auf die Füße. Und schon stand sie neben Liebknecht. Er blickte sie an.

»Sie kommen mir bekannt vor«, sagte er.

»Wie wäre es mit einem Danke?« Sie sah etwas Schwarzes, das halb unter die Couch gerutscht war. Mit dem Fuß holte sie es hervor. Ein Funkgerät. Der dritte Mann hatte ganz sicher Verstärkung angefordert. Wo ein Funkgerät war, waren noch mehr Männer von seiner Sorte.

»Wir müssen hier weg«, sagte sie zum Professor. »Und zwar so schnell wie möglich, alter Mann.«

Liebknecht hatte Mühe, sich zu erheben, und stützte sich an der Couch ab.

»Wer verdammt sind Sie?«

»Dafür ist keine Zeit. Wo sind Ihre Autoschlüssel?«

»Ich gehe nirgendwohin.«

Wiebke atmete hörbar aus. Sie musste Zeit verlieren, um Zeit gewinnen zu können. Also gut.

»Ich bin Wiebke Meinert. Sie haben meine Zwillingsschwester in Stockholm getroffen und ihr etwas gegeben. Einen Schlüssel.«

»Ich erinnere mich. Sie hieß Barbara Opitz.«

»Wie auch immer. Wir müssen hier weg.«

»Eins noch. Wie haben Sie mich gefunden?«

»Ich bin gut darin, Menschen zu finden. Reicht das jetzt?« Sie packte Liebknecht am Arm und zog ihn in Richtung Flur.

Plötzlich hörte sie das Aufheulen eines Motors. Da wurde gerade ein Auto brutal beschleunigt. Sie blickte aus dem Fenster und sah einen schwarzen SUV die Auffahrt hochjagen, bis er durch das Tor brach. Ihm folgten zwei weitere schwarze Fahrzeuge. Sie fächerten aus und stoppten abrupt. Uniformierte Männer mit Sturmhauben, schwarzen Overalls, Kevlarhelmen und Schusswesten strömten wie Ameisen aus den Fahrzeugen. Alle waren mit Sturmgewehren bewaffnet. Die Luft war erfüllt von knappen Funksprüchen, wahrscheinlich taktische Anweisungen. Nur Sekunden später schwärmten die Männer aus wie ein Wolfsrudel, das seine Beute umzingelt. Die waren eindeutig Profis und ziemlich gut in dem, was sie taten. Und sie waren viele. Wiebke zählte neun Gegner plus drei Fahrer, die wahrscheinlich hinter den Fahrzeugen in Deckung gehen würden, um ihr den Weg abzuschneiden.

Für Wiebke und Professor Liebknecht blieb nur die Hintertür. Sie fixierte ihren Schützling, der trotz seines Alters fit wirkte, aber nicht so fit, dass er mit ihr entkommen könnte. Ein knirschendes Geräusch zog ihre Aufmerksamkeit wieder in Richtung Wohnzimmer. Der Mann auf der Terrasse war aufgestanden. Noch wirkte er leicht orientierungslos, aber die Benommenheit würde sicher schnell von ihm abfallen. Er torkelte ins Haus.

»Warum sind Sie hier?«, fragte Liebknecht.

»Dafür ist jetzt keine Zeit.«

»Dafür muss Zeit sein. Wir können nicht gemeinsam weiter.«

Wiebke lächelte kurz. »Meine Schwester. Es geht um meine Schwester.«

Der Professor nickte knapp. »Nowaja Semlja«, sagte er dann. »Nowaja Semlja.«

»Was? Was soll das bedeuten?«

»Gehen Sie jetzt.«

Die uniformierten Männer hatten die Terrasse erreicht. Wiebke dachte kurz daran, einfach aufzugeben. Es würde später sicher noch eine Chance für ein Entkommen geben. Sie sah, wie die Uniformierten kurz Kontakt mit dem benommenen Mann hatten. Wahrscheinlich fragten sie nach der Anzahl der Angreifer. Als sie ihre Antwort hatten, schoss ihm einer von ihnen in den Kopf. Liebknecht erstarrte bei dem Anblick. Wiebke zog ihn schnell beiseite.

Aufgeben war also keine Option, wenn man überleben wollte. Sie blickte den Professor an.

»Ich komme schon zurecht. Verschwinden Sie!« Er deutete in Richtung Treppe. Der einzige Fluchtweg war eine Sackgasse. Es würde ihr wahrscheinlich nur Sekunden bringen, wenn sie nach oben flüchtete. Doch jede Sekunde war eine Chance. Sie nickte Liebknecht zum Abschied zu und rannte die Treppe hinauf. Verstecken war zwecklos, denn diese Männer waren gnadenlos effiziente Profis. Man würde sie finden.

Wie kam sie bloß aufs Dach? Die drei Türen waren wenig vielversprechend. Nach hinten knickte der Flur ab, dort musste es sein. Von unten hörte sie Stimmen. Die uniformierten Männer hatten Liebknecht gefunden. Beinahe erwartete sie einen Schuss, doch der blieb aus. Dafür knarzten die Treppenstufen. Jemand war auf dem Weg nach oben. Die letzte Tür war nicht wie die anderen. Sie sah älter aus und war aus weiß gestrichenen Holzlatten. Hoffentlich war nicht abgeschlossen. Als Wiebke die Klinke berührte, fühlte sich das Metall kühl an. Die Tür glitt auf, ohne ein Geräusch zu machen. Hinter sich hörte sie Schritte im Flur. Die erste Tür wurde aufgestoßen und knallte gegen die Wand. Das brachte ihr etwas Zeit. Atemlos betrachtete sie die Treppe zum Dachboden und schloss möglichst leise die Tür. Innen steckte ein Schlüssel, den sie ganz vorsichtig herumdrehte, doch das Klicken des Schließriegels war für ihren Geschmack viel zu laut.

Und dann rüttelte jemand von außen an der Klinke. Wiebke hielt den Atem an, ihr Herz schlug bis zum Hals.

»Abgeschlossen«, hörte sie eine dumpfe Männerstimme sagen. Der Akzent war osteuropäisch, nicht russisch, aber vielleicht tschetschenisch.

»Durchsucht die Räume. Danach brecht die Tür auf. Die dämliche Schlampe kann nirgendwohin.« Diese Stimme hatte eindeutig einen amerikanischen Akzent.

Wiebke wartete, bis sich die Schritte entfernt hatten, dann schlich sie die staubigen Stufen hinauf. Spinnweben hingen von der Decke, Tageslicht drang fahl durch ein kleines Dachfenster, dessen Scheibe beinahe blind war. Überall standen Kisten und Regale voller Bücher, teilweise mehrreihig und übereinandergestapelt. Hier war seit Jahren niemand mehr gewesen. Der Verschlussmechanismus des Fensters war verrostet und klemmte. Mit einem knirschenden Geräusch löste sich die Verankerung, sie konnte das Dachfenster aufklappen. Hinter sich hörte sie, wie die Tür zerbarst. Sie zog sich aufs Dach, schloss das Fenster und kroch über die Tonziegel zum First. Von dort sah sie hinunter auf den Hof. Liebknecht ging flankiert von zwei Männern zum SUV und stieg ohne Gegenwehr ein. War es wirklich freiwillig? Andererseits, wie sollte er sich schon wehren? Als alter Mann hatte er kaum eine Chance gegen die Uniformierten. Liebknecht war klug. Und ein kluger Mann wehrte sich nicht, wenn er keine Chance hatte.

Wiebke blieb flach liegen und beobachtete das Geschehen.

»Das Haus ist negativ«, hörte sie ganz dumpf. »Wir haben alles auf den Kopf gestellt.«

»Dann sucht in der Umgebung. Sie kann nicht weg sein. Und brennt das Haus nieder.«

»Was machen wir mit den drei Leichen?«

»Verbrennt sie mit.«

Einer der Männer gab ein Zeichen, woraufhin Benzinkanister aus dem Kofferraum geholt wurden. Sie verschwanden damit im Haus, und es dauerte nicht lange, bis Benzingeruch in der Luft lag. Das würde ein flammendes Inferno geben. Schnell roch sie Rauch und hörte, wie die Flammen loderten. Das Feuer fraß sich gierig durch das alte, trockene Holz. Die Hitze nahm zu und brannte mit dem Rauch in ihren Lungen. Lange konnte sie nicht mehr hier oben bleiben. Runter konnte sie aber auch nicht mehr. Blieb nur springen.

Die Fahrzeuge fuhren zwar endlich vom Hof, aber zwei uniformierte Männer blieben zurück und blickten zu dem brennenden Haus. Wenn Wiebke sprang, würden sie das sehen. Die Dachpfannen wurden immer heißer und der Rauch unerträglich. Sie ging in die Hocke und bewegte sich in Richtung Giebel. Von hier konnte sie springen. Eventuell. Nah am Haus stand ein Baum, dessen Äste ihren Sturz vielleicht etwas abfangen konnten. Zeit zum Nachdenken hatte sie eh nicht, also nahm sie Anlauf. Von unten ertönte ein Ruf. Einer der Männer hatte sie offenbar entdeckt. Im Haus gab es eine dumpfe Explosion, Fensterscheiben zersprangen. Flammensäulen drangen nach außen und reckten sich zum Himmel.

Wiebke musste da jetzt durch. Sie rannte und sprang durch das Feuer ins Ungewisse. Der Rauch nahm ihr die Sicht. Mehr als Konturen des Baumes konnte sie nicht erkennen. Ihre Hand bekam kurz einen Ast zu packen, dann prallte sie gegen den Stamm. Zweige peitschen auf sie ein, während sie immer tiefer fiel. Ihr Körper wurde zu einem einzigen Schmerz. Und dann landete sie im feuchten Gras. Der Aufprall war härter, als sie gedacht hatte. Ihre Lungen hatten keine Luft mehr. Wiebke hustete. Unterhalb der Brust war ein stechender Schmerz. Wahrscheinlich Rippenbruch analysierte sie. Darum konnte sie sich erst später kümmern. Sie musste weiter. Die Männer hatten ihren Sprung mit Sicherheit gesehen. Und sie würden kommen, um nachzusehen, ob sie es überlebt hatte. Um es dann zu Ende zu bringen.

Wiebke versuchte, auf die Beine zu kommen, aber ihre Muskeln versagten, sie fiel in den Matsch. Auf allen vieren kroch sie weiter, bis Schwindel sie überkam. Sie fiel wieder hin und blieb dieses Mal auch kraftlos liegen. Die Ränder ihres Gesichtsfeldes wurden erst unscharf, dann zu blinden Flecken. Sie sah noch zwei menschliche Konturen auf sich zukommen.

Dann war da nur noch völlige Schwärze.

36

Portersville, Pennsylvania, 10:48 Uhr EST

ARTHUR BOOKWOOD hatte zum Frühstücksbuffet geladen. Natürlich gab es auch Alkohol. Viele seiner Gegner nannten diese Zusammentreffen der Reichen, Schönen und Mächtigen dekadent, Bookwood nannte es Leben. Zu leben hieß für ihn, in Abschnitten zu denken. Er hasste es allerdings, wenn etwas nicht so lief, wie er sich das vorstellte. Störungen mochte er gar nicht.

»Was will der Mann? Canapés?« Bookwood schenkte dem Kellner einen finsteren Blick. Vor hundert Jahren hätte man den Afroamerikaner alleine für das Überbringen eines solchen Anliegens erschießen dürfen.

»Er hat ausdrücklich darauf bestanden, dass die Canapés halal sein müssen.« Der Kellner blickte zu Boden.

»Das hier ist ein Frühstücksbuffet und kein gottverdammter Homotreff. Canapés! Halal! Dass ich nicht lache. Will der sich das verfickte Zeug in den Arsch schieben?«

»Es tut mir leid, Sir. Der Gast hat drauf bestanden, Ihnen die Bitte persönlich zu überbringen.«

»Und wo ist dieser Canapé fressende Homo jetzt?«

»Unten am Steg. Er wollte dort auf Sie warten, Sir.«

Bookwood nahm das Glas vom Kaminsims und trank einen Schluck Whisky. Schottisch, natürlich, mit einem leicht erdigen Geschmack. Nicht wie amerikanischer Whiskey, der vor allem billig schmeckte. Arthur Bookwood mochte es nicht billig.

Der Sims war aus feinstem Languedoc-Marmor gefertigt, die Statuen, die den Kamin flankierten, hatten Titten aus purem Gold. Sie waren ein persönliches Geschenk von Mister John Wilkens, der damals der BAE vorstand. Bookwood hatte als CIA-Agent die Al-Yamamah-Verträge zwischen den Saudis und den Briten eingefädelt. Er hatte der Eisernen Lady während ihres Aufenthalts in Salzburg eine Depesche zukommen lassen, in der er ihr mitteilte, wie die Briten die ebenfalls ins Geschäft involvierten Franzosen ausstechen konnten. Ein kluger Schachzug, denn die Amerikaner konnten von diesem Geschäft nicht offiziell profitieren, solange die Israellobby den Kongress blockierte. Durch den Vertragsschluss zwischen den Saudis und den Briten gab es aber doch noch eine Möglichkeit. Das britische Unternehmen arbeitete schließlich eng mit einer Vielzahl amerikanischer Firmen zusammen.

Der Kamin war nur ein Brotkrumen dessen, was vom großen Schmiergeldkuchen auf diverse Konten geflossen war. Bookwood war damals zufrieden gewesen, denn zum Kamin hatte er auch das etwas abseits gelegene Anwesen am Ufer des Lake Arthur erhalten. Eine nette Geste der BAE, einen See auszusuchen. Das Haus am See war bis zum Jahre 1993 auf den Mädchennamen seiner ersten Frau eingetragen gewesen, um den Besitz gegenüber der CIA zu verschleiern. Aber der dritte Oktober 1993 war ein Wendepunkt in Bookwoods Leben gewesen. Sein Sohn starb bei dem Hubschrauberabschuss in Mogadishu. Arthur Bookwood hatte im Fernsehen mitansehen müssen, wie die nackten Leichen der amerikanischen Soldaten durch die verwüsteten Straßen geschleift worden waren. Am neunten Oktober hatte Bookwood die CIA verlassen und sich dem Müßiggang in Pennsylvania gewidmet. Am Weihnachtsabend hatte seine Frau Kate sich das Leben genommen. Die Blutung an den Händen war nicht zu stillen gewesen, sie starb in seinen Armen. Ihre letzten Worte galten dem gefallenen Sohn: »Ich werde ihn sehen. Im Licht wird er stehen.« Nach diesen Sätzen hatte Kate ihn angeschaut und war gestorben, ohne Arthur noch einmal zu sagen, wie sehr sie ihn liebte. Vielleicht hatte sie es auch nie getan. Wer wusste das schon?

In diesem Moment hatte Arthur an die Sätze gedacht, die sein CIA-Offizier immer zu ihm gesagt hatte, wenn es um einen Einsatz auf dem schwarzen Kontinent ging: »Denk immer daran, Arthur, dass Afrika einen verschlingt. Was in Afrika ist, bleibt auch dort. Und was Afrika will, holt es sich.«

Afrika hatte Arthurs Sohn verschlungen und indirekt auch Kate. Er hasste diesen Kontinent. Dieser unbändige Hass wurde nur durch den Hass auf die Afrikaner selbst übertrumpft. Sie waren für ihn ein Volk, das sich gegenseitig abschlachtete, verstümmelte und folterte. Sein Hass auf diese Menschen war so groß, dass er an ihnen besonders verdienen wollte. Er gab ihnen, wonach sich ihre blutverkrusteten Hände sehnten: Waffen. Und das Geschäft mit dem Tod war ein einträgliches Geschäft. Sein Vermögen hatte sich innerhalb kürzester Zeit vervielfacht, und dieser unermessliche Reichtum war der Schlüssel zu dem, was er geworden war: ein Mann, der im Verborgenen die Geschicke der Welt lenkte. Dafür tat er alles.

Viele seiner Lobbyisten waren heute hier. Bookwood schüttelte Romey, dem Direktor der *Bank of Pennsylvania*, die Hand. Romey sprach gerade mit Scott, dem *APFC* gehörte. Die *All Pennsylvania Food Company* belieferte neunzig Prozent der Schulen und die angrenzenden Staaten mit aromatisierter Milch und Fertigessen.

»Ein tolles Fest«, sagte Scott.

»Danke. Ist es deshalb, weil meine Köche kein Fertigessen verwenden?« Bookwood zwinkerte.

Scott formte die Finger zu einer Pistole. Er zielte auf Arthurs Brust und drücke ab. »So schlecht kann mein Essen gar nicht sein. Ich beliefere jetzt schließlich auch Einrichtungen in Alabama und Georgia.«

Romey hob verwundert die Augenbrauen. »Davon wusste ich noch gar nichts.«

Der Bankdirektor schien ein gutes Geschäft zu wittern. Arthur bahnte sich weiter einen Weg durch die Gäste. Hier stand der Betreiber der größten Tankstellenkette Pennsylvanias, dort der Schuldirektor der Port Arthur High, ein Eliteinternat für die Sprösslinge der Mächtigen.

Hier der Sheriff, dort Miss Pennsylvania. Überall glitzernde Abendkleider und schicke Anzüge. Es gehörte zum guten Ton, die Frühstückspartys des Vizegouverneurs im feinsten Zwirn zu besuchen.

»Arthur? Arthur?« Miss Podoey, eine reiche Witwe mit Beziehungen nach Washington, schlängelte sich an zwei Männern vorbei und kam auf ihn zu.

Bookwood lächelte sie an. »Was kann ich für Sie tun, meine Liebe?«

Sie wischte sich eine imaginäre Fliege aus dem Gesicht. »Die Auswahl ist zu viel für mich. Können Sie mir etwas empfehlen?«

Miss Podoey war eine gestandene Frau, die eine eigene Internetfirma leitete. Es war also zu offensichtlich, dass sie sich an Arthur ranschmiss. Und das widerte ihn an. Miss Podoey widerte ihn an. Aber er brauchte sie, so wie er all die widerlichen Schmeißfliegen brauchte, die hier waren und auf seine Kosten fraßen und soffen.

»Wenn Sie etwas Besonderes probieren wollen, dann nehmen Sie das Maryland-Krabben-Sandwich.« Er beugte sich zu ihr, roch die Mischung aus schwerem Parfum und dem Gestank von Alter. »Und wenn ich Ihnen einen Tipp geben darf, nehmen Sie zu dem Sandwich nicht die obligatorische würzigsaure Sahne, sondern die Meeresfrüchtesoße. Ein Gedicht.«

Miss Podoey klatschte in die Hände. Eine dieser übertriebenen Gesten, für die Amerikaner bekannt sind. Höher, schneller, weiter, übertriebener Freude zeigen, sich besser anbiedern. Arthur hasste es so sehr.

Er bahnte sich weiter seinen Weg durch die feine Gesellschaft, vorbei an Mister Hester und Mister Gohrn, die den Vorstand der Baton Rouge Bank repräsentierten. Arthur kannte nicht jeden seiner Gäste mit Namen und Funktion. Dann ging er runter zum Steg. Die Sonne spiegelte sich im Wasser, es roch nach sattem Gras und Blumen.

Der Mann stand am Rand des Stegs und blickte übers Wasser. Er unterschied sich in drei Punkten von den anderen Gästen: Er war der einzige Schwarzafrikaner, der nicht hier arbeitete. Er trug einen Kaftan in den Farben Grün und Weiß. Doch der wichtigste Punkt war, dass Bookwood den Botschafter des Sudan nicht eingeladen hatte. Er nahm sich vor, mit dem Leiter des Sicherheitsdienstes zu sprechen. Zugegeben, Kewullay Mahmoud Bah war ein geschickter Redner, und er wusste, wie er seinen Diplomatenstatus erfolgreich einsetzen konnte, aber selbst er dürfte die Sicherheitsvorkehrungen nicht umgehen können.

Da würden Köpfe rollen.

»Herr Botschafter.« Bookwood trat auf Mahmoud Bah zu.

»Ich hoffe, Sie nehmen es mir nicht übel, dass ich einfach so in Ihre Privatparty platze.«

»Sie haben hoffentlich einen guten Grund dafür. Ich hasse solche Dinge.«

Bah hob abwehrend die Hände. »Ich hörte, dass es hier fantastische Canapés geben würde.«

»Sehr witzig.«

»Gehen wir ein Stück?«

Sie gingen am Seeufer entlang. Selbst hier war das Gemurmel der Gäste zu hören.

»Was wollen Sie von mir?«, fragte Bookwood.

»Die Angelegenheit ist delikat. Sind Sie bezüglich der politischen Lage im Sudan informiert worden?«

»Nein«, sagte Bookwood. Natürlich war er das.

Im Jahre 2011 hatte der Südsudan die Unabhängigkeit erlangt. Der Preis hierfür war ein Bürgerkrieg, der die junge Nation auseinanderzureißen drohte. Die südsudanesische Regierung bat den Iran um Hilfe. Im Gegenzug bot der Präsident den Mullahs Zugang zu den reichen Bodenschätzen des Landes an. Ein Umstand, den weder die USA noch der Sudan gutheißen konnten. Deswegen hatten die USA den Sudan durch Waffenlieferungen unterstützt. Offiziell, um Krieg gegen den Terror zu führen. Inoffiziell ... das wollte Bookwood nicht einmal denken. Alles lief wie geplant, bis es Anfang des Jahres einen Militärputsch im Sudan gegeben hatte. Präsident Yayah al-Salhi wurde von seinen eigenen Generälen öffentlich hingerichtet. Neuer Machthaber wurde General Salim Nasir, der nicht unbedingt ein Freund der Amerikaner war. Während die Bevölkerung und die internationale Gemeinschaft darauf drängte, dass eine zivile Regierung eingesetzt würde, hatte der General nur eins im Sinn: Er wollte an der Macht bleiben. Der CIA lagen Hinweise vor, dass Nasir das militärische Engagement seines Landes im Jemen auf null reduziert hatte.

Der Botschafter blieb stehen. »Unsere früheren Verbündeten wollen General Nasir stürzen.«

»Was meinen Sie damit?«

»Es ist doch offensichtlich. Die saudische Regierung unterstützt die *Liberation Fighters of Sudan*.«

»Diese Terrormiliz, die einen islamistischen Kalifenstaat im Sudan, in Eritrea und Äthiopien gründen will?«

Der Botschafter nickte.

»Das sind schwere Anschuldigungen, die Sie da vorbringen. Haben Sie dafür auch Beweise?«

Die Antwort blieb Bah ihm schuldig.

»Es ist also nur eine Behauptung?« Arthur zweifelte keine Sekunde daran, dass die Saudis die Terrormiliz unterstützten, solange sie den eigenen Zielen nützlich war. Das hatte in Afghanistan geklappt, es klappte im Iran und in Pakistan und würde sicher auch im Sudan funktionieren. Aber glauben hieß nicht wissen. Und ein Gefühl war kein Beweis.

»Wir konnten einige Unterführer der *LFOS* festnehmen.« Bah wischte sich mit der Hand über die Stirn. »Es ist wie bei einer Hydra. Schlägt man ihr den Kopf ab, wachsen sieben neue Köpfe nach.«

Arthur Bookwood steckte seine Hände in die Hosentaschen. Darauf wollte der Botschafter also hinaus. »Sie haben doch die Unterstützung der UN.«

Bah schüttelte den Kopf. »Wie lange noch nach Portugal? Und selbst wenn, stehen die Blauhelme auf verlorenem Posten. Sie kämpfen, weil sie es müssen und nicht aus der Überzeugung heraus, dass es richtig ist, für die Verteidigung des Vaterlandes zu sterben.«

»Was wollen Sie von mir?«

»Ich würde mein Anliegen dem Kongress vorlegen, aber die uns zur Verfügung stehenden Hilfsgelder sind zweckgebunden. Zum Bau von Schulen und Krankenhäusern. Aber was nützen diese Ausgaben, wenn die Gebäude wieder zerstört werden?«

»Was wollen Sie?«

»Waffen. Schnell und unkompliziert.«

»Von uns? Von den Amerikanern?«

Bah nickte.

»Ihnen ist schon klar, dass das nicht geht. Alleine schon deswegen, weil die USA jahrzehntelang Yayah al-Salhi unterstützt haben.«

»Er war ein Schurke, der sein eigenes Volk abschlachten ließ«, sagte der Botschafter.

»Da gebe ich Ihnen recht«, sagte Bookwood. »Aber er war unser Schurke.«

»Sind die USA General Nasir in irgendeiner Weise verpflichtet?«

Die USA waren niemandem auf der Welt zu irgendetwas verpflichtet. »Das nicht, aber es ist kompliziert.«

Amerikanische Waffenlieferungen in diese Region waren, als würde man eine Zigarette in ein Sprengstofflager schnippen. China und Russland warteten nur darauf, dass sich die Amerikaner offiziell auf eine Seite schlugen, um dann die andere Seite zu unterstützen.

»Ich kann Ihnen nicht helfen«, sagte Bookwood.

»Verstehe.« Bah blickte über den See hinweg. »Da hat man mir wohl den falschen Arthur Bookwood genannt. Dieser Arthur Bookwood, so habe ich gehört, würde niemals ein wirklich gutes und lukratives Geschäft ausschlagen. Und jetzt habe ich nicht einmal Canapés bekommen.«

Bookwood knetete seine Handinnenflächen. Die Nackenhaare stellten sich auf. Dann wischte er sich über den Mund und nickte. »Vielleicht kenne ich diesen Arthur Bookwood auch.«

Ein Lächeln schlich sich auf Bahs Gesicht. Er holte einen Umschlag aus der Brusttasche seines Kaftans. Arthur steckte den Umschlag ungesehen in die Innentasche seines Dinnerjackets.

»Ich melde mich bei Ihnen.« Bookwood wartete, bis sich der Botschafter entfernt hatte, dann starrte er aufs Wasser hinaus. Er widerstand dem Drang, seiner seit zwei Monaten überwundenen Nikotinsucht nachzugeben. Für den Fall der Fälle trug er immer eine Schachtel Zigarillos bei sich. Man wusste ja nie, in welche Stresssituation man als Politiker kommen würde.

Das Gespräch mit Kewullay Mahmoud Bah war eine solche Situation, die dazu geeignet war, einen Rückfall auszulösen.

Er griff in die Tasche und holte die Zigarillos hervor.

»Ein letztes Mal«, murmelte er. »Dann nie wieder.«

Der blaue Dunst stach wie tausend Nadeln in seiner Lunge. Ihm wurde schwindelig, doch der Schwindel legte sich kurz darauf und machte einer Befriedigung Platz, die er seit Monaten nicht gespürt hatte.

Er musste mit seinem Kontaktmann telefonieren, er wollte unbedingt ins Geschäft kommen. So schnell wie möglich. Er ging zum Haus zurück und bahnte sich freundlich nickend und grüßend einen Weg zu seinem Büro. Die Türen schloss er hinter sich ab. Bookwood goss sich einen kräftigen Schluck Whisky ein und trank ihn in einem Zug aus. Dann griff er zum Telefonhörer.

Es dauerte etwas, bis eine Verbindung zustande kam.

»Ja?«

»Ich bin es, Fitzgerald«, sagte Bookwood.

»Was willst du?«

»Einen Waffendeal.«

Nur das Knacken der Leitung war zu hören. »Dir ist klar, dass die Deutsche Bundesregierung mit sofortiger Wirkung alle Waffendeals auf Eis gelegt hat?«

»Was interessiert mich, was eure Kanzlerin will? Ich brauche Waffen, und du wirst sie mir beschaffen.«

»Tut mir leid, mein Freund. Dieses Mal nicht.«

Bookwood blickte auf die Daten, die José ihm übergeben hatte. Die Analyse hatte etwas ergeben. Ein Druckmittel, damit die Deutschen so spurten, wie er es wollte: einen Hinweis auf einen drohenden Terroranschlag. Arthur grinste.

»Du wirst nicht Nein sagen können«, sagte er. »Es sei denn, du willst, dass viele Menschen sterben.«

37

Dortmund, 15:49 Uhr MEZ

TARIQ BAKRI starrte auf den Computerbildschirm mit schwarzem Hintergrund und grüner Schrift. Das Darknet. Trotz der Kühle im Raum schwitzte er. Warum dauerte das so lange? Er rieb sich die Wangen und knabberte an seiner Unterlippe. Wo blieb der Chatpartner? Ein Blick auf die Uhr verriet, dass er schon fast zwanzig Minuten auf eine Antwort wartete. Kurz nach drei hatte er den Rechner hochgefahren und sich in den Chatraum eingeloggt, und zwar so, wie man es ihm beschrieben hatte. Er verwendete einen Browser, der durch *Onion Routing* die Nutzerdaten über ständig wechselnde und stark verschlüsselte Proxyserver schickte, um die IP-Adresse zu anonymisieren. Danach hatte er die kryptische Webadresse eingegeben, die man ihm verteilt auf drei E-Mails an zwei Mailkonten zugeschickt hatte. Da der geheime Chatraum verfügbar war, hatte der Betreiber den PC offensichtlich eingeschaltet. Aber warum antwortete er nicht auf Tariqs Begrüßung?

Tariq beobachtete den hektisch blinkenden Cursor und die Worte, die er bisher geschrieben hatte. *Salam Aleikum.* Die Buchstaben schienen zu verschwimmen. Tariq blinzelte und schaute wieder auf die Uhr. Jede Sekunde, die er wartend verstreichen lassen musste, erhöhte das Risiko, trotz der ganzen Vorsichtsmaßnahmen entdeckt zu werden. Und eine Entdeckung war das Letzte, was er sich leisten konnte. Er hatte eine Mission zu erfüllen.

Aleikum Salam. Wie geht es dir, Bruder? Endlich erschienen Worte auf dem Bildschirm.

Tariqs Finger flogen über die Tasten. *Ich hatte schon Sorge, dass etwas passiert ist.*

Warum sollte etwas passieren?

Du bist an einem sicheren Ort?

Ich bin so sicher, wie man es in einem Kriegsgebiet sein kann, Bruder. Wenn ich auf die Straße gehe, blicke ich dem Tod ins Auge. Die feigen Hunde verstecken sich überall.

Deswegen will ich etwas tun.

Das Geld ist angekommen. Shukraan jazilaan. Es wird unseren Brüdern helfen zu überleben. Woher hast du es?

Ich habe gesammelt. Hier gibt es viele wahre Gläubige, die eure Sache unterstützen wollen.

Die wahren Muslime, die in einem fremden Land in ihren Häusern sitzen und niemals den Tod fürchten müssen. Erleichtert das eure Seelen?

Ich weiß nicht, was du sagen willst.

Ihr finanziert mit Spenden den gerechten Krieg gegen die Ungläubigen und überlasst anderen die Drecksarbeit. Ihr, die ihr geflohen seid, habt euch der Verantwortung entzogen, eurer Pflicht Allah gegenüber.

Tariq wollte nicht glauben, was er gerade las, denn alles, was er die ganzen Monate getan hatte, tat er aus freien Stücken. Die ganzen Mühen und Heimlichkeiten. Es war nicht einfach, unter dem Radar der Sicherheitsbehörden zu bleiben. Die Sache im Thalys von Paris nach Köln hatte die schlafenden Hunde geweckt. Sehr viel aufmerksamer betrachteten sie nun das, was in der muslimischen Community passierte. Nicht selten wurden Verdächtige beim kleinsten Hinweis festgenommen, eingesperrt und erst Tage später wieder freigelassen. Tariq hatte bei einem Glaubensbruder nachgefragt, was in diesen Tagen passiert war, aber der Glaubensbruder hatte ihm keine Antwort gegeben. »Sie sind überall«, hatte er bloß kopfschüttelnd gesagt.

Angst machte sich unter den Muslimen breit. Jederzeit konnte es jeden erwischen. Und die Spitzel waren überall. Vertrauen war Misstrauen gewichen. Es war keine gute Zeit, um Spenden für Allahs Krieger zu sammeln. Trotzdem hatte Tariq es getan, weil er davon überzeugt war, dass es richtig war und dass Allah ihn beschützen würde. Und Allah hatte ihn beschützt.

Denkst du darüber nach, was ich geschrieben habe?

Tariq presste die Zähne aufeinander, bis sich die Wangenmuskeln taub anfühlten.

Ich tue meine Pflicht.

Das tust du, Bruder.
Und inschallah wirst du erkennen, dass du
auf dem richtigen Weg bist.
Deine Taten führen dich zu den Toren des Paradieses.
Die Frage ist nur, ob du auch die Tore passieren willst.

Was meinst du damit?

Es darf kein Dar al-Ahd geben, nur das Haus des Islam.
Und gemeinsam werden wir das schaffen, indem wir
die Welt der Kuffar in Dar al-Harb verwandeln.
Sprich später mit Abu Bakir al-Sudani.
Sag ihm, dass du von mir kommst, dass Abu Fatima
dich geschickt hat.

Tariq war sich nicht sicher, ob ihm die Richtung des Gesprächs gefiel.

Wer ist Abu Bakir al-Sudani?

Der Scheikh. Ihm haben wir uns unterworfen.
Seine Entscheidungen leiten unser Handeln,
damit Allah mit uns zufrieden ist.
Mit seiner Hilfe werden wir ins Paradies einziehen.
Inschallah. Wirst du mit ihm reden?

Wie? Wie soll ich das machen?

In einer Stunde. Er wird in einer Stunde online sein.
Sag ihm, dass du von mir kommst. Tust du das?

Alhamduillah. Ich werde es tun, Bruder.

38

Berlin, 16:43 Uhr MEZ

DER BESUCH IM *Krupps* gehörte zu den angenehmeren Abschlüssen eines Arbeitstages. Schon auf dem Weg vom Ministerium zur kleinen Stichstraße, in der sich das Café im Keller eines alten Wohnhauses befand, freute sich Kristine Stiller auf den Cappuccino mit Sojamilch, auf den Geruch von frischem Kaffee, aufgeschäumter Milch und Lavendel. Überall hingen getrocknete Sträuße. Und die Atmosphäre! Sie liebte den Industrial Look. Rustikal verputzte Wände mit Lücken im Putz, in denen man die rissigen Backsteine sehen konnte. Das Mobiliar war grob zusammengewürfelt. Es gab Stühle, die sie an ihre Schulzeit erinnerten, ebenso wie Omas Ohrensessel. Die Tische ähnelten Werkbänken. Von der Decke hingen graue Lampenschirme, dazwischen summten Neonröhren. Kristine saß besonders gern in der Ecke, in der das Rot der Backsteine von rostigen Emailleschildern beinahe vollständig verdeckt wurde. Die alten Werbungen vom Benzinkonzern bis zur Schokolade, vom Bier bis zum Waschmittel verströmten eine besondere Stimmung. Dazwischen waren uralte Straßenschilder und vergessene Stücke der deutschen Geschichte. Über dem weichen Ohrensessel, in den sie sich hineinsinken ließ, hing ein verbeultes Schild mit der Aufschrift *Achtung! Sie verlassen jetzt West-Berlin.*

Für Kristine war dieses Schild ein Sinnbild für die wichtigste Lektion des letzten Jahrhunderts. Nicht der Krieg und die darauffolgende Trennung, sondern das Zusammenwachsen. Das Vereinen zweier Komponenten, die unterschiedlicher nicht hätten sein können, obwohl sie nicht lange zuvor noch ein und dasselbe gewesen waren. Jüngst gab es wieder viele Spaltungen, und erneut musste es passieren: das Zusammenwachsen. Mit Altem und mit Neuem.

Lächelnd registrierte sie, dass der Barista ihr extra Zimt auf den Milchschaum gestreut hatte. Der junge Mann war immer so süß nervös, wenn er sie bediente. Vielleicht war er heimlich verliebt. Sie blickte zur Theke, wo er gerade dabei war, eine Gruppe junger Frauen mit seinen Künsten zu beeindrucken. Wahrscheinlich konnte er Batman auf den Milchschaum zaubern, nicht nur Blumen oder Herzen. Nein, entschied Kristine, er ist nicht heimlich in mich verliebt. Er ist immer so. Und mit einem Blick auf ihre Tasse dachte sie, wie arm ihr Leben sein musste, wenn sie vom Zimt auf dem Milchschaum auf Verliebtheit schloss.

Sie klappte ihren E-Book-Reader auf und wollte endlich wissen, wie es mit der Krieger-Prinzessin und dem Drachengeborenen weiterging.

»Darf ich mich setzten?«

Sie blickte auf und sah in Uwe Templers Gesicht.

Der wartete die Antwort erst gar nicht ab, sondern setzte sich zu ihr und schaute sich um.

»Auf den Tischen gibt es keine Karte«, sagte Kristine. »Wenn Sie etwas bestellen wollen, müssen Sie zur Theke. Auf der Schultafel steht, was Sie hier bekommen können.«

»Was?« Templer wischte sich mit der Hand übers Gesicht.

»Wenn Sie Kaffee wollen, meine ich.«

Er beugte sich vor und stützte die Ellenbogen auf die Knie. Beinahe geistesabwesend beobachtete er, wie sein Daumen die

Handinnenfläche knetete. Fast so, als wären es gar nicht seine Hände, die das taten. Kristine legte den E-Book-Reader auf den Tisch. Das würde ein längeres Gespräch werden, wie immer wenn Templer so auftauchte. Immer wieder blickte er sich um, als würde er etwas suchen. Oder jemanden erwarten.

»Was wollen Sie von mir?«, fragte Kristine.

»Ich freue mich, dass ich Ihnen helfen konnte.«

»Sie wollen ein Dankeschön?«

Es dauerte etwas, bis Templer den Kopf schüttelte. »Nein. In meinem Job gibt es keine Orden zu verdienen. Nur Scheiße, wenn etwas nicht funktioniert hat.«

»Höre ich da Frust?«

Wieder ein Kopfschütteln. »Ich habe mich dran gewöhnt.«

Kristine lehnte sich zurück. »Woher haben Sie es? Das Video.«

Templer überlegte. Er blickte sie lange an. »Das ist egal. Es ist besser, wenn Sie es nicht so genau wissen.«

»Und warum?«

Wieder blickte er sich um. Er wartete ganz offensichtlich, antwortete aber nicht.

»Ich habe Sie gefragt, warum Sie mir das Video zugespielt haben.« Kristine merkte, wie ihr Kopf heiß wurde. Ein Zeichen, dass sie sich zu ärgern begann.

»Ich bin in einem schmutzigen Geschäft. Reicht Ihnen das als Antwort?«

»Sind Sie jetzt Kanalarbeiter? Das ist eine schmutzige Arbeit.«

Er schenkte ihr ein gequältes Lächeln. »Da gibt es tatsächlich ein paar Parallelen. Kanalarbeiter und Agenten wühlen in der Scheiße anderer Leute. Der Kanalarbeiter hat aber einen entscheidenden Vorteil. Er kann nach Hause gehen und sich den ganzen Schmutz abduschen.« Templer fuhr sich mit den Fingern durchs Haar. »Ich möchte Sie etwas fragen. Als ich

Ihnen heute Morgen den USB-Stick gegeben habe, erzählte ich Ihnen von Wiebke Meinert. Erinnern Sie sich?«

»Worauf wollen Sie hinaus?«

»Ich habe Ihnen erzählt, dass sie nach Hamburg fährt, um dort mit der ermittelnden Polizistin über den Tod ihrer Schwester Saskia zu reden.«

»Kommen Sie auf den Punkt.«

»Nur Sie wussten davon. Und ich.«

»Worauf wollen Sie hinaus?« Die Hitze in ihrem Kopf nahm zu.

»Jemand hat versucht, Wiebke abzufangen. Direkt vor dem Landeskriminalamt. Ich frage mich, wie das sein kann, wenn niemand davon wusste.«

Er glaubte, dass sie eine Verräterin war. Ein Spitzel für diese Gruppe, von der er gesprochen hatte. Wie war der Name noch gleich? »Sie glauben doch nicht, dass …?«

»Es gibt viele Möglichkeiten. Im Grunde sehe ich hier zwei Alternativen. Beide sind ziemlich beschissen.«

»Hören Sie! Mich geht diese Wiebke nichts an. Sie interessiert mich nicht einmal. Warum um alles in der Welt sollte ich irgendjemandem verraten, was Sie mir über diese Frau erzählt haben?«

»Sie haben meine erste Arbeitshypothese gut zusammengefasst. Und da ich Sie mag, hoffe ich inständig, dass meine zweite Hypothese stimmt.«

»Und die wäre?«

Templer blickte an ihr vorbei. Schaute er sich die Emailleschilder hinter ihr an? Offenbar, denn nach einem kurzen und freudlosen Lachen sagte er: »Interessante Ecke, in der Sie immer sitzen.«

Sie blickte sich kurz zu den bunten Schildern um. »Wieso das?«

»Dieses Schild dort.« Zwischen einer Bierwerbung und dem

Logo des Automobilclubs Deutschland war ein weißes Schild mit roter Umrandung. Die Schrift war verschnörkelt. *Vorsicht bei Gesprächen. Der Feind hört mit.* »Das war eine innenpolitische Kampagne der Nazis. Es sollte die Deutschen daran erinnern, dass überall Spione und Agenten anderer Nationen unterwegs waren, um Informationen für den Krieg zu sammeln. Solche Kampagnen gab es auch in Russland und Amerika. Wobei ich die amerikanische Kampagne noch etwas deutlicher fand. Ein fingiertes Fahndungsplakat mit der Aufschrift: *Wegen Mordes gesucht. Ihr leichtsinniges Gerede kostete Leben.*«

Was war nur los mit Templer? Kristine merkte, wie sich ihre Kiefermuskulatur verspannte. Er kam ungefragt her, redete sich seinen Frust von der Seele und beschuldigte sie, eine Verräterin zu sein. Und jetzt machte er einen auf Geschichtslehrer?

Und was sollte das ganze Gerede über Wiebke Meinert? Warum schaute er sich immer wieder um?

»Erwarten Sie noch jemanden?«, fragte Kristine daher. Sie merkte selbst, dass sie ihren Ärger nicht aus der Stimme verbannen konnte. Sie wollte es auch nicht.

»Das kommt darauf an, ob meine Theorie stimmt.«

Sie hasste es, mit Geheimdienstlern zu tun zu haben. Es kam nicht oft vor, konnte aber auch nicht ganz vermieden werden. Diese Menschen redeten niemals Klartext. Und wenn sie es taten, dann logen sie. Dann taten sie so, als würden sie großherzig Informationen mit einem teilen. Aber wenn man genau aufpasste, merkte man, dass sie nur heiße Luft von sich gaben und das einzige Ziel des Gesprächs die eigene Informationsgewinnung war.

»Welche Theorie?«, fragte sie Templer.

»Was haben Sie gemacht, nachdem sie auf dem Klo fertig waren?« Templer begutachtete seine Fingernägel. »Heute im Ministerium, meine ich.«

»Vor oder nach dem Händewaschen?«

»Haben Sie mit jemandem über Wiebke gesprochen?«

»Warum sollte ich?«

Er legte den Kopf schief, als würde er sagen wollen: Mädchen, lüg mich nicht an.

»Na gut«, sagte Kristine. »Ich habe eine kurze Mail geschrieben und meine Sekretärin gefragt, wer das ist.«

»Weil Sie wissen wollten, warum ich Wiebke helfe?«

»Ja, so ist es. Ich will wissen, warum Sie das tun.«

»Und was für ein Gerät haben Sie dafür benutzt?«

»Ganz sicher nicht mein privates Mobiltelefon.«

»Also ihr dienstliches Kryptogerät.« Das war mehr eine Feststellung als eine Frage.

»Natürlich.«

»Haben Sie eine Antwort bekommen?«

»Das geht entschieden zu weit.« Sie schlug mit der flachen Hand auf den Tisch. Andere Gäste drehten sich kurz um und widmeten sich kopfschüttelnd wieder ihren eigenen Problemen. »Welches verdammte Gesetz auf dieser verdammten Welt gibt Ihnen das Recht, mich hier auszufragen?«

Er blickte sie lange und durchdringend an, bevor er antwortete. »Sie müssen nicht antworten, wenn Sie nicht wollen.« Templer schüttelte leicht den Kopf. »Ich möchte einfach wissen, ob Sie eine Antwort bekommen haben.«

Sie kannte Templer zwar schon etwas länger, aber nicht so gut, als dass sie behaupten könnte, aus seinem Gesichtsausdruck die Emotionen ablesen zu können.

Jetzt aber verstand sie auch ohne große Worte, was Templer meinte. Die Lage war ernst. Verdammt ernst sogar. Natürlich konnte er sie nicht zwingen, seine Fragerei auszuhalten. Sie musste ihn nicht einmal am Tisch ertragen. Er war es, der sie belästigte. Ein Anruf bei der Polizei, und Templer würde des Platzes verwiesen und bei Missachtung der polizeilichen Verfügung für ein paar Stunden in Gewahrsam genommen. Das wusste Templer. Das wusste Kristine. Aber was brächte das in dieser Situation? Offensichtlich gab es ein Problem. Und es würde nicht kleiner werden. Im Gegenteil.

Das war es, was Templer ihr mit seinem Gesichtsausdruck sagte. Eventuell nicht genau das, aber so ungefähr.

Kristine sog Luft durch halb geöffnete Lippen. »Von meiner Sekretärin. Sie hat mir eine Mail zurückgeschrieben, dass sie sich um Wiebke Meinert kümmern wird. So schnell wie möglich.«

Er schenkte ihr ein Lächeln, das Danke zu sagen schien. Dann fragte er: »Was macht Sie da so sicher? Ich meine, dass Ihre Sekretärin geantwortet hat?«

»Sie wissen es doch schon, oder?«

»Was weiß ich?« Er lehnte sich zurück und hob unschuldig die Hände. »Ich erfahre viel. Manche Dinge gehen mich nichts an. Die vergesse ich wieder.«

Dieses Mal schenke sie ihm ein dankendes Lächeln.

»Amelie und ich haben da so ein Ding untereinander. Sie nennt mich Shaqiqa.«

»Hat das eine Bedeutung?«

Kristine schüttelte den Kopf. »Wir sind Schwestern im Geiste. Shaqiqa bedeutet so etwas wie Schwester.«

»Und niemand weiß, dass Ihre Sekretärin sie so nennt?«

Kristine nickte. »Darauf achte ich. Es ist etwas zutiefst Persönliches.«

Seine Gesichtszüge versteinerten sich.

»Sie glauben mir nicht?«

»Doch, ich glaube Ihnen.« Er blickte sich wieder um, dieses Mal schaute er sogar auf seine Armbanduhr.

»Wen erwarten Sie denn noch?«

Templer beugte sich vor und starrte sie an. »Jede Sekunde wird er kommen.«

»Wer?«

»Der Mann, der Ihre Telekommunikation überwacht.«

»Was?«

»Ich sage es nicht gerne …« Templer deutete wieder zum Schild mit der roten Umrandung. »… aber die Nazis hatten in diesem einen Punkt recht. In keinem anderen Punkt, nur in diesem: Vorsicht bei Gesprächen …«

»… der Feind hört mit«, ergänzte Kristine.

Sie fühlte sich plötzlich unwohl, als würden tausend Augen sie von allen Seiten anstarren. Aber dann kam ihr das alles absurd vor. Warum sollte man sie abhören? Dafür gab es gesetzliche Vorschriften. Und sie erfüllte keine justizielle Voraussetzung dafür. Wahrscheinlich war das ein furchtbarer Zufall. Und was war denn auch schon passiert? Nichts. Templers Schützling, diese Meinert, führte ihren eigenen Feldzug. Also musste sie damit rechnen, dass man sie aufspüren wollte.

Kristine schüttelte den Kopf. »Das ist doch Schwachsinn. Niemand überwacht mich. Es gibt keinen Grund. Und es wäre auch nicht erlaubt.«

»Gesetzliche Vorschriften interessieren die nicht.«

»Hören Sie, Templer.« Jetzt war es Kristine, die sich vorbeugte. »Ich habe einen anstrengenden Tag hinter mir. Ich möchte hier einfach nur sitzen, meinen Cappuccino genießen und mein Buch lesen. Wenn Sie wollen, bestellen Sie sich einen Kaffee und bringen Sie mir einen Cappuccino mit extraviel Zimtstreuseln mit. Meiner ist mittlerweile kalt geworden, und das ist Ihre Schuld. Dann unterhalten wir uns noch etwas. Über Ihre Familie zum Beispiel oder über das Wetter. Sehen Sie es als Dankeschön für den USB-Stick an. Ein paar Minuten Ruhe, die ich Ihnen anbieten kann. Und wenn ich mir Sie so ansehe, brauchen Sie dringend eine Verschnaufpause.«

Templer legte wieder den Kopf schief. In seinen Augen war so etwas wie Milde zu erkennen. Ein Blick, den Eltern für ihre Kinder hatten, wenn etwas schiefgelaufen war.

Aber sie war schon lange kein Kind mehr. Sie spürte wieder diese Hitze in sich aufsteigen.

»Rufen Sie Ihre Sekretärin an«, sagte Templer. »Rufen Sie an und fragen Sie, ob sie die E-Mail geschrieben hat.«

»Das ist Humbug.«

»Das ist die Realität. Wenn Sie mir nicht glauben, haben Sie nichts zu verlieren. Es ist ein Anruf. Danach gehe ich, und Sie sehen mich nie wieder.«

»Versprochen?« Kristine zückte das Mobiltelefon.

»Versprochen.« Er griff zur Cappuccinotasse.

»Was soll das?«, fragte Kristine.

»Ich mag kalten Kaffee. Ich hole Ihnen gleich einen neuen. Einverstanden?«

Sie schüttelte den Kopf. Nicht als Ausdruck der Verneinung, sondern um ihr Unverständnis auszudrücken. Sie hörte das Freizeichen. Nach dem dritten ging ihre Sekretärin ran. »Ich bin schon auf dem Heimweg, Shaqiqa.«

»Ich habe nur eine kurze Frage wegen der E-Mail von heute Morgen.« Ihr fiel ein, dass sie heute viele Mails geschrieben hatte. »Ich meine die, wo es um Wiebke Meinert ging.«

»Oh, das tut mir leid. Ich wusste nicht, dass dir die Information so wichtig ist.« Im Hintergrund war das Piepsen einer Kasse zu hören. Kristine wusste, dass ihre Sekretärin auf dem Heimweg immer einkaufen ging.

»Du hast mir doch aber geantwortet, dass du dich sofort darum kümmerst.«

Die Sekretärin antwortete nicht. Es war nur das rhythmische Piepsen der Kasse zu hören.

»Hast du mich nicht verstanden?«, fragte Kristine.

»Doch, aber ich überlege, Shaqiqa. Ehrlich gesagt kann ich mich nicht erinnern, dir auf die Mail geantwortet zu haben. Heute war so viel los.«

Kristine hörte die entschuldigenden Worte kaum noch. Das

Blut rauschte in ihren Ohren. Sie ließ das Mobiltelefon sinken und starrte Templer an, der gerade die leere Tasse zurück auf den Tisch stellte.

Seine Miene hatte sich noch weiter versteinert.

»Wenn die wissen ... Ich meine, wenn die das zwischen Amelie und mir wissen, bedeutet das ...«

»Dass man Sie schon eine sehr lange Zeit abhört. So lange, dass die in der Lage sind, die Korrespondenz mit Ihren Kontakten exakt zu kopieren. Sie wissen, wer Sie Shaqiqa nennt, wer nach ›Sehr geehrte Damen und Herren‹ kein Komma, sondern drei Punkte macht, wer ›liebe Grüße‹ oder ›kollegiale Grüße‹ schreibt. Jeder Mensch hat seine Art, zu sprechen und zu schreiben. Jeder hat Lieblingswörter. Und diejenigen, die sie abhören, kennen alle.«

»Und sie sind in der Lage, es einzusetzen.«

Templer nickte stumm.

»Aber wer?«

»Wir waren das«, ertönte eine dunkle Stimme hinter Templer.

Kristine blickte den Mann direkt an. Eine Narbe verlief quer über sein Gesicht. Wahrscheinlich hatten sie sich nicht herangeschlichen, aber es kam ihr so vor, weil er und ein weiterer Mann so plötzlich da waren, in ihren grauen Anzügen, lässig die Hände in den Manteltaschen vergraben. Ob sie dort Pistolen versteckt haben?, schoss es ihr durch den Kopf.

Templer drehte sich zu den Männern um.

»Bellheim«, sagte er. »Ich hätte es mir denken können. Es ist mir eine Ehre, dass Sie mich persönlich kontaktieren.«

Der Mann mit der Narbe schenkte Templer einen abschätzigen Blick. »Für so was haben wir keine Zeit. Kommen Sie bitte mit.«

»Wer jetzt? Nur ich, nur Frau Stiller oder wir beide?«, fragte

Templer betont ruhig, obwohl Kristine sah, wie seine Halsschlagader pulsierte.

»Beide«, sagte Bellheim knapp.

»Und wenn ich nicht will?«, fragte Kristine. Sie spürte ein ziehendes Unbehagen, das sich wie eine Schlinge um ihre Brust legte und ihr beinahe die Luft zum Atmen nahm.

»Natürlich kann ich Sie nicht zwingen, Frau Stiller. Aber ich sage Ihnen, dass es äußerst dumm wäre, nicht mit uns zu kommen.«

»Und warum wäre das dumm?«

»Hier ist kein Ort, um das zu besprechen. Würden Sie uns also begleiten? Es ist wichtig.«

Kristine schenkte Templer einen fragenden Blick. Der zuckte nur mit den Schultern. Eher eine lapidare Geste als ein Zeichen von Unschlüssigkeit.

»Wenn Herr Bellheim sagt, dass es wichtig ist, ist es das. Wir sollten ihn zumindest anhören.«

Kristine wusste nicht, warum, aber in diesem Moment hatte sie Vertrauen zu Templer. Sie nickte knapp und stand auf. Er reichte ihr den E-Book-Reader vom Tisch. Gemeinsam verließen sie das *Krupps*. Draußen wartete schon ein hellblauer Škoda Octavia Limousine. Es war nicht ganz das, was Kristine erwartet hatte, wenn sie schon von Geheimdienstlern abgeholt wurde. Und sie ging davon aus, dass Bellheim und sein Kollege Geheimdienstler waren. Offenbar hatte Bellheim ihren skeptischen Blick bemerkt, öffnete ihr jedoch bloß schweigend die hintere Tür und deutete mit einer leichten Geste auf die Rückbank. Kristine und Templer stiegen wortlos ein. Als die Tür mit einem satten Schnack ins Schloss fiel, fröstelte Kristine. Sie nahm einen tiefen Atemzug. Der Wagen roch neu. In diesem Moment dachte sie an ihre Sekretärin. Ob die Männer auch Amelie aufsuchten? Ob sie ihr was taten?

Kristine starrte nach vorne. Der Fahrgastraum war durch

eine schwarze Scheibe geteilt, in der sich ihr Gesicht spiegelte. Und sie sah schrecklich aus. Der Wunsch auszusteigen wurde übermächtig. Sie strich mit der Hand über die Türverkleidung, fühlte glatten Kunststoff, aber keinen Türöffner. Es gab kein Entkommen! Unruhe machte sich breit und kroch wie Ameisen über ihren Körper. Doch dann spürte sie, wie Templer ihr beruhigend die Hand auf den Arm legte. Er sagte nichts, blickte sie nicht an, zeigte nicht einmal eine Regung, als der Wagen anrollte und sich in den fließenden Verkehr einreihte.

»Wohin fahren wir?«, flüsterte sie. Ihre Stimme zitterte.

»Zum Entwicklungsministerium, wenn mich nicht alles täuscht«, flüsterte Templer zurück.

Ein Besuch im Bundesministerium für wirtschaftliche Zusammenarbeit und Entwicklung gehörte nicht zu den spannendsten Dingen, die man in Berlin machen konnte, und auch nicht zu den gefährlichsten. Aber trotzdem. Irgendetwas sagte Kristine, dass sich ihre Ansicht ändern würde.

Und das machte ihr verdammt noch mal Angst.

39

Dortmund, 17:00 Uhr MEZ

Tariq betrat den Chatraum. Auch wenn es nur eine virtuelle Welt war, in der er sich mit dem Scheikh traf, baute sich Druck in seinem Magen auf und nahm immer mehr zu. Der Scheikh war eine Autorität, und Tariq hatte sofort Respekt, obwohl er ihn noch nie persönlich getroffen hatte.

Wer bist du, Bruder?

Die Worte erschienen im Chatfenster.

Tariqs Hände zitterten. Er konnte kaum die Antwort tippen.

Ich komme von Abu Fatima.
Er sagte mir, dass ich mit dir reden soll.

Du bist der Diener Allahs,
der uns Geld überweist?

Der bin ich, Bruder.

Wann hast du uns das letzte
Mal Geld überwiesen?

Eine Überprüfung. Jetzt bloß keinen Fehler machen. Er zog die Schreibtischschublade auf und suchte nach dem Zettel mit dem Transaktionscode. Da musste auch ein Datum draufstehen. Aber er fand nur Flyer von Pizzerien und türkischen Imbissbuden.

Letzte Woche, glaube ich. Das genaue Datum
muss ich raussuchen, schrieb er in den Chat.

Aber du bist der, der keinen Jihad macht.

Ich sammle Geld für den gerechten Krieg gegen
die Ungläubigen. Das ist meine Tat.

Der Jihad ist die persönliche Pflicht
eines jeden wahrhaft Gläubigen.
Hast du Gründe oder eine
Rechtfertigung, es nicht zu tun?

Was meinst du damit?

Hast du ein Kind, für das du sorgen musst?
Eine kranke Mutter? Einen anderen
Grund, der vor Allah Bestand hat?
Wenn nicht, dann ist es deine Pflicht,
denn am jüngsten Tag wird Allah jeden von uns
einzeln fragen, und jeder muss sich für
sich selbst verantworten. Inschallah. Tue es!
Mach Jihad nicht in Syrien oder im Sudan.
Mache es, wo du bist. Mit deinem Körper und mit
deinem Geist. Bring dich selbst zu Höherem.
Bismillah, darin liegt deine Tat.

Vor Tariqs Augen tanzten die Buchstaben. Etwas Ähnliches hatte Abu Fatima schon angedeutet, doch nun schrieb ihm Abu Bakir al-Sudani, der Scheikh. Seinem Willen hatten sich die Mudschaheddin unterworfen. Und deswegen musste der Scheikh ein großer Mann sein. Ein Gelehrter und Kämpfer. Ein wahrer Nachfolger des Propheten. Ein Mann, dessen Worte schwer wogen, dessen Entscheidung niemals angezweifelt werden durfte. Abu Bakir hatte entschieden, dass Tariq Jihad machen sollte, dass finanzielle Hilfe nicht mehr reichte, um Allah zufriedenzustellen. Nun war es an Tariq, seine Fard al-ain, die persönliche Pflicht, zu erfüllen.

Ich habe keine Gründe, die vor Allah
Bestand haben würden.

Tariq fühlte seine feuchten Handinnenflächen und wischte die Hände an der Jeans ab.

Dann wirst du Jihad machen.
Lass deine Pflicht nicht zur Al-farida
al gha'iba werden.
Vergiss sie nicht, halte sie vor Gott und
der Umma nicht verborgen.

Was soll ich tun?

Das wird dir offenbart werden.
Bis dahin verlier keine Zeit,
solange dir Allah noch Zeit lässt.
Sammle weiter Geld für die Mudschaheddin.
Aber kauf dir eine Drohne.
Übe damit, bis ich dir etwas anderes sage.

Inschallah. Ich werde tun, was du verlangst.

Tariq schloss die Augen. Er war vor Krieg, Mord und Elend aus dem Sudan geflohen, und nun trug er das, vor dem er geflohen war, in das Land, das ihn aufgenommen hatte, als er Hilfe am dringendsten brauchte.

40

Berlin, 17:15 Uhr MEZ

DER ŠKODA BOG von der Stresemannstraße ab und von dort zwischen Gitterzäunen hindurch auf einen unbefestigten Platz. Rostige Baucontainer standen kreuz und quer, waren teilweise aufgetürmt und miteinander verbunden. Kristine blickte durch die getönte Seitenscheibe. Templer hatte recht behalten. Das hier war die Rückseite des Ministeriums für wirtschaftliche Zusammenarbeit und Entwicklung. Was sie aber nicht gewusst hatte, war, dass es die Baustelle hinter dem Haus noch gab. War es das, was der Entwicklungsminister zeigen wollte? Wir bringen euch voran, schaffen es aber selbst nicht? Diese Baustelle musste es nun doch schon zehn oder zwölf Jahre geben.

Der Škoda hoppelte über eine Schwelle und rauschte die Zufahrt einer Tiefgarage hinunter. Kristine konnte aus ihrem Blickwinkel nicht erkennen, was passierte, aber als der Wagen kurz stehen blieb, tippte sie auf eine Einfahrtskontrolle, denn kurz darauf vernahm sie das Rumpeln eines Tores. Im Vorbeifahren erhaschte sie tatsächlich einen Blick auf das Wachhäuschen. Dort saß aber kein Polizist der Bundespolizei, wie zu erwarten gewesen wäre, sondern ein Soldat in schwarzer Uniform. Trugen die offiziellen Streitkräfte der Bundesrepublik Deutschland schwarze Uniformen?

Bevor sie weiter darüber nachdenken konnte, wurde der Wagen gestoppt. Die Reifen quietschten auf dem glatten Boden. Kristine schlug das Herz bis zum Hals. Sie blickte zu Templer und hob fragend die Augenbrauen. Was passiert jetzt?

Er zuckte mit den Schultern.

Egal, was passierte, sie hatten keinen Einfluss darauf.

Das wurde Kristine schlagartig klar.

Die Autotür wurde geöffnet. Eine Frau im schwarzen Anzug lächelte sie an. Mit einer einladenden Geste bat sie Kristine, aus dem Wagen zu steigen. An der Decke der grauen Tiefgaragenhalle hingen Neonröhren, die mit ihrem bläulichen Licht jeden Winkel fluteten. Es war kühl. Kristine schlang die Arme um ihren Körper, auch wenn sie wusste, dass das nutzlos war. Trotzdem fühlte es sich wie Schutz an.

»Und jetzt?«, fragte Templer.

»Kommen Sie bitte mit«, sagte die Frau im Anzug.

Sie bewegte sich geschmeidig wie eine Katze. Die Türen eines Aufzugs glitten lautlos auf. Drinnen roch es nach Desinfektionsmittel. Die Fahrt führte weiter nach unten. Niemand sprach. Kristine sah, dass die Frau im Anzug schwarze Turnschuhe, aber augenscheinlich keine Waffe trug.

Und dann glitt die Fahrstuhltür wieder auf und gab den Blick auf einen langen Flur frei, dessen Wände in regelmäßigen Abständen mit weißen Türen versehen waren. Wo war dieser Bellheim hin, fragte sich Kristine. War er nicht mit in den Škoda gestiegen?

Die Frau im Anzug öffnete eine Tür. Dahinter verbarg sich eine Art Besprechungsraum. In der Mitte war ein ovaler Tisch, an dem Bellheim bereits auf sie wartete. Er hatte die Arme hinter dem Rücken verschränkt, sein Gesicht zeigte keine Regung.

»Würden Sie uns bitte alleine lassen, Theresa?«, sagte er mit ruhiger Stimme.

Die Angesprochene nickte knapp und schloss die Tür.

»Haben Sie Mobiltelefone dabei?«, fragte Bellheim.

Templer kramte sein Gerät hervor und blickte aufs Display. Ohne eine weitere Anweisung abzuwarten, schaltete er das Gerät aus und legte es auf die Tischplatte.

»Ist ja nicht so, als wäre hier unten nicht alles abgeschirmt. Aber sicher ist sicher, richtig?«

Über Bellheims Lippen huschte ein Grinsen. »Sicher ist sicher, Templer.«

Kristine holte ihr Gerät hervor. Das Symbol auf dem Display bestätigte Templers Aussage. Kein Netz. Auch sie schaltete das Gerät ab und legte es auf den Tisch.

»Und jetzt?«, fragte Templer. »Wir sind sicher nicht hier, um ein Kaffeekränzchen zu veranstalten.«

»Lassen Sie uns reden.« Bellheim deutete auf die Stühle.

Templer machte keine Anstalten, das Angebot anzunehmen. Er verschränkte die Arme vor der Brust.

»Das hier ist es also.«

»Was ist hier?«, fragte Bellheim.

»Die Zentrale der Gruppe 64.«

»Ein geheimnisvoller Name für etwas, das es gar nicht gibt. Finden Sie nicht?«

»Was soll das, Bellheim? Sie bringen uns hierher und leugnen immer noch, dass es einen neuen, inoffiziellen deutschen Geheimdienst gibt? Was soll das ganze Theater?«

»Vielleicht möchte ich einfach nicht darüber reden? Es gibt wirklich wichtigere Dinge zu besprechen.«

»Nein.« Templer schnitt mit der flachen Hand durch die Luft. »Ich will Antworten!«

»Die Sie hier und heute nicht bekommen werden. Es muss reichen, dass Sie nun wissen, dass wir existieren. Das war es doch, was Sie die ganze Zeit wollten.«

»Saskia Meinert«, sagte Templer. »Gehörte sie auch zu dieser erlesenen Gruppe?«

»Soweit ich weiß, arbeitete Frau Meinert hier im Ministerium. Soll ich Ihnen das Büro zeigen?«

»Und warum verhindern Sie, dass die Wahrheit ans Licht kommt? Warum sabotieren Sie die Ermittlungen?«

»Was genau ist denn die Wahrheit?« Bellheim sprach betont ruhig.

»Ich glaube, dass Saskia Meinert noch lebt.«

Die plötzliche Stille im Raum war beinahe körperlich spürbar. Kristine machte einen Schritt zurück. Templer und Bellheim starrten sich an wie zwei Giganten kurz vor dem alles entscheidenden Kampf.

»Sie ist tot!« Zum ersten Mal zeigte Bellheim eine Emotion.

Schwer zu sagen, was genau es war. Könnte Trauer gewesen sein, oder Wut über Templers absurde Überzeugung. Oder beides. In diesem Moment wusste Kristine nur noch eins: Sie wollte nicht hier sein, kein Teil von dem, was auch immer hier gerade passierte. Und sie wollte auch gar nicht wissen, was sich offenbar im Keller des Ministeriumsgebäudes verbarg.

Templer schüttelte den Kopf und setzte sich Bellheim gegenüber. »Lassen wir das. Warum sind wir hier?«

Ein Surren zog Kristines Aufmerksamkeit zur Wand, an der sich eine Klappe öffnete und ein Bildschirm auftauchte. Kurz darauf startete ein Video, das offenbar ein Dorf in Afrika zeigte. Die Menschen waren Muslime, die Frauen trugen Kopftücher. Plötzlich war eine Explosion zu hören. Schreie ertönten, Staub wirbelte auf und legte sich wie ein Leichentuch über das Dorf. Dann kamen die Soldaten in grünen Uniformen. Gnadenlos eröffneten sie das Feuer auf jeden, der sich bewegte.

Kristine taumelte zurück, bis sie die Wand im Rücken spürte. Sie hatte die Hand vor den Mund geschlagen. Templer blieb anscheinend ruhig. Er blickte gebannt auf das Massaker, das auf dem Bildschirm zu sehen war.

»Wo haben Sie das her?«, fragte er, nachdem das Video zu Ende war.

»Wurde von einem deutschen Arzt, der im Sudan humanitäre Hilfe leistet, auf einer einschlägigen Plattform hochgeladen.«

»Von wann ist das Video?«

»Heute. Es gibt noch ein zweites Video. Da sieht man, wie ein anderer Arzt mit Spitzhacken totgeschlagen wird. Interesse?«

Templer blickte Kristine an. Sie schüttelte den Kopf.

»Wir haben genug Grausamkeiten gesehen«, sagte er zu Bellheim. »Die Frage ist, warum Sie uns das zeigen.«

Bellheim schaltete den Bildschirm aus. »Haben Sie schon von den *Liberation Fighters of Sudan* gehört? Nach der Machtübernahme durch General Salim Nasir begann im Sudan der konstante Terror durch diese Organisation.«

Kristine fand langsam ihre Fassung wieder. »Deswegen ...«, sagte sie mit dünner Stimme. »Deswegen habe ich darum gekämpft, dass Deutschland seine Waffenexporte in autokratische Staaten beendet. Wo sonst sollen die Terroristen ihre Waffen herbekommen?«

»Sie waren in Ihrem Bestreben erfolgreich, wie ich hörte.« Bellheims Stimme klang wie zähflüssiges Gift. »Und das ist der Grund, warum Sie hier sind.«

»Wie meinen Sie das?«

»Portugal«, sagte Bellheim. »Heute Morgen.«

»Was für eine schreckliche Tragödie und ein herber Verlust für Europa!« Kristine war nicht klar, was der Anschlag in Portugal mit dem Video aus dem Sudan zu tun hatte. »Van Dyk war eine Lichtgestalt der Friedensbewegung. Für eine bessere Welt vereinte sie ihre Generation mit der Jugend.«

»Worte.« Bellheim schüttelte den Kopf. »Nichts als leere Hülsen. Ausgekotzt von den Politikern dieser Welt und Ballast für die Bürgerinnen und Bürger.«

»Was?«

»Ich kann dieses Gequatsche nicht mehr hören. Mehr als ein Mal habe ich erlebt, dass ein Politiker in einer geheimen Sitzung für etwas gestimmt hat, aber dann in der Öffentlichkeit dagegen war. Einfach, weil es populär war, dagegen zu sein. Nehmen wir doch mal Ihre illustre Sitzung von heute Morgen. Was glauben Sie, wird passieren, wenn durch die gestoppten Waffenlieferungen plötzlich Arbeitsplätze verloren gehen? Nicht nur direkt bei den Waffenproduzenten, sondern auch bei den Zulieferern. Was glauben Sie, werden Ihre Kumpane dann der Öffentlichkeit sagen? Damit wir schnell fertig werden: Sie werden sagen, dass sie gegen den Stopp der Waffenexporte waren, dass sie auf das Problem des Arbeitsplatzabbaus hingewiesen hätten und dass es ein knappes Ergebnis war. Wir leben in einer komplizierten Welt, und vom Frieden allein bekommen die Menschen ihre Kinder nicht satt.«

Kristine setzte sich an den Tisch und lehnte sich vor. Sie zog die Augenbrauen zusammen. Auch sie hatte es satt, sich solches Gequatsche anzuhören. »Wir leben in einer komplizierten Welt, das ist richtig. Es gibt viele Probleme, die angegangen werden müssen. Seien es Waffen, die an Despoten geliefert werden und von dort in die Hände von Terroristen gelangen, oder sei es die Flüchtlingswelle, die durch Kriege ausgelöst wird und alleine schon wegen ihrer Größe einige Staaten an den Rand des Möglichen bringt. Das sind alles Probleme einer komplizierten Welt. Aber warum glauben manche, dass komplizierte Probleme durch einfache Antworten gelöst werden können? Warum glauben manche, dass die Ablehnung oder Ausweisung der Flüchtlinge zu einem neuen Deutschland führen wird? Strahlend und schön? Regiert von Rechtspopulisten, die nur ihre Arme ausbreiten müssen, damit die Bürgerinnen und Bürger in Lohn und Brot stehen? In einem solchen Deutschland werden irgendwann Bücher und später Menschen verbrannt. Waffenlieferungen führen immer irgendwo auf der Welt zu einem Krieg. Wozu sonst sind Waffen da? Nur Idioten glauben, dass Waffen hauptsächlich zur Abschreckung dienen. Und ein neuer Krieg führt zu weiteren Flüchtlingen und gibt damit Wasser auf die Mühlen derjenigen, die einfache Antworten auf komplizierte Fragen suchen. Wenn also Frieden und Wirtschaftssysteme einander gegenüberstehen, warum um alles in der Welt wird dann das Problem im Frieden und nicht im Wirtschaftssystem gesucht?«

Kristine fühlte sich, als wäre sie einen Halbmarathon gelaufen. Ihre Haut glühte, ihr Herz schlug wild, ihr Mund war trocken. Sie pfriemelte sich eine Locke unter ihr Kopftuch. A Salam Aleikum. Friede sei mit dir. Das war es, was sie wollte. Das war es, was sie verteidigte.

Bellheim fuhr sich mit den Fingern durchs Haar.

»Gut gebrüllt, Löwin.« Er grinste sie an, als hätte er genau diese Reaktion von ihr provozieren wollen.

Ein aalglatter Typ, entschied Kristine. Und brandgefährlich.

»Uns liegen Hinweise vor, dass so etwas wie in Portugal auch in Deutschland passieren soll. Nur mit einer erheblich stärkeren Wucht.«

Uwe Templer wurde hellhörig. »Deutschland im Visier von Terroristen? Woher ...?«

»Die Daten des Attentäters von Monchique. Die Auswertung hat Hinweise auf eine konkrete Anschlagsplanung ergeben.«

»Und wer hat die Daten ausgewertet? Sie sicher nicht.«

Bellheim schüttelte den Kopf. »Das ist das Problem«, sagte er. »Aber ich kann Ihnen zumindest versichern, dass die Ergebnisse nicht von einem befreundeten Geheimdienst aus dem Nahen Osten stammen.« Er betonte das Wort befreundet maximal abschätzig.

»Wer dann? Die Russen? Die Amerikaner?«

»Sie kennen das Geschäft, Templer. Man verrät nie seine Quellen.«

»Und wo liegt das Problem? Warum sitzen wir noch hier? Sollten wir der Polizei nicht einen Hinweis geben, damit der potenzielle Attentäter festgenommen werden kann?«

Bellheim stand von seinem Stuhl auf und steckte die Hände in die Taschen der Anzughose. Er blickte lange zu Boden und dann dorthin, wo der Bildschirm sich hinter der Wandverkleidung befand. »Das Problem ist, dass unsere Quelle etwas für diese Information verlangt. Sie hat uns genug gegeben, um die Wahrhaftigkeit der Terrorgefahr zu beweisen, aber zu wenig, um selbst etwas damit anzufangen.«

»Und was passiert, wenn wir die Forderungen nicht erfüllen?«, fragte Kristine.

»Dann ...« Bellheim starrte ihr direkt ins Gesicht. »Dann werden Menschen sterben.«

Die Worte hingen im Raum und waren beinahe greifbar. Kristine schloss die Augen und sank auf ihrem Platz in sich zusammen. Die Sitzung heute Morgen. Das Gespräch mit Menger. Die gefühlte Entführung aus dem *Krupps*. Das Video aus dem Sudan. Die Grausamkeiten, die sie mitansehen musste. Der drohende Terrorangriff. Alles fügte sich zusammen.

Ihr kam in den Sinn, was ihre Mutter gesagt hatte, als Kristine in die Politik ging: »Warum tust du das?«, hatte sie gefragt. »Weil ich etwas verändern will!«, hatte Kristine geantwortet. »Nichts wirst du verändern«, hatte ihre Mutter erwidert, »nur Geld verändert die Welt, und diejenigen, die es haben.« Sie wollte ihrer Mutter damit nicht recht geben.

Und jetzt? Einen Scheiß hatte sie verändert. Als die Bundesregierung in einer Eilentscheidung den sofortigen Stopp der Waffenexporte veranlasst hatte, glaubte sie an einen Erfolg, an einen politischen Sieg. Sie hatte nur darauf gehofft. Die Hoffnung stirbt schließlich zuletzt.

Jetzt war zuletzt.

»Sie wollen, dass wir Waffen liefern«, stellte Kristine mit matter Stimme fest.

Bellheim antwortete nicht.

»In den Sudan. Dorthin, wo ein einziger Funke einen unerbittlichen Krieg auslösen würde.«

Bellheim antwortete nicht.

»Und es geht nicht, weil Deutschland seit heute keine Waffen mehr liefert.«

Bellheim antwortete nicht.

»Das war also ein denkbar ungünstiger Zeitpunkt für meinen Vorstoß, richtig?«

Bellheim atmete tief ein. »Es gab und gibt nie einen günstigen Zeitpunkt für irgendetwas.«

Sollte das ein Trost sein? Eine Bestätigung, dass Bellheim im Grunde seiner Seele ebenfalls gegen Waffenlieferungen war? Ging es ihm wie einem Polizisten, der rechtspopulistische Parteien scheiße fand, aber einen Aufmarsch dieser Neofaschisten vor linken Steinewerfern schützen musste? Nur so funktionierte Demokratie. Das Grundrecht auf Versammlungsfreiheit galt für jeden, und die Polizei musste dieses Recht schützen. Nur so funktionierte ein Rechtsstaat. Jede Bürgerin und jeder Bürger musste sich genau darauf verlassen können.

Aber ließen Bellheim, Templer und sie nicht gerade den Rechtsstaat hinter sich? Sie würden, wenn der terroristische Anschlag verhindert werden sollte, und das musste er, illegal Waffen in ein Krisengebiet liefern müssen. Wahrscheinlich wäre es schon vor dem heutigen Tag eine illegale Waffenlieferung gewesen, denn so etwas wäre nie durch das Genehmigungsverfahren gegangen.

Kristine blickte zu Bellheim und Templer. Beide wirkten bis in die Haarspitzen konzentriert und entschlossen. Und damit war für Kristine klar, dass keiner von beiden eine Alternativlösung in Betracht zog. Die Waffen mussten geliefert werden, um den drohenden Terroranschlag zu verhindern.

»Aber wir können doch nicht einfach ...« Sie wusste nicht weiter.

»Haben Sie eine bessere Idee?« Templer schüttelte kaum merklich den Kopf.

»Dann sind wir uns einig.« Bellheim. Aalglatt. Brandgefährlich.

Es ging doch nie darum, eine Einigkeit zu erzielen. Seit wann fragten Geheimdienste danach? Seit wann sprachen sie Operationen mit anderen staatlichen Stellen ab? Selbst die deutschen Nachrichtendienste, obwohl unter parlamentarischer Kontrolle, taten zuweilen Dinge, die nicht dem politischen Willen entsprachen. Was, um alles in der Welt, machten sie also hier? Die Frage schoss Kristine durch den Kopf, und Templer stellte sie: »Und warum sind wir hier?«

Bellheim wischte sich über den Mund. »General Nasir ist ein starrsinniger alter Mann, der sich als neuer Präsident des Sudan ausrufen lassen wird. Also kommt zum Starrsinn auch noch der Machtrausch.« Bellheim stand auf und lief durch das Büro, den Blick zu Boden gerichtet, als müsse er nachdenken. »Es gab schon ein erstes Kontaktgespräch mit der sudanesischen Regierung.«

»Und was hat das ergeben?« Templers Stimme klang müde. Offenbar hatte er das hier satt.

»Nasir freut sich über Waffen aus deutscher Produktion.«

»Aber?«

»Nasir akzeptiert nur eine Verhandlungspartnerin.«

»Niemals. Das wird sie nie akzeptieren.« Templer war von Kopf bis Fuß angespannt.

»Dann werden Sie sie überzeugen müssen. Im Interesse der Bundesrepublik Deutschland.«

»Wen meint er?«, fragte Kristine Uwe Templer.

41

In der Nähe von Boizenburg, 09:36 Uhr MEZ

DER STOFF DER Bettdecke fühlte sich weich auf der Haut an, schien sie beinahe liebkosen zu wollen. Sie könnte jetzt aufwachen, aber es tat zu gut zu schlafen. Ruhe und Entspannung waren zu schön. Sie war nicht bereit, noch nicht. Die Realität würde sie früh genug einholen, denn erste Schmerzen kündigten sich leise an. Ein erstes Echolot aus der Wirklichkeit.

Noch nicht. Bitte noch nicht.

Wiebke schlief wieder fester ein.

Das Letzte, an das sie sich erinnern konnte? Eine extradicke Brotscheibe mit knusprigem Rand, der den rauchigen Geschmack des Holzofens angenommen hatte. Bestrichen mit Butter und Salz. Ihre Schwester Saskia hatte Vater gebeten, die hammersüße Variante zu machen. Brot mit Butter und Honig. Darauf selbst gemachte Erdbeermarmelade, die im Nachgang so herrlich nach Zimt und Marzipan schmeckte. Vater hatte dann immer die Küchentür geschlossen, damit Mutter nichts mitbekam. Die hammersüße Variante passte nicht in ihren Erziehungsplan, den Kindern so wenig Zucker wie möglich zu geben. Vater setzte sich darüber hinweg und machte ein Geheimnis draus. Er tat so, als wären sie alle drei Geheimagenten mit einer Mission mitten im Herzen des Feindeslandes.

Vielleicht war das der Grund, warum Saskia tatsächlich Geheimagentin geworden war und Wiebke als Soldatin geheime Aufträge der Bundesregierung ausführte. Vielleicht aber auch nicht. Wiebke fragte sich in diesem Moment, ob diese Szene wirklich das Letzte war, an das sie sich erinnern konnte. Aber der Versuch, weitere Erinnerungen heraufzubeschwören, fühlte sich an wie die 500-Euro-Frage in einer Fernsehquizshow. Das Publikum erwartete spannungsvoll die Antwort und hoffte wahrscheinlich darauf, dass die Kandidatin sich blamierte. Ihr lag die Antwort auf der Zunge.

»Du musst aufwachen.« Saskia kaute genüsslich ihr Marmeladenbrot mit Honig. »Ich will Verstecken spielen.«

»Was?« Wiebke schluckte ihren Bissen runter und schmeckte das Salz auf der Zunge. »Jetzt?«

»Warum nicht? Du musst mich finden.«

»Aber wie kann ich dich finden, wenn du tot bist?«

Ein Lächeln huschte über Saskias Lippen. »Bin ich nicht.«

Wiebke schreckte auf.

Das Erste, was sie spürte, waren die Schmerzen. Jeder Muskel tat ihr weh. Sie stöhnte und wälzte sich zur Seite. Sie öffnete die Augen und sah auf dem Nachttisch neben dem Bett ein halb leeres Glas mit Wasser und eine Packung Tabletten. Benzodiazepin. Ein leichtes Schlafmittel.

Wo war sie? Ihre Augen waren verklebt. Und als sie einatmete, nahm sie einen leichten Jasminduft wahr. Wie frisch geduscht. Aber da war noch ein anderer Geruch. Verbranntes Holz? Ja, Ruß und Feuer. Liebknechts Haus! Sie hatte auf dem Dach gelegen und musste springen. Zwei Männer kamen auf sie zu. Jetzt lag sie im Bett, eingekuschelt in eine Decke. Ihr Körper schrie vor Schmerzen. Niemals hätte sie alleine hierherkommen können. Die Frage war also nicht, wo sie war, sondern wer sie hergebracht hatte. Und dann war da noch dieses Gefühl der Schutzlosigkeit, als wäre sie nackt. Wiebke fuhr mit ihrer Hand über die Brüste und den Bauch bis zur Scham.

Verdammte Scheiße.

Sie war nackt.

Schlagartig war sie hellwach.

Sie lag offensichtlich im Bett eines Hotelzimmers. Neben der Tür, auf der Sicherheitshinweise für den Brandfall klebten, stand ein Schrank. Und über dem Bett hing ein Bild, das so ungefähr in jedem dritten Hotel zu finden war. Der gut gemeinte Versuch eines Künstlers, der von der gut gemeinten Unterstützung des Hotelbetreibers profitierte, der das Bild nur deswegen ausgewählt hatte, weil keine Gefahr bestand, dass irgendjemand dieses Gemälde stehlen würde.

Da stand noch ein Stuhl neben der Tür, die wahrscheinlich zum Badezimmer führte. Auf der Sitzfläche lag Wiebkes alte Armeetasche. Die Tasche, in die ihr gesamtes Leben passte.

Sie schaute sich noch einmal um, erblickte aber niemanden. Und es gab auch keine Hinweise darauf, dass jemand hier gewesen war. Keine zweite Tasche, keine Geräusche aus dem Bad. Und der Zimmerschlüssel hing innen an der Tür. Wer immer sie hierhergebracht hatte, war verschwunden und plante offensichtlich nicht, ins Zimmer zurückzukehren.

Der erste Versuch aufzustehen endete damit, dass ihr Bein wegknickte. Beinahe wäre sie zu Boden gegangen, konnte den Sturz aber noch abfangen. Ihre Muskeln zitterten. Eine Nebenwirkung des Schlafmittels oder doch vollkommene Erschöpfung?

Zu einem zweiten Versuch kam es nicht, denn draußen vor der Tür ertönten Schritte. Die Türklinke senkte sich, und ein Mann stand im Türrahmen. Es roch plötzlich nach gebratenem Fleisch, gebackenen Brötchen und fettigen Pommes.

»Du?« Wiebke winkelte die Beine an und zog die Bettdecke bis zum Kinn. Sie fühlte sich plötzlich so erniedrigt. Nackt im

Bett zu liegen, während der Mann vollständig angezogen die Hotelzimmertür schloss und mehrere braune Tüten auf dem Beistelltisch ablegte, war äußerst unangenehm.

»Ich habe uns etwas zu essen mitgebracht«, sagte David Teitelbaum. »Du magst Hamburger und Pommes?«

»Wo ist meine Kleidung?«

»Da, wo sie hingehört. Im Müll.«

Er setzte sich auf die Bettkante. Sie wich zurück und war trotzdem bereit, ihn jederzeit anzugreifen. In ihrer langen Karriere als Soldatin hatte sie nicht immer in Uniform gekämpft, aber noch nie komplett nackt. Trotzdem. Sie war bereit dazu.

»Deine Sachen waren komplett verdreckt und zerrissen. Aber keine Sorge. Ich habe dir was Neues gekauft.«

Er stand auf und nahm eine Pappverpackung aus der Tüte. »Ich hab dir einen Double Hamburger Crispy mitgebracht. Mit extra Speck. Willst du?«

»Gib mir was zum Anziehen!«

David öffnete die Schranktür und warf ihr einen Slip und ein Shirt zu, auf dem eine blaue Telefonzelle aufgedruckt war. Darunter stand »Travelling in Time and Space«. Einen BH brauchte Wiebke nicht. Ihre Brüste waren klein und fest. Sie zog sich die Sachen an, was das Gefühl der Schutzlosigkeit nur leicht verminderte.

»Was ist das hier? Eine skurrile Szene aus einer schlechten Soap?«

David zuckte mit den Schultern. »Gibt es gute Soaps?«

»Was ist passiert? Ich meine, es muss gehörig viel schiefgelaufen sein, dass ich mit dir hier lande. Das letzte Mal, als wir uns sahen, hast du mich beinahe erschossen.«

»Das letzte Mal half ich dir, einen Terroristen aufzuhalten.«

Wiebke biss in den Hamburger. Er schmeckte, wie Fast Food immer schmeckte. Austauschbar und weitestgehend nach einer säuerlichen Soße. Aber der gebratene Speck war lecker, auch wenn er durchgeweicht und nicht mehr knusprig war. Wenn er es überhaupt jemals gewesen war.

»Das letzte Mal habe ich dich gefragt, warum du mir hilfst. Du schuldest mir immer noch die Antwort.«

Da war wieder diese Traurigkeit in Davids Gesicht. Sie kam wie ein Geist aus der Vergangenheit, geboren aus einem tiefen Schmerz. Und dieses Mal verstand sie. Er hatte jemanden verloren. Jemanden, den er über alles geliebt hatte. Und diese Frau liebt er heute noch, ohne Hoffnung auf ein Happy End.

»Wer war sie?«, fragte Wiebke.

David blickte woanders hin. »Ich will nicht darüber sprechen.«

»Was ist passiert?«

»Ich habe gesagt, dass ich nicht darüber reden will!« Seine Stimme klang wütend.

Das war also der wunde Punkt. Normalerweise hätte sie sich darüber freuen können, dass sie ihn so schnell gefunden hatte, denn wer den wunden Punkt eines Menschen kannte, kannte seine Schwäche. Und die Schwäche im Kampf gegeneinander auszunutzen bedeutete in den allermeisten Fällen den Sieg. Die Kunst bestand darin, die Schwäche gezielt auszunutzen und die entsprechende Reaktion vorherzusagen. Manch einer wurde demoralisiert, andere rasend vor Wut. Den demoralisierten Gegner musste man schnell angreifen, den wütenden mit einer geschickten Verteidigung ins offene Messer laufen lassen.

David hatte sich unter Kontrolle. Es würde lange dauern, bis aus seinem wunden Punkt eine ausnutzbare Schwäche werden würde. Und dann würde er taktisch vorgehen. Gnadenlos und ohne Rücksicht auf Verluste, denn er hatte schon alles verloren, was es Wert war, darum zu trauern. Und Wiebke merkte, dass es ihr nicht darum gegangen war, den wunden Punkt zu finden. Sie wollte David nicht zum Feind haben, sie wollte nicht gegen ihn kämpfen. Ihr war deutlich bewusst, dass sie nicht auf derselben Seite standen und es wahrscheinlich auch niemals tun würden. Und doch strahlte er etwas aus. Sie konnte es nicht in Worte fassen, sosehr sie es auch versuchte.

Seit dieser Nacht, als David ihr das Video gegeben hatte, brannte in ihr ein Gefühl. Keine Liebe oder so. Vielmehr die Sehnsucht nach Geborgenheit. Die Welt war kompliziert, ein Sturm tobte, aus Freunden wurden Feinde und umgekehrt. Politiker und Wirtschaftsbosse traten diesen Sturm los. Menschen wie David und Wiebke waren es, die solche Stürme weitertrieben und in sie hineingerieten. Aber jeder Sturm hatte ein Auge, in dem es ruhig und still war. Wie jetzt gerade in diesem Hotelzimmer. Wiebke legte David die Hand auf den Unterarm. Zuerst zuckte er weg, ließ es dann aber doch geschehen.

»Nicht«, flüsterte er. »Tu das bitte nicht.«

Doch er konnte nicht anders. Er ließ sich nieder und legte sich neben sie. Der eiskalte Killer, der er zweifelsohne war, begann zu bröckeln, und der darunterliegende David kam zum Vorschein. Wahrscheinlich nicht der wahre David, so wie es bei Wiebke niemals mehr die wahre Wiebke geben konnte. Wer sich mit Lügen verkleidete, verschwand irgendwann. Sosehr man sich später auch wiederfinden wollte, man fand nur noch ein Abziehbild seiner selbst. Wiebke wusste nicht mehr, wie sie früher einmal gewesen war. David vermutlich auch nicht.

»Du wärst beinahe gestorben«, sagte David leise.

Der sanfte Ton seiner Stimme überraschte sie. Plötzlich machte ihr die Nähe wieder Angst, und sie wich ein Stück zurück.

»Nein«, sagte er. »Ich möchte, dass du verstehst.«

»Ich möchte es nicht wissen. Ich möchte nicht wissen, was du am Haus von Carl Liebknecht gemacht hast. Ich will nicht wissen, warum ausgerechnet du da gewesen bist.« Zu groß war die Gefahr, enttäuscht zu werden. Das Wissen würde den

Zauber dieses Moments zerstören, dieses Moments der Stille. Wiebke würde ihn genießen und lange davon zehren. Zu lange hatte sie schon gehungert. Jetzt würde sie sich nehmen, was sie begehrte.

Sie streichelte seine Wange. Er nahm ihre Hand und küsste jede Fingerkuppe.

»Haben wir das verdient?«, fragte er.

»Ich weiß es nicht«, antwortete Wiebke. »Wie viel Blut klebt an deinen Händen?«

»Viel zu viel.« Er machte sich nicht einmal mehr die Mühe, seinen traurigen Blick zu verstecken. Offenbar war es ihm egal, dass er sich ihr schutzlos auslieferte.

»Was ist mit dir?«, fragte er.

»Mit mir?« Sie blickte auf das Bettlaken. »Ich kann sie nicht mehr zählen. Die Vorgesetzten und die Psychologen haben mir gesagt, dass es mit der Zeit besser wird. Man müsse sich nur vor Augen führen, dass man für eine gerechte Sache mordet. Als ob Mord jemals gerecht sein könnte. Da ist nur Leere. Man hat ein Leben genommen, ohne zu wissen, was man noch zerstört hat. Vielleicht hatte der Mann Kinder oder eine kranke Mutter, die nun niemanden mehr hat, der sie pflegt. Wer weiß das schon? Wen interessiert es schon?«

»Niemanden.«

David drehte sich zu ihr. Er kam ihr nahe. Sie roch seinen Schweiß, seine Männlichkeit. Er atmete schwer. Aber er hielt sich zurück. Wiebke ließ sich fallen. Sie schloss die Augen. Kurz darauf spürte sie seine Lippen auf ihren. Die Zungen berührten sich.

Sie wollte ihn.

Ganz.

42

Hamburg, 09:06 Uhr MEZ

AFSANEH HATTE im Büro übernachtet. In ihrem Job kam das ab und zu mal vor. Trotzdem plagte sie das schlechte Gewissen. Sie schrieb Kevin eine Nachricht:

Heute komme ich bestimmt nach Hause.
Keine Ahnung, wann genau. Ich liebe dich.

Sie schicke die WhatsApp ab. Sofort zeigten zwei blaue Häkchen, dass Kevin die Nachricht gelesen hatte. Er macht sich Sorgen um mich. Wie süß. Sie blickte zur Fahrstuhldecke und schloss die Augen. Ihr Handy vibrierte.

Dann geh ich zur Nachbarin.
Das hast du nun davon.

Die Antwort war nicht das, was sie erwartet hatte.

Die ist aber sechsundachtzig.

Kevin antwortete prompt.

Da siehst du mal, wie sehr ich dich vermisse.

Die Fahrstuhltür glitt auf. Auf dem Flur war niemand zu sehen. Mirkos Bürotür stand offen. So früh war er selten da. Sie beobachtete ihn von der Tür aus, wie er voll konzentriert auf den

Bildschirm starrte, die Stirn runzelte und am Ende eines Bleistifts kaute.

»Hat deine Mama dir nicht gesagt, dass man so was nicht macht?« Sie schüttelte den Kopf.

Mirko zuckte zusammen. »Hast du mich erschreckt!« Den Stift legte er neben die Tastatur.

»Schlechtes Gewissen?« Sie setzte sich auf die Schreibtischkante.

»Ich hab was.«

Er deutete zum Bildschirm. Afsaneh beugte sich vor und erblickte Fotos in unterschiedlicher Qualität. Die Personen wurden von der Polizei gesucht. Sei es, weil sie vermisst wurden oder weil gegen sie ein Haftbefehl ausgestellt worden war oder weil sie bei einer Tat gefilmt wurden und nun identifiziert werden mussten.

»Das Fahndungsportal? Ist Jerome Benning doch nicht der Mörder seiner Großmutter?«

»Was? Nein.« Er klickte auf ein Foto, das eine Frau mit wallendem rotem Haar zeigte. Celine Kleinmann. Das Porträt erschien groß auf dem zweiten Bildschirm. »Kommt dir diese Frau bekannt vor?«

Afsaneh wollte schon den Kopf schütteln, aber da war etwas. Mirko hatte recht. Aber irgendetwas störte. »Ich komme nicht drauf.«

»Es gibt noch mehr Fotos.« Er klickte auf einen Link.

»Was ist mit ihr?«, wollte Afsaneh wissen.

»Sie wurde als vermisst gemeldet. In der Nacht vor dem Mord an Saskia Meinert.«

»Du glaubst doch nicht ...« Sie zog einen Stuhl heran und setzte sich. »Könnte da ein Zusammenhang bestehen?«

»Größe und Statur stimmen.«

Auf dem Bildschirm war ein Satz Porträts zu sehen. Celine Kleinmann war normalerweise blond. Die roten Haare schienen nur eine Perücke gewesen zu sein. Afsaneh lehnte sich näher an den Bildschirm heran. Nein, Celine hatte gar keine Ähnlichkeit mit Saskia Meinert. Wobei? Vielleicht ein bisschen. Unter Umständen könnte man die beiden Frauen verwechseln. Unter Stress beispielsweise, oder im Halbdunkel einer Tiefgarage, die voll mit schwarzem Rauch war.

»Warum arbeitest du an dem Fall?«

Er zuckte mit den Schultern. »Sag nicht, dass du meine Hilfe nicht brauchst.«

»Schon. Aber ...« Sie blickte auf ihre Schuhspitzen. Dieser Bellheim war ein deutliches Zeichen, dass es gefährlich werden würde. Sie wollte Mirko da nicht mit hineinziehen. Er sollte die Welt, die scheinbar neben der realen Welt existierte und von der Wiebke gesprochen hatte, gar nicht erst betreten. Aber als Afsaneh in Mirkos Gesicht blickte, wusste sie, dass es für ihn kein Zurück mehr gab.

Bei der Polizei arbeiteten unterschiedliche Typen. Es gab die, die richtig gute Straßenbullen waren und auf dem Kiez jeden Luden kannten. Die Kolleginnen und Kollegen in Uniform. Dann gab es die Statistiker, die Verwalter, die Schreibtischtäter. Mirko war Ermittler. Er ruhte erst, wenn er den letzten Stein umgedreht, die letzte Spur verfolgt hatte. Menschen wie er gaben beinahe alles für den Ermittlungserfolg. Wie häufig hatte Mirkos Ehe auf der Kippe gestanden? Viermal? Zumindest war Mirko so oft für ein paar Tage ins Büro gezogen und hatte dort auf der Couch geschlafen. Menschen wie Mirko konnte man nicht mehr stoppen, wenn sie einmal die Fährte aufgenommen hatten.

Celine Kleinmann aus Oldenburg. Vermisst. Zuletzt gesehen am Mühlenhagen. Kurz nach Mitternacht. Afsaneh lehnte sich zurück. Was machte eine Frau Mitte zwanzig nach Mitternacht in dieser Gegend? Dort gab es nur Speditionen, Logistikunternehmen und Nutzfahrzeugvermietungen.

Und das *Maison de Roissy*.

»Bist du eingeschlafen?«, fragte Mirko.

»Was?« Afsaneh schüttelte den Kopf. »Ich habe nachgedacht.«

»Fahren wir zum *Maison*? Oder willst du mich nicht dabeihaben?«

Natürlich wollte sie mit ihm zusammen ermitteln. Wie sehr, konnte er sich wahrscheinlich gar nicht ausmalen.

43

Dortmund, 11:00 Uhr MEZ

TARIQ WAR SPAZIEREN gegangen. Er musste klare Gedanken fassen und sich sicher sein, was er wollte. Als er mit dem Scheikh gechattet hatte, war alles so klar gewesen. Als ob der Weg, den Allah für ihn vorgesehen hatte, deutlich vor ihm liegen würde. Aber danach waren die Zweifel gekommen. Jetzt musste er eine Entscheidung treffen.

Tariq merkte in dem Moment, in dem er seine Wohnung betrat, dass etwas nicht stimmte. Es war nichts Offensichtliches wie eine eingeschlagene Fensterscheibe oder Hebelmarken am Türblatt. Es war eher ein Gefühl, der Hauch einer fremden Präsenz, so flüchtig wie Atem an einem Spiegel. Trotzdem, oder genau deswegen, beunruhigte es Tariq. Wenn er nach Hause kam, legte er normalerweise den Haustürschlüssel auf die Holzkiste neben dem Eingang. Dieses Mal wollte er den Schlüsselbund lieber bei sich haben.

Es waren gerade die Dinge, die man im Alltag bestenfalls belächelte, die in solchen Situationen einen Funken Hoffnung entflammen konnten. Die Hoffnung, dass nichts passierte, dass man es unbeschadet überstand. Tariq hielt den Schlüsselanhänger fest umklammert. Die Hand der Fatima, so sagte man, beschützte vor Gefahren.

Tariq blickte sich im Flur um. Es war alles so, wie es sein

sollte. Etwas unaufgeräumt, aber nicht dreckig. Wann sollte er auch aufräumen? Und warum? Und wieso den Flur? Neben dem Flur gab es nur eine Wohnküche, das Badezimmer und seinen Computerraum. So nannte Tariq sein Studierzimmer. Dort gab es die Sachen, die es sich lohnen würde mitzunehmen. Außer einem Einbrecher fiel Tariq niemand ein, der in seiner Wohnung gewesen sein könnte. Dieses Gefühl von zerstörter Privatsphäre, von Beschmutztheit, von fehlender Sicherheit verursachten doch nur Einbrecher. Aber hätte er dann nicht Einbruchspuren an der Wohnungstür sehen müssen? Vielleicht war der Typ ein so glänzender Handwerker gewesen, dass es keine Spuren gab. Ein Magier der Schließmechanismen. Bei dem Gedanken musste Tariq lächeln, wenn auch nur kurz, weil ihm dann wieder bewusst wurde, warum er so angespannt war. All seine Arbeit, seine privaten Korrespondenzen, sein Laptop.

Er stürzte ins Computerzimmer. Der erste Blick ging zum Schreibtisch: Der Laptop war noch da, und eine tonnenschwere Last fiel von ihm ab. Aber trotzdem stimmte irgendetwas hier nicht. Der Schrank mit den Ordnern war unauffällig, ebenso das Metallregal voller Fachbücher und *Star Wars*-Comics, die so aufgestellt waren, dass sie das Gesicht von Carrie Fisher bildeten. Dann schaute er wieder zum Laptop. Eine Diode blinkte grün. Jemand hatte ihm eine Nachricht geschrieben.

Er zog den Schreibtischstuhl zurück und setzte sich. Er wollte nicht mit dem Scheikh kommunizieren.

Tatsächlich lagen zwei Nachrichten vor, und beide waren vom Scheikh.

Asalam aleikum und *Wo bist du, Bruder?*

Tariq schloss kurz die Augen, bevor er antwortete.

Aleikum salam, schrieb er.

Hast du getan, was ich dir aufgetragen habe? Der Scheikh kam sofort zur Sache.

Ich habe über alles nachgedacht.
Ich möchte woandershin und dort für Allah kämpfen.

Und wo willst du deine Pflicht
als Muslim erfüllen?

In Nordafghanistan, Badaschan oder Tachar.

Tariq las viel. Über Allah und die Welt, aber auch Wirtschaftsnachrichten. In einem Artikel über das größte chinesische Vorzeigeprojekt *One Belt, One Road* hatte er gelesen, dass die neue Seidenstraße durch Gebiete führte, die von Jundullah-Kämpfern besetzt waren. Diese Kriegsveteranen waren nach dem Zusammenfall des Kalifats in die nordafghanischen Berge geflohen.

Ich möchte mich dort den Soldaten Allahs anschließen und ein Kämpfer werden, schrieb Tariq.

Sei nicht albern, schrieb der Scheikh. *Wie willst du dorthin gelangen?*

Ich finde eine Lösung. Ich finde immer eine Lösung.

Es dauerte, bis der Scheikh antwortete. *Die Umma besteht aus dreiundsiebzig Gruppen. All diese Gruppen werden in der Dschahannam brennen, bis auf eine. Jeder wahre Muslim sollte versuchen, in dieser einen Gruppe gottgefälliger Krieger zu sein. Dein Weg war gut. Du hast die richtigen Schritte gewählt. Aber du bist schwach. Die erste Abzweigung hast du genommen. Du hast dich vom Schaitan verführen lassen. Bei der ersten Gelegenheit. Handelt so ein Jundullah, ein Soldat Allahs? Du würdest sein Banner in der Sekunde beschmutzen, in der du es trägst. Du bist nicht würdig, den Weg ins Paradies zu gehen.*

Tariq spürte die Schweißtropfen, die ihm das Rückgrat herunterkitzelten. Er wischte sich den Schweiß von der Stirn. Ganz oder gar nicht. Er hatte nichts zu befürchten. Der Scheikh wusste nicht, wer er war. Und selbst wenn, wie sollten sie nach

Deutschland kommen? Tariq war diese Mühe nicht wert. Es gab viel größere Verräter, dachte er.

Ich möchte den Jihad nicht machen, schrieb er. *Weder hier noch in Afghanistan. Ich habe für die Brüder Geld gesammelt. Damit ist Schluss.*

Du tust, was wir sagen, denn Allah spricht durch uns.

Ich wünsche euch viel Glück. Er wollte gerade den Laptop zuklappen, als der Scheikh ihm ein Foto schickte. Zu sehen war ein Metallregal mit einem *Star Wars*-Panorama. Und noch etwas anderes. Tariq blickte sofort zu seinen Comics. Jetzt wusste er, was ihn gestört hatte: Carrie Fishers Gesicht war verschoben. Jemand hatte die Reihenfolge der Comics geändert. Achtundvierzig. Fünfzig. Neunundvierzig. Sie waren hier gewesen. Tariq wurde heiß und kalt. Sie wussten verdammt noch mal sehr genau, wer er war.

Sein Blick wanderte wieder zum Bildschirm.

Du wirst tun, was wir sagen, Tariq.

Sie konnten ihn jederzeit holen.

Ihm blieb die Wahl.

Er würde wie ein Verräter qualvoll sterben.

Oder ehrenvoll wie ein Shahid.

Aber sterben würde er auf jeden Fall.

44

Hamburg, 14:05 Uhr MEZ

ETWAS WAR ANDERS als sonst. Menger blickte auf die digitale Uhr zwischen Tacho und Drehzahlmesser. Fünf Minuten nach zwei. Er war fünf Minuten zu spät. Und Elisabeth Hohenstahl stand trotzdem noch am vereinbarten Treffpunkt. Das war noch nie vorgekommen. Sie war es, die sonst zu spät kam. Und es war auch schon mehr als ungewöhnlich, dass Frau Hohenstahl ihn an zwei Tagen hintereinander treffen wollte. Dieses Mal jedoch nicht irgendwo zwischen Hochseecontainern und Kranbauten, sondern im portugiesischen Viertel. Sie stand am Bordstein neben einer dieser Klapptafeln, die fangfrischen Fisch, maritime Köstlichkeiten und gute Weine versprachen. Menger stoppte den Wagen, unschlüssig, was er nun machen sollte. Nirgendwo war eine Parkmöglichkeit, und ihr Gespräch konnten sie nicht auf der Straße führen. Dafür war es ganz sicher zu brisant. Das Hupen eines Autos hinter ihm riss Menger aus den Gedanken. Er hob entschuldigend die Hand. Aber noch bevor er sein Fahrzeug näher an den Bordstein manövrieren konnte, öffnete Elisabeth Hohenstahl die Beifahrertür und stieg ein. Der blumig-fruchtige Duft ihres Parfums dominierte sofort den Innenraum.

»Fahren Sie«, sagte die Hohenstahl.

»Wohin denn?«

»Machen Sie das, was Sie am besten können. Fahren Sie ziellos umher, bis ich die Richtung vorgebe!«

Menger beschleunigte den Wagen.

Nach einer gefühlten Ewigkeit begann Elisabeth Hohenstahl Richtungsanweisungen zu geben.

»Haben Sie Hunger?«, fragte sie unvermittelt.

Menger nickte. Sie wies ihn in eine Seitenstraße, die zu einem akkuraten Wohnviertel führte. Rechteckig geschnittene Hecken, säuberlich gekieste Auffahrten, in denen glänzende Autos standen, gepflegte Häuser. Nichts war protzig, nichts wirkte aufgesetzt. So stellten sich Politiker die Lunge der deutschen Wirtschaftskraft vor. Gut bürgerlich. Menger war davon überzeugt, dass diese Lunge voller Krebsgeschwüre war.

»Hier müssen Sie halten.« Sie deutete auf einen gepflasterten Platz vor einem zweistöckigen Gebäude. Neben der Bierwerbung hing das Namensschild des Restaurants am Fachwerk: *Il Buongustaio*. Der Feinschmecker.

»Ein ungewöhnlicher Name für eine Pizzeria.« Er stellte den Motor ab.

»Wollen Sie mich enttäuschen?« Sie klappte die Sonnenblende herunter und öffnete den Spiegel. Während sie sprach, frischte sie ihr Make-up auf. »Sie werden auf der Welt keine bessere Pizza oder Pasta finden als hier. Man erzählt sich, dass Piedros Vorfahren die Pizza erfunden haben.«

»Das halte ich für ein Gerücht.« Menger konnte seinen Blick nicht von ihrem Mund lassen. Sie legte gerade dunkelroten Lippenstift auf. Allein dieser Mund war ein Versprechen voller Sünde.

»Aber es ist eine schöne Geschichte, oder?«

»Was machen wir hier?«

»Sie werden sehen. Lassen Sie uns reingehen.«

Drinnen sah es gemütlich aus. Eine Treppe führte in den Gewölbekeller. Auf den kleinen Tischen waren rot-weiß karierte

Tischdecken. Das Porzellan war einfach, und das Besteck warf das Kerzenlicht geheimnisvoll zurück. Aus versteckten Lautsprechern flutete klassische Musik, die Stimme eines Tenors erfüllte den Raum. Die Hohenstahl steuerte einen Tisch am Ende des Raumes an. Dort saß eine blonde Frau im grauen Hosenanzug mit Lackpumps. Sie war vielleicht Mitte dreißig und hatte alles, was eine osteuropäische Schönheit haben musste. Hohe Wangenknochen, makellose Fingernägel, perfekt gezupfte Augenbrauen, dezentes Make-up und eine Frisur, in der jede einzelne Strähne dort war, wo sie hingehörte. Selbst die, die ihr ins Gesicht fiel und die sie mit einer aufreizenden Bewegung zur Seite strich, als sie sich erhob.

Trotzdem strahlte die Frau eine tödliche Kälte aus.

»Herr Menger«, sagte die Schönheit. »Ich freue mich, Sie endlich kennenzulernen.«

Ihr Händedruck war fest. Beinahe zu fest. Menger setzte sich auf den Stuhl, auf den sie deutete.

»Was machen wir hier?«, fragte Menger.

Sie lächelte vollkommen undurchsichtig. Wie eine Schlange, die ihr Opfer genau betrachtete, kurz bevor sie es verschlang. Menger fühlte sich unwohl. Er rutschte auf dem Stuhl hin und her.

»Ich möchte Ihnen ein Geschäft vorschlagen. Eins, das Sie nicht ablehnen können.«

»Davon bin ich überzeugt.« Mit tödlicher Sicherheit.

45

Hamburg, 16:10 Uhr MEZ

VON AUSSEN MACHTE das Gebäude nicht viel her. Grauer Beton und blinde Fenster, die von innen mit schwarzem Karton zugeklebt waren. Die Stützen des Dachs waren rostig, an vielen Stellen blätterte die grüne Farbe ab, und eine breite Treppe führte zum überdachten Eingang. Die Eingangstür bestand aus hellgrauem Metall und einer undurchsichtigen Sicherheitsglasscheibe. Dahinter war in der Tat das *Maison de Roissy*. Ein klangvoller Name, der so gar nicht zu so einer Bruchbude im Hinterhof einer Speditionsfirma passen wollte.

Afsaneh blickte sich um. Die Videokameras waren auf die Parkplätze der Lastkraftwagen und Trailer gerichtet. Ob man auch den Weg zum Haupteingang des *Roissy* sehen konnte, war fraglich.

Mirko blieb vor der Eingangstür stehen. »Vielleicht doch keine so gute Spur?«

»Die einzige, die wir haben.« Afsaneh drückte die Klingel, die die Aufschrift Studio trug.

Es dauerte, bis etwas zu hören war. Das Klackern von Absätzen hallte im Flur, dann wurde die Tür geöffnet. Eine Frau im Businessanzug öffnete. Über der weißen Bluse mit Rüschenstehkragen trug sie einen kurzen grauen Blazer, dazu einen passenden kurzen Rock und Nylons mit Naht. Afsaneh fragte sich immer, wie es Frauen schafften, die richtig anzuziehen, sodass die Naht perfekt am Bein entlanglief.

»Haben Sie einen Termin?« Die Frau hatte eine angenehme, wenn auch etwas rauchige Stimme, die voller Unglauben war.

Afsaneh schüttelte den Kopf und zeigte ihre Kriminaldienstmarke. »Dürfen wir kurz reinkommen?«

Das fragende Gesicht veränderte sich in ein verärgertes. »Um was geht es?«

»Könnten wir das bitte drinnen besprechen?«

Nach kurzem Zögern ließ die Frau die beiden ein. Der Flur war typisch für ein Verwaltungsgebäude aus den Siebzigern: lang und schmucklos mit weißem Körnerputz, der mit grauen und schwarzen Kügelchen durchsetzt war. Dazu abgetretener Linoleumboden. Es roch nach Räucherstäbchen. Afsaneh erkannte die indische Marke *Nag Chamba*, ein erotischer Duft von Tausendundeiner Nacht.

Die Frau im Businesskostüm blieb vor einer Tür stehen und drehte sich zu den Beamten um. »Sie wissen, was Sie erwartet? Ich meine, was das *Maison* ist?«

Soweit Afsaneh wusste, war es ein Dominastudio. Aber da sie noch nie eins von innen gesehen hatte, konnte sie sich nicht vorstellen, wie der Raum hinter der Tür aussehen mochte. Bilder eines Folterkellers kamen ihr in den Sinn. Dunkel, muffig, Ketten, Peitschen an den Wänden. Der Geruch von Latex und Gummi zwischen dem exotischen Duft der Räucherstäbchen. Irgendwas in der Richtung.

Die Dame öffnete die Tür. Afsanehs Erwartungen wurden enttäuscht. Positiv enttäuscht. Sie betrat einen Raum, der gut und gerne ein exklusives Tanzlokal aus den Zwanzigern hätte sein können. Ein gewaltiger Kronleuchter spendete warmes Licht. An den Wänden war rote Seidentapete, und wuchtige Sessel gruppierten sich um niedrige Tische, auf denen Kristallaschenbecher standen. Stil und Anmut lagen in der Luft, aber auch Dominanz und Unterwerfung. Es gab ein Andreaskreuz und eine Streckbank, die sich in das Ambiente beinahe einkuschelten. Neben einem der Aschenbecher lag eine Reitgerte. Im Hintergrund lief Industrial Metal, eine Musikrichtung, die einen krassen Stilbruch darstellte. Doch wahrscheinlich musste das *Maison de Roissy* genau so sein. Elegant, aber verdorben.

Ein Abziehbild der heutigen Gesellschaft.

»Darf ich Ihnen einen Platz anbieten?« Die Dame deutete auf eine Sesselgruppe.

»Darf ich fragen, wer Sie sind?« Afsaneh war immer noch vom eleganten Auftreten dieser Frau fasziniert.

»Dürfen Sie.« Die Dame legte den Kopf zur Seite. »Kunden nennen mich Baroness Donna Cybelia. Aber Sie sind keine Kunden, richtig?«

Afsaneh schüttelte den Kopf. Definitiv nicht.

»Dann nennen Sie mich bitte Astrid Wagensommer. Mir gehört dieses Etablissement.«

Mirko war am Eingang stehen geblieben und wirkte beinahe panisch. Sein Blick ähnelte einem Hundewelpen in einer Transportbox auf dem Weg zum Tierarzt.

»Geht es Ihrem Kollegen nicht gut? Soll ich ein Glas Wasser bringen lassen?«

Mirko wischte sich übers Gesicht. Offenbar hatte er sich gefangen. »Geht schon.«

Er setzte sich zu den Damen, blieb aber in seiner Haltung verkrampft.

Frau Wagensommer lächelte. »Darf ich nun nach dem Grund Ihres Besuchs fragen?«

»Celine Kleinmann«, sagte Afsaneh.

»Haben Sie Celine gefunden?«

Afsaneh schüttelte den Kopf. »Sie kennen Frau Kleinmann?«

»Sie gehörte zum Team.«

Afsanehs Herz schlug bis zum Hals. Sie hatten eine Spur! Wie heiß die Spur war, würde sich gleich zeigen.

»Sie meinen …«

»Celine arbeitete hier als Domina.«

»Regelmäßig?«

Frau Wagensommer schüttelte den Kopf. »Ich muss vielleicht etwas ausholen. Wenn ich darf?«

Afsaneh nickte. Mirko blieb stumm und angespannt.

»Das Maison ist ein Mietstudio. Hier können sich verschiedene Damen Räumlichkeiten reservieren. Manchmal für einen Tag, manchmal nur für ein paar Stunden. Natürlich gegen Bezahlung. Es gibt vier Bereiche: diesen Raum hier, den wir Café Noire nennen, die VIP-Lounge im Keller, ein eher klassisch eingerichtetes Studio und die Klinik Pain. Für den weißen Bereich.«

»Was ist das?«

»Doktorspiele. Die dominante Ärztin und der widerspenstige Patient. So etwas in der Art.«

»Und wie funktioniert das Mietstudio? Ich kann mir nichts darunter vorstellen«, fragte Afsaneh.

»Anfang des Monats geben unsere Kundinnen die Termine durch, wann sie anwesend sind und welchen Raum sie möchten. Wir stellen diese Termine dann online, und potenzielle Sklaven können die jeweilige Dame buchen.«

Afsaneh kramte einen Notizblock hervor und schrieb Stichpunkte auf. »Hatte Celine am Tag ihres Verschwindens einen Kunden?«

»Da müsste ich nachsehen. Bei Celine war es aber so, dass sie meist über ihre Homepage direkt gebucht wurde. Wir stellen hier nur die Räumlichkeiten zur Verfügung.«

»Sie werden doch irgendeine Buchführung haben, oder?«

Astrid Wagensommer griff zu einem Tablet und schaltete

es ein. »Am Abend von Celines Verschwinden gibt es tatsächlich einen Eintrag. Eine kurzfristige Buchung.«

»Haben Sie einen Namen?«

Frau Wagensommer legte den Kopf schief. »Ihnen ist schon klar, dass niemand hier seinen echten Namen nennt, oder? Wozu auch, wenn man sich klangvollere Namen aussuchen darf.«

»Geben Sie ihn uns bitte trotzdem. Welchen Namen hatte Celine Kleinmann?«

»Fräulein Schmitt.«

»Gibt es sonst noch etwas, mit dem Sie uns helfen könnten? Die Videokameras draußen vielleicht?«

Astrid Wagensommer schüttelte den Kopf. »Die nehmen nicht den Eingang des *Maison* auf.«

»Was macht Sie da so sicher?«

»Die Speditionsfirma gehört mir. Ich weiß also genau, wie die Kameras eingestellt sind.« Sie tippte sich an die Nasenspitze, als wäre ihr etwas eingefallen. »Von Celine sind noch persönliche Sachen da. Vielleicht bringt Sie das ein Stück weiter.«

Dieser Blick voller Hoffnung. Astrid und Celine müssen sich gut verstanden haben. Afsaneh hatte es nicht übers Herz gebracht, Frau Wagensommer zu erzählen, warum sie wirklich hier waren. Nicht wegen des Vermisstenfalls, sondern um nachzuweisen, dass Celine für eine andere Frau ermordet worden war.

»Die Sachen sind oben. Kommen Sie.«

Oben gab es unzählige Türen, die meist in kleine Zimmer führten. Dort standen einfache Betten, wie in einem günstigen Hotel, davor Reisetaschen, aus denen allerlei sündige Kleidungsstücke herausragten. Einige Türen waren aber auch geschlossen.

»Was ist das hier?«, wollte Afsaneh wissen.

»Wir bieten den Damen Privatsphäre. Jede hat ihr eigenes Zimmer, in dem sie sich ausruhen und in Ruhe umziehen kann. Und manchmal dürfen die Damen hier auch schlafen.«

»Hat Celine hier übernachtet beziehungsweise sich ausgeruht?«

Frau Wagensommer blieb vor einer geschlossenen Tür stehen. Auf dem Türblatt klebten Zeitungsartikel. Ein Verkehrsunfall mit Sachschaden. Sturmschäden. Der Diebstahl eines Autos. Dann aber auch ein ganzseitiger Artikel über die steigende Gewalt gegen Frauen, insbesondere gegen Prostituierte. Afsaneh las ein paar Zeilen, die voller Traurigkeit waren, aber auch voller Wut, weil die Gesellschaft wegsah. Niemand interessierte sich für die Menschen am unteren Ende der sozialen Leiter. In dem Zeitungsartikel fiel der Begriff Talkshow-Effekt. Menschen, denen es eher schlecht ging, schauten Talkshows und ähnliche Sendungen auf der Suche nach Menschen, denen es noch schlechter ging, um mit dem Finger auf sie zu zeigen.

»Mutige Worte«, sagte Afsaneh und deutete auf den Zeitungsartikel.

»Celines Worte«, sagte Frau Wagensommer anerkennend.

Afsaneh runzelte die Stirn.

Das Innere des Zimmers unterschied sich von den anderen, die sie gesehen hatte. Hier sah es nicht nach kurzem Aufenthalt aus, sondern viel eher nach einer echten Wohnung. Hier wollte sich jemand wohlfühlen, sich ausruhen und leben. Es gab Regale voller Bücher über Journalismus, Biografien bekannter Reporter und Bücher über Schreibstile und Ausdrucksmöglichkeiten.

»Celine studierte Journalistik«, sagte Frau Wagensommer.

Afsaneh hatte so viele Fragen, aber sie mahnte sich, diese nicht zu stellen. Sie wollte keine Hoffnungen wecken. Die aktuelle Arbeitshypothese lautete, dass Celine tot war, gestorben bei einer Autoexplosion. Deswegen nickte Afsaneh nur knapp und betrat das Zimmer. Es fühlte sich an, als wäre Celine gestern das letzte Mal hier gewesen, dabei war es über ein halbes Jahr her. Das Bett war ungemacht, davor lagen achtlos hingeworfene rote Converse-Sneaker. Hatte sie sich für einen kurzfristigen Kunden schnell umgezogen?

»Ich habe alles so gelassen, wie Celine es hinterlassen hat«, sagte Frau Wagensommer.

Afsaneh blickte sie lange an. Sie wusste nicht, in welchem Verhältnis Astrid Wagensommer und Celine Kleinmann gestanden hatten, aber es musste innig gewesen sein. Astrids Schmerz war beinahe körperlich spürbar. Dennoch musste die Polizistin die harte Wahrheit ansprechen und die Hoffnung schmälern. Sie wählte die Worte mit Bedacht: »Ihnen ist klar, dass vieles dafür spricht, dass wir Celine nicht mehr lebend finden werden?«

Ein Beben ging durch Astrids Körper. Sie musste sich an der Wand abstützen. Die darauffolgende Stille wog tonnenschwer und dauerte eine Weile.

»Tun Sie, was Sie tun müssen.« Astrids Stimme klang erstickt. »Sie finden ohne mich hinaus?«

Im Vorbeigehen griff Astrid die Hand von Afsaneh. Die Frauen blickten sich kurz in die Augen.

»Danke«, sagte die Geschäftsfrau leise.

Manchmal halfen nur klare Worte, um jemanden aus einer Spirale zu holen, in der er gefangen war. Das, was Afsaneh gerade gesagt hatte, war Astrid sicher schon lange bewusst, aber sie hatte es nicht wahrhaben wollen.

Hoffe bis zum letzten Tag, aber sei zum Loslassen bereit, das hatte Afsanehs Mutter immer gesagt.

Mirko wartete, bis Frau Wagensommer weg war, bevor er erstmals das Wort ergriff: »Nach was suchen wir genau?«

»Irgendwas. Vielleicht gibt es einen Hinweis auf den letzten Kunden?« Aber wo sollen wir den finden? Auf dem Nachttisch lag ein Tablet, doch Afsaneh versuchte erst gar nicht, es zu starten. Nach so langer Zeit war der Akku garantiert leer.

»Hier sind Waschartikel. Eine Zahnbürste.«

Perfekt! An Zahnbürsten konnten sich Spuren von DNA befinden. Und dieses Muster konnten sie mit dem Muster der verbrannten Frau vergleichen, die angeblich Saskia Meinert gewesen war. In der Datenbank waren die entsprechenden Ergebnisse sicher noch vorhanden. Das hoffte Afsaneh zumindest, obwohl jemand die Akte hatte verschwinden lassen. Dieser Jemand hatte den gesamten Vorgang aus dem System der Polizei Hamburg gelöscht. War dieser Jemand auch in der Lage, DNA-Muster aus einer europäischen Datenbank zu entfernen?

46

Boizenburg, 22:22 Uhr MEZ

SIE HATTEN SICH geliebt. Wer weiß, wie oft. Wiebke hatte sich das genommen, was sie brauchte. Und das war viel gewesen. Sehr viel. Aber sie hatte auch alles gegeben, und David hatte sich alles genommen, was er brauchte. Er hatte ihren Körper mit Küssen bedeckt. Überall. Seine Zunge zu spüren ließ Wellen der Erregung durch ihren Körper branden. Als sie sich das erste Mal vereinigten, fühlte es sich wie Freiheit an. Sie hatte keine Gedanken mehr, keine Angst, keinen Hass, es gab keine Terroristen, Politiker oder tote Menschen. Sie dachte nicht mal mehr an Saskia. Es gab nur noch sie und ihn. Ein Ruhepol, eine Oase im reißenden Fluss der Zeit. David küsste ihre Wunden, die Prellungen und Abschürfungen. Ein bisschen durfte ihre Seele heilen.

Eng umschlungen schliefen sie ein.

Als Wiebke aufwachte, hatte sie keine Ahnung, wie lange sie geschlafen hatte. Es dauerte, bis sie etwas Orientierung fand. Kurz war sie voller Angst, David könnte nicht mehr da sein. Doch sie spürte seinen Atem auf ihrer Haut. Es kitzelte leicht, wenn er ausatmete. Sie spürte seinen muskulösen Körper neben sich. Vor dem Einschlafen hatte David etwas gemurmelt. Wiebke war sich nicht sicher, aber es klang wie Lydia.

Wer war das? Wiebke hatte ihm ins Gesicht gesehen und den

Schmerz erkannt. Das war sein Geheimnis, und er würde entscheiden, ob und wann er es mit ihr teilen wollte.

Wiebke schlief wieder ein, nur um kurz darauf aus einem Albtraum zu erwachen. Auch wenn die Bilder sofort verblassten, war klar, dass die Geister der Vergangenheit sie heimgesucht hatten und nun zurück in die tiefsten Winkel ihrer Seele flüchteten. Wiebke zitterte. An ihren Händen klebte so viel Blut. Und egal, wie lange sie davor wegrannte, irgendwann würde die Zeit kommen, in der die Toten Gerechtigkeit forderten und sie für das bezahlen musste, was sie angerichtet hatte.

Die Symphonie der Vergeltung.

Aber noch nicht jetzt. Wiebke drehte sich zur Seite und betrachtete David. Den Mann, der sie beinahe erschossen hatte. Den Mann, der ihr das Leben gerettet hatte. Den Mann, der sie aufgefangen und ihren unstillbaren Durst nach Liebe befriedigt hatte. Wirklich Liebe? Wiebke runzelte die Stirn. Liebe kam in ihrem Leben nicht vor. Nicht mehr. Und doch spürte sie etwas. Da war dieses Gefühl, das Erwachsene wieder zu Teenagern werden lässt, wenn sie jemanden mehr als nur mögen. Das Gefühl, das einen dazu zwingt, albern zu sein, auch wenn man es nicht will.

»Was machst du da?« David hatte im Halbschlaf ein Auge geöffnet.

»Was glaubst du, was ich mache?«

»Weiß nicht. Vielleicht überlegst du, mich zu töten?«

»Warum sollte ich das tun?«

David setzte sich in den Schneidersitz. Er ließ seinen Finger über ihre Wirbelsäule gleiten. Die Berührung kribbelte nicht nur körperlich.

»Vielleicht, weil ich ein Schuft bin?«

»Das wusste ich in dem Moment, in dem du auf mich geschossen und mich dann zum Sterben liegen gelassen hast.«

»Ich meine es ernst, Wiebke.« Er verengte die Augen. Sein Gesicht veränderte sich, der Schmerz kehrte zurück in seinen Blick. Sie fröstelte. Offenbar sah David die Ursache in seiner Berührung und zog den Finger weg.

»Egal, was du mir sagen willst, ich bin nicht bereit, es zu hören. Ich kann nicht. Ich will nicht.« Wiebke vergrub den Kopf im Kissen. Ihr war bewusst, dass jedes Wort diese Traumwelt zerstören würde. Diese Oase.

»Sei nicht albern«, sagte David. »Wir leben in einer Welt, in der Grau die vorherrschende Moralfarbe ist. Du weißt, dass wir uns früher oder später wiedersehen und auf unterschiedlichen Seiten stehen werden.«

»Wirklich?« Sie legte sich auf den Rücken. »Warum muss das so sein? Sind wir so ferngesteuert und fremdbestimmt, dass wir keine eigenen Entscheidungen treffen können? Sind wir wie die Lemminge im Computerspiel?«

»Was meinst du?«

»Warum können wir nicht einfach aufhören? In eine einsame Blockhütte irgendwo in Alaska oder Sibirien ziehen und ein Rudel Samojeden haben?«

David lachte. »Ich komme von der Jagd, und wir weiden gemeinsam den Hirsch aus? Du kochst Suppe, während ich meine Füße am Kamin hochlege?«

»Warum nicht?«

»Könntest du das wirklich? Könntest du aufhören mit dem, was du bist? Mit dem, was sie aus dir gemacht haben?«

»Niemand hat aus mir etwas gemacht.«

»Genau das meine ich. Du bist, was du bist, weil es tief in dir drin ist. Es war keine Konditionierung deiner Regierung oder irgendeines Offiziers. Die haben höchstens einen Diamanten aus dem gemacht, was du von Geburt an warst. Wir gemeinsam am Lagerfeuer? Vielleicht funktioniert das. Für einen kurzen Moment. Aber nicht für immer. Wir müssten uns verstecken, irgendwo im Nirgendwo. Und ich weiß nicht einmal, was ein Samojede ist.«

Wiebke setzte sich auf, antwortete aber nicht. Sie starrte auf das Bettlaken und zählte die Falten, die der Stoff warf. David sagte nichts mehr. Nur sein Atem war zu hören.

»An was denkst du?«, brach David irgendwann das Schweigen.

Wiebke lächelte. Sie hatte es ernsthaft versucht, dem Leben zu entkommen, das aus ihr eine Mörderin gemacht hatte. Sie war untergetaucht. Mal hier, mal da. Sie war wie Strandgut, das mit einer Welle an Land gespült und von der übernächsten wieder mitgenommen wird. So war sie nicht verfolgbar, nicht zu überwachen. Sie hatte es geschafft. Dachte sie zumindest. Aber dann war ihr Saskia genommen worden, und sie kehrte in ihr altes Leben zurück. Und wenn sie ehrlich war, war ihr diese Rückkehr viel zu leicht gefallen.

»An nichts«, sagte sie, ohne von der Bettdecke aufzublicken.

David legte die Stirn in Falten. »Wenn du glaubst, es wird einfacher oder unkomplizierter, dann täuschst du dich. Warum, glaubst du, bist du hier? Warum bin ich hier? Warum ist das alles passiert? Glaubst du, es ist mir leichtgefallen, auf dich zu schießen? Mein Auftrag war es, dich zu erledigen. Endgültig. Und ich konnte es nicht.«

»Warum?«

Jetzt war es David, der zum Laken blickte. »Lydia. Meine Ehefrau. Sie wurde von Abu Kais ermordet. Mitten in einer wartenden Menschenschlange explodierte eine Autobombe. Diese Menschen wollten nur Brot kaufen. Verdammt, warum tötet man Menschen, die nur Brot kaufen wollen?«

Er blickte Wiebke ins Gesicht. Seine Augen glänzten. »Du siehst aus wie sie. Wie du dich bewegst, wie du lachst, wie du sprichst. Genau wie Lydia.«

»Aber ich bin es nicht.«

Eine nüchterne Feststellung, die David ein kurzes Nicken als Antwort abrang.

»Ich bin kein Idiot, weißt du? Ich glaube nicht an Wiedergeburt oder Seelenwanderung. Ich glaube aber, dass die Menschen, die wir liebten, auf uns warten. Im Haus der Ewigkeit werden sie uns begrüßen, wenn wir das Diesseits verlassen. Ich weiß, dass Lydia dort ist.«

»Und warum tust du das hier?«

Er rang offensichtlich um Worte. Wiebke schwieg. Eben hatte er geschwiegen und gewartet, bis sie bereit war, also tat sie nun das Gleiche.

»Ich sehe dich. Überall. Wenn ich von Lydia träume, verwandelt sich ihr Gesicht und wird zu deinem. Dann lächelt sie. Ich glaube, sie wäre einverstanden. Weißt du, Wiebke, ich habe sehr lange nicht mehr so empfunden. Dieses Gefühl, als ...« Er suchte nach den fehlenden Worten, fand sie aber nicht.

»Als würde man wieder fliegen können?«

David nickte.

Da war es wieder. Dieses Gefühl.

47

Berlin, 23:53 Uhr MEZ

UWE TEMPLER betrat das kleine Treppenhaus und schloss die Haustür hinter sich, aber nicht ohne noch einmal einen Blick auf die menschenleere Straße zu werfen. In seinen fast dreißig Dienstjahren beim Bundesamt für Verfassungsschutz war er noch nie verfolgt worden. Warum er trotzdem jedes Mal einen letzten Blick auf die Straße warf, wusste nicht einmal er selbst.

Vielleicht hatte er zu viele Agententhriller geschaut?

Im Hausflur roch es nach Reinigungsmitteln und Raumparfum, Lavendel mit irgendwas. Wahrscheinlich so was Abgedrehtes wie weißer Lavastein mit einem Hauch Meeresbrise von der französischen Westküste. Seine Vermieterin hatte ein Faible für solche Sachen.

Und Templer hatte ein Faible für unmögliche Entscheidungen. Wie die, das Angebot von Bellheim anzunehmen. Einen terroristisch motivierten Anschlag zu verhindern, das war ein guter Grund. Dafür einem Staat im Kriegszustand ein paar Waffen außerhalb der Legalität zu liefern war ein geringer Preis für jedes Menschenleben, das gerettet werden konnte. Warum also nicht?

Uwe hatte die glatt polierten Treppenstufen erklommen und schloss seine Wohnungstür auf. Dahinter lag direkt die

Wohnküche, von der aus das Bad und das kleine Schlafzimmer zu erreichen waren. Er ging zum Kühlschrank, nahm sich ein Bier und setzte sich auf die Couch. Im Fernsehen fingen gerade die Nachrichten an. Er blickte aufs Handydisplay und sah noch immer keinen Anruf von Wiebke. Seit gestern Abend versuchte er, sie zu erreichen. Mit einem Schulterzucken legte er das Handy auf den Tisch. Sie war schon groß und konnte auf sich selbst aufpassen.

»Liebe Zuschauerinnen und liebe Zuschauer, ich begrüße Sie zu den Nachrichtern um Mitternacht.« Die Sprecherin hatte eine neue Frisur, stellte er fest. Sah gar nicht schlecht aus. Er nahm einen Schluck Bier.

»Nach dem Anschlag in Monchique trauert ganz Portugal um die Opfer. Unter ihnen befand sich die Rüstungsgegnerin Van Dyk. Offenbar war sie Ziel des Anschlags. Aber es gibt nicht nur Tränen der Trauer in Portugal, sondern auch Tränen der Wut. In vielen Städten sind die Menschen heute auf die Straße gegangen, um gegen das portugiesische Militärengagement im Sudan zu demonstrieren. In einer Sondersitzung signalisierte die liberale Regierung unter Präsident Costan den sofortigen Abzug der Soldaten. Sogar die rechtspopulistische ApP befürwortete den sofortigen Stopp des Militärengagements.«

Templer presste die Lippen zusammen. Er konnte die Entscheidung der portugiesischen Regierung verstehen, aber damit wurde der Terroranschlag zu einem Erfolg, zu einer Blaupause für die *Liberation Fighters of Sudan*.

»Der neue sudanesische Machthaber General Salim Nasir warnte die portugiesische Regierung eindringlich davor, ihre Soldaten abzuziehen. Dies würde unweigerlich zu einem Kalifatstaat führen, zu einem neuen Islamischen Staat, der nicht nur eine Bedrohung für die neue Demokratie im Sudan wäre. Die Europäer dürften ihre Augen nicht verschließen. Sie müssten erkennen, dass die *Liberation Fighters of Sudan* auch eine

Bedrohung für ihre westlichen Werte seien, heißt es aus offiziellen Regierungsquellen.«

Die Sprecherin wendete sich anderen Nachrichten zu. Templer griff zum Mobiltelefon. Immer noch keine Nachricht von Wiebke. Er musste sie dringend sprechen, damit das, was in Portugal geschehen war, nicht auch in Deutschland passierte. Und die Uhr tickte. Wieder einmal. Er fragte sich, ob es je anders war. Ob es je anders sein würde.

Er wählte Wiebkes Nummer aus dem Kurzwahlspeicher. Nicht mal ein Freizeichen war zu hören, dafür aber die freundliche Stimme der automatischen Ansage.

»The Person you have called is …«

Templer unterbrach die Verbindung. Wo war Wiebke?

Er brauchte sie. Jetzt.

Er hatte das Bier ausgetrunken und wollte sich gerade eine neue Flasche holen, als die Nachrichtensprecherin mit ihren Worten seine Aufmerksamkeit auf den Fernseher zog.

»In der niedersächsischen Kleinstadt Otterndorf im Landkreis Cuxhaven kam es gestern gegen fünfzehn Uhr zu einer Tragödie.« Neben der Sprecherin wurde das Bild eines brennenden Hauses eingeblendet. »Wie die Polizei berichtete, brach in einem alten Bauernhaus aus bisher ungeklärten Gründen ein Feuer aus. Nach den Löscharbeiten wurden vier stark verkohlte Leichen gefunden. Eine Mordkommission untersucht nun den Tatort. Brandstiftung wird nicht ausgeschlossen. Das Haus gehörte dem bekannten Buchautor und Terrorismusexperten Professor Carl Liebknecht. Ob er unter den Opfern ist …«

Wiebke wollte doch zu Liebknecht. Sie hatte gehofft, von ihm Informationen über Saskia zu bekommen. Was war passiert? Vier bisher nicht identifizierte Leichen. Templer starrte das Mobiltelefon an. War das der Grund, warum sie nicht ans Telefon ging? Weil sie es nicht mehr konnte? Er faltete die

Hände und biss sich in die Knöchel. Ohne Wiebke würde der Waffendeal mit General Nasir nicht funktionieren. Nasir wollte nur sie! Gott allein wusste, warum. Und wenn der Waffendeal nicht über die Bühne ging, würde Bellheim keine Informationen über den geplanten Anschlag bekommen. Ohne Informationen gab es keine Möglichkeit, diesen zu verhindern. Unschuldige Menschen würden sterben.

Sein Telefon klingelte. Sofort blickte er aufs Display und las »Unbekannter Anrufer«. Vermutlich Bellheim oder Kristine Stiller. Niemand sonst hatte diese Nummer. Niemand außer den beiden und Wiebke. Aber ihre Mobilfunknummer war die einzige, die eingespeichert war. Er nahm das Gespräch an.

»Sie ist nicht tot«, sagte Bellheim.

Kurz war Templer verwirrt, aber dann spürte er die Erleichterung. »Woher wissen Sie das?«

»Wir haben unsere Quellen. Vier männliche Leichen. Drei mit Schussverletzungen, eine mit gebrochenem Genick. Die Ermittler der Mordkommission sind sich nicht ganz sicher, was sie da vorgefunden haben. Polizeiintern spricht man von Clankriminalität.«

»Woher wussten Sie, dass Wiebke zu Liebknecht wollte?«

Bellheim lachte. »Nachdem ich sie vor dem Landeskriminalamt Hamburg gesehen habe, war es die naheliegendste Schlussfolgerung.«

Wie kam dieser Bellheim nur darauf? Templer verstand gar nichts mehr. Bellheim versuchte alles, um die Mordermittlungen in Sachen Saskia Meinert zu torpedieren. Und andererseits hielt er Wiebke nicht auf? Scheinbar gab es doch einige Menschen, die nicht glaubten, dass Saskia tot war. Weil er Bellheim nicht mal ansatzweise vertraute, lenkte er vom Thema ab.

»Wie kommt die Polizei auf Clankriminalität?«

»Angeblich wurde in der Nähe ein dunkler Wagen mit tschetschenischem Kennzeichen gesehen, und offenbar sind die Leichen Osteuropäer.«

»Wie kann man das denn erkennen? In den Nachrichten war die Rede von stark verkohlten Leichen.«

»Möglicherweise ist der mit dem Genickbruch nicht in den Flammen gewesen. Haben Sie Frau Meinert erreichen können?«

»Bis vor zehn Sekunden dachte ich, sie sei tot. Wie ihre Schwester.« Templer biss sich auf die Zunge. Diese Spitze hatte er sich nicht verkneifen können.

Bellheim antwortete lange Zeit nicht, dann sprach er äußerst deutlich: »Ich möchte noch einmal eindringlich auf die Wichtigkeit der Mission hinweisen. Ein terroristisch motivierter Anschlag steht kurz bevor. Denken Sie an Köln.«

Er hat recht, dachte Templer. Danach hatte es rechtsmotivierte Vergeltungstaten gegeben. Nicht nur in Deutschland, sondern in ganz Europa. Die Rechtspopulisten nutzten die Situation eiskalt aus, schürten Ängste und förderten damit Gewalt. Diese Strategie war so ausgefeilt, dass man meinen könnte, eine außereuropäische Macht hätte die Rechten in Europa auf so etwas vorbereitet, um die Wirtschaftsmacht der Union zu schwächen. Russland zum Beispiel. Oder Amerika. Oder die Türken, die nicht in die Union durften.

Und in Deutschland brodelte es. Wahlskandale hier. Eine Panne bei der Bürgerschaftswahl dort. Angedrohte Gewalt gegen Kommunalpolitiker, die so weit ging, dass mehrere Bürgermeister Waffenscheine beantragt hatten. Schüsse auf Menschen und Synagogen. Rechte Netzwerke in der Polizei und Bundeswehr. All das war Deutschland. Wenn es nun zu einem großen islamistischen Anschlag käme, was würde passieren?

Templer mochte keine Kaffeesatzleserei, aber diese Zukunftsvision war nicht rosig.

»Nein«, sagte er. »Köln war etwas anderes.«

»Dann finden Sie Wiebke Meinert. Überzeugen Sie sie. Wir wissen nicht, wie viel Zeit uns noch bleibt.«

Bellheim unterbrach die Verbindung.

48

Boizenburg, 04:49 Uhr MEZ

WENN MAN ETWAS exzessiv genossen hatte, fühlte sich das Aufwachen meist an, als wolle die Realität mit aller Gewalt zeigen, dass sie auch noch da war. Wiebke hatte David exzessiv genossen. Das Gefühl zu fliegen war immer noch da. Wann hatte sie das letzte Mal so etwas gespürt? Theresa fiel ihr ein. Der erste Kuss? Nein, als Wiebke das erste Mal Theresas nackten Körper gefühlt hatte. Aber das war Jahre her.

Und jetzt gab es David in ihrem Leben.

Wiebke knipste die Nachttischlampe an und schaltete ihr Mobiltelefon ein, das den Sturz vom Dach wie durch ein Wunder unbeschadet überstanden hatte. Es war keins dieser modernen Smartphones, die überall punktgenau geortet werden konnten, und auch kein Retrohandy, das auf alt gemacht, aber voller neuer Technik war. Wiebkes Telefon war mindestens fünfzehn Jahre alt, zu orten nur über die genutzten Einwahlpunkte. In ländlichen Gebieten standen die Funkmasten manchmal kilometerweit auseinander, und in Städten gab es so viele davon, dass eine genaue Ortung unmöglich war. Und genau das wollte Wiebke. Zugegeben, in den letzten Monaten hatte das weniger geklappt, was aber auch daran lag, dass die Meinert-Schwestern zu viel Aufmerksamkeit erregt hatten.

Als das Telefon hochgefahren war, sah sie auf dem Display die verpassten Anrufe. Uwe Templer. Hatte er irgendwie vom Brand bei Liebknecht erfahren? Sie hatte ihm noch erzählt, dass Professor Liebknecht ihre letzte Spur zu Saskia war.

Wiebke schaltete den Fernseher ein. Ein Seitenblick zu David bestätigte ihr, dass er noch immer schlief. Trotzdem stellte sie den Ton ganz leise. Auf dem Bildschirm flimmerte das Gesicht der Nachrichtensprecherin. Daneben war das Bild eines brennenden Hauses eingeblendet, und die Schlagzeile verkündete vier Tote.

Vier? Sie hatte gesehen, wie drei Männer erschossen worden waren. Woher kam die vierte Leiche? War das Liebknecht? Was war nach ihrem Sprung passiert? Da waren zwei Männer gewesen, die auf sie zukamen. Sie schälte sich aus dem Bett. Wo war Davids verdammte Tasche? Er musste eine haben. Niemand reiste ohne. Nicht einmal Menschen wie sie beide. Vorsichtig öffnete sie die Schranktür. Als das Scharnier quietschte, machte David ein schmatzendes Geräusch und drehte sich auf die Seite, schlief aber weiter.

Im Halbdunkel konnte sie eine schwarze Ledertasche erkennen. So langsam wie möglich zog sie den Reißverschluss auf. Wollte sie wirklich wissen, was darin war? Nein, eigentlich nicht, aber sie schaute trotzdem nach. Ihre Hand zitterte, als sie in die Tasche griff. Sie spürte etwas aus Wolle. Eine Sturmhaube. Und sie roch noch leicht nach Rauch. Wiebke schloss die Augen. David war nicht zufällig bei Liebknechts Haus gewesen. Wahrscheinlich hatte er die Mörder sogar angeführt. Er hatte Liebknecht entführen oder töten lassen! Damit wurde sie der letzten Spur beraubt, die zu Saskia führen konnte. Aber warum? Sie blickte zu dem schlafenden David und war fasziniert, wie unschuldig er aussah. Ein Wolf im Schafspelz. Sie wollte aufspringen, sich auf ihn werfen, ihn schlagen und mit dem Kissen ersticken.

Sie legte zwei Finger auf ihr Handgelenk und spürte, wie der Puls raste. Konzentrier dich, mahnte sie sich. Langsam zählen. So bekam sie den Pulsschlag runter. Die Wut aber blieb. In der Tasche befanden sich Kleidungsstücke, ein Kulturbeutel und eine P99. Sie ließ das Magazin aus dem Griffstück gleiten. Sechzehn Schuss, fünfzehn Hülsen und eine in der Kammer. Die Waffe war also durchgeladen. Keine außen liegende Sicherung, also war sie schussbereit.

Auf Zehenspitzen schlich sie zurück zum Bett. Dort stand ihre Tasche. Sie zog leise Shirt, Jeans und Schuhe an.

»Was machst du da?« Davids Stimme klang benommen.

Wiebke wirbelte herum. Die Pistole im Anschlag.

»Bist du verrückt? Leg die weg.« Nun war David schlagartig hellwach.

»Warum?«, fragte Wiebke. »Warum hast du mir das angetan?«

»Ich wollte es dir sagen.«

»Lüg nicht!« Sie hörte ihr Blut in den Ohren rauschen. Sie brauchte nur den Finger zu krümmen.

»Du meintest, du wärest nicht bereit.«

»Was habt ihr mit Liebknecht gemacht?«

»Es ist anders ...«

»Halt die Fresse! Jedes deiner Worte ist eine einzige Lüge. Ich kann es nicht mehr hören. Ich will es nicht mehr hören!«

David sagte nichts. Sie starrten sich eine lange Zeit schweigend an. Langsam wurde Wiebkes Arm schwer. Sie konnte die Pistole kaum noch ruhig halten. War das seine Strategie? Lügen erzählen oder schweigen, bis sie kraftlos wurde? Das erhöhte die Chance, dass sie danebenschoss. Was bei der so kurzen Distanz aber beinahe unmöglich war und statistisch im Promillebereich lag. Aber jeder verfickte Milliprozentpunkt konnte hier über Leben und Tod entscheiden. Wenn Wiebke es durchziehen wollte, musste sie es bald tun.

»Was hast du jetzt vor?« Er sprach betont ruhig. »Willst du mich wirklich erschießen?«

»Warum nicht? Verdient hättest du es. Es ist ja nicht so, als hättest du noch nie auf mich geschossen.«

»Du bist keine kaltblütige Killerin.«

»Und du hast keine Ahnung.«

»Dann tue es! Erschieß mich!«

Sie zögerte.

»Du kannst es nicht. Genauso wenig, wie ich dich töten konnte, als du vor mir lagst.«

Warum hatte er es nicht getan? Diese Frage hatte Wiebke in den letzten Monaten häufig beschäftigt. Jetzt war die Chance auf eine Antwort. Sie ließ die Waffe sinken. So etwas wie Erleichterung war in Davids Gesicht zu erkennen. Es war ihm also nicht egal, ob er starb. Dafür liebte er offensichtlich das Leben viel zu sehr. Trotz des Schmerzes, den er mit sich herumtrug.

»Folgst du mir, töte ich dich, verstanden?«

David nickte.

Wiebke ließ die Pistole in ihre Tasche gleiten. »Wo sind deine Autoschlüssel?«

Er deutete mit einem Nicken zum Schreibtisch, der in Wiebkes Rücken stand. Sie tastete mit einer Hand über die Tischplatte, ohne ihn aus den Augen zu lassen. Dort lagen sie. Beinahe wären sie heruntergerutscht, doch Wiebke fing die Schlüssel geschickt auf. Sie wendete sich zur Tür.

Mit der Klinke in der Hand wurde ihr klar, wer der vierte Mann war und dass er durch Davids Hand gestorben sein musste. Sein Leben für das ihre. David war zum Verräter geworden, um sie zu retten. In seiner und Wiebkes Welt gab es nur eine Strafe für Verrat. Egal, wie lange man sich versteckte, man wurde gefunden. Alte Rechnungen wurden immer beglichen.

Das alles hatte David für sie getan.

Wiebke sollte so etwas wie Dankbarkeit zeigen, konnte es aber nicht.

49

Hamburg, 08:36 Uhr MEZ

»KENNEN SIE DAS GEFÜHL«, fragte Reinhard Ahlsen, »auf etwas zu warten, das Ihr ganzes Leben verändern wird? Und zwar nicht zum Positiven?«

Er hielt einen grauen Briefumschlag hoch. Die Dame am Empfangstresen blickte ihn nur an. Totales Unverständnis lag in ihrem Blick, aber sie lächelte. Sie verstand es offensichtlich nicht. Wie konnte sie auch? Reinhard Ahlsen hatte niemandem in seiner Reederei gesagt, wie es um die Finanzen stand. Wahrscheinlich konnte sich der eine oder andere Schlaukopf das ausrechnen, aber mit Sicherheit nicht das ganze Ausmaß der Katastrophe erkennen.

Dabei blickte die Reederei Ahlsen auf eine lange und erfolgreiche Firmengeschichte zurück. Natürlich mit Höhen und Tiefen. Die Tiefen hatten die Firma erstarken lassen, und die Höhen waren beinahe schwindelerregend. Jetzt aber war alles vorbei.

»Ich bin gelinde gesagt am Arsch.« Er lächelte schief.

»Wie Sie meinen, Herr Ahlsen«, sagte die Empfangsdame.

Er überlegte, wie sie hieß. Wegener? Wiegener? Es war auch egal. Er würde bald keine Empfangsdame mehr haben.

Reinhard wandte sich zu dem großen Monolithen, der die gläserne Halle dominierte. Im Stein war in goldenen Lettern die Firmengeschichte skizziert.

Gegründet 1893 von Jost Ahlsen und Timur Bloomberg. Reinhards Großvater hatte erzählt, dass Jost und Timur nur ein Dampfschiff gehabt hatten, das Waren die Elbe rauf und runter transportierte. Etwas mehr als zehn Jahre später stand die Reederei beinahe vor dem Aus. Bloomberg nutzte ein vertragliches Schlupfloch und ließ sich auszahlen. Jost Ahlsen stand vor dem Nichts. Doch dann brach der Erste Weltkrieg aus, und mit ihm kam der Aufschwung für die Reederei Ahlsen. Aber auch eine tiefe Verflechtung zwischen wirtschaftlichem Erfolg und Tod. Nicht auf der Tafel stand, dass es Schiffe der Reederei Ahlsen waren, die im Zweiten Weltkrieg Juden aus Norddeutschland deportiert hatten, beauftragt von Nazigrößen, die nach Kriegsende eine Verwendung bei der Organisation Gehlen fanden. Protegiert von den Amerikanern im Austausch gegen Informationen über den Aufenthaltsort und Fluchtwege anderer Nazigrößen, die keine Informationen hatten. Irgendjemand musste schließlich für die Gräueltaten büßen.

Es war dem Glück zu verdanken, dass Reinhards Großvater mit den richtigen Nazis Geschäfte gemacht hatte. So konnte die Reederei das Kriegsende überstehen, trotz der unzähligen Zwangsarbeiter, die sich zu Tode geschuftet hatten. Trotz der Beteiligung am größten Verbrechen in der Menschheitsgeschichte. Niemand fragte nach. Niemand klagte an. Die Reederei Ahlsen wurde gebraucht. Erst recht, nachdem die Operation Gehlen am 1.April 1956 einen neuen Namen bekam: Bundesnachrichtendienst. Diese Behörde brauchte zu Anfang jede logistische Unterstützung, die sie bekommen konnte. Da musste man sich auf alte Partner verlassen. Reinhards Großvater hatte in den Sechziger- und Siebzigerjahren durch geheime Aufträge des Nachrichtendienstes unfassbar viel Geld verdient. Wieder blutiges Geld. Aber die Firma expandierte, und Reinhards Vater führte die Tradition fort.

Bis vor ein paar Jahren Reinhard das Unternehmen übernahm. Anders als seine Vorgänger wollte er mit der Nazivergangenheit seines Unternehmens aufräumen. Er wollte freiwillig den Familien der verstorbenen Zwangsarbeiter Reparationszahlungen leisten. Er wollte ein reines Gewissen. Und vor allem wollte er keine weiteren Geschäfte mit dem Bundesnachrichtendienst machen.

Reinhard Ahlsen wollte sich von der Vergangenheit lösen. Aber er musste feststellen, dass eine Firma, die auf Blut aufgebaut war, nur mit Blut lief. Der Großteil der Geschäftspartner hatte an legalen Geschäften kein Interesse. Ein anderer Teil wollte mit der Reederei Ahlsen nichts mehr zu tun haben. Und der Rest zahlte die Rechnungen nicht. Anfangs hatte Reinhard noch gerichtliche Schritte gegen die Schuldner unternommen, doch die Gerichtskosten und Anwaltsgebühren fraßen ein noch größeres Loch in die Rücklagen.

Er hatte die Firma gegen die Wand gefahren und stand nun vor dem Nichts.

Mittlerweile hatte er sein Büro erreicht, von dem aus er einen wundervollen Blick auf den Hamburger Hafen hatte. Der größte Seehafen Deutschland und drittgrößte in Europa würde bald ohne die Reederei Ahlsen existieren.

Das Telefon klingelte, wahrscheinlich irgendein Gläubiger. Reinhard setzte sich in seinen Bürostuhl, goss sich einen Korn ein und prostete seinem Schicksal zu. Scheiß drauf, dass Frühstückszeit war.

Es klopfte an der Tür.

»Hat man hier nie seine Ruhe!«

Die Tür wurde einen Spaltbreit geöffnet. Es war die Empfangsdame, die ein Telefon in der Hand hielt.

»Entschuldigen Sie, Herr Ahlsen. Ein Herr Bertram. Er meinte, es sei wichtig.«

»Bertram? Nie gehört.«

Etwas zögerlich betrat die Empfangsdame das Büro. Sie hielt Reinhard den Hörer hin.

»Verdammt!« Er riss ihr den Hörer aus der Hand. Mit einer Handbewegung bedeutete er ihr, das Büro zu verlassen. Dann hielt er den Hörer ans Ohr.

»Guten Tag, Herr Ahlsen.«

Diese Stimme. Ölig triefend und voller Arroganz. Reinhard hatte gehofft, sie nie wieder hören zu müssen.

»Heute sind Sie Herr Bertram?«, fragte er.

»Sie wissen doch, der Teufel hat viele Namen.« Der Mann am anderen Ende der Leitung lachte über das Filmzitat. Reinhard war nicht zum Lachen zumute. Das Zitat passte zu gut.

Wie viele Male hatten Schiffe der Reederei illegal Waffen in die Krisenregionen der Welt transportiert? Initiiert von diesem Mann, der angeblich vom Bundesnachrichtendienst war.

»Was wollen Sie?«, fragte Reinhard.

»Das, was ich immer will, wenn ich Sie anrufe.«

»Ich mache das nicht mehr.«

»Schade. Haben Sie Ihre Post schon geöffnet?«

Unweigerlich wanderte Reinhards Blick zu dem grauen Briefumschlag. Wahrscheinlich war es Post vom Insolvenzverwalter.

»Was geht Sie das an?«

»Ganz einfach. Wenn Sie tun, was ich sage, können Sie den Brief ignorieren. Den Rest regle ich.«

Reinhard zog die Augenbrauen zusammen. Jetzt wurde ihm klar, warum sein neues Geschäftskonzept nicht aufging. »Sie haben damit zu tun!«, platzte es aus ihm heraus. »Sie sind das!«

Jetzt machte alles einen Sinn! Das Konzept war gut gewesen. Verdammt gut sogar, von Nachhaltigkeit geprägt. Auf so was standen die Menschen heutzutage. Im Angesicht der drohenden Klimakatastrophe war es auch nötig. Und es hätte funktionieren können. Aber man wurde nicht einfach vom Saulus zum

Paulus. Das funktionierte vielleicht in der Bibel, aber nicht im wirklichen Leben, und erst recht nicht, wenn man in illegale Waffengeschäfte verwickelt war. Das war kein Club, aus dem man einfach austreten konnte.

»Sie haben meine neuen Geschäftspartner unter Druck gesetzt. Wegen Ihnen zahlen die ihre Rechnungen nicht.«

»Na, na, na. Unter Druck gesetzt ist so eine hässliche Formulierung. Sagen wir mal, dass ich denen freundlich nahelegen könnte, die Rechnungen zu begleichen.«

»Und dafür sende ich eins meiner Schiffe zum Militärhafen in der Ukraine? Was soll ich transportieren? Panzer? Raketen? Wo sollen diesmal Menschen durch deutsche Waffen sterben? Jemen? Syrien? Afghanistan?«

»Dafür haben wir keine Zeit. Die Uhr tickt. Sie werden die Waren direkt in Hamburg an Bord nehmen.«

Reinhard schluckte. Das war ziemlich riskant. Allerspätestens bei der Zollkontrolle würde die illegale Fracht auffallen. Und dann war er richtig am Arsch. Nicht nur insolvent, sondern auch noch kriminell.

»Werden Sie das für mich tun?« Nun war Bertrams Stimme beinahe zuckersüß. Aber etwas Ekelhaftes konnte man nicht schmackhaft machen. Egal, wie viel Zucker man beimischte.

Er musste eine Entscheidung treffen. Entweder den richtigen Weg weiter beschreiten und geschehenes Unrecht wiedergutmachen, sich vom Sumpf des Geheimdienstes lösen und keine illegalen Geschäfte mehr akzeptieren. Reinhard Ahlsen würde auch nach der Insolvenz nicht am Hungertuch nagen. Aber was war mit seinen Mitarbeitern? Diese Frage hatte er sich immer wieder gestellt. Für sie konnte er nur sorgen, wenn er den anderen Weg beschritt.

Er leckte sich über die Lippen.

»Ich mach's«, sagte er mit einer Stimme, die dünn wie Esspapier war. »Ich mache es.«

Reinhard Ahlsen schloss die Augen.

»Halten Sie sich bereit. Ich kontaktiere Sie zeitnah.«

Bertram unterbrach die Verbindung.

Kein »Geht doch« oder »Herzlich willkommen zurück«. Nur eine klare Ansage. Aber was hatte Reinhard auch erwartet? Illegaler Waffenhandel war kein Club.

Hier ging es um Tod und Vernichtung.

Und um wahnsinnig viel Geld.

50

Berlin, 09:01 Uhr MEZ

SO WOHNTE ALSO Uwe Templer. Wiebke hatte irgendwie mehr erwartet. Bereits vor Monaten hatte sie seine Adresse ermittelt, war jedoch nie da gewesen. Einer alten Gewohnheit folgend hatte sie nicht direkt dort geklingelt, wo sie hinwollte, sondern bei den Nachbarn. Und die nervige alte Frau hatte sie tatsächlich reingelassen. Der Hausflur war das reinste Grauen, es stank nach irgendwelchen chemischen Duftstoffen. Wiebke klopfte an der Wohnungstür und wartete. Ein Blick die Treppe hinunter bestätigte ihren Verdacht: Die alte Frau war nicht nur nervig, sondern auch neugierig und dreist. Sie versuchte nicht einmal, sich beim Hochglotzen zu verstecken. Als Templer die Tür öffnete, trug er Feinripp. So etwas wie Überraschung huschte über sein Gesicht. »Frau Meinert! Wie …? Woher …?« Offenbar wurde ihm bewusst, wozu Wiebke fähig war. Sie hätte auch ohne seine Hilfe Afsaneh in Hamburg gefunden, wenn sie mehr Zeit gehabt hätte.

Sie drückte sich in die Wohnung. Es roch muffig, und dazu nach einem Gemisch aus Bier und Schweiß. Trotzdem war es beinahe angenehmer als das chemische Zeugs im Hausflur.

»Haben Sie nicht mal eine Ehefrau erwähnt?«, fragte Wiebke.

»Ich lüge so häufig, dass ich manchmal selbst glaube, verheiratet zu sein.« Templer kratzte sich am Kopf.

»Ziehen Sie sich was an.«

Er versuchte gar nicht erst zu protestieren, sondern zog sich einen Bademantel über.

Sie schüttelte den Kopf. »Tragen Sie den bei Ihren Besuchen im Swingerclub?«

»Ist ein Geschenk meiner Mutter.«

»Bekomme ich einen Kaffee?«

Er schaltete den Vollautomaten ein. Während er wartete, bis die Maschine vorgeheizt war, lehnte er sich gegen die Küchenzeile. »Erzählen Sie mir, was passiert ist?«

»Die Polizistin war eine Sackgasse. Hat sich hinter Ihre Vorschriften zurückgezogen.«

»Und Liebknecht?«

Daran wollte Wiebke nicht erinnert werden. Der Professor war an einen unbekannten Ort verschleppt worden. Oder mittlerweile sogar tot.

»Haben Sie Zucker?« Sie deutete auf die Tasse, in die erste Kaffeetropfen fielen.

»Keine Milch. Keinen Zucker.« Templer verzog das Gesicht. »Wenn ich gewusst hätte, dass Sie mich besuchen, wäre ich noch einkaufen gegangen.«

»Kaffee schwarz passt so oder so besser zu meiner Laune.«

Ihre Gedanken wanderten unweigerlich zu David. Wie hatte sie nur auf ihn hereinfallen können? Sie räumte Templers Kleidung vom Sofa und setzte sich.

»Er hat Sie gesehen«, sagte Templer.

»Wer?«

»Bellheim.«

»Und wer soll das sein?«

»Er ist derjenige, der die Ermittlungen zum Fall Ihrer Schwester sabotiert. Er hat Sie beim Landeskriminalamt gesehen.«

Also wahrscheinlich der Typ mit der Narbe. Wiebke rief sich

das Gesicht ins Gedächtnis. »Warum will er nicht, dass die Wahrheit ans Licht kommt?«

»Welche Wahrheit? Ihre, dass Saskia noch lebt?« Templer schüttelte den Kopf. »Viel eher glaube ich, dass er die Mörder aus irgendeinem Grund schützt.«

Templer stellte eine Tasse Kaffee vor Wiebke und setzte sich in den Sessel. »Er will mit Ihnen sprechen.«

»Auf keinen Fall.«

»Es ist wichtig.«

»Ich entscheide selbst, was wichtig ist.«

Templer legte sich seine Worte sorgfältig zurecht. »Die innere Sicherheit ist gefährdet.«

»Ist sie das nicht immer? Seit Jahren schätzen die Behörden die Gefahr eines Terroranschlags in Deutschland unverändert hoch ein.«

»Weshalb glauben Sie, dass es sich um einen terroristisch motivierten Anschlag handeln könnte?«

Wiebke lehnte sich zurück. Hielt er sie für dämlich? Unterschätzte er sie? Okay, das Problem mit Informationen, die als geheim eingestuft waren, war immer, dass man, ohne Ross und Reiter zu nennen, darüber reden musste. Das führte häufig zu bizarren Gesprächssituationen wie dieser.

»Wenn Bellheim involviert ist, geht es sicher nicht um den Diebstahl eines Schokoriegels, oder?«

Templer blickte lange so konzentriert auf die Tischplatte, als stünde dort die Antwort auf die Frage nach dem Sinn des Lebens, dem Ursprung des Universums und dem ganzen Rest.

»Und was ist, wenn Ihre Schwester tatsächlich noch leben würde? Soweit ich mich erinnere, waren die Polizistin und Professor Liebknecht die letzten Spuren. Und die waren beinahe schon kalt.«

»Was wollen Sie mir damit sagen?«

»Wenn einer was weiß, dann Bellheim. Und er wird Ihnen

sicher helfen, wenn Sie ihm helfen. Eine Hand wäscht die andere, wissen Sie?«

Wiebke merkte, wie ihr Hals sich zuschnürte. Wie häufig hatte sie sich von Aussagen wie dieser leiten lassen? Sie hasste es, wenn man ihr Vorschriften machte, und noch mehr, wenn sie so offensichtlich manipuliert wurde. Und das von Templer. Von dem Mann im Pornobademantel.

»Was soll der Scheiß?« Die Worte platzten aus ihr heraus.

Templer hob abwehrend die Hände. »Es klang anders, als ich es gemeint habe.«

»Ich ertrage es nicht mehr. Dieses Gequatsche! Diese Lügen und Manipulationsversuche!«

»Was ist los mit Ihnen? Sie sehen plötzlich blass aus.«

Wiebke registrierte den besorgten Gesichtsausdruck. Sie musste wirklich verdammt scheiße aussehen. Und trotzdem noch besser, als sie sich fühlte. Ihr Puls raste, das Herz schlug hart in ihrer Brust, Hitze erfasste ihren ganzen Körper. Hoffentlich war es irgendetwas, das schnell kam und dann noch schneller wieder verschwand.

Templer erhob sich vom Sessel und kam auf sie zu. »Soll ich einen Rettungswagen rufen?«

Sie wich vor ihm zurück. »Auf keinen Fall!«

Templer stand mitten im Raum und war unschlüssig, was er tun sollte. Wiebke merkte, wie ihr der Schweiß aus sämtlichen Poren lief. Selbst im Sitzen fühlte sie den Schwindel. Sie stützte sich an der Sofalehne ab.

»Ein Glas Wasser wäre nicht schlecht«, sagte sie leise.

Templer nickte und öffnete den Hängeschrank. Kurz darauf reichte er ihr ein Glas. Sie trank es in einem Zug leer.

»Soll ich nicht doch einen Rettungswagen rufen?«

»Nein. Der Kreislauf. Hatte ich schon mal. Geht gleich wieder weg.«

Sie schloss die Augen und genoss die Ruhe. Templer öffnete

ein Fenster, die frische Luft tat gut. Jetzt drang auch der Straßenlärm ins Zimmer. Die Stimme der Stadt, wie Wiebke es nannte. Sie war überall anders, man musste nur genau hinhören.

Welche Optionen hatte sie? Was würde sie verlieren, wenn sie mit Bellheim redete? Konnte er ihr weiterhelfen? Fakt war, dass mit Professor Liebknecht derjenige verschwunden war, der am ehesten etwas über Saskias Verschwinden hätte sagen können. Saskia musste einer Verschwörung auf der Spur gewesen sein. Anders war ihr Alleingang mit dem Schlüssel, den Liebknecht ihr gegeben hatte, nicht zu erklären. Saskia hatte ihren eigenen Leuten nicht vertraut. Und Bellheim war einer von ihnen. Wiebke öffnete die Augen. Sie runzelte die Stirn, als sie sah, dass Templer ihr gegenübersaß und Zeitung las. Er trug seinen obligatorischen Anzug und nicht mehr den Pornobademantel. Und die Stimme der Stadt war hektischer geworden. Es klang nach Mittagszeit.

»Sie haben geschlafen«, sagte Templer.

»Wann können wir Bellheim treffen?«

»Haben Sie es sich plötzlich anders überlegt?«

»Ich fragte, wann wir ihn treffen können.«

Templer blickte auf die Uhr. »In einer Stunde, würde ich sagen. Es ist genug Zeit. Das Badezimmer ist dort drüben.«

51

Berlin, 11:03 Uhr MEZ

KRISTINE STILLER betrat ihr Stammcafé. Der schnuckelige Barista war nicht da, aber ansonsten war alles wie immer. Kaffee, Gewürze, Lavendel und Gebäck. Das *Krupps* hatte sich nicht verändert, aber für Kristine war alles anders. Hier hatte sie gestern zuerst Templer getroffen und später dann Bellheim. Sie hatte von dem geplanten Anschlag erfahren, von einer terroristischen Bedrohung, die eine Entscheidung von ihr verlangte. Eine Entscheidung, die gegen ihre moralischen und politischen Einstellungen war. Und Kristine hatte sich tatsächlich gegen ihre Überzeugung entschieden, aber wohl war ihr nicht dabei. Die innere Sicherheit muss um jeden Preis geschützt werden, das jedenfalls redete sie sich ein, wenn sie an die Folgen der Entscheidung dachte. Kriegswaffen in eine Krisenregion zu liefern war etwas anderes, als gefälschte Fußballtrikots in die sogenannte Dritte Welt zu spenden, statt sie zu vernichten. Beides war nicht legal, aber bei den Fußballtrikots kam niemand ums Leben.

Und der Sudan war ein Pulverfass. General Nasir war alles andere als ein Heilsbringer, auch wenn er es anders verkaufen wollte. Er hatte den vorherigen Diktator blutig gestürzt, nicht um das Volk von Willkür und Grausamkeit zu befreien, sondern um selbst herrschen zu können. Und diese Herrschaft wollte er mit Blut festigen. Nicht auszudenken, was seine Soldaten mit modernen Waffen aus deutscher Produktion für eine humanitäre Krise in der sudanesischen Bevölkerung auslösen würden.

General Nasir wollte auch gegen die *Liberation Fighters of Sudan* vorgehen. Bellheim hatte ihr erklärt, dass diese immer stärker werdende islamistische Terrorgruppierung eine fundamentalistische Provinz in Ostafrika etablieren wollte. Und dass die *LFOS* auch für Europa gefährlich werden konnten, hatten sie in Portugal gerade grausam bewiesen. Eine ähnliche Machtdemonstration war nun auch in Deutschland geplant.

Kristine Stiller brummte der Schädel, sie atmete durch. Bellheim hatte ihr mitteilen lassen, dass er sie heute erneut sprechen wollte. Um Viertel nach elf. Sie ging davon aus, dass er an ihrem angestammten Tisch auftauchen würde, in der Ecke mit den roten Backsteinen und den Emailleschildern. Und sie hatte recht. Dort saß er, aber nicht allein. Herbert Menger saß ihm gegenüber. Die beiden Männer hatten die Köpfe zusammengesteckt wie zwei Verschwörer. Was heckte dieser Bellheim aus? Und was hatte Menger damit zu tun? Kristine blieb wie angewurzelt stehen und starrte zum Tisch. Menger bemerkte offenbar, dass er beobachtet wurde, und schaute auf. Ein selbstgefälliges Grinsen tanzte auf seinen Lippen. Wie sie diesen Mann hasste!

Jetzt hatte auch Bellheim sie bemerkt. Sein Gesicht blieb jedoch ohne Ausdruck, emotionslos und kalt. Dieser Mann verkörperte somit alles, was Kristine an Nachrichtendienstlern verabscheute. Meist waren das undurchsichtige Menschen, die trotz klarer gesetzlicher Vorschriften alle Befugnisse dehnten, bis sie hatten, was sie brauchten. Der Zweck heiligte die Mittel. Und im Anschluss konnte man noch immer seine Hände in Unschuld waschen. Ein Schauder schlich Kristine über den Rücken.

»Wir sind hier fertig«, hörte sie Menger sagen. »Denken Sie über mein Angebot nach. Ein besseres gibt es nicht.«

Bellheim erhob sich wortlos und reichte Menger zum Abschied die Hand. Einen kräftigen Händedruck unter Männern später wandte sich Menger an Kristine.

»So sieht man sich wieder, Frau Rüstungsexportgegnerin.«

Seine Worte waren der reinste Spott. Menger hatte gewonnen, so wie er immer gewann. Aber offenbar reichte ihm das nicht. Er musste die Unterlegenen noch demütigen. Wortlos ging er sehr nah an ihr vorbei. Fast hätte er sie mit der Schulter weggestoßen. Kristine wäre beinahe zur Seite ausgewichen, zwang sich aber, felsenfest stehen zu bleiben. Ihr schlug das Herz bis zum Hals. Menger blieb stehen, als wollte er noch etwas sagen, schwieg jedoch und verließ das Café. Bellheim wartete, bis er das *Krupps* verlassen hatte, und bot dann Kristine mit einer Handbewegung den Platz an, auf dem zuvor Menger gesessen hatte.

»Warum sollte ich das tun?«, fragte sie. »Geben Sie mir einen Grund, nicht einfach zu gehen und das, was wir gestern besprochen haben, öffentlich zu machen.«

Bellheim starrte sie nur an.

»Nur einen Grund«, wiederholte Kristine.

»Weil Sie clever sind«, sagte er. »Ich halte wirklich viel von Ihnen.«

»So viel, dass Sie gemeinsame Sache mit Menger machen? Ihnen muss doch bewusst sein, dass er und ich ärgste politische Gegner sind. Nett ausgedrückt.«

»Bitte setzen Sie sich.«

»Sollte ich das sehen? Wollten Sie mir zeigen, dass Sie mit ihm zusammenarbeiten?«

Bellheim zögerte einen Augenblick, der sich für Kristine wie eine Ewigkeit anfühlte.

»Nein«, sagte er. »Ihr Aufeinandertreffen mit Menger war weder geplant noch beabsichtigt.«

Vielleicht war es diese Ehrlichkeit, die Kristine dazu bewog, am Tisch Platz zu nehmen.

»Schön, dass Sie es einrichten konnten«, sagte er nun.

»Ich habe im Büro angerufen und gesagt, dass ich heute von zu Hause aus arbeite.«

»Machen Sie das häufiger?«

Kristine schüttelte den Kopf. »Warum wollten Sie mich sprechen?«

»Frau Meinert ist aufgetaucht. Bei Uwe Templer.«

»Was habe ich damit zu tun? Ich kenne die Frau nicht.«

»Und deswegen wird sie Ihnen eventuell vertrauen.«

»Apropos Vertrauen. Trauen Sie Menger?«

Bellheims Blick wanderte zur Eingangstür des Cafés, als würde er prüfen wollen, ob Menger tatsächlich gegangen war.

»Nein.«

»Und was hat er gemeint, als er sagte, dass Sie über sein Angebot nachdenken sollen?«

»Wir kennen uns schon lange.« Bellheim lachte trocken. »Beinahe zu lange. Er ist ein Netzwerker, müssen Sie wissen. Irgendwo sitzt immer jemand, der ihm einen Gefallen schuldet. Und Menger sorgt dafür, dass die Schuld niemals beglichen ist.«

»Was wollen Sie mir damit sagen?«

»Er hat von unserem Vorhaben erfahren. Und von der Gefahr, die für die innere Sicherheit droht.«

Das konnte nicht wahr sein! Kristine hatte es geahnt, nein, befürchtet. Nun hatte sie die Bestätigung. »Wie?«

»Der Kreis der Personen, die davon wissen, ist klein. Sehr klein. Jemand daraus muss es ihm erzählt haben.« Bellheim presste die Lippen aufeinander. »Ich kümmere mich darum.«

»Ihnen ist schon klar, dass Menger dies alles zu seinem Vorteil nutzen wird?«

»Wir haben keine Alternativen.«

»Menger macht mit den Rechtspopulisten der KfDdP gemeinsame Sache. Die Landtagswahlen in Thüringen waren nur ein Probelauf. Und bedenken Sie, was das für ein politisches Beben ausgelöst hat.«

»Ich weiß sehr wohl über Menger Bescheid.« Bellheim wirkte beinahe beleidigt. »Aber wenn wir nichts unternehmen, brauchen die Rechtspopulisten keinen Menger mehr, um an politischer Macht zu gewinnen. Das geht dann von ganz alleine. Ich rede hier nicht über irgendeine Verschwörungstheorie oder über einen bevorstehenden Bürgerkrieg, der durch einen islamistischen Anschlag ausgelöst würde. Das ist Quatsch. Ich rede vom Zulauf für die Rechten. Schauen Sie doch nach Griechenland. Sehen Sie, was dort passiert. An den Stränden kommen Menschen an, die unsere Hilfe brauchen, und sie werden verjagt, mit Knüppeln geschlagen und mit Wasserwerfern angegriffen. Wussten Sie, dass Syrien im Zweiten Weltkrieg griechische Flüchtlinge aufnahm? Flüchtlinge, die vor dem sicheren Tod wegrannten? Vor dem Willen eines wahnsinnigen Diktators? Erkennen Sie die Parallelen?«

Kristine war überrascht, wie tief Bellheim sie mit diesem Monolog in seine Seele blicken ließ, die zwar mit Sicherheit tiefschwarz war, aber hier und da waren helle Flecken. Er bemerkte ihren Blick, rückte seinen Krawattenknoten zurecht und setzte wieder einen undurchsichtigen Gesichtsausdruck auf. »Die Menschen haben Angst vor Fremden. Sie haben Angst vor dem Islam. Angst, die von den Rechtspopulisten geschürt wird. Und deshalb müssen wir den Anschlag verhindern. Mit allen Mitteln, die wir haben.«

»Und Menger kann diese Mittel liefern?«

Bellheim nickte. »Wie gesagt, er hat Kontakte überallhin. Er kann Waffen besorgen. Ebenso wie eine Transportmöglichkeit.«

»Hört sich fast so an, als würde er ständig illegal Waffen verkaufen.«

»Das Wörtchen fast können Sie aus dem Satz streichen.«

»Aber dann müssen wir einen Untersuchungsausschuss ...«

»Nichts müssen wir«, unterbrach Bellheim sie scharf. »Wenn wir mit der Sache fertig sind, sind wir nicht besser als Menger, egal welches Ziel wir vor Augen hatten.«

Kristine schwieg. Bellheim hatte recht. Das, was sie tat, fühlte sich wie Verrat an. Ein Verrat an den Bürgerinnen und Bürgern der Bundesrepublik, denen das Wahlversprechen gegeben wurde, dass die Waffenexporte gestoppt würden. Und ein Verrat an sich selbst, weil sie fest daran geglaubt hatte, das Richtige zu tun. Aber in dieser komplizierten Welt war das Richtige manchmal nicht gut genug.

»Vielleicht ...«, sagte sie. »Vielleicht kommen wir mit der ganzen Sache durch.«

»Dafür brauchen wir Wiebke Meinert. Ohne sie wird die ganze Sache nicht laufen.«

»Ich höre immer nur diesen Namen. Was macht diese Frau so besonders?«

Bellheim griff unter den Tisch und holte eine prall gefüllte Dokumentenmappe hervor. Diese überreichte er Kristine. Es handelte sich um Kopien streng geheimer Dokumente: militärische Einsatzberichte, Dossiers, psychologische Gutachten.

»Hier ist nicht einmal der Dienstrang von ihr notiert. Weil es nicht der Rede wert war?«

Bellheim runzelte kurz die Stirn. »Wiebke Meinerts Einheit ist mit normalen Vorstellungen von der Bundeswehr nicht zu vergleichen. Und nebenbei gesagt, es gibt diese Einheit offiziell gar nicht.«

»Und warum gibt es dann Dokumente?«

»Alles in Deutschland bedarf einer gewissen Kontrolle. Auch wenn die noch so klein ist.«

»Wer kontrolliert diese Einheit?« Ihr war klar, dass nur eine Handvoll Politiker darüber Bescheid wissen konnte.

»Das wäre zu einfach, Frau Stiller. Ich verrate Ihnen doch nicht alles.«

»Und warum geben Sie mir die Dokumente?«

»Als Vertrauensbeweis. Und das ist nur eine Auswahl.«

»Dafür ist das aber viel Papier.«

Bellheim zuckte mit den Schultern. »Lesen Sie die Dokumente. Treffen Sie sich mit Wiebke Meinert. Überzeugen Sie sie, in den Sudan zu fliegen. Das wird nicht einfach, glaube ich. Am ehesten überzeugt man sie mit Vertrauen. Das können Sie eventuell dadurch schaffen, dass Sie etwas über sie wissen.«

»Es müsste ihr doch nur klargemacht werden, dass Menschenleben auf dem Spiel stehen.«

Bellheim schüttelte den Kopf. »Sie kennen Wiebke Meinert wirklich nicht.«

Kristine steckte die Dokumente in die Aktentasche. Wohl war ihr nicht dabei, so etwas herumzuschleppen.

»Warum gehen Sie nicht zu ihr?«, fragte Kristine.

»Mich wird Sie nicht sehen wollen.«

»Kennen Sie Frau Meinert?«

Da war wieder so ein Zögern, das Bände sprach.

»Darüber möchte ich nicht sprechen«, sagte Bellheim. Seine Stimme hatte sich verändert. Sie klang bedrückt.

»Kommen Sie«, sagte er dann in einem Tonfall, als wolle er ablenken. »Ich fahre Sie nach Hause.« Er deutete auf Kristines Aktentasche. »Dann passiert den Unterlagen auch nichts.«

52

Berlin, 11:08 Uhr MEZ

MENGER ATMETE durch. Er blickte zum Schaufenster des Cafés zurück. Unglaublich, womit man heutzutage als Gastronom durchkam. Das *Krupps* sah aus, als wäre dem Besitzer mitten in der Bauphase das Geld ausgegangen. Ein paar alte Stühle und Tische, fertig war das Café. Und dann fast sechs Euro für eine Tasse verlangen, nur weil der Kaffee aus kontrolliertem Anbau kommt.

Von draußen konnte er Bellheim und Kristine Stiller nicht sehen. Das war aber auch nicht nötig, denn er hatte erreicht, was er erreichen wollte. Seine Geschäftspartner würden zufrieden sein.

Etwas abseits auf einem kleinen Parkplatz stand sein Auto. Menger schloss die Fahrertür auf und stieg ein. Als er hinter dem Lenkrad saß, bemerkte er sofort, dass etwas anders war. Ein Geruch von Rosen hing in der Luft. Und noch irgendwas anderes. Menger startete die Zündung. Das Display würde jeden Einbruchversuch anzeigen. Aber da war nichts. Er blickte in den Rückspiegel und erschrak.

Auf dem Rücksitz saß Helena Petrova. Die Frau, die er zusammen mit Elisabeth Hohenstahl in der Pizzeria getroffen hatte.

Sie lächelte ihn an.

»Wie …?« Er drehte sich abrupt um. »Wie sind Sie hier reingekommen?«

»Kinderspiel. Fahren Sie los.«

»Aber …«

»Losfahren, hab ich gesagt! Blick auf die Straße. Sie wollen doch keinen Unfall verursachen, oder?«

Das gefiel Menger gar nicht. Mit was für Leuten hatte er sich eingelassen? Was wie ein lukrativer Deal geklungen hatte, fühlte sich nun wie der Anfang eines billigen Psychothrillers an. Er startete den Motor. Kurz darauf schnurrte der Wagen los und reihte sich in den fließenden Verkehr ein. An der nächsten Ampel musste er verkehrsbedingt anhalten. Er wagte einen Blick in den Rückspiegel und sah, dass die Petrova entspannt in der Mitte der Rückbank saß.

»Nach vorne schauen«, sagte sie, ohne ihn anzublicken.

Wenn das so einfach wäre. Menger wischte sich mit der Hand über den Mund. Die Petrova war heiß und wusste das auch. Warum sonst trug sie einen grauen Blazer und eine halb aufgeknöpfte weiße Bluse? Der Stoff glänzte. Darunter war ein rotschwarzes Korsett zu erkennen. Menger liebte die alten Klassiker des Film noir. Und die Petrova war der Inbegriff der Femme fatale. Undurchsichtig. Geheimnisvoll. Erotisch. Brandgefährlich.

»Augen nach vorne!« Helenas Stimme war wie ein Peitschenknall.

Und dominant, ergänzte Menger.

Die Ampel war auf Grün gesprungen. Die Fahrer hinter ihnen hupten schon. Er beschleunigte und bog an der nächsten Möglichkeit nach rechts ab.

»Haben Sie ein bestimmtes Ziel?«, fragte er.

»Fahren Sie einfach.«

»Mich verfolgt niemand, wenn es das ist, was Sie ausschließen wollen.«

»Ganz sicher?« Helena beugte sich vor. Der Geruch ihres Parfums wurde intensiver. Die Nähe ließ Menger eine Gänsehaut über den Nacken kriechen. Er konnte sich nur nicht entscheiden, ob der Ursprung Verlangen oder Angst war. Oder eine Mischung aus beidem.

»Sie wissen, was in Portugal passiert ist?«, hauchte Helena ihm ins Ohr.

Er konnte sich kaum noch konzentrieren. »Sie meinen den Anschlag?«

»Danach? Wissen Sie, was danach passiert ist?«

Menger schüttelte den Kopf. Er kam immer mehr zu der Erkenntnis, dass er Angst hatte.

»Der Terrorist hat überlebt und wurde verhaftet. Später fand man ihn tot in seiner Zelle.«

»Also Selbstmord.« Etwas anderes kam gar nicht in Betracht.

»Nein, Mord.«

»Was?« Er blickte in den Rückspiegel. Helenas Gesicht blieb starr. Sie meinte es ernst, verdammt ernst.

»Kein Witz?«

»Sehe ich aus, als würde ich Witze machen?«

Er schüttelte den Kopf. »Aber wie?«

»Es gibt nicht viele Geheimdienste, die einen solchen Mord durchführen können. Unter den Augen der Polizei.«

»CIA?«

Sie lachte kurz. »Die werden überschätzt. Ihre Leistungen sind eine Mär aus Film und Fiktion.«

»Warum erzählen Sie mir das?« Er merkte, dass er häufiger als sonst in den Rückspiegel blickte. Würde er einen Verfolger erkennen? Ausgebildet dafür war er ja.

Helena lehnte sich zurück. Das Gefühl ihrer unmittelbaren Präsenz nahm aber nur langsam ab.

»Damit Ihnen klar wird, was wir für Sie leisten.«

»Sie passen auf mich auf? Für wie lange?«

Menger wusste, wie der Hase lief. Solange das Geschäft dauerte, war er wichtig. Danach würde Helena sich anderen Missionen widmen. Er hatte den Unmut eines mächtigen Feindes auf sich gezogen, ohne zu wissen, wer das war. Die Russen, Chinesen oder Saudis? Eigentlich war es egal. In dieser grauen Welt der Geheimdienste wurden alte Rechnungen immer beglichen.

Und damit war auch Mengers Rolle in diesem Spiel klar. Nach dem Geschäft war er austauschbar, wie ein abgetragenes Paar Schuhe.

»Lange genug«, sagte Helena schließlich. »Aber deswegen habe ich mich nicht mit Ihnen getroffen.«

»Das nennen Sie Treffen? Streng genommen sind Sie in mein Auto eingebrochen.«

Die Maske der Unschuldigen verschwand von ihrem Gesicht und machte dem Ausdruck einer Raubkatze Platz. »Das nächste Mal überrasche ich Sie im Schlaf, wenn Ihnen das lieber ist.«

Menger atmete tief ein und schüttelte den Kopf. Er war überzeugt, dass die Petrova auch das Alarmsystem seiner Villa in Berlin Grunewald mühelos überwinden würde. Hatte sie vielleicht sogar schon, um Wanzen anzubringen oder Kameras. Für blindes Vertrauen stand einfach zu viel auf dem Spiel.

»Ich habe getan, was Sie wollten«, sagte er. »Ich habe meinen alten Partner reaktiviert.«

»Und er wird die Ware transportieren?«

Menger lachte rau. »Es bleibt ihm nichts anderes übrig, wenn er seine Firma retten will.«

»Gut«, sagte Helena. »Das ist sehr gut. Eine Sache müssen Sie für uns noch erledigen.«

Menger nickte nur.

»Wiebke Meinert darf nicht zurückkommen.«

»Wie soll ich das anstellen?«

»In einem Kriegsgebiet ist es gefährlich.« Helena beugte sich wieder vor. »Kontaktieren Sie diese Person und geben Sie den Auftrag weiter.«

Er nahm den Zettel und steckte ihn in die Innentasche seiner Jacke, ohne auf den Namen zu schauen.

»Halten Sie an«, befahl sie.

Menger stoppte den Wagen, und Helena stieg aus. Noch lange, nachdem sie gegangen war, hing der Duft ihres Parfums in der Luft. Irgendwann war aber auch dieser verschwunden. Als ob sie nie da gewesen wäre. Erst dann fuhr Menger wieder los.

Worauf hatte er sich da nur eingelassen?

53

Hamburg, 11:23 Uhr MEZ

AFSANEH WAR seit fast sieben Stunden im Büro. Sie wollte die DNA-Proben vergleichen und hoffte auf einen Durchbruch. Die Priorität hatte sie auf dringend gesetzt, und trotzdem dauerte es Stunden.

Als das erste Ergebnis endlich kam, stürzte sie sich darauf. Der Vergleich des DNA-Musters der Zahnbürste mit dem Muster der vermissten Celine Kleinmann zeigte Übereinstimmung. Sollte es auch, denn wer verlieh schon seine Zahnbürste? Celine hatte also definitiv in dem Zimmer im *Maison* gewohnt. Der Vergleich mit dem DNA-Muster der Toten im Fahrzeug dauerte länger. Afsaneh erwischte sich dabei, dass sie nicht mehr von Saskia Meinert als Opfer sprach, sondern nur noch von der Toten. Ihr DNA-Muster befand sich tatsächlich noch in der Datenbank. Allerdings nicht zum Zweck der Identifikation, sondern um bei einem möglichen Tatverdächtigen vielleicht einen Kreuztreffer erzielen zu können. Damit könnte ihm die Tat oder zumindest die Beteiligung daran nachgewiesen werden.

Mirko brachte zwei Tassen Kaffee mit, als er hereinkam. Die eine stellte er direkt vor Afsaneh, zwischen ihre trommelnden Fingernägel und die Tastatur.

»Du siehst scheiße aus«, begrüßte er sie.

»Das erste Ergebnis ist da. Die Muster stimmen überein.« Afsaneh deutete zum Bildschirm.

»War zu erwarten. Wer verleiht schon seine Zahnbürste?«

»Das habe ich auch gedacht.« Sie trank einen Schluck und verbrannte sich beinahe die Zungenspitze.

»Frisch aufgebrüht«, kommentierte Mirko.

»Danke für die Warnung.«

»Willst du mich jetzt verklagen? Ins Gulag sperren, wo ich mit bloßen Händen Uran schürfen muss?«

Er setzte sich auf die Tischkante, ließ ein Bein baumeln und trank mehrere kleine Schlucke.

»Sag mal, hast du dir schon Gedanken über die nächsten Schritte gemacht? Ich meine, wenn ...«

»Wenn das DNA-Muster von Frau Kleinmann mit dem der Leiche im Fahrzeug übereinstimmt?«

Mirko nickte. »Das wäre ein handfester Skandal.«

»Ich weiß es ehrlicherweise nicht.«

Natürlich hatte sie sich schon Gedanken dazu gemacht. Gestern auf dem Heimweg, später unter der Dusche und dann beim Sex mit Kevin. Er hatte ihr dann vorgeworfen, dass sie ihm wenigstens Kopfschmerzen hätte vorlügen können. Afsaneh wollte sich entschuldigen, aber heute Morgen hatten sie beide wortlos nebeneinandergesessen. Der Versuch eines unverbindlichen Gesprächs war gescheitert. Aber das würde sich schon früher oder später wieder einrenken.

Ein Ping unterbrach ihre Gedanken. Das zweite Ergebnis war da, sie musste nur auf den entsprechenden Link klicken. Ihre Hände fühlten sich schweißnass an. Sie war einen Klick davon entfernt, die Manipulation einer polizeilichen Ermittlung aufzudecken.

»Willst du es nicht wissen?«, fragte Mirko.

»Doch. Es ist nur ...«

Er legte seine Hand auf ihre. Die Berührung fühlte sich gut an. Afsaneh rang sich ein Lächeln ab.

»Das verändert alles.« Mirko deutete mit der Kaffeetasse zum Bildschirm. »Ein positives Ergebnis wird unseren Glauben in die freiheitlich demokratische Grundordnung erschüttern. Wir werden feststellen, dass es auch in Deutschland für Geheimdienste möglich ist, ihr eigenes Ding durchzuziehen.«

»Und dabei haben wir doch nur Nachrichtendienste.« Die Worte sollten ein Trost sein, waren es aber nicht.

»Es gibt zwei Möglichkeiten.« Mirko bewegte den Mauszeiger zum Mülleimersymbol. »Erstens: Wir vergessen die ganze Sache. Wir löschen das Ergebnis, ohne es gelesen zu haben. Oder zweitens ...« Er bewegte den Mauszeiger zurück. »Wir stehen das gemeinsam durch.«

»Ich kann das auch alleine machen. Geh einfach und vergiss alles, okay?« Sie blickte ihm direkt ins Gesicht.

Er schüttelte den Kopf. »Ich habe ›wir‹ gesagt.«

»Du weißt, auf was du dich da einlässt?«

»Nein. Aber ich vertraue dir. Wir sind Partner.«

Afsaneh atmete tief ein und hielt die Luft an. Sie erinnerte sich an den Diensteid zu Beginn ihrer Polizeilaufbahn: Ich schwöre, das Grundgesetz für die Bundesrepublik Deutschland, die Verfassung der Freien und Hansestadt Hamburg und alle in der Bundesrepublik Deutschland geltenden Gesetze zu wahren und meine Amtspflichten gewissenhaft zu erfüllen. Dazu gehörte verdammt noch mal auch das Aufdecken einer geheimdienstlichen Operation. Erst recht, wenn ein deutscher Dienst involviert war.

»Und?« Mirko zog eine Augenbraue hoch.

Afsaneh klickte auf den Link.

Das Ergebnis war negativ. Die DNA-Muster stimmten nicht überein. Celine Kleinmann war nicht bei der Autoexplosion im Fahrzeug gestorben. Damit waren die Ermittlungen beendet.

Afsaneh spürte Erleichterung. Und zugleich blieben Zweifel. Warum waren die Beweise verschwunden? Wer hatte die Ermittlungsakte gelöscht? Und weshalb?

Mirko stand auf. »Ich hole mir noch ’nen Kaffee. Willst du auch einen? Oder etwas viel Stärkeres?« Er zwinkerte ihr zu.

Sie schüttelte den Kopf, lehnte sich im Bürostuhl zurück und starrte auf den Bildschirm.

»Lass gut sein«, sagte Mirko.

Er klopfte zur Verabschiedung an den Türrahmen und verließ das Büro. Kurz darauf klingelte ihr Telefon.

»Ich hatte Sie gewarnt.« Dieser Bellheim. Im Hintergrund waren Motorengeräusche zu hören.

»Telefonieren Sie etwa während der Autofahrt? Das ist verboten«, sagte Afsaneh in einem bissigen Tonfall, auch wenn sie lediglich ihre Angst überspielen wollte.

»Warum hören Sie nicht auf mich?«, fragte Bellheim. »Ich hatte Ihnen deutlich zu verstehen gegeben, die Finger von der Sache zu lassen.«

»Sie wissen doch, wenn man einem Kind etwas verbietet, macht es das erst recht.«

»Spielen Sie nicht die Toughe. Das steht Ihnen nicht. Oder haben Sie zu viel Zeit mit Wiebke Meinert verbracht?«

Lügen lohnte sich nicht. Bellheims Tonfall verriet, dass er es wusste. »Ich habe Frau Meinert nur ein einziges Mal getroffen.«

»Ich weiß, kurz bevor Sie mich trafen. Freut mich, dass Sie zumindest ehrlich sind.«

Beide schwiegen. Die Motorengeräusche gingen Afsaneh auf die Nerven. Oder war es die Stille?

»Was wollen Sie denn, wenn Sie eh schon alles wissen?«

»Ich will erfahren, was ich noch nicht weiß. Wie sind Sie an das DNA-Vergleichsmaterial gekommen?«

»Geht Sie nichts an.« Langsam dämmerte es Afsaneh. »Haben Sie etwas damit zu tun?«

»Ich weiß nicht, wovon Sie reden.«

Ihr Puls beschleunigte sich »Der Vergleichstest. Sie haben ihn manipuliert! Wie?«

»Dachten Sie, dass Sie mit einem einfachen DNA-Test den größten geheimdienstlichen Skandal der deutschen Geschichte aufdecken können?« Bellheim lachte. »So einfach machen wir es Ihnen nicht.«

Es gab nur einen Grund, warum Bellheim, oder wer auch immer, den gerade durchgeführten Test manipuliert haben könnte. Aber das konnte sie nicht beweisen. Kein Staatsanwalt der Welt würde aufgrund dieser Vermutung ein Ermittlungsverfahren einleiten.

»Lebt Saskia Meinert noch?«

»Eine sehr direkte Frage.«

»Wie wäre es mit einer direkten Antwort?«

»Ich mag Sie«, sagte Bellheim. »Wirklich, ich mag Sie.«

Afsaneh runzelte die Stirn. »Was soll das werden? Ein Rekrutierungsversuch? Oder baggern Sie mich an?«

»Sie haben mich wirklich beeindruckt. In der Tat könnten Sie für uns arbeiten.« Er machte eine lange Pause. »Und die Wahrheit herausfinden.«

»Welche Wahrheit?«

Erneut dieses Lachen. »Ich melde mich wieder.«

»Ich vertraue Ihnen nicht.«

»Das ist gut, sehr gut sogar. Vertrauen ist in unserem Geschäft die häufigste Todesursache.«

Bellheim legte auf.

Sie starrte den Telefonhörer an. Sie wollte nicht glauben, dass dieses Gespräch stattgefunden hatte. Sie, eine Agentin? Niemals! Und welche Wahrheit würde sie finden? Es gab so viele davon.

»Was ist los?« Mirko stand im Türrahmen.

Sie blickte ihn an: »Falsch verbunden.«

54

Dortmund, 11:25 Uhr MEZ

TARIQ WAR SCHON seit Stunden wach. Beinahe so lange, dass er schon wieder schlafen gehen könnte, wenn es denn möglich wäre. Ein Blick zum Metallregal mit den Comics genügte. Sie waren hier gewesen, hatten eindrucksvoll bewiesen, dass er ihnen nicht entkommen konnte. Hätte er sich doch nie mit den Terroristen eingelassen!

Er starrte auf den Bildschirm, auf dem noch immer das leere Chatfenster zu sehen war. Wie sollte er anfangen? Salam Aleikum fühlte sich plötzlich falsch an. Friede sei mit dir? Hier ging es aber nicht um Frieden, es ging um Tod und Zerstörung, um tausendfachen Mord im Namen Gottes.

Tariq vergrub das Gesicht in den Händen, er war den Tränen nahe.

Ihm fiel nur ein Ausweg ein. Dafür hatte er extra in der Nacht das Wort »Erhängen« im Internet gesucht. Die erste vorgeschlagene Homepage war wenig hilfreich. Der Link führte zu einer christlichen Seelsorge, die potenzielle Selbstmörder auf den rechten Weg zurückbringen wollte. Um zu wissen, dass Selbstmord eine Sünde war, brauchte Tariq keine Telefonberatung. Nur Allah konnte Leben schenken und es auch wieder nehmen. Der Prophet hatte dies auch an mehreren Stellen des Korans deutlich gemacht. Einem wahren Muslim würde Allah in schwierigen Situationen helfen, der Gläubige musste dafür aber geduldig sein.

War Tariq ein wahrhaft gläubiger Muslim?

Wie häufig hatte er nicht so gelebt, wie es die *Al-salaf al-salih*, die rechtschaffenen Altvorderen, getan hatten? Und fühlte er sich nicht zu seinem Kommilitonen Daniel hingezogen? War da nicht so etwas wie ein Kribbeln, wenn er in seiner Nähe war?

Würde Allah ihm helfen? Oder gab es nur noch den Weg des Mudschaheddins, um ins Paradies zu gelangen?

Salam aleikum. Jemand hatte Tariq im Chat angeschrieben.

Aleikum salam. Friede sei mit dir. Das klang für Tariq immer noch falsch.

Zweifelst du immer noch?
Oder hast du wieder auf den
rechten Weg zurückgefunden?

Keine Frage, der Scheikh hatte ihn angeschrieben. Tariq wurde bewusst, dass dies die Entscheidung war. Töten oder getötet werden. Aber einen letzten Versuch wagte er.

Ich habe den Koran gelesen.
Die Sure Al Hamdu. Das Wort Solin.
Bedeutet es nicht, dass alle Menschen
vor Gott gleich sind?

Es dauerte, bis die Antwort zu lesen war.

Hat dir das dein Iman gesagt?

Er ist ein wahrhafter Mann.

Er ist ein gottloser Mann, denn er muss wissen,
dass alle Menschen, die vor Allah gleich sind,
wahrhaft Gläubige sein müssen.
Nur diejenigen, die unserem Weg blind vertrauen,

haben die Gunst des Einen verdient.
Möchtest du die Gunst des Einen für dich?

Tariq lief der Schweiß von der Stirn. Mit den Händen spielte er an dem dünnen Kabel, das er für seinen Ausweg herausgesucht hatte. Strangulation war ein grausamer und langsamer Tod, hatte er gelesen. Erst recht, wenn man nicht genug Fallhöhe hatte, damit das Genick brach. Nein. Tariq ließ das Kabel fallen. Selbstmord war kein Ausweg. Selbstmord war feige und unehrenhaft.

Aber sterben wollte er auch nicht. Und schon gar nicht als Selbstmordattentäter.

Was soll ich tun?, schrieb er dem Scheikh. *Ich bin bereit, das zu tun, was Allah für mich vorgesehen hat.*

Es gibt kein Zurück.
Und du weißt, was mit Verrätern passiert.

Das wusste Tariq nur zu genau. Er hatte gesehen, wie das sudanesische Militär angebliche Delinquenten öffentlich hinrichtete. Nun war die Zeit der Entscheidung gekommen. Tariq musste wählen.

Was soll ich tun?, schrieb er noch einmal, um seine Entschlossenheit zu demonstrieren.

Hast du TamTam?

Der Messengerdienst mit Ende-zu-Ende-Verschlüsselung verlangte keine Registrierung und speicherte keine Nachrichten. Er war also ideal für die Kommunikation zwischen wahrhaft Gläubigen.

Nein. Habe ich nicht.

Lade ihn dir herunter und melde dich dann wieder.

Und dann?

Ich schicke dir das Kochbuch für Mudschaheddin.
Such dir etwas raus, das du herstellen kannst.
Du musst so gut kochen können,
dass die Kuffar direkt in die Hölle fahren
und ihr Geschrei bis ins Paradies klingt, auf dass
unsere Helden, die für Allah ihr Leben gaben,
erfreut sein werden. Wirst du das schaffen?

Ich werde es schaffen. Bei Allah.
Ich werde beweisen, dass ich ein wahrhaftiger
Löwe des Islam bin.

Ein Jundullah bist du. Ein Soldat Allahs.

Tariq wusste schon, was er tun würde. Er wollte eine Drohne mit Sprengstoff und Gift präparieren und sie dann über dem ausverkauften Stadion zünden. Sechsundachtzigtausend Menschen. Die, die nicht durch das Gift starben, würden sich auf der panischen Flucht tottrampeln.

Die Kuffar würden für Allah sterben.

Ob sie wollten oder nicht.

Tariqs Wahl fühlte sich gut an.

55

Berlin, 13:10 Uhr MEZ

ICH WEISS NICHT, ob das eine gute Idee ist.« Wiebke trat von einem Fuß auf den anderen. Sie stand mit Uwe Templer vor einem Bürogebäude unweit des Kanzleramts.

»Hören Sie auf, Wiebke«, sagte Templer. »Kristine Stiller beißt schon nicht.«

»Darum geht es nicht. Sie arbeitet für diesen Bellheim. Warum also sollte ich ihr vertrauen?«

»Sie arbeitet nicht für Bellheim. Es ist eher eine Zweckallianz.« Templer rieb sich das Kinn. »Und wenn ich Sie daran erinnern darf, bin ich auch Teil davon.«

»Ich habe nicht gesagt, dass ich Ihnen vertraue.«

Sie blickte zum Eingang. Die gläserne Front bestand bestimmt aus verstärktem Glas. Dahinter war eine dieser seelenlosen Empfangshallen, die man heute in jedem großen Bürogebäude sah. Es gab nur einen Unterschied: Vor dem riesigen Empfang patrouillierten zwei uniformierte Polizisten mit Maschinenpistolen.

Noch in Templers Wohnung war Wiebke der Überzeugung gewesen, dass es eine gute Idee war, sich mit Bellheim zu treffen. Dann hatte aber diese Kristine Stiller bei Templer angerufen und um ein Gespräch gebeten. Warum? Wurde sie von diesem Bellheim vorgeschickt? Was hatte der zu verbergen?

»Hören Sie sich zumindest an, was Frau Stiller zu sagen hat. Danach entscheiden Sie, was Sie tun, okay?«

»Warum schickt Bellheim sie vor? Hat er was zu verbergen?«

Templer legte den Kopf schief. »Natürlich hat er das. Aber wir erfahren es nicht, wenn wir nicht mitspielen.«

Auch Uwe Templer war jemand, der sich nicht in die Karten schauen ließ. Wiebke sehnte sich in ihre kleine Dachgeschosswohnung zurück. Nicht, weil sie sesshaft werden wollte, sondern der Ruhe wegen. Und wenn ihre Nachbarin Frau Itzegel sie den einen Morgen vor einem halben Jahr nicht aus dem Bett geklopft hätte, wer weiß, wo Wiebke und Saskia heute wären. Saskia. Der Gedanke an ihre Zwillingsschwester tat nicht mehr ganz so weh. Beinahe vermisste Wiebke den Schmerz.

»Kommen Sie, wir gehen rein. Oder sollen wir hier Wurzeln schlagen?« Templer machte einen Schritt auf den Eingang zu. Wiebke folgte ihm.

Die Eingangshalle roch noch steriler, als sie aussah. Die zwei Polizisten blieben stehen und beäugten die Neuankömmlinge, wie es Polizisten eben taten, misstrauisch und wachsam. Die Jungs sind gut, dachte Wiebke. Sie positionierten sich sofort richtig, um auf einen möglichen Angriff bestmöglich reagieren zu können.

»Wie kann ich Ihnen helfen?« Die Empfangsdame lächelte unverbindlich. In ihrem roten Kleid wirkte sie wie ein Farbklecks auf einer grauen Wand. Dennoch wirkte sie so steril wie alles hier. Wiebke versenkte die Hände in den Hosentaschen. Sie war eher der Typ für dreckige Rockkneipen mit fleckigen Weizengläsern. Das hier fühlte sich wie eines dieser gehobenen Restaurants an, in denen die Kellner blütenweiße Handschuhe trugen.

»Wir möchten zu Frau Stiller. Sie erwartet uns«, sagte Templer in einem freundlichen Tonfall.

Die Empfangsdame tippte auf die Tastatur und runzelte die Stirn. »Es ist kein Termin eingetragen.«

»Sie hat uns telefonisch kontaktiert.« Templer lehnte sich gegen die Theke.

Aus dem Augenwinkel bemerkte Wiebke, wie sich die Polizisten näherten. Der eine hatte die MP5 in eine aufmerksame Sicherungshaltung gebracht. Der Daumen lag auf der außen liegenden Sicherung. Templer und sie hätten keine Chance, falls die Polizisten entscheiden würden, dass sie eine Bedrohung waren. Auch wenn die Polizeiversion der MP5 nur auf Einzelfeuer reduziert war, hatte die Maschinenpistole eine ausreichend hohe Schussfrequenz. Und selbst der schlechteste Schütze traf damit.

»Wie gesagt, es ist kein Termin eingetragen.« Das Lächeln der Empfangsdame war verschwunden.

»Könnten Sie eventuell bei Frau Stiller anrufen? Sie wird bestätigen, dass wir einen Termin haben.« Templer hatte anscheinend die Polizisten ebenfalls bemerkt. Er löste sich von der Theke und achtete darauf, dass seine Hände zu sehen waren.

»Das ist nicht üblich. Wie Sie wissen, ist Frau Stiller im Bundestag tätig. Sie hat sicher andere Dinge zu tun, als sich von mir stören zu lassen.«

Die Polizisten blieben mit etwas Abstand stehen. Weit genug auseinander, damit sie nicht ein Ziel bildeten, aber nahe genug beieinander, um sich gegenseitig helfen zu können. Echte Profis. Anders konnte Wiebke es nicht ausdrücken.

»Gibt es ein Problem hier?« Die Stimme war freundlich, aber bestimmt. Sie ließ keinen Zweifel daran, wer hier das Heft in der Hand hatte und es auch niemals aus der Hand geben würde.

Templer wich tatsächlich einen Schritt zurück. »Kein Problem, Herr Kommissar. Nur ein unschönes Versäumnis.«

»Welcher Art?«

»Der Herr und die Dame behaupten, einen Termin bei Frau Stiller zu haben. In ihrem digitalen Terminkalender ist allerdings nichts eingetragen«, sagte die Empfangsdame.

»Dann wird es den Termin nicht geben. Ich möchte Sie bitten, das Gebäude zu verlassen.«

»Es ist dringend«, sagte Templer.

Fehlt nur noch das klischeehafte »Es geht um Leben und Tod!«, dachte Wiebke.

»Wenn es dringend wäre, hätte Frau Stiller daran gedacht, ihren Terminkalender zu aktualisieren. Da sie es nicht tat, kann es also nicht dringend sein«, sagte der Polizist. »Ich möchte mich nicht wiederholen müssen. Da ist die Tür.«

»Ich bitte Sie nur darum, Frau Stiller anzurufen. Sie erwartet uns.« Templer machte nun einen Schritt auf die Polizisten zu. Einer ging in die entschlossene Schießhaltung. Wiebke registrierte, dass er die MP5 entsichert hatte. Templer blieb abrupt stehen, streckte die Arme seitlich aus und präsentierte den Polizisten die Handinnenflächen.

»Sachte«, sagte er. »Wir sind keine Bedrohung.«

Wiebke runzelte die Stirn. Irgendetwas war hier los. Was hatte die Polizisten alarmiert? Die deutsche Polizei war nicht dafür bekannt, so martialisch aufzutreten, und das war gut so. Hieß es nicht Freund und Helfer? Diese beiden Beamten waren davon weit entfernt.

»Identifizieren Sie sich!«, bellte der ältere der beiden Polizisten. Er übernahm die Gesprächsführung, während der andere die Situation sicherte. Ein Blick in sein Gesicht verriet Wiebke die Entschlossenheit, mit der er diese Situation unter Kontrolle halten wollte. Nötigenfalls mit Schusswaffengebrauch.

»Uwe Templer. Ich komme von *Home and Care*. Ich möchte mit Frau Stiller über ein Brunnenbauprojekt im Kandahär-Gebirge sprechen.«

Selbst in dieser Situation log Templer wie gedruckt. Es war schon beinahe beeindruckend, wäre da nicht die in Anschlag gebrachte Maschinenpistole. Warum sagte Templer nicht, dass er vom Nachrichtendienst war? Das könnte die Situation entschärfen.

»*Home and Care*? Nie gehört«, sagte der ältere Polizist.

»Die Menschen in Syrien leiden unter den Mudschaheddin. Wir wollen denen helfen.«

»Ist mir egal. Ich sorge hier für Sicherheit.«

Kandahār lag in Afghanistan. Jetzt führte Templer die Polizisten vor. Wiebke schüttelte den Kopf. Warum um alles in der Welt hatte sie sich auf das hier eingelassen? Sie registrierte, dass der Finger des jüngeren Polizisten am Abzug zitterte. Jung bedeutete unerfahren, unerfahren bedeutete eine falsche Einschätzung der Lage, und eine falsche Einschätzung der Lage ... Wiebke wollte diesen Gedanken nicht zu Ende führen.

»Lassen Sie es gut sein«, sagte eine Frau am Fuß der Treppe. Sie hatte ein hübsches Gesicht, das von einem Kopftuch in gedeckten Farben und arabisch wirkenden Mustern eingerahmt wurde.

Der ältere Polizist blickte ebenfalls zur Treppe, der Jüngere hatte sich noch nicht entspannt. Er blieb in der entschlossenen Schießhaltung.

»Ist gut, Mecki.« Der Ältere legte ihm die Hand auf die Schulter. Erst dann entspannte sich der Jüngere, ließ den Finger aber am Abzug.

Warum gaben sich Polizisten immer so dämliche Spitznamen? Meist gab es zwar eine Geschichte dahinter, aber das machte die Sache nicht besser. Wiebke kannte mal einen Polizisten, den sie alle »Auge« nannten, weil er einmal bei einem Widerstand ein blaues Auge davongetragen hatte. Ein verdammtes einziges Mal. Das Hämatom verschwand, der Spitzname blieb ein Leben lang.

»Herr Templer und Frau Meinert wollen zu mir.« Der Blick von Kristine Stiller ruhte einen Wimpernschlag zu lange auf Wiebke. Beinahe verschämt, als ob sie sich ertappt fühlte, blickte sie fort. Ein guter Anfang, dachte Wiebke.

Als sie im Büro der Politikerin ankamen, wirkte es genauso steril wie die Empfangshalle. Nur einen Unterschied gab es: Neben der Tür an der Wand hing das Auge der Fatima.

»Sie sind Muslima?«, fragte Wiebke.

»Ist das ein Problem für Sie? Sind Sie auch der Meinung, dass eine deutsche Politikerin keine Muslima sein darf?« Kristines Augen funkelten.

Wiebke zuckte mit den Schultern. »Mir egal. Ich interessiere mich nicht für Politik. Was mich aber interessiert, ist, warum Sie mich sprechen wollen.«

Kristine bot Wiebke und Templer einen Platz an. Beide setzten sich. Sie wirkte nervös, knetete ihre Hände, blieb am Fenster stehen und starrte nach draußen.

»Es ist kompliziert«, begann sie mit einer Stimme, die so dünn wie Herbstlaub klang.

»Und es ist dringend«, sagte Wiebke, »also reden Sie nicht um den heißen Brei herum.«

Kristine drehte sich um und lehnte sich gegen das Fenster. »Sie haben mitbekommen, dass die Polizisten, sagen wir mal, nervös waren. Das hat einen Grund. Das Bundeskriminalamt hat die Terrorwarnung auf Stufe zwei hochgesetzt. Somit ist jederzeit mit einem Anschlag in Deutschland zu rechnen.«

»Was habe ich damit zu tun?«

»Wir können zusammen den Anschlag verhindern.«

Wiebke lehnte sich zurück. »So was klappt nicht immer.«

»Trotzdem hängt es an Ihnen«, sagte Kristine.

Wiebke blickte Templer fragend an. Der nickte nur.

»Deutschland hat doch eine funktionierende Polizei«, entgegnete Wiebke.

»Darum geht es nicht.« Kristine drückte sich von der Fensterscheibe weg. »Wir wissen nur, dass ein Anschlag geplant ist. Alle weiteren Informationen hat ein befreundeter Dienst.«

»Und warum haben Sie nicht alle Informationen?«

»Weil wir erst etwas dafür tun sollen.«

Immer wieder dieses alte Spiel. Ich tue für dich nur etwas, wenn du etwas für mich tust. Wiebke presste die Lippen aufeinander. Wie sehr dieses Spiel sie ankotzte!

»Ich frage mich, wie befreundet dieser Dienst sein kann, wenn er Menschenleben aufs Spiel setzt, um etwas zu bekommen. Was sollen Sie denn dafür tun?«

»Waffen in den Sudan liefern.«

»Ihnen ist klar, dass der Sudan ein Pulverfass ist? Wenn Sie dorthin Waffen liefern, werden Menschen sterben. Viele Menschen.«

»Wir müssen entscheiden«, sagte Kristine. »Und wir müssen so entscheiden, dass wir die Leben der Menschen schützen, die hier leben.«

»Und was gibt Ihnen das Recht dazu?« Die Wut begann in ihr zu kochen. »Wie arrogant sind Sie? Ist das Leben eines Deutschen mehr wert als das Leben eines Sudanesen?«

Diese militärische Triage gehörte zu einem der Gründe, warum Wiebke der Division *Schnelle Kriseninterver.tion* den Rücken gekehrt hatte. Es war schön und gut, wenn man Geiseln aus der Hand von Aufständischen befreit hatte, wenn man als Held gefeiert wurde. Aber diese Helden waren Mörder. Sie hatten das Leben der Geiseln gegen das Leben der Aufständischen getauscht. Und um drei Geiseln zu befreien, starben vielleicht zehn oder zwölf andere Männer und Frauen. Söhne und Töchter, deren Eltern das Herz zerrissen wurde.

An Wiebkes Händen klebte viel Blut. Auch das des Sohnes und der Tochter des jetzigen sudanesischen Präsidenten.

Und nun dämmerte es Wiebke.

»Er will nur mit mir verhandeln«, sagte sie erschrocken. »General Nasir will mich als Verhandlungspartnerin.«

Kristine nickte. Wiebke starrte zu Templer.

»Haben Sie ein Problem damit?«, fragte er.

Natürlich hatte sie das! Nasir hatte ihr versprochen, sie in den Sudan zu holen, um sie für das zu bestrafen, was sie ihm angetan hat. Aber wie hatte er nach so langer Zeit erfahren, wo sie war? Dass seine Kinder durch ihre Hand gestorben waren, wussten nur Nasir und Wiebke. Und Theresa. Sie hatte geschworen, nichts zu sagen. Bei ihrer Soldatenehre. Aber was war ein Schwur nach so langer Zeit und einem gebrochenen Herzen noch wert? Trotzdem. Niemand durfte wissen, was damals im Sudan passiert war.

»Ich bin mir nicht sicher, ob ich eine geeignete Verhandlungspartnerin bin. Diplomatie ist nicht mein Ding. Ich bin nicht Saskia, die schon als Kind Verhandlungsgeschick hatte.«

»Ihre Schwester ist tot«, sagte Kristine mit einer Schärfe in der Stimme, die sie selbst überraschte, denn sie verstummte augenblicklich, blickte zu Boden und sagte so milde wie möglich. »Es tut mir leid. Das wollte ich nicht.«

Eine schwere Stille erfüllte den Raum. Erst nach einer Ewigkeit hatte Wiebke die Kraft zu nicken.

»Ich bin keine Diplomatin«, sagte sie dennoch.

»Sie können doch alles sein, was Sie wollen«, antwortete Kristine.

»Woher wollen Sie das wissen?«

Kristine ging zu ihrem Schreibtisch, zog eine Schublade auf und warf eine Mappe auf die Tischplatte. »Das ist Ihr Dossier. Sie haben einen tschetschenischen General ausgeschaltet, indem Sie sich als Domina ausgegeben haben. In Tschetschenien!«

»Bei all dem, was da drinsteht, haben Sie sich genau das gemerkt?« Wiebke legte die Schuhe auf die Tischkante. »Meine Chucks haben eine Reinigung nötig. Interesse?«

Es dauerte, bis Kristine die Spitze begriff, dann huschte Wut über ihr Gesicht, und sie wandte sich an Templer. »Das bringt doch alles nichts. Ich hatte ja schon gehört, dass Frau Meinert eine schwierige Person ist, aber dass ich eine Drittklässlerin hier sitzen habe, hätte ich nicht gedacht.«

»Was haben Sie da gesagt?« Wiebke funkelte Kristine an.

Templer erhob sich. »Können wir uns beruhigen und uns wie erwachsene Menschen benehmen?«

»Sagen Sie das ihr!« Kristine stemmte die Hände in die Hüften.

»Beide!«, sagte Templer. »Die Sache ist viel zu wichtig für derartige Streitereien.«

Kristine verschränkte die Arme. »Sie haben recht.«

»Wiebke? Was ist mit Ihnen?«

»Sie wissen gar nicht, was Sie da von mir verlangen, Templer.«

»Wir wissen, dass es viel verlangt ist, Sie in den Sudan zu schicken. Aber wir haben keine andere Alternative. Und ja, uns ist klar, dass dort Menschen sterben werden. General Nasir ist nicht für seine Barmherzigkeit bekannt. Er wird sein Volk mit Gewalt unterdrücken, um an der Macht zu bleiben. Diese Gewalt wird sich aber auch gegen die *Liberation Fighters of Sudan* richten, deren Ziel es ist, eine neue Provinz des Islamischen Staats zu errichten. Welche Gräueltaten den Menschen dann bevorstehen, brauche ich nicht zu erwähnen, oder?«

Templer hatte recht. Nachdem der Islamische Staat Ende 2017 militärisch besiegt worden war, dauerte es nicht lange, bis sich eine neue Machtstruktur aufgebaut hatte. Daran änderte auch der Tod des selbst ernannten Kalifen Abu Bakr al-Baghdadi im Oktober 2019 nichts. Die verschiedenen islamistischen Gruppen unter dem schwarzen Banner hatten sich darauf verlegt, sogenannte Provinzen zu gründen, damit sich die Idee, die hinter dem Islamischen Staat stand, weiter in den Köpfen der wahren Löwen ausbreiten konnte. Sei es in Syrien oder dem Irak, in den nördlichen Bergen Afghanistans oder in Indien.

Parallel dazu hatte al-Baghdadi vor seiner Niederlage in Baghus ExOp-Einheiten entsandt. Diese Männer und Frauen hatten den klaren Auftrag, zum geeigneten Zeitpunkt in europäischen Ländern selbstständig terroristisch motivierte Anschläge vorzubereiten und durchzuführen. Gelenkt wurden sie dabei von geistlichen Führern aus den Provinzen. Und jede dieser Provinzen stellte einen eigenen Hotspot für Islamisten dar. Mehrere Hotspots zu bekämpfen war ein Ding der Unmöglichkeit. Die westlichen Regierungen mussten sich dabei auf die Hilfe der örtlichen Machthaber verlassen und konnten nicht wählerisch sein. Man musste also auch Despoten stützen, um die Sicherheit in westlichen Ländern zu gewährleisten.

Und Nasir wollte Wiebke. Dafür würde er gegen die islamistischen Terroristen in seinem Land mit Waffengewalt vorgehen. Wieder eine Triage. Dieses Mal tauschte Wiebke ihr Leben gegen das Leben vieler Bundesbürger. Ein Leben gegen das vieler. Und trotzdem war die Entscheidung nicht einfach.

»Was ist los?«, fragte Templer. »Sie sind so still.«

Sie blickte ihn lange an. In Zeiten der Entscheidung zeigte sich der Wert eines Menschen.

»Ich mache es«, sagte sie.

Die Erleichterung war Kristine Stiller und Uwe Templer sofort anzusehen.

»Wann soll es losgehen?«

»Sofort«, antwortete Kristine. »Ein Flugzeug der Bundeswehr steht schon bereit. Und Bellheim hat einen seiner Agenten vorgeschickt. Sie werden sich im Sudan treffen.«

Wiebke nickte knapp und erhob sich. Ihre Beine fühlten sich an, als wären sie voller Pudding.

»Danke«, sagte Kristine. »Wenn das hier vorbei ist, versuchen wir einen Neustart, okay?«

Wiebke antwortete nicht. Sie war überzeugt, dass es kein danach für sie geben würde.

56

Sudan, sechs Jahre zuvor

DAS RATTENLOCH, in dem sich die Terroristen versteckten, lag in einer Senke. Es war schwer zu entdecken, aber auch schwer zu verteidigen.

Der Lackaffe von der Regierung hatte vor gut zweieinhalb Stunden Theresa und Wiebke auf die Mission geschickt. Es dämmerte bereits, die Sonne war nicht mehr als ein rötlicher Streifen am Horizont. Es blieb noch gut eine halbe Stunde bis zum Treffen des deutschen Außenministers mit dem sudanesischen Präsidenten. Eine halbe Stunde hörte sich viel an, war es aber nicht. Wiebke und Theresa mussten den Operator ausschalten, der seine Finger an einem Laptop hatte, mit dem er Bomben per Fernzünder auslösen konnte.

Theresa ließ das Fernglas sinken. Wiebke lag neben ihr im hohen Gras. Es roch nach Sand und Salz, und nach Theresa.

»Wir haben zwei Möglichkeiten.« Theresa reichte ihr das Fernglas. »Den Operator ausschalten oder die Satellitenschüssel auf dem Dach zerstören.«

Wiebke blickte durch den Feldstecher. Alles sah aus wie auf dem Satellitenbild, nur dass zwischen den Lehmhäusern, Müllsäcken und Akazien keine Autos mehr standen. Ausgeflogen waren die Terroristen aber nicht. Wiebke erkannte einen Scharfschützen auf dem Dach gegenüber der Satellitenschüssel, drei Zweiergruppen patrouillierten auf den unbefestigten Wegen. Es waren mit dem Operator also mindestens acht Männer und Frauen.

»Wird keine einfache Nummer.« Sie legte den Feldstecher weg.

»Hast du bei uns jemals einfache Nummern erlebt?«

»Die Sache mit dem usbekischen Kommandeur, der plötzlich Präsident werden wollte.« Wiebke grinste.

»Stimmt. Eine circa zweihundert Meter hohe und extrem steile Felswand hochklettern, dann in ein schwer bewachtes Gebäude eindringen und den Usurpator mit einem gezielten Kopfschuss erledigen ist für eine Wiebke Meinert ein Klacks.« Theresa schüttelte den Kopf.

»Du hast den Zusatz ›mit heiler Haut unbemerkt wieder herauskommen‹ vergessen. Wobei ich sagen muss, die Sache mit dem Hubschrauber war etwas kniffelig.«

»Du hattest Glück. Der Bordschütze war nachtblind.«

Wiebke grinste. »Ich bin eins mit den Schatten geworden. Nein, ich bin der Schatten höchstselbst.«

»Du bist größenwahnsinnig.«

»Deswegen liebst du mich doch, oder?«

»Nein, ich liebe dich wegen der Sachen, die du mit mir im Bett machst.«

»Ziemlich sexistisch von dir. Was genau meinst du?«

»Wenn du deine Zunge ... Holla, was ist das denn?«

Lichtlanzen durchschnitten die Dunkelheit. Ein Fahrzeug fuhr auf das Terroristenversteck zu. Wiebke nahm wieder den Feldstecher und schaltete den Restlichtverstärker ein. Sie erkannte einen dunklen Jeep, an dessen Kotflügeln kleine sudanesische Flaggen angebracht waren.

»Irgendwas ist komisch.« Sie reichte Theresa das Fernglas. »Schau selbst.«

»Das ist ein Militärfahrzeug, von einem ranghohen Offizier.«

»Hier stimmt was nicht. Was will ein ranghoher Militär bei den Terroristen?«

»Die Frage ist, was die sudanesische Regierung vom geplanten Anschlag weiß. Hat der Anzugträger nicht gerade noch gesagt, die Sudanesen wären ahnungslos, was das betrifft?«

»Was geht hier ab?« Wiebke kniff die Augen zusammen. Sie hoffte, irgendwas erkennen zu können, doch das Geschehen war zu weit weg und das Tageslicht nur noch ein dünner Silberstreif. Plötzlich wurden Scheinwerfer eingeschaltet. Drei Männer richteten das Licht von den Dächern auf den zentralen Platz. Wiebke ergänzte zwei weitere Scharfschützen auf der Liste. Das hob den Schwierigkeitsgrad der Mission um ein Vielfaches an.

»Was siehst du?«, fragte Wiebke.

»Der Jeep hält. Die bösen Jungs sind gut, verteilen sich um den Wagen, halten sich aber aus der Schusslinie. Jetzt werden die Wagentüren geöffnet. Heilige Scheiße!!«

»Was? Was ist?« Wiebke nahm den Feldstecher.

»Nächstes Mal nehmen wir zwei davon mit«, kommentierte Theresa und reichte das Gerät wieder an Wiebke.

»Wenn es ein nächstes Mal gibt.«

Wiebke starrte nach unten. Zwei Männer stiegen aus. Der eine war schmächtig und trug die einfache sudanesische Militäruniform, dazu eine Baseballkappe. Offensichtlich war er der Chauffeur und nicht weiter wichtig. Aber der andere Mann war mächtig, seine Gestalt war beeindruckend. Er trug die Gardeuniform, als wäre er zu einem offiziellen Staatsbesuch eingeladen. General Salim Nasir. Er hatte einen armlangen Stab mit schwer aussehendem Knauf in der Hand. Es ging das Gerücht, dass er damit ungehorsame Soldaten schlug. Bei schweren Vergehen soll dabei auch schon mal der Schädel des Delinquenten gebrochen sein. Die schwer verletzten Männer blieben zum Sterben liegen, und wer ihnen half, wurde erschossen.

Als Wiebke den General sah, glaubte sie jedes Wort, das hinter vorgehaltener Hand erzählt wurde.

»General Nasir«, sagte Theresa. »Hast du ihn erkannt?«

»Was macht der hier?«

»Ich kann nur raten. Und jede Antwort ist scheiße. Ziemlich scheiße.«

»Ich mag deine gehobene Ausdrucksweise.«

Wiebke konzentrierte sich wieder auf das, was im Terroristenversteck passierte. Nasir war eindeutig wütend. Das merkte man sogar aus dieser Entfernung. Er fuchtelte mit den Armen und brüllte so laut, dass der Wind ein paar unverständliche Wortfetzen herübertrug. Die Terroristen wichen ein Stück zurück und erhoben die Waffen gegen ihn, was den General noch wütender machte. Doch dann wurde er still. Wiebke erkannte zwei Personen, die aus einer der Lehmhütten herauskamen. Eine Frau und ein Mann, Sarabi und Hafsa. Nasirs Kinder. Das war also der Grund, warum der General hier war. Seine Kinder gehörten zu den Terroristen! Und sie waren nicht irgendwelche unbedeutenden Aufständischen. Der Sohn war anscheinend der Anführer, denn die anderen erwiesen ihm gebührenden Respekt. Und die Tochter trug einen Laptop unter dem Arm. War sie etwa der Operator? Durch das Fernglas sah Wiebke, wie Nasir nun mit seinen Kindern sprach.

Dann peitschte ein Schuss durch die Dunkelheit. Der Chauffeur wurde nach hinten geschleudert. General Nasirs Sohn hatte ihm mitten ins Gesicht geschossen. Nun richtete er die Waffe auf seinen eigenen Vater.

»Was passiert da gerade?«, fragte Theresa.

»Wir müssen handeln«, antwortete Wiebke. »Stirbt der General, wird die sudanesische Regierung noch unbesonnener handeln, als sie es jetzt schon tut.«

Und der Laptop, von dem sich die Geheimdienste erhofften,

dass er eine wahre Fundgrube an Informationen war, wäre verloren.

»Kannst du mir mal erklären, was los ist?«

Wiebke legte den Feldstecher weg. »Sarabi und Hafsa haben ihren Vater gerade als Geisel genommen. Sarabi ist unser Ziel. Sie ist der Operator.«

»Das ist scheiße.«

»Da stimme ich dir vollkommen zu.«

Sie schaute noch einmal durch den Feldstecher. Sarabi und Hafsa verschwanden gerade in der Lehmhütte mit der Satellitenschüssel auf dem Dach. Der General wurde in eine andere Hütte gebracht. Um beide Missionsziele erfüllen zu können, mussten Theresa und sie sich trennen. Der einzige Vorteil war, dass jetzt nur noch vier Terroristen draußen patrouillierten. Aber erst mussten die Scharfschützen ausgeschaltet werden.

Wiebke brachte ihr G28 DSKI Sturmgewehr in den liegenden Anschlag. Dieses halb automatische Zielfernrohrgewehr, das seit dem Jahr 2012 den Streitkräften der Bundeswehr im Kampf gegen Heckenschützen und gefährliche Einzelziele zur Verfügung stand, zeichnete sich durch hohe Präzision bei Zielen in einer Entfernung von über zweihundertfünfzig Metern aus. Für die Division *Schnelle Krisenintervention* war das G28 weiter modifiziert worden. Es verfügte zum Beispiel über einen Mündungsfeuerdämpfer, der sowohl den Mündungsknall als auch das Mündungsfeuer auf ein absolutes Minimum reduzierte. Nur im Straßenverkehr wollte man gehört und gesehen werden, aber keinesfalls bei Einsätzen der DSKI. Lautlos und unsichtbar wie ein Geist, so mussten die Frauen und Männer vorgehen. Das klappte nicht immer, aber es wurde weitestgehend angestrebt.

Wiebke blickte durch das Zielfernrohr. Der Restlichtverstärker regelte selbstständig die Blendwirkung der eingeschalteten

Scheinwerfer herunter. Sie konnte beinahe besser sehen als bei Tageslicht.

»Wir müssen die Scharfschützen gleichzeitig ausschalten«, sagte Wiebke.

»Jetzt weiß ich, warum du bei uns gelandet bist und nicht so eine Karriere wie deine Schwester hingelegt hast.«

»Hör mir mit Saskia auf. Wenn das so weitergeht, wird die noch Bundeskanzlerin.«

»Wie machen wir es?«

»Ich schalte die zwei Ziele links aus. Kümmere du dich um den neben der Satellitenschüssel. Danach beobachte die Umgebung. Stelle fest, ob die anderen was mitbekommen haben.«

Theresa nickte knapp. Sie hatte ihr Gewehr ebenfalls in Anschlag gebracht.

Wiebke zielte auf den ersten Scharfschützen. Er trug abgerissene Kleidung und ein Tuch um den Kopf, das sich gerade in der Bewegung löste. Wiebke stockte der Atem. Der Schütze war ein verdammtes Kind und höchstens dreizehn Jahre alt!

57

Sudanesische Grenzregion, 21:04 Uhr EAT

DER SILBERGRAUE Learjet brach wie ein jagender Adler durch die Wolken und setzte zum Landeanflug an. Als der Pilot eine leichte Kurve flog, drang das Heulen der Motoren ins Innere des Jets.

»Frau Meinert?«

Die Stimme des Soldaten riss sie aus den Gedanken. Der schwarzhaarige Mann hatte das Cockpit des Learjets verlassen und ließ sich auf dem beigefarbenen Ledersessel ihr gegenüber nieder.

»Wir werden in Kürze unser Ziel erreicht haben. Aufgrund der Wetterverhältnisse hat sich die Flugzeit um eine Viertelstunde verlängert.« Er machte eine kurze Pause »Sind Sie bereit?«

Wiebke nickte. Sie war bereit, ihrem Henker gegenüberzutreten. General Nasir hatte nach so langer Zeit nun doch gewonnen.

»Sind alle Vorbereitungen getroffen?«, fragte sie.

Der Soldat nickte. »Ihr Kontakt wartet am Rollfeld.«

Der Learjet verlor an Höhe. Wiebke bemerkte Druck auf den Ohren und nahm einen Kaugummi aus der Packung.

Ein paar Minuten später wirbelte das Fahrwerk des Jets den Staub auf. Sie waren irgendwo im Nirgendwo in der Dornenstrauchsavanne des Sudan gelandet. Im Licht unzähliger Scheinwerfer sah Wiebke eine windschiefe Holzbaracke, die sich am Rand des kleinen Wäldchens duckte. In einiger Entfernung standen vier Militärjeeps und eine dunkle Limousine mit getönten Scheiben und Fähnchen an den Kotflügeln. Dieses Fahrzeug weckte unangenehme Erinnerungen bei Wiebke. Etwas abseits stand ein alter Magirus Deutz. Auf der Pritsche war eine Lafette installiert. Der Soldat dahinter blickte grimmig und zielte auf den ausrollenden Learjet. Schon aus der Entfernung erkannte Wiebke die Waffe. Ein MG74 aus österreichischer Produktion. 850 Schuss pro Minute, Kaliber 7,62 × 51 mm. NATO-Standard 2310. Entwickler des Maschinengewehrs war die Firma Steyr Mannlicher. Das Gewehr stammte aus dem Jahr 1974.

Wiebke packte ihre Tasche und ging zum Ausstieg. Sie blieb neben dem Soldaten stehen und blickte auf das provisorische Rollfeld. Vier sudanesische Soldaten hatten sich am Ende der Treppe aufgestellt. Sie alle trugen Sturmgewehre und blickten mit einer distanzierten Freundlichkeit zu ihr herauf. Der eine Soldat hatte die Hände hinter seinem Rücken verschränkt. Es sollte alles wie ein normaler Empfang aussehen, aber alle wussten, dass das hier kein Sonntagsausflug war. Irgendetwas stimmte hier ganz und gar nicht, das spürte Wiebke. Der Soldat neben ihr spürte es offenbar auch, denn seine Hand lag auf dem Griffstück der P30, die er im kurz getragenen Holster am Gürtel hatte.

»Bleiben Sie ruhig«, sagte Wiebke, auch wenn sie es selbst nicht war. Ihr Puls raste, sie schwitzte immer mehr. Und zwar nicht nur wegen der Hitze, die trotz der Abendstunden herrschte.

»Der eine Soldat versteckt seine Hände hinterm Rücken.«

»Sehe ich, und mir ist klar, dass er mir zur Begrüßung keinen Blumenstrauß geben wird.«

»Wir könnten versuchen …« Er legte die Hand auf die automatische Türentriegelung.

»Vergessen Sie es. Bevor wir auch nur angerollt sind, hat der Jet mehr Löcher als ein Schweizer Käse.«

Wiebke betrat die Treppe. Eine feine Staubschicht legte sich sofort auf ihre schweißnasse Haut. Eine Hand hatte sie in der Hosentasche auf dem kleinen Gerät, das Templer ihr vor dem Abflug gegeben hatte. Es würde zwar nicht ihr Leben retten, aber zumindest dafür sorgen, dass man ihre Leiche fand. Ein schwacher Trost, aber besser als nichts.

»Wir warten hier auf Sie«, sagte der Soldat.

Dieser Satz war das Einzige, was sich in dieser Situation wahrhaftig anfühlte. Wiebke drehte sich noch einmal zu ihm um und lächelte. Er lächelte zurück.

58

Sudan, sechs Jahre zuvor

WIEBKE HOLTE TIEF Luft und hielt den Atem an. Nicht nur, um den Scharfschützen auf dem Dach der Lehmhütte besser treffen zu können, sondern auch, weil dieser Scharfschütze ein höchstens dreizehnjähriges Kind war. Ein Kind mit einer Waffe in der Hand. Er konnte nichts dafür, davon war Wiebke überzeugt. Der Krieg an sich war schon grausam genug, aber Jungen wie er starben als Erstes, selbst wenn sie den Krieg überlebten.

»Warum zögerst du?«, fragte Theresa.

»Der Soldat ist ein Kind.«

Theresa antwortete nicht. Wiebke war sich sicher, dass in ihr nun der gleiche Gewissenskampf tobte. Alle Soldaten sind Mörder, hatte jemand irgendwann einmal gesagt. Für Wiebke stimmte das. Die Terroristen, die diesen Jungen an die Waffe gezwungen hatten, waren Dreckschweine. Aber war Wiebke besser, wenn sie ihn tötete? Auch wenn sie damit wahrscheinlich das Leben anderer Menschen rettete?

Ihr lief die Zeit davon. Sie schloss kurz die Augen und packte das Sturmgewehr fester. Es musste getan werden. Auch wenn der Mündungsknall gedämpft wurde, war der Schuss dennoch zu hören. Das Projektil traf mit tödlicher Präzision. Wiebke schwenke zum zweiten Ziel. Der Mann hatte offenbar etwas bemerkt, doch bevor er Alarm schlagen konnte, traf ihn der zweite gezielte Schuss. Zur Sicherheit schwenkte sie dann dorthin, wo Theresas Ziel gestanden hatte. Aber auch der dritte Scharfschütze war tot. Jetzt musste es schnell gehen. Und lautlos.

»Du den General? Ich den Operator?«, fragte Wiebke.

Theresa nickte. »Viel Glück!«

Wiebke nickte knapp. Sie bewegte sich geduckt vorwärts. Dann war sie an der ersten Lehmhütte. Sie drückte sich gegen die Wand und fühlte die Wärme, die sie noch ausstrahlte. Hier roch es nach Müll und Unrat. Sie hörte zwei Männerstimmen. Dann kamen Schritte näher, ein Mann trat in ihr Sichtfeld. Sie blieb in seinem Rücken und sah, wie er seine Hose öffnete und sich breitbeinig hinstellte. Der andere Mann wartete, starrte aber in die Sterne und nicht in ihre Richtung. Sie waren keine guten Wachen.

Wiebke schlich zu dem Mann, der gerade den Hosenstall wieder hochzog. Ihr gebogenes Kampfmesser war bereit. Ein Schritt noch, vielleicht zwei. Ein Zweig knackte, verdammte Scheiße! Der Mann wirbelte herum. Wiebkes Messerstich traf ihn in die Schulter, sodass er laut aufschrie. Schnell zerriss der zweite Stich seinen Adamsapfel.

Nun erklangen Geschrei und zahlreiche Schritte, Hektik brach aus.

59

Sudanesische Grenzregion, 21:16 Uhr EAT

ES WAR, ALS OB alle nur darauf gewartet hätten, dass Wiebkes Fuß das staubige Rollfeld berührte. In diesem Moment rannte ein junger Soldat zur Limousine. Beinahe gleichzeitig wurde die Beifahrertür geöffnet. Ein sportlicher Mann in Gardeuniform stieg aus, blinzelte kurz gegen die Sonne und setzte sich dann ein rotes Barett auf. Unzählige Orden glitzerten an seiner Brust. Wiebke erkannte General Kabba Kargbou. Aktuell war er der zweite Mann im Sudan. Die Soldaten, die auf den Jet zuliefen, nahmen taktisch günstige Positionen ein, um auf Befehl des Generals sofort zuschlagen zu können. Der eine hielt seine Hand immer noch hinter dem Rücken verborgen.

Der junge Soldat war an der Limousine angekommen und öffnete die hintere Tür. Als Erstes sah Wiebke einen roten Stöckelschuh und dann den Saum einer grauen Hose, bevor die Frau gänzlich ausstieg. Wiebke blieb der Atem weg. Theresa! Das konnte nicht sein! Das durfte nicht sein! Sie war Bellheims Kontakt im Sudan? Wiebkes Lebensversicherung? Wohl eher ihre Henkerin. Theresa gehörte jedenfalls zu den Menschen, die nicht einfach einen Raum betraten, sondern auftraten. Wiebke erinnerte sich an das Gefühl, als sie vor neun Jahren erstmals aufeinandertrafen. Die erste zufällige Berührung. Das

Kribbeln. So viel war seitdem passiert. Ein gebrochenes Herz heilte niemals ganz. Und trotzdem fühlte es sich für Wiebke an, als bräuchte Theresa nur mit dem Finger zu schnippen, um sie wieder auf die Knie zu zwingen.

»Geht es dir nicht gut?« Theresa stand nun direkt neben ihr. »War der Flug nicht okay? Oder ist es etwas anderes?«

Sie weiß es, dachte Wiebke. Sie weiß, wie sie auf mich wirkt. Wusste das auch Bellheim? Hat sie ihm erzählt, was zwischen uns war? Theresa schwächt mich. Will Bellheim wirklich diese Mission gefährden?

Sie blickte Theresa ins Gesicht und sah das so vertraute Lächeln, das ihre Mundwinkel umspielte. In diesem Moment war das Feuer neu entfacht.

Kabba Kargbous Stimme riss Wiebke aus dem Gedankenstrudel. »So sieht man sich wieder, Schwester.«

»Hast dich gut gehalten«, sagte sie zu dem General. Sie war froh, sich nicht ausschließlich auf Theresa konzentrieren zu müssen.

Er lachte und schlug sich gegen den Bauch. »Bin etwas außer Form. Es waren wohl ein paar Dinnerpartys zu viel.«

»Ich hatte General Nasir zu den Verhandlungen erwartet.«

»Als Staatschef hat er andere Dinge zu erledigen. Aber vielleicht wäre er sogar gekommen, wenn er früher Bescheid gewusst hätte, wann du landest.«

»Können wir die Wiedersehensfreude woandershin verlegen?« Theresa schaute sich um. »Hier sind wir ein zu leichtes Ziel.«

»Da hat sie recht. Diese aufständischen Hunde sind überall.« Der General machte eine einladende Geste in Richtung Limousine. Theresa und Wiebke stiegen hinten ein. Vordersitze und Rückbank waren durch eine dunkle Scheibe getrennt. Das Fahrzeuginnere war klimatisiert, und es duftete nach

Pfeifentabak mit Vanillearoma. Aber dazwischen roch Wiebke noch etwas anderes. Theresas schweres Parfum Poison.

Die Limousine fuhr begleitet von zwei schwer bewaffneten Fahrzeugen los. Wiebke spürte jedes Schlagloch im Rücken.

»Schön, dich mal wieder zu sehen«, sagte Theresa.

»Was machst du hier?«

»Darauf aufpassen, dass alles so läuft wie geplant.«

»Wie ist es denn geplant?«

Theresa antwortete nicht.

»Warum treffen wir uns nicht in Khartum?«, fragte Wiebke nach einer Weile. »Warum in dieser Einöde?«

»Zu viele internationale Beobachter. Bei den letzten Gesprächen mit den Vertretern waren die der Meinung, das sudanesische Militär hätte genug Waffen. Und es ist ja nicht so, als wäre das hier alles legal.«

Wiebke runzelte die Stirn. »Haben die Vereinten Nationen nicht ihr Engagement im Sudan beendet?«

»Offiziell schon. Es sind nur noch ein paar Blauhelme hier, die für den ordnungsgemäßen Ablauf der Wahlen sorgen sollen. Die werden nicht mehr lange bleiben. Und die Truppen werden nicht wie erhofft verstärkt. In Portugal wächst Widerstand nach dem jüngsten Zwischenfall. Aber nicht nur dort.«

»Man vertraut der neuen Regierung nicht?«

Theresa schüttelte den Kopf. »In Khartum betreiben die Vereinten Nationen noch immer eine Vertretung. Marco Van Den Haag führt sich wie der Botschafter einer Besatzungsmacht auf. Jedwede Entscheidung geht über seinen Tisch. Der Holländer achtet mit Argusaugen auf das, was hier passiert.«

»Und wo fahren wir jetzt hin? Vom Nirgendwo ins totale Nichts?«

Theresa lachte. »Charmant wie immer.«

Wiebke schaute aus dem getönten Seitenfenster. Die holperige Straße führte mitten durch die Savanne. Manchmal kam ein ausgetrocknetes Flussbett der Straße so nahe, dass es aussah, als würden zwei Liebende sich küssen wollen, die es nicht durften, denn kurz danach knickte entweder das Flussbett oder die Straße wieder in das dunkler werdende unendliche Braun der Savanne. Hier und da standen Ansammlungen von schiefen Holzbaracken mit Wellblechdächern.

»Wir sind gleich da«, sagte Theresa. »Nasir hat ganz in der Nähe ein kleines Anwesen.«

Wiebke blickte weiter aus der Seitenscheibe. Das würde also ihr Grab werden.

»Er weiß es nicht«, sagte Theresa.

Wiebke blickte sie an. »Was weiß er nicht?«

»Dass du im Sudan bist.«

»Aber er hat doch nach mir verlangt.«

»Ich hatte mehr von dir erwartet.«

»Du? Du warst das? Warum?«

Theresa faltete ihre Hände im Schoß. Den Blick hielt sie gesenkt. Diese Haltung wollte so gar nicht zu ihrer dominanten Persönlichkeit passen. »Unsere Trennung habe ich nie ganz überwunden. Lange dachte ich, es gäbe eine zweite Chance, aber du warst verschwunden. Dann hörte ich von deiner Schwester. Und plötzlich auch wieder etwas von dir.«

»Was erzählst du da?« Wiebke deutete auf den Ehering. »Und was ist das?«

Theresa verbarg den Ring mit ihren Fingern.

»Nichts«, sagte sie.

Bevor Wiebke etwas erwidern konnte, hörte sie ein Summen. Die Scheibe zwischen Fahrgastraum und Vordersitzen wurde heruntergefahren. General Kargbou drehte sich zu ihnen um.

»Wir sind gleich da. Minister El-Deen erwartet euch bereits.«

»El-Deen?« Wiebke erinnerte sich, ihn vor sechs Jahren kurz

getroffen zu haben. »Er ist jetzt Minister? Was war er damals doch gleich …«

Der General lachte. »Vom schmierigen Spion zum Minister für innerstaatliche Angelegenheiten.«

Wiebke wandte sich an Theresa. »Irgendjemand wird Nasir verraten, dass ich hier bin.«

»Lass das mal meine Sorge sein«, flüsterte Theresa zurück.

Der Konvoi hielt an. Wiebke konnte aus dem Seitenfenster ein Tor erkennen, das zwischen Felsen stand und mit Nato-Draht gesichert war. Zwei Soldaten kamen auf die Limousine zu. Beide hatten eine selbst gedrehte Zigarette im Mundwinkel und eine AK-47 lässig über der Schulter. Sie sprachen mit dem Fahrer. Wiebke verstand nicht, was gesagt wurde, aber der stämmigere Soldat warf einen prüfenden Blick in den Fond der Limousine. Dann ging er zum Tor und öffnete es. Der Konvoi setzte sich in Bewegung. Hinter der nächsten Biegung breitete sich ein befestigter Platz aus. In der Mitte stand ein weißes Haus, das überhaupt nicht hierher passen wollte. Auf der Veranda standen mehrere Sitzgruppen Rattanmöbel, der fein säuberlich gemähte Rasen bot Platz für mehrere Strandkörbe. Das Haus an sich sah aus wie eine Südstaatenvilla, nur dass hier statt Sklaven bewaffnete Soldaten mit Dobermännern patrouillierten. Wiebke zählte sechs Wachen, die in Zweiergruppen mit jeweils einem Hund um das Anwesen gingen. Im Gegensatz zu den Wachen am Tor hatten diese hier die Schnellfeuergewehre schussbereit in der Hand.

»Was ist das hier?«, fragte Wiebke.

Kargbou zeigte seine makellosen Zähne. »Es ist eine Art Hotel für gut zahlende Gäste, die sich eine abenteuerliche Auszeit gönnen wollen.«

»Eine hübsche illegale Einnahmequelle.«

Der Gesichtsausdruck des Generals war amüsiert. »Das Anwesen wurde aus Privatvermögen finanziert. Es ist doch nur recht, dass die Einnahmen auch in ein Privatvermögen fließen.«

Wiebke hätte gerne gefragt, wer sich alles an diesem bizarren Projekt in einem der ärmsten Länder der Welt beteiligte, aber sie hätte eh keine Antwort bekommen.

Die Limousine hielt vor der breiten Treppe an, die auf die Veranda führte. Soldaten öffneten die hinteren Türen. General Kargbou blieb sitzen und beugte sich in den Fond.

»Ich wünsche gutes Gelingen!«

»Sie kommen nicht mit?«, fragte Theresa.

»Ich werde heute noch im Hauptquartier erwartet.«

Nachdem Wiebke und Theresa ausgestiegen waren, blieben sie am Fuß der Treppe stehen, während der Fahrzeugkonvoi in einer Staubwolke verschwand. Wiebke schmeckte den Sand auf der Zunge. Gemeinsam mit Theresa ging sie unter Beobachtung der Soldaten die breite Treppe zur Veranda hoch.

»Ziemlich nervös, die Jungs. Findest du nicht?«

Sie erreichten die doppelflügelige Tür. Ein Soldat stellte sich ihnen in den Weg und sprach sie in gebrochenem Englisch an: »Haben Mobiltelefone? Waffen?«

Theresa schüttelte den Kopf.

Wiebke hoffte, dass die Soldaten sie nicht durchsuchen würden. Der GPS-Sender, den Templer ihr gegeben hatte, war zwar klein, aber nicht unübersehbar. Ein Schweißtropfen kitzelte ihren Nacken hinab. Der Soldat trat näher und missachtete dabei die soziale Distanz. Wiebke wich nicht zurück. Sie roch, dass der Soldat gerade gebratenes Fleisch mit Knoblauch gegessen hatte.

»Auch sonst nichts?«, fragte der Soldat.

»Suchst du einen Grund, uns anzutatschen?« Wiebke sprach so emotionslos wie möglich. »Dann mach und quatsch nicht.«

Der Soldat kam noch näher.

»Lass gut sein!« Ein weiterer Soldat hatte die Tür geöffnet

und den Befehl gegeben. Die Abzeichen an seiner Brust verrieten, dass er höhergestellt war.

Der Soldat wich zurück. Wiebke fiel ein Stein vom Herzen, denn sie hatte wieder mal hoch gepokert und gewonnen.

Das konnte nicht immer gut gehen.

»Kommen Sie bitte mit.« Der höhergestellte Soldat machte eine einladende Geste.

Wiebke und Theresa betraten eine klimatisierte Eingangshalle. Hatte Wiebke Möbel im Kolonialstil erwartet, wurde sie enttäuscht. Die Einrichtung war spärlich und konnte als ultramodern bezeichnet werden. Hinter einem kleinen Springbrunnen standen zwei Metallstühle, die sich um einen runden Tisch mit Rauchglasplatte gruppierten. Auf dem Tisch stand ein Funkgerät. Links davon sah Wiebke ein Regal. Die Buchrücken verrieten, welche Gäste hier abstiegen: Sie las spanische, italienische und deutsche Titel, daneben gab es aber auch arabische und kyrillische Schriftzeichen.

Etwas verloren blieben sie in der Mitte der Halle auf einem teuer aussehenden Perserteppich stehen. Nur das Plätschern des Springbrunnens war zu vernehmen. Dann wurde eine Tür geöffnet, Schritte näherten sich. Wiebke drehte sich zu den Geräuschen um. Minister El-Deen war ein kleiner Mann, der in seinem grauen Lagerfeld-Anzug etwas verloren wirkte. Sein kahl rasierter Schädel glänzte, und als er näher kam, konnte Wiebke sein Kölnisch Wasser riechen. Dieses Mal rümpfte sie die Nase, tat dann aber mehr schlecht als recht so, als müsse sie niesen.

»Es ist schlimm, wenn ein Nieser in der Nase stecken bleibt. Ich habe dann immer das Gefühl, als würde mein Kopf platzen.« Er hatte eine angenehm klingende Stimme.

»Herr Minister.«

»Sie müssen Frau Meinert sein. Richtig?«

Offenbar erinnerte er sich nicht mehr an das kurze Aufeinandertreffen vor sechs Jahren. Wiebke hoffte, dass dies so bleiben würde. »Es wäre mir eine Ehre, wenn Sie mich Wiebke nennen würden, Herr Minister.« Ein bisschen Schleimen gehörte zum Geschäft. »Und das ist Theresa Wissmer.«

»Wie auch immer.«

Er führte sie in ein geräumiges Büro und bot ihnen einen Platz am Fenster an, das einen wundervollen Blick auf einen englischen Garten gewährte. Einer silbernen Schatulle entnahm er eine Zigarre. »Cohibas. Rauchen Sie?«

Wiebke und Theresa winkten beinahe gleichzeitig ab.

»Kommen wir zum geschäftlichen Teil«, sagte Theresa. »Eigentlich wollte ich mein Angebot dem Präsidenten unterbreiten, aber es scheint, dass Sie nun die Verhandlungsführung haben.«

»Jaja.« Ein Augenlid des Ministers zuckte. »Ich wurde gestern vom Präsidialbüro unterrichtet. Leider muss ich zugeben, dass mir die Zeit für eine richtige Vorbereitung gefehlt hat.«

»Es gab auch kaum Vorabsprachen. Mein Klient wurde von Ihrem Botschafter angesprochen. Es ging um die Wiederbewaffnung ihrer Armee.«

Klient? Botschafter? Was wurde hier gespielt? Wiebke fragte sich, ob das Teil der Scharade war oder ob sie Teil eines noch mieseren Spiels geworden war.

Der Minister nickte. »Uns machen neue Rebellenübergriffe zu schaffen. Mit unseren wenigen alten Waffen können wir diesen Übergriffen keinen Einhalt gebieten.«

»Dafür bin ich ja da.« Theresa griff in die Innentasche ihres Jacketts. Eine Bewegung, die das Augenlid des Ministers wieder nervös zittern ließ. »Ich habe hier eine Liste der Waffen, die wir kurzfristig liefern können.« Sie entfaltete ein Blatt Papier und strich es auf der Tischplatte glatt.

Der Minister runzelte die Stirn. »Wir brauchen einen Hubschrauber. Der ist essenziell für den Deal. Wir müssen flexibler auf die Rebellenangriffe reagieren können. Das macht eine schnelle Truppenverlegung vonnöten.«

»Aktuell können wir keinen Black Hawk UH-60M liefern.«

Nun schüttelte der Minister den Kopf. »Kein Hubschrauber. Kein Deal.«

Theresa wurde nervös. Der Deal musste zustande kommen, damit der Terroranschlag in Deutschland verhindert werden konnte.

»Wir könnten versuchen, Ihnen die Version UH-60L zu liefern«, sagte sie nach kurzem Überlegen.

Der Minister zog an der Zigarre und blickte sie an.

»Das Baby ist zwar etwas älter, aber noch sehr gut in Schuss. Der Hubschrauber hat eine Höchstgeschwindigkeit von 361 km/h und eine Reisegeschwindigkeit von 240 km/h. Ich denke, das müsste die Flexibilität Ihres Heeres garantieren.«

»Wir hatten uns aber für das Modell UH-60M wegen der vorhandenen Bewaffnung entschieden.«

Ein Test. Wiebke presste die Lippen aufeinander. Die Unterschiede zwischen den beiden Hubschraubermodellen bestanden nämlich nicht in der Bewaffnung.

»Ich hasse so etwas«, sagte sie.

Sowohl der Minister als auch Theresa blickten sie an. »Wollen Sie mich für dumm verkaufen?«

Es dauerte etwas, bis der kleine Mann ein breites Grinsen aufsetzte. »Sie gefallen mir. Und Sie müssen mir den kleinen Test verzeihen. Nun weiß ich, dass Sie wissen, wovon Sie sprechen.« Er wandte sich an Theresa. »Die UH-60L wird sich doch im Preis niederschlagen, oder?«

Theresa nickte. Sie nahm Zettel und Stift, die auf dem Tisch lagen, und schrieb eine Zahl auf. Den Zettel schob sie ihm hinüber. »Das wäre der Gesamtpreis.«

Er prüfte nicht einmal, welche Summe Theresa auf dem Zettel notiert hatte, sondern stand auf und ging zu dem mit maurischen Ornamenten verzierten Beistelltisch. Dort goss er sich ein Glas Wasser aus einer Karaffe ein. Mit dem Wasserglas in der Hand kehrte er zum Verhandlungstisch zurück. Mit einem Taschentuch wischte er sich den Schweiß von der Stirn.

»Wir hatten gehofft, die Lieferung auf einem anderen Weg bezahlen zu können.«

»An welche Möglichkeit haben Sie dabei gedacht?«, fragte Theresa.

»Es gibt vielversprechende Erdölvorkommen im Süden. Wir würden Sie als Gesellschafter akzeptieren und an den Gewinnen beteiligen.«

»Interessant. Wie soll die Bezahlung funktionieren?«

»Wir machen einen Vertrag mit einer Ölförderfirma Ihrer Wahl. Diese Firma wird einen prozentualen Anteil des geförderten Öls verarbeiten und auf eigene Rechnung vermarkten. Das erwirtschaftete Geld zahlt die Firma abzüglich Gebühren auf ein Konto der sudanesischen Zentralbank. Von dort wird in regelmäßigen Abständen das Geld auf ein Konto umgebucht, über das Ihr Klient frei verfügen kann. Der Vorteil dieser Bezahlung ist, dass die Gelder nicht über ein Finanzministerium laufen und dementsprechend nicht nachvollziehbar sind.«

Theresa lehnte sich zurück, sie wirkte entspannt. Zu entspannt für Wiebkes Geschmack. Beinahe so, als hätten ihre Auftraggeber auf diese alternative Bezahlmethode spekuliert und Theresa entsprechende Instruktionen gegeben. Welches Spiel spielte sie hier? Wiebke runzelte die Stirn.

»Mein Klient wird entscheiden wollen, an wen sein Anteil des geförderten Öls verkauft wird«, sagte Theresa. »Und es muss sichergestellt werden, dass die avisierten achthunderttausend Barrel am Tag erreicht werden.«

Der Minister schwitzte noch mehr. »Aber ... Sie wissen, dass ...«

»Das ist unserem Klienten bewusst. Er hat vollstes Vertrauen in die Fähigkeiten der neuen Regierung.«

Theresa zeigte ein zuckersüßes Lächeln. Wiebke kannte es nur zu gut. Im Nachgeschmack war es bittere Galle.

»Ich werde die Forderung General Nasir vortragen. Ich müsste für meine Dienste jedoch eine gewisse Aufwandsentschädigung verlangen. Wäre das in Ordnung?«

»Ihre Dienste?« Theresa schüttelte den Kopf. »Ganz ehrlich. Sie wollen etwas von uns, und wir kommen Ihnen mit einer alternativen Möglichkeit der Bezahlung entgegen. Jetzt wollen Sie auch noch eine Aufwandsentschädigung?«

Der Minister zündete sich seine Zigarre wieder an. »Wir wissen beide, dass Sie und Ihr Klient nicht die einzigen Händler des Todes sind, und ich weiß, dass Sie wissen, dass wir auch noch andere Kontakte pflegen.« Er machte einen tiefen Zug und blies den blauen Dunst an die Decke. »Und wir wissen beide, dass Sie von Anfang an auf die Bezahlung mit Öl aus waren, denn dieses Geschäft sichert Ihnen auf lange Sicht eine lukrative Einnahmequelle. Wenn die von Ihnen genannte Ölfirma sich einmal wie ein Kraken in unserem Ölvorkommen festgekrallt hat, wird es schwierig werden, eine andere Firma zu finden, die genau für die gleichen Konditionen arbeitet. Wir würden also immer wieder Waffenlieferungen bei Ihnen in Auftrag geben. Richtig?«

»Sie haben mit der Feststellung völlig ins Schwarze getroffen, und ich bin ehrlich beeindruckt von Ihrer Leistung und Vorbereitung. Selbstverständlich bekommen Sie eine Aufwandsentschädigung, die sich an die ersten Zahlungen der Ölförderfirma koppelt. Wenn Sie mir bis dahin ein sicheres Nummernkonto nennen, werden wir den Betrag auf dieses Konto überweisen. Wenn das für Sie in Ordnung ist.«

Der Minister schüttelte den Kopf. »Meinen Aufwand erbringe ich im Vorfeld des Deals, und ich denke, dass bei der zur Disposition stehenden Summe eine Entschädigung in Höhe von fünf Millionen Dollar aus der Portokasse angemessen ist.«

»Wir überweisen Ihnen zunächst drei Millionen und nach Abschluss des Deals noch einmal drei Millionen.«

»Sechs also?«

Theresa nickte.

»Damit bin ich einverstanden.«

Theresa erhob sich. »Ich würde die Eckdaten unserer Vereinbarung gerne meinem Klienten übermitteln.«

Es klopfte an der Tür, und ein Mann in blütenweißer Jacke stand im Türrahmen. Er sagte etwas, das Wiebke nicht verstand. Danach verschwand er sofort wieder.

»Das Essen ist angerichtet.« Der Minister breitete die Arme aus. »Wir werden nun ein sudanesisches Nationalgericht genießen.«

»Und was wird das sein?«, fragte Wiebke.

Der Minister grinste breit. »Ful. Zerkochte Ackerbohnen mit Zwiebeln und Tomaten. Unser Koch verfeinert das Gericht mit Käse. Dazu reichen wir Brot. Alternativ können Sie auch ein Nilbarschfilet in Chilisauce genießen.«

Er führte sie nach unten in den Speisesaal. Dort war ein großer Tisch hergerichtet mit silbernen Schüsseln und feinstem Porzellan. Das Ful wurde am Tisch mit Brot anstelle des Bestecks aus einer großen, verzierten Schüssel gegessen. Wenn im Sudan etwas ohne Besteck gegessen wurde, gehörte es zum guten Ton, nur die rechte Hand zu benutzen. Wiebke saß neben Theresa, die sich ausschließlich auf den Minister konzentrierte und mit ihm Small Talk hielt, als wäre das hier ein belangloses Treffen unter Freunden und nicht der Abschluss eines riesigen illegalen Waffengeschäfts.

Wiebke spürte, dass etwas nicht stimmte. Vielleicht lag es daran, dass Theresa immer wieder kurz auf die Armbanduhr blickte? Als ob sie auf etwas warten würde. Aber auf was? Theresa hatte auf dem Weg zum Speisesaal kurz telefoniert und wahrscheinlich das Go ihres Auftraggebers bekommen. Das Geschäft war also erledigt, die Waffen verkauft.

»Waren Sie schon einmal im Sudan?« Der Minister blickte plötzlich Wiebke an.

»Meinen Sie mich?«

»Sie und Theresa. Sie wissen offensichtlich, wie man traditionell das Ful isst.«

»Nein«, sagte Wiebke. »Ich hatte während des Flugs Zeit, mich ein wenig zu informieren.«

»Das freut mich.« Der Minister grinste. »Die meisten Geschäftspartner interessieren sich nicht für solche Feinheiten. Sie erwarten heimische Küche und Schwarzwälder Kirschtorte zum Kaffee.«

»Jeder ist anders.« Damit war für Wiebke das Gespräch beendet, denn auch wenn El-Deen versuchte, freundlich zu sein, hatte sie beschlossen, ihn genau wie vor sechs Jahren nicht zu mögen.

»Es ist spät«, sagte er. »Ein ereignisreicher Tag geht zu Ende. Seien Sie meine Gäste. Es sind Zimmer für Sie hergerichtet worden. Heute Abend ist es zu gefährlich, noch nach Khartum zu fahren. Wilde Tiere, wissen Sie? Und Rebellenabschaum. Wurde Ihr Gepäck schon hochgebracht?«

»Gepäck? Sehr witzig.« Wiebke schüttelte den Kopf. »Wir wussten bis vor ein paar Stunden nicht einmal, dass wir im Dschungelcamp landen würden.«

»Das verstehe ich nicht.«

»Unser Gepäck wurde nach Khartum gebracht. Dort wurden uns auch Hotelzimmer gebucht.« Theresa strich sich durchs Haar. »Wir hatten erwartet, dort den Präsidenten zu treffen. Wir haben also keine frische Kleidung oder Hygieneartikel dabei.«

Der Minister wartete, bis eine Bedienstete den Tisch abgeräumt hatte. »Ich bedauere diesen Umstand sehr.«

Sicher nicht, Arschloch. Wiebke presste die Lippen aufeinander. Nein, sie mochte ihn nicht. Ganz und gar nicht.

»Aber ich bin mir sicher, dass wir in diesem Hause mit Hygieneartikeln aushelfen können, und Damen Ihres Formats werden es sicher verschmerzen können, einmal nicht eine frische Unterhose zu tragen. Darf ich Sie noch auf einen Gute-Nacht-Drink und eine Zigarre im Rauchersalon einladen?«

Theresa blickte wieder auf ihre Armbanduhr. »Danke. Diese Einladung ehrt uns, jedoch bin ich vom Flug und vom Tagesverlauf sehr müde. Ich würde mich freuen, wenn ich auf mein Zimmer könnte. Eine Dusche tut mir sicher gut. Danach möchte ich gerne ausruhen.« Sie blickte Wiebke an. »Was ist mit dir?«

Theresa wusste genau, dass Wiebke solche Gute-Nacht-Drinks zuwider waren. Vielleicht wollte sie nur höflich sein? Wiebke schüttelte den Kopf.

Der Minister erhob sich. »Selbstverständlich. Ich werde John rufen lassen.«

John war der Soldat vom Eingang. Er führte Wiebke und Theresa in die erste Etage. Ihre Zimmer lagen nebeneinander, wobei Zimmer das falsche Wort für das war, was Wiebke hinter der Tür erwartete. Die Einrichtung war edel und pompös. Sicher hatten hier schon unzählige russische Oligarchen ihre Orgien gefeiert und dabei die Unterwanderung einer demokratisch gewählten Regierung geplant. Wiebke schaltete die Stehlampe an und prüfte die Funktion des GPS-Senders. Unter einer Gummilippe befand sich eine kleine Diode, die grün leuchtete. Das Gerät hatte also Empfang und konnte geortet werden. Sie steckte es in die Hosentasche und beobachtete die Wachen, die draußen stoisch ihre Runden drehten. Das Geräusch eines Automotors störte die Stille, bevor zwei Lichtlanzen die Dunkelheit durchstachen. Minister El-Deen fuhr also heute Nacht noch zurück nach Khartum. Hatte er nicht gesagt, es sei zu gefährlich?

Und dann bemerkte sie etwas. Jemand hatte lautlos den Raum betreten, die Umarmung kam langsam und sanft. Theresas Atem kitzelte ihr Ohr. Bevor es zu guttat, entwand sie sich.

»Lautlos wie immer«, sagte sie zu Theresa.

»Ich habe gesehen, dass du etwas gemerkt hast. Warum reagierst du nicht?« Theresa ließ sich auf den Sessel neben der Stehlampe fallen. »Oder sind deine Reflexe nicht mehr so gut wie früher?«

»Ich wusste, dass du zu mir kommen würdest.«

»Selbstsicherheit hast du nicht eingebüßt.«

Wiebke lehnte sich gegen die Wand und verschränkte die Arme. »Was erwartest du? Dass ich wieder in deine Arme sinke? Nach all der Zeit? Nach all dem, was passiert ist?«

»Deine Reaktion auf mich hat mich das glauben lassen.«

»So ist es aber nicht.« Natürlich war es so. Wiebke machte sich nichts vor. Sie hatte lange unter der Trennung gelitten. Jede Faser ihres Körpers sehnte sich nach Theresas Berührungen, nach den Küssen am Hals.

»Warum bin ich hier?«, fragte sie schließlich.

Theresa lehnte sich vor. »Um mich bei einem illegalen Waffendeal zu unterstützen. Für das, was wir gerade so erfolgreich erledigt haben.«

»Das ist es nicht. Warum bin ich also hier?«

»Ich weiß nicht, was du meinst.«

»Ich meine, dass du wusstest, wie gefährlich es für mich hier ist. Wenn General Nasir erfährt, dass ich hier bin ...«

»Wird er nicht.« Theresa schnitt Wiebke das Wort ab. »Er wird es nicht erfahren. Jedenfalls nicht heute Abend.«

»Was macht dich da so sicher?« Wiebke deutete zum Fenster. »Ich habe gesehen, wie der Minister weggefahren ist. Und was ist mit General Kargbou? Was ist, wenn einer von denen direkt nach Khartum fährt? Wenn er noch heute Nacht den General trifft?«

»Wir sind hier sicher.«

»Sicher?« Wiebke schüttelte den Kopf. »Die ganzen Wachen hier sind unter Nasirs Befehl. Ein Wink von ihm, und wir sitzen in der Scheiße.«

»Er wird den Waffendeal nicht gefährden. Wenn uns etwas passiert, dann platzt der Deal.«

»Und warum, glaubst du, interessiert ihn das? Nasir wird den Status quo halten, bis irgendjemand sonst ihm Waffen verkauft. Die Russen, die Chinesen oder von mir aus die Franzosen. Und wir haben gar nichts. Außer, dass wir in irgendeinem Loch verrotten, wenn wir überhaupt noch leben.«

»Was ist, wenn der Status quo sich schneller ändert, als es unserem General lieb ist?«

Wiebke zog die Augenbrauen zusammen. Derzeit waren die regulären sudanesischen Truppen den *Liberation Fighters* leicht überlegen, aber nicht annähernd so dominant, einen militärischen Sieg erringen zu können. Mit dem Waffendeal würde sich die Waagschale in Richtung der Regierung neigen. Nur eine schnellere Bewaffnung der Terroristen würde die derzeitige Pattsituation drastisch in die falsche Richtung ändern. Dabei standen die regulären Truppen nicht für Freiheit und Demokratie. Ihre Taten waren nicht besser als die grausamen Überfälle der Terroristen. Sie unterschieden sich lediglich in der Ideologie. Auf der einen Seite stand der pervertierte Glaube an Allah, auf der anderen Seite Machtgeilheit und Gier nach Reichtum. Die Bevölkerung litt in beiden Fällen. Aber irgendjemand hatte entschieden, das Machtgleichgewicht zugunsten des Diktators ausschlagen zu lassen. Die Gründe dafür würden wie immer im Dunkel bleiben. Vielleicht wollte man die saudische Allianz im Jemen schwächen? Vielleicht ging es schlicht um sehr viel Geld. In Krisensituationen war Geld immer wichtiger als Menschenleben. Das hatte die Vergangenheit bewiesen, und es würde auch in Zukunft so bleiben.

Die Menschheit war schon scheiße, dachte Wiebke. Und mit welcher Arroganz entschieden die sogenannten westlichen Mächte über Wohl und Schicksal anderer Nationen?

Theresa blickte wieder auf ihre Armbanduhr. Es sollte zufällig wirken, war aber nicht zu übersehen. Theresa hatte etwas vor, das war Wiebke klar. Sie wusste nur nicht, was es war.

»Und jetzt?«, fragte Wiebke. »Wie geht es weiter?«

Theresa zuckte mit den Schultern. »Wir bleiben die Nacht hier.«

»Als ob uns etwas anderes übrig bleibt.«

»Zumindest könnten wir es uns schön machen.« Theresa erhob sich und ging auf Wiebke zu. »Ein paar schöne Stunden? Nur wir zwei?« Es fühlte sich gut an, ihre Lippen auf den ihren zu spüren. Doch dann löste sich Wiebke aus dem Kuss, befreite sich aus Theresas Umarmung.

»Es ist falsch«, sagte sie.

Ärger flog über Theresas Gesicht. »Für mich hat es sich verdammt richtig angefühlt.«

»Ich brauche eine Dusche. Und Zeit zum Nachdenken.«

»Über uns?«

»Ja. Vielleicht. Es ist kompliziert.«

»Ist es bei dir doch immer. Kompliziert ist dein zweiter Vorname.«

»Lass uns reden, wenn wir wieder in Deutschland sind. Okay?«

Theresa blickte auf ihre Schuhspitzen. Es dauerte, bis sie antwortete. »Okay.« Dann verließ sie das Zimmer.

Wiebke war wieder allein. Sie hoffte, dass sie das Richtige tat. Sie hoffte, dass Theresa den GPS-Sender nicht bemerkte, den sie ihr in die Hosentasche gesteckt hatte. Und sie hoffte, dass sie sich irrte. Dass Theresa kein falsches Spiel spielte.

Die Umarmung. Der Kuss. Balsam für die Seele.

Sollte sie es noch einmal mit Theresa probieren, wenn sie zurück in Deutschland waren?

Vielleicht. Nachdem sie Saskia gefunden hatte. Oder die Mörder ihrer Schwester.

60

Berlin, 22:45 Uhr MEZ

BELLHEIM WISCHTE sich mit der Hand über den Mund. Er blickte auf die Papiere, die ausgebreitet auf dem großen Tisch lagen. Der Raum war dunkel, nur der Schein einer Schreibtischlampe spendete Licht. Zigarilloqualm kräuselte sich darin. Bellheim nahm einen Zug. Der Tabak schmeckte herb, war ohne Parfumzusätze. Corona Classic, feinste Qualität aus Sumatra. Eine perfekte Kombination aus Zedernholznote und Karamell, die sich harmonisch mit zarten Nuancen von weißem Pfeffer und Zartbitterschokolade vereinten. Wer einen solchen Zigarillo parfümierte, der tötete auch Hundewelpen.

»Sie sind sich sicher, Templer?«

»Absolut.«

»Woher stammen die Informationen?«

Templer lehnte sich auf dem Stuhl zurück und schlug die Beine übereinander. Gedankenverloren zupfte er an der Bügelfalte der Anzughose. »Es gibt Dinge, die wir uns nicht verraten, ob wir uns nun vertrauen oder nicht. Aber seien Sie versichert, dass diese Informationen direkt von einer Person vor Ort stammen. Einem Insider also.«

»Sicher. Aber eine gewisse Vertrauensbasis ist anscheinend vorhanden. Sonst wären Sie nicht hier.«

»Primär geht es mir um Wiebke.«

»Ist sie es wert? All das, was Sie für sie tun?«

Er achtete auf die Reaktion des Nachrichtendienstlers, aber Templer war ein verdammt guter Pokerspieler. Nichts an ihm verriet, warum er das alles tat. Vielleicht längst vergessene Vatergefühle? Eher unwahrscheinlich. Soweit Bellheim wusste, war Uwe Templer nie verheiratet gewesen. Aber trotzdem, irgendetwas musste es sein.

»Sie haben sich doch über Wiebke informiert. Was glauben Sie?«, fragte Templer.

»Was ich glaube, ist eher zweitrangig. Wenn Sie mich aber so direkt fragen, bin ich der Meinung, dass Frau Meinert ein Diamant ist, der geschliffen werden müsste. Es steckt wirklich viel Potenzial in ihr. Soweit ich das beurteilen kann, ist sie eine glänzende Soldatin. Und sie würde eine fantastische Agentin abgeben, wenn jemand es schaffen würde, ihr Potenzial freizulegen.«

»So wie ihre Schwester Saskia?«

Das saß. Saskia war auch ein Juwel gewesen, wenn auch auf eine andere Art. Bellheim schüttelte den Kopf und wechselte das Thema.

»Wir riskieren viel dabei.« Er deutete auf die Papiere. »Wenn die nachrichtendienstlichen Informationen stimmen.«

»Das hatten wir schon.« Templer stand auf. »Spielen wir in einem Team?«

Bellheim nickte.

Ein Handschlag besiegelte die Allianz.

61

Sudanesische Grenzregion, 02:42 Uhr EAT

WIEBKE DUSCHTE. Erst heiß, dann so kalt wie möglich. Das vertrieb die Gedanken an Theresa, hoffte sie zumindest. Es funktionierte natürlich nicht. Aber jetzt duftete sie zumindest nach Orange. Das luxuriöse Duschgel pflegte ihre Haut, stand jedenfalls auf der Packung. Und eine Bodylotion hatte sie das letzte Mal als Teenagerin vor ihrem ersten Date benutzt. Saskia hatte ihr den Tipp gegeben, dass Jungs weiche und duftende Mädchenhaut anziehend finden würden. Stimmte vielleicht bei den Jungs, mit denen sich ihre Schwester traf. Wiebke stand eher auf den Geruch von Motoröl, Whisky und Lederjacken. Und solche Jungs mochten es nicht, wenn Mädchenhaut nach Rose oder Orange roch. Dementsprechend war Wiebkes erstes Date gelaufen. Komisch, dass sie sich gerade jetzt daran erinnerte.

Sie ging ins Schlafzimmer. Das Fenster hatte sie geöffnet, um die Düfte der Natur ins Zimmer zu lassen. Frische Luft, die nach Pflanzen und Blumen duftete, aber auch eine angenehme Kühle, die ihre nackte Haut streichelte. Das Licht im Schlafzimmer hatte sie gelöscht. Keine der Wachen sollte sie nackt sehen und gaffen.

Die Matratze war weich, und die Bettlaken rochen nach Lavendel. Hatte sie je zuvor so luxuriös geschlafen?

Müdigkeit betäubte sie. Vom Stuhl her roch ihre Kleidung nach Schweiß, deshalb stand sie noch mal auf, um sie zum Auslüften auf den Balkon zu hängen. Sie blickte über die große Rasenfläche hinweg zur Mauer. Alles dahinter verlor sich in der Dunkelheit. Die Flutlichter waren auf den Rasen gerichtet. Aber irgendetwas stimmte nicht. Es dauerte, bis Wiebke darauf kam: Sie sah keine Wachen mehr! Und es war still. Verdächtig still. Die Müdigkeit war wie weggeblasen. Fehlende Wachen waren nie ein gutes Zeichen.

Sie hatte sich gerade ihre Sachen wieder angezogen, als die Zimmertür aufkrachte. Splitter flogen umher. Die Angreifer gingen taktisch vor und schossen sich mit einem Breacher den Weg frei. Diese gepanzerten Soldaten verschafften bei Bedarf den leichteren Truppen Zugang zu verschlossenen Räumen. Wiebke erkannte ihn an seiner Schrotflinte. Dann hörte sie gebrüllte Anweisungen, vermutlich ein Point Man, der die taktische Leitung hatte. Drei Soldaten stürmten ins Zimmer. Mit dem Point Man und dem Schrotflinten-Typ, der die Tür sicherte, waren es somit fünf Widersacher. Das war ein direkter Angriff.

Die drei Männer hielten ihre Waffen schussbereit und kamen im Halbkreis auf sie zu. Wiebke hob die Hände.

»Du. Mitkommen!«, sprach sie ein hagerer Soldat in schlechtem Englisch an.

Als er näher kam, schnellte sie vor. Sie rammte ihm die Schulter gegen das Brustbein. Bevor der Hagere reagieren konnte, packte sie sein Handgelenk und drehte ihm die Pistole aus der Hand. Nachdem sie ihm direkt in den Kopf geschossen hatte, streckte das nächste Projektil den Breacher nieder. Zwei weitere Schüsse fielen, und einer der Männer lag blutend auf dem Boden. Die verbliebenen zwei fächerten sich auf und brachten sich so in eine bessere Schussposition. Einem schoss Wiebke in den Bauch. Der letzte Angreifer feuerte eine Salve aus seinem Sturmgewehr. Wiebke sprang zur Seite, rollte sich ab und kniete mit der Waffe in der Vorhalte. Der Schuss ging allerdings daneben. Eine weitere Salve zwang sie in Deckung. Die P6 war eine gute Pistole, lag hervorragend in der Hand. Das Problem war jedoch ihre Magazinkapazität von gerade mal acht Schuss. Fünf hatte sie schon verbraucht. Fieberhaft schaute sie sich um. Ein Sturmgewehr lag in greifbarer Nähe. Das hatte wohl auch der Soldat erkannt, denn er jagte einen Feuerstoß in den Boden. Wiebke schnellte hinter der Deckung hervor und zielte. Der Soldat richtete die Mündung auf sie. Wiebke krümmte den Finger am Abzug. Sein Feuerstoß traf die Decke, bevor er mit einem Kopfschuss nach hinten kippte. Dann war es plötzlich still.

Mit rasendem Herzen lehnte Wiebke sich gegen die Wand und musste kurz durchatmen. Das war noch nicht vorbei. Sie schlüpfte in ihre Stiefel und wollte zu Theresas Zimmer. Bevor sie ihres verließ, überprüfte sie den Ladezustand des Sturmgewehrs. Das Magazin war gefüllt. Der bedauernswerte Besitzer hatte nicht einen Schuss abgegeben. Gut für sie. Im Vorbeigehen griff sie noch nach der Schrotflinte des Breachers. Sechs Schuss Magnum. Kaliber 12. Wiebke tastete die blutige Weste des Mannes nach weiteren Patronen ab. Sie fand drei, von denen sie zwei einsteckte und mit der dritten die Waffe nachlud.

Die Tür zu Theresas Zimmer direkt nebenan stand offen. Wiebke lugte hinein. Das Bett war nicht einmal angerührt, es gab keine Kampfspuren. Nicht einmal die Tür war aufgeschossen oder aufgebrochen worden. Wo verdammt war sie?

Ein Geräusch ließ sie herumwirbeln, sie brachte die P6 in Anschlag. Zwei Schuss hatte sie noch, danach musste sie das Teil wegwerfen. Im letzten Augenblick ließ sie den Abzug los.

»John. Richtig?«

Der Soldat nickte. Aus einer breiten Wunde floss Blut über

sein Gesicht. Seine dunkle Haut hatte die Farbe von Latte macchiato angenommen, wahrscheinlich verursacht durch den Blutverlust.

»Halt dich fest«, sagte Wiebke.

Er rutschte schon beinahe in ihre Arme. Vorsichtig ließ sie ihn zu Boden gleiten. Mit der Hand strich sie ihm die Haare aus der Stirn. Die Wunde war nicht tief, aber sicherlich schmerzhaft. John würde nicht sterben, jedenfalls nicht an dieser Wunde.

»Hast du etwas? Ein Tuch?«

Er nickte, griff in die Hosentasche und holte ein buntes Halstuch hervor. Wiebke presste es ihm auf die Stirn.

»Festhalten!«

»Danke.« John atmete schwer.

»Hast du mitbekommen, was hier passiert ist?«

»*Liberation Fighters*«, sagte er mit einem grimmigen Unterton. »Sie haben hinterrücks angegriffen.«

»Warum?«

»Deine Freundin. Die haben sie mitgenommen.«

»Die haben was?« Wiebke stand auf, das Sturmgewehr fest in der Hand. »Wohin?«

»Nach draußen zu den Jeeps.«

Auf dem Weg nach unten musste sie über mehrere Leichen springen, die auf der Treppe lagen. Reguläre Soldaten, aber auch Aufständische und Angestellte des Hauses. Die regulären sudanesischen Truppen brauchten die Waffen aus Deutschland dringend, damit die *Liberation Fighters* nicht die Oberhand gewannen. Trotz der Erkenntnis fühlte es sich nicht besser an. Krieg fühlte sich immer beschissen an.

Wiebke kam in die Eingangshalle. Irgendwo entbrannte ein neues Feuergefecht. Die sudanesischen Soldaten waren also noch nicht geschlagen. Das machte ein wenig Hoffnung. Sie blickte um die Ecke nach draußen zu den Jeeps. Schwer bewaffnete Männer schirmten sie ab. Und da war Theresa! Sie wurde vorangetrieben und in Richtung der Jeeps gestoßen.

Erst Liebknecht, jetzt Theresa. Innerhalb kürzester Zeit wurden zwei Personen vor ihren Augen entführt. Liebknecht hatte Wiebke nicht helfen können, bei Theresa sollte es anders sein. Sie zielte mit dem Sturmgewehr auf den ersten schwer bewaffneten Soldaten. Die Salve zerfetzte ihm den Brustkorb. Bevor die anderen reagieren konnten, feuerte sie noch eine weitere Salve, ein zweiter Soldat starb. Dann brach die Hölle los. Auf einem der Jeeps war eine Lafette installiert, und der Mann dahinter schoss wie ein Wahnsinniger. Die Projektile flogen durch die Luft, Putz und Steine prasselten auf Wiebke ein. Sie hatte sich im letzten Moment zurückgezogen.

Das MG verstummte, Motoren heulten auf. Etwas landete direkt neben Wiebke auf dem Boden. Eine Handgranate! Instinktiv griff sie danach und schleuderte das Ding zurück. In diesem Moment feuerte der Mann wieder. Die Granate explodierte. Ein schrilles Geräusch in Wiebkes Ohren nahm ihr die Orientierung. Weitere Explosionen folgten. Sie schüttelte sich, kam aus der Deckung und feuerte auf alles, was sich bewegte. Der Jeep mit der Lafette ging in Flammen auf, die anderen Jeeps rasten davon. Es dauerte, bis Wiebke realisierte, dass die sudanesischen Soldaten zum Gegenangriff übergegangen waren und durch Granatfeuer vom Dach des Anwesens unterstützt wurden.

Die *Liberation Fighters* flohen. Doch sie hatten, was sie wollten. Theresa.

Der Kampflärm verstummte. Eine gespenstische Stille legte sich wie ein Leichentuch über das Anwesen. Wiebke ließ sich an der Wand zu Boden gleiten. Ausruhen. Mehr wollte sie nicht. Doch John kam die Treppe herunter.

»Alles okay?« John reichte ihr die Hand und zog sie auf die

Füße. »Sie haben Wut und Hass auf die Terroristen niederregnen lassen.«

»Was anderes kann ich nicht.« Sie blickte wieder nach draußen. Überall Feuer und Leichen, Zerstörung pur. Zum ersten Mal seit langer Zeit fühlte Wiebke sich frei. Als ob sie das alles hier auf eine perverse Art und Weise brauchte. Wie ein Junkie, der die Drogen brauchte, die ihn zerstörten. »Haben Sie ein Smartphone, John?«

»Ja, warum?«

»Geben Sie es mir!«

Es war ein älteres Modell, aber es würde reichen. Blieb nur zu hoffen, dass der GPS-Sender noch in Theresas Hosentasche war. Mit geübten Handgriffen baute Wiebke das Smartphone auseinander und tauschte die SIM-Karte aus. Nur zwei Minuten später hatte das Gerät wieder Empfang. Dieses Mal über einen deutschen Spionagesatelliten.

»Was sind das denn für Apps?« John deutete auf das Display.

»Wohin werden die Theresa bringen?«

»Wahrscheinlich zu Naked Death. Er ist hier der Warlord.«

»Und wo ist sein Versteck?«

»Wenn wir das wüssten, hätten wir es schon längst weggebomt.«

Wiebke prüfte den Status des GPS-Senders. Er war online und der Standort auf einer topografischen Karte dargestellt. Sie bewegten sich in südöstliche Richtung. »Dann gebe ich euch jetzt die Möglichkeit dazu. Sammle deine Männer. Jetzt tragen wir das Feuer in ihr Lager.«

»Hohay!« John reckte die geballte Faust in die Höhe.

62

Hamburg, 04:08 Uhr MEZ

EIN GERÄUSCH riss Afsaneh aus dem Schlaf. Zuerst glaubte sie, geträumt zu haben, aber kurz bevor sie wieder einschlief, klingelte es erneut.

»Verdammte Scheiße.« Kevin schmatzte neben ihr und drehte sich auf die Seite, das Kissen fest aufs Ohr gepresst.

Afsaneh griff nach dem kurzen Kimono. Während sie zur Tür ging, knotete sie den seidenen Gürtel zu.

»Wer ist da?«, fragte sie über die Sprechanlage.

»Jann Wiemers.«

Was wollte der denn hier? Um die Zeit? »Es ist vier Uhr in der Früh!«

»Es ist wichtig.«

Sie hörte Geräusche hinter sich. Kevin schlurfte in den Flur.

»Wer ist das?« Er gähnte und kratzte sich am Kopf.

»Ein Kollege. Sagt, es sei wichtig.«

»Der hat doch den Arsch offen. Schick ihn weg!«

Sie sah die Wut in Kevins Augen. »Und wenn es wirklich wichtig ist?«

Kevin presste die Lippen aufeinander.

Jann klingelte wieder.

»Sag ihm, dass er abhauen soll!«

Afsaneh zögerte. Ihr Treffen mit Jann Wiemers war nicht

so gelaufen, wie sie es sich erhofft hatte. Seine Lügen waren plump gewesen. Durchschaubar, aber nicht zu widerlegen. Und ohne seine Hilfe würde sie die Wahrheit nie herausfinden. Sie würde nie erfahren, warum an diesem Morgen eine junge Ministeriumsmitarbeiterin ums Leben kam.

»Muss das wirklich sein?«, fragte Kevin.

»Als wir zusammenkamen, wusstest du, auf was du dich einlässt. Du wusstest, dass ich ein Bulle bin, und du wusstest, was Schichtarbeit und Bereitschaftsdienste bedeuten.«

»Und was hat der da mit Bereitschaft zu tun?« Kevin deutete zur Tür.

»Es ist kompliziert.«

»Sei wenigstens leise, okay?«

Sie nickte und drückte den Knopf. Unten ertönte das Geräusch des Türsummers. Kurz darauf waren vor der Wohnungstür Geräusche zu hören. Jann Wiemers war angekommen, Afsaneh öffnete die Tür. Er stank, als wäre er der Boden einer Kneipe, und sah auch genauso aus. Zerzauste Haare, rotes Gesicht und unordentliche Kleidung. Aber er grinste.

»Es ist spät, oder?«

»Ziemlich spät. Was wollen Sie?«

»Nicht hier.« Er blickte sich im Hausflur um. »Darf ich reinkommen?«

Sie trat zur Seite und wies ihm den Weg in die Küche. Dort ließ Jann sich auf einen Stuhl fallen.

»Sie haben getrunken.«

Er schielte, als er sie ansah. »Ich trinke wenig.«

»Aber oft und dann viel.«

»Wir verstehen uns! Haben Sie was da?«

»Kaffee, Tee oder Mineralwasser.«

Jann fuhr sich mit der Hand durchs Haar. »Kaffee, wenn es keine Umstände macht.«

Sie stellte den Vollautomaten an, wartete, bis er einsatzbereit war, und stellte dann die Tasse darunter. Als der Kaffee fertig war, reichte sie Jann die dampfende Tasse.

»Schwarz ist gut«, sagte er.

Sie setzte sich an den Tisch. »Warum sind Sie hier?«

Er rang mit sich, knetete das Kinn, wischte sich über die Lippen.

»Sie war bei mir«, sagte er schließlich. »Nannte sich Susanne Bolz.«

»Sie meinen Saskia Meinert?«

Er nickte. »Auch an dem Morgen, an dem ... Sie wissen schon. Ich bin ihr hinterhergerannt.«

»Weshalb?«

Wiemers kramte etwas aus der Hosentasche und legte es auf den Tisch. Es war ein Schlüssel, in den die Nummer 54 eingraviert war. Von einem Schließfach vielleicht?

»Sie hatte ihren Mantel vergessen, als sie ging. Ich wollte ihn ihr bringen. Nach... nachdem das Auto ... ich habe den Mantel erst mal völlig vergessen. Ich meine, sie brauchte ihn so oder so nicht mehr. Irgendwann wollte ich den Mantel wegwerfen. Da habe ich den Schlüssel in der Innentasche gefunden.«

»Und Sie glauben, der ist wichtig?«

»Ich weiß es. Sie hatte sonst nichts in den Taschen. Es ist eher eine Intuition.«

»Vieles bei der Polizei beginnt mit Intuition.«

»Ich will dabei sein. Ich will ein Teil der Ermittlungen sein.«

»Warum?«

»Weil ich will, dass es endlich endet.«

63

Sudanesische Grenzregion, 05:16 Uhr EAT

JOHN HOCKTE SICH neben Wiebke ins hohe Gras. Auf der anderen Seite des Flusses befand sich das Lager, in dem Theresa gefangen gehalten wurde. Wiebke presste die Lippen aufeinander. Sie war fest entschlossen, ihre Freundin zu befreien. Koste es, was es wolle.

Das Lager war eine Ansammlung von Wellblechhütten und Lehmhäusern, die von einem Zaun aus Nato-Draht zusammengehalten wurden. Die Jeeps parkten vor dem größten Lehmhaus im Zentrum.

»Hier war mal ein Dorf«, sagte John, »aber statt Ziegen sind nun überall Terroristen.« Er deutete auf die schwer bewaffneten Männer, die überall herumstanden.

»Es wird nicht leicht«, sagte Wiebke.

»Nicht leicht? Das ist eine Untertreibung. Wir sollten Unterstützung anfordern und warten.« Er blickte zu dem kleinen Haufen Soldaten, die abseits hockten. Der Silberstreif am Horizont kündigte den nahenden Tag an. »Wir verlieren zwar den Vorteil der Nacht, aber dafür hätten wir mehr Männer.«

»Die haben Theresa.«

»Das weiß ich. Ich war dabei. Aber wenn wir diesen Kampf verlieren, haben wir gar nichts. Nicht ihre Freundin und vermutlich auch nicht mehr unser Leben.«

»Ich muss da rein.«

John atmete hörbar aus. »Wie wollen Sie das anstellen?«

Wiebke blickte zum Lager. Es gab nur eine Zufahrt: Von der Brücke führte eine kurze umzäunte Piste zum Gatter. Zwei Männer saßen dort auf Betonklötzen und rauchten.

Das Lager war gut zu verteidigen, aber es war nicht dafür gemacht, den Menschen darin bei einem direkten Angriff eine Fluchtmöglichkeit zu lassen.

»Haben wir noch Mörsergranaten?«

»Nicht mehr besonders viele. Vielleicht fünf oder sechs?« Er legte den Kopf schief. »Was haben Sie vor?«

»Ich werde mich ins Lager schleichen. Geben Sie mir fünfzehn Minuten. Lassen Sie die Schweinehunde dann brennen. Hier haben wir eine gute Deckung. Die rechnen nicht damit, dass man ihr Lager findet. Und schon gar nicht rechnen sie mit einem direkten Angriff.«

»Woher wissen Sie das?«

»Ich weiß es nicht, ich hoffe es nur.«

»Hat Ihnen schon mal jemand gesagt, dass Sie vollkommen irre sind?«

Sie klopfte ihm auf die Schulter. »Einmal. Er hat jetzt keine Eier mehr.«

Wiebke stellte auf ihrer Armbanduhr einen Countdown von fünfzehn Minuten ein. Dann duckte sie sich ins Gras und huschte davon. Sie kletterte über nahe Felsen, um den Fluss überqueren zu können. Als sie am Drahtzaun angekommen war, hatte sie schon sechs Minuten verloren. Als Stimmen näher kamen, legte sie sich flach auf den Rücken und hielt den Atem an. Die Männer blieben stehen. Sie konnte ihre Gesichter erkennen. Vorsichtig brachte sie die Pistole in Anschlag. Sie könnte beide Männer ausschalten, bevor diese auch nur in ihre Richtung zuckten. Aber das würde ihren Plan zunichtemachen. Die Männer gingen weiter, Wiebke atmete aus.

In der Beintasche ihrer Hose war der Seitenschneider. Vorsichtig holte sie ihn heraus, robbte zum Zaun und knipste den Draht durch. Nun war sie im Lager. Das Loch verdeckte sie, so gut es ging.

Ein Blick auf die Uhr. Noch fünf Minuten.

Geduckt lief sie zu dem Lehmhaus. Ein Blick um die Ecke verriet ihr, dass mehrere Männer bei den Jeeps standen. Plötzlich nahmen sie Haltung an. Ein Mann mit freiem Oberkörper trat aus der Tür keine drei Meter entfernt von ihr. Offenbar war er der Anführer. Hinter ihm folgte Theresa. Wiebke umklammerte den Pistolengriff. Sie könnte Theresa befreien, wenn sie ... Moment. Wiebke stutzte. Theresa bewegte sich frei, ohne Fesseln oder Knebel, als wäre sie keine Gefangene.

»Hat Ihnen unser kleiner Auftritt gefallen?« Der Mann mit freiem Oberkörper sprach Englisch.

Theresa schüttelte den Kopf. »Etwas zu martialisch. Wie nennt man das bei Ihnen? Afrikanische Entführung?«

»Da kennen Sie mich aber schlecht.« Der Mann lachte. »Sie wissen, warum man mich Naked Death nennt?«

»Ich will es gar nicht wissen.«

Wiebke lehnte sich gegen die Wand. Das konnte nicht sein. Das durfte nicht sein! Theresa war eine Verräterin. Aber was hatte sie vor?

»Wenn ich erst einmal die Waffen habe, werde ich es Ihnen zeigen.« Naked Death lachte. »General Nasir wird hängen.«

»Nackt, nehme ich an.« Theresa steckte die Hände in die Hosentaschen.

»Würde Ihnen das gefallen?«

Selbst in der Dämmerung erkannte Wiebke den überraschten Ausdruck, der nun auf Theresas Gesicht trat. »Diese Schlampe!«

»Was?«

Theresa hielt den GPS-Sender in der Hand. »Den muss sie mir untergejubelt haben.«

»Was ist das?«

»Ein Sender. Sudanesische Truppen werden bald hier sein.«

»Ihre Freundin ist tot. Ich habe meine besten Leute zu ihr ins Zimmer geschickt.«

»Ich wäre mir da nicht so sicher. Unkraut vergeht nicht.«

Wiebke spürte Wut in sich aufsteigen, aber nicht nur das. Sie fühlte sich auch benutzt und missbraucht. Unter keinen Umständen durfte Theresa entkommen. Jetzt nicht und in der Zukunft auch nicht. Für Theresa durfte es keine Zukunft geben. Wiebke hoffte nur, dass John und seine Leute die Zeichen verstehen würden. Wenn nicht, würde das hier eine ziemlich kurze Nummer werden. Sie schloss die Augen und konzentrierte sich. Ruhig atmen, den Herzschlag verlangsamen. Wiebke fand ihre innere Mitte. Dann schoss explosionsartig Adrenalin in ihren Körper. Sie schnellte hervor, der erste Mann fiel. Brust und Hals waren durch Projektile zerfetzt. Mit tödlicher Präzision gab Wiebke zwei weitere Schüsse ab, bevor die Aufständischen zurückfeuerten. Sie ging in Deckung. Dem ersten Toten hatte sie das Sturmgewehr abgenommen und feuerte nun damit.

Naked Death rannte geduckt zu den Jeeps. Er schützte Theresa mit seinem Körper. Wiebke wechselte ihre Position. Sie musste beweglich bleiben. Der Gegner durfte niemals genau wissen, wo sie war. Und wenn, dann musste er schnell sterben. Sie sah, wie Theresa in einen der Jeeps kletterte und den Motor startete. Wiebke richtete das Sturmgewehr auf Theresa und krümmte den Finger um den Abzug. Projektile hämmerten dicht neben ihr in den Boden und zwangen sie zum Rückzug. Naked Death hielt ein MG5, schrie und schoss. Die Projektile durchschlugen ihre aktuelle Deckung mit Leichtigkeit. Querschläger pfiffen knapp an ihrem Kopf vorbei. Von allen Seiten kamen die Männer näher und drängten sie in die Ecke. So langsam musste John aktiv werden. Die fünfzehn Minuten waren sicher noch nicht um, aber er musste die Schüsse hören und als Zeichen verstehen. Sechs Mörsergranaten, dreißig Sekunden Höllenfeuer. Mehr Zeit brauchte sie nicht.

Etwas heulte durch die Luft, verstummte kurz und explodierte dann. John hatte verstanden. Die zweite Mörsergranate zerfetzte eine Wellblechhütte. Die neue Situation störte den geordneten Vorstoß der Aufständischen. Panisch suchten sie Deckung und waren nun leichte Ziele. Wiebke streckte drei Männer nieder.

Aber Naked Death bewies, warum er als Anführer verehrt wurde. Unbeirrt drängte er weiter vor und gab Salve um Salve ab. Mit seiner Vermutung, wo Wiebke sich befand, lag er richtig. Verdammt richtig sogar. Sie war festgenagelt. Naked Death schrie irgendwelche Befehle und versuchte offenbar, wieder Ordnung in seine Reihen zu bringen. Vielleicht hätte er es geschafft, wenn nicht eine weitere Explosion ein großes Loch in den Drahtzaun gerissen hätte. Danach hämmerten Maschinengewehrsalven. John hatte sich also für die Offensive entschieden. Ein glänzender Taktiker. Er nutzte die Schwäche des Gegners gnadenlos aus, bevor er wieder erstarken konnte.

Aus dem Augenwinkel sah Wiebke, dass Theresa den Jeep beschleunigte. Das Aufheulen des Motors irritierte Naked Death, denn er drehte sich kurz um. Das war Wiebkes Chance. Sie schnellte aus der Deckung hervor, rannte auf den Mann zu und sah die Überraschung in seinem Gesicht. Aber nur kurz. Schon riss er die Mündung seiner Waffe in Wiebkes Richtung. Sie sprang ab, streckte sich und winkelte dann ihre Beine an. Im Flug zog sie das Messer aus dem Stiefelschaft und stieß zu. Als sie wieder aufkam, stand Naked Death wie paralysiert da. Fast in Zeitlupe drehte er sich zu ihr um. Blut lief ihm aus dem Mund. Das Messer steckte tief in seinem Nacken, die Klinge ragte schräg am Hals heraus. Er machte noch zwei, drei Schritte, bevor er zusammenbrach.

Theresa beschleunigte und hielt gnadenlos auf das Tor zu. Männer sprangen zur Seite oder wurden vom Fahrzeug erfasst und wie Puppen durch die Luft geschleudert. Wiebke würde es niemals schaffen, Theresa aufzuhalten. Der Jeep durchbrach das Gatter. Da sah Wiebke John, der mit dem Sturmgewehr auf die Reifen zielte. Es war ein unmöglicher Schuss, aufgewirbelter Staub nahm ihm die Sicht. Trotzdem jagte er dem Jeep eine Salve hinterher. Auf der anderen Seite der Brücke fuhr Theresa plötzlich Schlangenlinien. Hatte John sie oder die Reifen getroffen? Der Jeep schlingerte und war dann plötzlich verschwunden. Wiebke rannte los, mobilisierte ihre letzten Kraftreserven.

Ihre Beine schmerzten, als sie dort ankam, wo der Jeep plötzlich verschwunden war. Da war eine Bruchkante, zwei Meter tief, vielleicht drei. Unten lag der Jeep auf der Seite. Flammen leckten schon über die Reifen, der Rauch nahm Atem und Sicht. Theresa kroch langsam vom Fahrzeug weg. Aber mehr als ein verzweifeltes letztes Aufbäumen war das nicht. Die Flammen würden sie erfassen, das Feuer sie verbrennen.

Wiebke sprang den Abhang hinunter. Sie rannte zum Jeep, packte Theresa unter den Achseln und zog sie vom brennenden Auto weg. Niemand hatte einen solch grausamen Tod verdient. Auch eine Verräterin nicht.

Sie schaffte es bis zu einem verkümmerten Baum. Schwer atmend lehnte sie sich gegen den Stamm und rutschte daran zu Boden.

»Warum?«, fragte sie Theresa. »Warum hast du das gemacht? Was soll der Scheiß?«

Sie bekam keine Antwort. Theresa atmete kaum noch. Sie tastete nach Wiebkes Hand und hielt sie dann fest, als wäre das ihr einziger verbliebener Kontakt ins Diesseits.

Wiebke suchte nach Worten, fand jedoch keine. Vielleicht hätte sie sagen können, dass sie Theresa verzieh, dass sie sich irgendwann wiedersehen und über alles, was hier passiert war, reden konnten. Aber Wiebke sagte nichts.

So etwas wie ein Lächeln huschte über Theresas bebende Lippen, dann starb sie in Wiebkes Armen.

Die Sonne stand schon beinahe senkrecht am Himmel, als Wiebke ein Geräusch hörte. Jemand näherte sich.

»Sie war Ihre Freundin, nicht?« John deutete auf Theresa, die immer noch in Wiebkes Armen lag. Sie brachte kein Wort heraus, schaffte nur ein schwaches Nicken.

»Es tut mir leid«, sagte John. »Wirklich.«

»Danke«, sagte sie tonlos. Mehr ging nicht.

John ging ein paar Schritte, blieb dann stehen und drehte sich um. »Verstärkung ist unterwegs, um das Gebiet zu sichern. Wenn Sie bereit sind, fahre ich Sie zum Rollfeld.«

Wiebke nickte. »Er wird dort sein, oder?«

John überlegte, was Wiebke meinte, dann nickte er. »Natürlich wird er dort sein. Oder glauben Sie, so etwas wie hier passiert, ohne dass er es mitbekommt?«

Sie strich Theresa eine Strähne aus dem Gesicht. »Dann bin ich schneller bei dir als gedacht.«

»Was haben Sie gesagt?«

»Er und ich haben noch eine alte Rechnung offen, die zu begleichen er geschworen hat.«

»Ich verstehe. Aber vielleicht hilft es, dass Sie Naked Death getötet haben.«

»Das Gleiche habe ich seinen Kindern angetan.«

John wollte etwas sagen, fand aber nicht die richtigen Worte.

64

Dortmund, 07:00 Uhr MEZ

TARIQ WAR HEUTE Morgen schon früh aufgewacht. Seine Aufregung hatte ihn nicht schlafen lassen. Auch das Fadschr hatte ihn nicht beruhigen können. Er saß gefühlt schon mehrere Stunden in der Küche und starrte die Drohne an, die vor ihm auf dem Tisch lag. Heute würde ein großer Tag werden. Für Allah. Für die Soldaten Gottes, die wahren Gläubigen. Für die Löwen des Islam.

Heute würden Menschen sterben. In ihrem falschen Tempel, zu dem sie pilgerten und falsche Götter anbeteten. Über achtzigtausend Menschen. Tariq hoffte, sie alle zu töten. In den Tanks, die er unter der Drohne installiert hatte, war genug Gift. Und die Welt schaute zu und richtete ihr Kameraauge auf das Stadion. Das Länderspiel wurde am Abend in über dreißig Nationen übertragen. Die Zuschauer würden sehen, zu welcher Macht der wahre Glaube führen konnte. Tariqs Tat würde eine Warnung sein. Lasst ab von eurer gotteslästerlichen Demokratie. Glaubt nicht mehr an die menschengemachten Gesetze. Nichts davon ist Gottes Wille, und allein die Existenz dieser Dinge beleidigt ihn und seine Löwen, die bereit sind, für den wahren Glauben zu sterben. Es gibt nur einen Gott. Es gibt nur seine Scharia. Es gibt nur eine Staatsform. Der Kalif herrscht über die Welt und ihre Bewohner. Eure Präsidenten,

Kanzler und Diktatoren sind nur Werkzeuge des Schaitans. Sie führen euch in den Tod ohne Erlösung. In den Tod durch die Hand eines Dschundollah, eines Soldaten des Wahrhaften. Es gibt nur einen Weg. Werft euch in den Staub. Betet Allah an. Oder sterbt.

Immer und immer wieder hörte er diese Worte in seinem Kopf. Er hatte sie auch aufgezeichnet und als Video in den verschiedensten sozialen Medien hochgeladen. Sein Manifest würde heute Abend nach seiner Tat veröffentlicht werden, damit die Welt wusste, was passiert war. Wer dazu bereit gewesen war, die schlafenden Hunde aufzurütteln und ihnen einen Ausweg zu zeigen. »Ich bin Tariq. Ich bin derjenige, der gerade Allahs Wille ausgeführt hat.« Mit diesem Satz begann das Video. Es endete mit »A Salam aleikum«. Friede sei mit dir. Bald würde Frieden herrschen. Überall auf der Welt. Wenn der Kalif auf dem Thron saß und die Scharia das geltende Recht war. Wenn die Frauen ihren angestammten Platz in der Gesellschaft hatten. Wenn die Leichen der Priester aller falschen Götter am Galgen verrottet waren.

Dann würde endlich Frieden herrschen.

Und Tariq war sich sicher, den Weg dorthin zu bereiten.

Er hoffte, dass er die neue Weltordnung miterleben konnte, dass er ernten konnte, was er im Sturm gesät hatte. Tariq hatte nicht vor, heute Abend ein Shahid zu werden.

65

Sudan, sechs Jahren zuvor

WIEBKE WIRBELTE herum. Die Wache, die zu den Sternen geblickt hatte, konnte gar nicht reagieren. Wiebke streckte ihn mit einer gezielten Salve nieder. Dann tat sie das, womit die herannahenden Terroristen nicht rechneten: Sie stürmte nach vorne. Die ganze Auseinandersetzung dauerte nur wenige Augenblicke, dann stand sie mit erhobener Waffe vor Hafsa, der seinen Vater im Schwitzkasten hatte und ihm eine Pistole an die Schläfe hielt. Neben ihnen stand Sarabi mit aufgeklapptem Laptop. Sie hatten offenbar zu fliehen versucht, waren aber Wiebke auf dem Platz vor die Mündung gelaufen. Es war eine verdammte Pattsituation. Und die Zeit lief ihnen davon.

»Legen Sie den Laptop beiseite. Dann passiert Ihnen nichts.« Wiebke wusste, wie lächerlich es war, mit einer beschwichtigenden Stimme zu reden und gleichzeitig ein Sturmgewehr schussbereit im Anschlag zu halten.

Sarabi wirkte unsicher. Sie blickte kurz zu ihrem Bruder.

»Lass dich nicht einlullen. Sie tötet dich, sobald du den Finger von der Zündung nimmst.« Hafsa packe seinen Vater fester. »Und wenn sie es nicht tut, wird er es in einer öffentlichen Hinrichtung tun.«

Irgendwo lief ein Radio. Der Moderator sprach Englisch und

erzählte davon, dass die Fahrzeugkolonne des Präsidenten auf der Zielgeraden eingebogen war. Das Zusammentreffen zwischen ihm und dem deutschen Minister sei ein historischer Moment für beide Länder.

Die Zeit rannte nicht nur, die Zeit war schon längst verronnen. Sarabi gab etwas über die Tastatur ein.

Das war der Moment der Entscheidung. Wiebke atmete tief ein. General Nasir erkannte offenbar, was sie vorhatte. Sein Blick war ein einziges Flehen. Töte sie nicht! Sie sind meine Kinder. Aber Wiebke hatte keine Wahl, zu viel stand auf dem Spiel. Das Leben des Präsidenten und des deutschen Außenministers, so viele andere Leben mehr. Vielleicht konnte der Außenminister mit großzügigen Krediten und humanitären Hilfspaketen tatsächlich den Genozid stoppen, den der Präsident unter seiner Bevölkerung anrichtete.

All das wog das Leben von Sarabi und Hafsa auf.

»Tue es«, sagte Hafsa zu seiner Schwester. »Jetzt!«

Wiebke drückte ab. Der Schuss ging mitten zwischen die Augen. Sarabi fiel der Laptop aus der Hand. Wiebke drücke ein weiteres Mal ab. Durch die Schulter des Generals traf sie Hafsa. Der nächste Schuss zertrümmerte sein Gesicht.

General Nasir sackte auf die Knie.

66

Sudanesische Grenzregion, 15:12 Uhr EAT

WIEBKE HATTE immer noch Johns Mobiltelefon, in das sie Templers SIM-Karte gesteckt hatte. Es gab somit eine gesicherte Leitung nach Deutschland. Sie wählte Templers Nummer, die auf der SIM-Karte gespeichert war. Schon beim zweiten Freizeichen hob er ab.

»Geht es Ihnen gut?« In seiner Stimme vernahm sie eindeutig Besorgnis.

»Theresa ist tot.«

Die Leitung rauschte.

»Wie?«, fragte Templer.

Sie überlegte, ob sie es ihm sagen sollte. Wiebke war wieder an dem Punkt, vor dem sie geflohen war. Sie war, was sie nicht sein wollte, erschrocken darüber, wie leicht es ihr gefallen war, das Nötige zu tun. Es ging nicht nur um Theresa, sondern auch um die Namenlosen, deren Leben sie in den letzten Stunden beendet hatte. Es ging um Naked Death. Vielleicht hatte dieser Mann wirklich den Tod verdient. Aber wer war Wiebke, dass sie dieses Urteil vollstreckte? Kein Mensch, egal in welcher Position, dürfte das Recht haben, über Leben und Tod eines anderen Menschen zu bestimmen. Das war Aufgabe des Schicksals.

»Sie hat uns hintergangen«, sagte Wiebke schließlich. »Aber ich glaube, Sie handelte im Auftrag.«

»Haben Sie einen Verdacht?«

»Schwer zu sagen. Bellheim vielleicht? Ich weiß es nicht. Jedenfalls hat Theresa die Waffenlieferung zweimal verkauft. An die sudanesische Regierung und an die *LFOS*.«

Wieder dauerte es, bis Templer antwortete. »Sehen wir uns, wenn Sie zurück in Deutschland sind?«

»Vielleicht.« Sie dachte daran, dass sie gleich auf General Nasir treffen würde. Und an seinen Schwur. »Ich bin jetzt am Rollfeld.« Sie unterbrach die Verbindung.

John lenkte den Jeep bis kurz vor die Einstiegstreppe des Learjets. Der deutsche Soldat stand schon oben an der Tür, die Triebwerke liefen. Mehrere Fahrzeuge der sudanesischen Armee sicherten das Rollfeld. Keins davon machte den Anschein eines Regierungsfahrzeugs. Wiebke spürte Erleichterung. General Nasir hatte offenbar kein Interesse, sie zu treffen. Oder er war aufgehalten worden.

»Bekomme ich mein Telefon zurück?«, fragte John.

»Natürlich.« Sie nahm die SIM-Karte raus. »Meine Nutzung hat keine Datenrückstände produziert. Sagen Sie das Ihrem Geheimdienst. Die Überprüfung können sich die Techniker sparen.«

»Ich denke, wir werden es trotzdem probieren.«

»Backt lieber einen Kuchen für eure Kinder.« Sie stieg aus, beugte sich dann aber noch einmal in den Jeep. »Danke.«

John lachte. »Keine Ursache. Wir hatten einen gemeinsamen Feind.«

»Sie haben für mich mehr getan, als nur gemeinsam einen Feind bekämpft.«

»Jetzt gehen Sie schon. Ihr Flugbegleiter wird langsam nervös.«

Wiebke klopfte zum Abschied auf das Fahrzeugdach. Auf dem Weg zur Flugzeugtreppe blickte sie zu den anderen Militärjeeps. Nichts rührte sich, keine Soldaten sprangen aus den

Fahrzeugen, um sie aufzuhalten. Nasir war nicht hier. Und er hatte keinen entsprechenden Befehl erteilt.

Mit jeder Stufe, die sie zum Flugzeug hochstieg, spürte sie Erleichterung und Bedrückung zugleich. Erleichterung, den Sudan lebend zu verlassen. Bedrückung bei dem Gedanken, wie es in Deutschland weitergehen würde. Der Waffendeal war geplatzt und damit sicher auch die Zusammenarbeit mit Bellheim. Dem einzigen Mann, der ihr noch etwas zum Verbleib von Saskia erzählen oder Hinweise auf die Mörder liefern könnte. Theresa hatte für ihn gearbeitet. Sie war eine Verräterin. Die Frage war jetzt, ob Bellheim auch ein Verräter war oder ob er ebenfalls verraten wurde.

»Wiebke Meinert!« Eine Stimme wie ein Befehl peitschte zu ihr herüber.

Sie verharrte in der Bewegung. Diese Stimme kannte sie. Da war er, General Nasir. Langsam drehte sie sich zu ihm um. Er stieg gerade aus einem der Militärjeeps aus. Umringt von Soldaten mit gezogenen Waffen.

»So sehen wir uns wieder«, sagte Wiebke.

»So sehen wir uns wieder.« General Nasir näherte sich dem Fuß der Treppe. Die Soldaten stellten sich im Halbkreis auf. Ihre Sturmgewehre hielten sie schussbereit.

Wiebke zögerte einen Augenblick, wog die Chancen ab und kam zu dem Schluss, dass sie nur das Leben der deutschen Soldaten im Flugzeug in Gefahr brachte, wenn sie einstieg.

»Wir wollen doch keinen internationalen Zwischenfall«, sagte der General. »Kommen Sie freiwillig wieder herunter.«

Ihr war bewusst, dass Nasir das Flugzeug angreifen lassen würde, wenn sie hineinging. Ihr war auch klar, dass Nasir diesen internationalen Zwischenfall in Kauf nehmen würde. Denn nichts anderes war der Angriff sudanesischer Truppen auf eine deutsche Militärmaschine.

Sie stieg die Treppe wieder hinab.

»Was tun Sie da?«, schrie der deutsche Soldat von oben.

Seinen Zwischenruf ignorierte Wiebke. Sie stand jetzt vor dem General, der sie gut einen Kopf überragte. Die Zeit war nicht spurlos an ihm vorbeigegangen. Tiefe Falten lagen in seinem Gesicht. Die Haare hatten einen grauen Stich bekommen, aber seine Augen leuchteten noch so hell wie früher. In Nasir brannte nach wie vor der Machthunger.

»Und jetzt?«, fragte Wiebke.

Er zog die Augenbrauen zusammen. »Sie wissen, was ich geschworen habe?«

»Gewisse Dinge vergisst man nicht.«

»Ich habe Sie nicht vergessen.«

Sie fuhr sich mit der Hand durchs Haar. »Ich hätte Sie gerne vergessen.«

»Einer meiner Soldaten sagte mir, dass Sie Naked Death getötet haben. Ist das korrekt?«

»Ich habe ihm ein Messer in den Nacken gerammt. Normalerweise ist das eine tödliche Verletzung. Seine Leiche habe ich aber nicht gesehen.«

»Und der Waffendeal?«

Sie zuckte mit den Schultern. »Geplatzt, nehme ich an. Irgendjemand wollte die Waffen doppelt verkaufen. Wahrscheinlich hätte Naked Death das Schiff mit der Waffenlieferung gekapert, bevor es hier angekommen wäre.«

»Wahrscheinlich wäre es so gekommen.«

»Sie haben auch einen Verräter in Ihren Reihen.«

»Um den Minister haben wir uns schon gekümmert.«

Wiebke schaute sich um. Die Soldaten waren bereit, als warteten sie auf den Befehl, Wiebke zu erschießen oder festzunehmen.

»Und jetzt?«, fragte sie.

»Ich brauche einen neuen Waffenhändler.«

»Sicher nicht aus Deutschland.«

»Ganz sicher nicht. Ich habe andere Optionen.«

»Dafür sind Sie extra hierhergekommen? Um mir das zu sagen?«

Für die Dauer mehrerer Herzschläge sagte der General nichts. Es sah so aus, als würde er sich die Entscheidung nicht leicht machen. Einfach weil es keine leichte Entscheidung war.

»Wir sind quitt«, sagte er schließlich. »Gehen Sie, wohin Sie wollen.«

Das kam unerwartet und überraschte selbst Wiebke.

»Sind Sie sich sicher?«

»Nein, bin ich nicht. Kommen Sie nie wieder zurück in den Sudan.«

»Ich hatte keine Wahl.«

»Ich will nichts mehr davon hören.«

Wiebke blickte ihn lange an, bevor sie nickte und das Flugzeug bestieg.

67

Berlin, 16:25 Uhr MEZ

DER GANG VOR die Presse fühlte sich für Kristine Stiller wie der Gang nach Canossa an. Schon als sie auf die Bühne trat, flackerte das Blitzlichtgewitter. Kamerascheinwerfer wurden auf sie gerichtet. Im vollen Bewusstsein, ihre politische Karriere damit zu zerstören, trat sie vor die Öffentlichkeit. Nachdem Templer sie über die Geschehnisse im Sudan unterrichtet hatte, gab es nur eine Lösung.

Hiermit musste Schluss sein. Ein für alle Mal.

Sie blickte in den Zuschauerraum. Die Journalisten saßen dicht gedrängt und mit erwartungsvollen Mienen vor ihr. Die offizielle Presseankündigung der Bundesregierung ließ einen politischen Skandal vermuten. Und nicht weniger erwarteten die Journalisten.

»Ich wünsche Ihnen einen guten Tag.« Ihre Stimme wurde von den Mikrofonen aufgenommen und über die Lautsprecher in den Saal getragen. »Aber es ist kein guter Tag. Jedenfalls nicht für mich und viele andere.«

Die Redepause wog schwer. Zuerst herrschte Stille, dann erklang vereinzeltes Hüsteln und schließlich Gemurmel.

»Entschuldigen Sie bitte, aber die folgenden Worte fallen mir schwer. Schwer deshalb, weil eine deutsche Staatsbürgerin im Dienst der Regierung am heutigen Tag im Sudan gefallen ist.

Ich sage deshalb nicht gestorben, weil sie bei einer illegalen Kampfhandlung getötet wurde.«

Das Gemurmel der Journalisten wurden lauter. Einige hoben die Hand, um Fragen zu stellen.

»Ich weiß, dass Sie jetzt viele Fragen an mich haben. Ich weiß, dass Sie wissen wollen, was das für eine Kampfhandlung war. Ich weiß, dass Sie wissen wollen, wie es dazu kam. Und ich weiß, dass Sie Ihr Beileid für die Familie und Angehörigen der gefallenen Frau aussprechen wollen. All das steht Ihnen zu. Aber bitte nicht jetzt. Ich habe etwas zu sagen. Etwas, das mir wie erwähnt sehr schwerfällt. Lassen Sie mich also bei meinem Text bleiben. Ich bin fair zu Ihnen, seien Sie bitte fair zu mir.«

Kristine wartete, bis sich die Unruhe etwas gelegt hatte.

»Wie Sie wissen, hat die Bundesregierung einen Stopp sämtlicher Waffenlieferungen beschlossen. Ich war an dieser Entscheidungsfindung maßgeblich beteiligt. Doch dann wurde ich vor eine Wahl gestellt. Vor eine grausame Wahl. Unseren Nachrichtendiensten liegen Informationen über eine konkrete Anschlagsgefahr vor. Ähnlich wie in Portugal will die Terrororganisation *Liberation Fighters of Sudan* in Deutschland einen Anschlag verüben. Diese Informationen stammen von einem befreundeten Geheimdienst.« Das Wort befreundet betonte Kristine verächtlich. »Wir wissen nur, dass etwas passieren wird. Konkretere Angaben über Ort und Zeit oder handelnde Personen liegen uns nicht vor.«

Einen jungen Journalisten hielt es offenbar nicht mehr auf dem Stuhl. »Sie sprachen gerade von einer konkreten Anschlagsplanung. Das passt nicht, wenn Sie weder Ort noch Zeit kennen.«

Kristine blickte auf ihre Schuhspitzen. »Uns liegen diese Informationen nicht vor. Ich habe nicht gesagt, dass dem befreundeten Geheimdienst diese Informationen nicht vorliegen.«

»Das wurde Ihnen nicht mitgeteilt?« Der junge Journalist konnte seine Erschütterung nicht verbergen.

»Alles hat seinen Preis«, sagte Kristine. Ihre Stimme war so dünn wie Herbstlaub. »Das habe ich in kürzester Zeit auf die harte Tour lernen müssen.«

Sie blickte wieder auf den Boden. Jetzt kam der schwere Teil der Ansprache.

»Als Preis für diese Informationen sollte Deutschland eine illegale Waffenlieferung in den Sudan tätigen. Und genau das war die grausame Wahl, vor die ich gestellt wurde. Ich war es, die abwägen musste, welche Leben wichtiger sind: die Leben von Bundesbürgern hier oder die Leben vieler Menschen im Sudan, die ganz sicher bei dem folgenden Bürgerkrieg sterben würden. Ich habe mich gegen meine eigene Überzeugung gestellt. Ich habe zusammen mit anderen Personen diese illegale Waffenlieferung geplant und mit der Durchführung begonnen. Aber heute Morgen ist etwas passiert, das der Aufklärung bedarf. Dieser Zwischenfall bewog mich dazu, mich der Kanzlerin zu erklären und ihr die Gesamtumstände darzulegen. Gemeinsam haben wir entschieden, die Waffenlieferung zu stoppen und alle Verantwortlichen zur Rechenschaft zu ziehen. In diesem Moment sind schwer bewaffnete Polizisten im Einsatz. Herbert Menger, dessen Immunität aufgehoben wurde, wird in diesem Moment festgenommen. Seine Wohnung und Diensträume werden nach Beweisen durchsucht. Weiterhin wird Elisabeth Hohenstahl polizeilichen Maßnahmen zugeführt, genauso wie eine Reederei in Hamburg, die die Waffen in den Sudan transportieren sollte.«

»Aber was ist mit dem Terroranschlag?«, fragte ein Journalist.

»Das Bundeskriminalamt hat gemeinsam mit den Staatsschutzdienststellen der Länder und den Verfassungsschutzbehörden sowie dem Bundesnachrichtendienst die Ermittlungen aufgenommen. Die Beamtinnen und Beamten prüfen die uns vorliegenden Informationen in der Hoffnung, den Anschlag verhindern zu können.«

»Und was, wenn das nicht gelingt?«

Was sollte Kristine darauf antworten? Konnte sie Verständnis dafür erwarten, dass ein Rechtsstaat nur dann ein Rechtsstaat war, wenn er sich selbst treu blieb, wenn er für die Wahrung seiner Prinzipien den Tod von Bürgerinnen und Bürgern in Kauf nehmen musste?

»Wir Politiker bekommen durch die Wahl in den Bundestag von den Bürgerinnen und Bürgern einen Auftrag. Jeder kann nur darauf vertrauen, dass wir diesen auch erfüllen. Man könnte jetzt argumentieren, dass es nur Vertrauen ist, aber das ist nicht richtig. Vertrauen ist die Basis der Demokratie. Vertrauen muss wachsen. Und deswegen muss politisches Handeln genau darauf ausgerichtet sein. Es darf das Vertrauen des Bürgers niemals gefährden. Die Bürgerinnen und Bürger Deutschlands müssen jede politische und juristische Entscheidung voraussehen können. Sie müssen sicher sein. Ich habe mit meinem Handeln dieses Vertrauen mit Füßen getreten. Ich habe geglaubt, das Richtige zu tun, das war es aber nicht. Vertrauen wir also jetzt auf unsere Ermittlungsbehörden, die mit Hochdruck an diesem Sachverhalt arbeiten, um Leben zu schützen.«

Natürlich würden jetzt Stimmen laut werden, die auf eine Aufweichung der demokratischen Prinzipien pochen würden, um einen terroristisch motivierten Anschlag zu verhindern. Und natürlich verstand Kristine die Beweggründe dieser Menschen. Aber woraus würde die freiheitlich demokratische Grundordnung bestehen, wenn es Ausnahmen davon gäbe? Gäbe es dann auch Ausnahmen vom Artikel 102 des Grundgesetzes, vom Verbot der Todesstrafe in Deutschland? Nein, das durfte es nicht geben, denn dann würde Deutschland sich nicht mehr von den Ländern unterscheiden, die sich in letzter Zeit von einer Demokratie langsam in eine Diktatur gewandelt hatten.

»Und was ist mit Ihnen?«, fragte der junge Journalist.

»Mit mir? Ich habe die Kanzlerin gebeten, meine Immunität aufzuheben. Ich werde mich ebenfalls den strafrechtlichen Konsequenzen meines Handelns stellen. Ich danke Ihnen für die Aufmerksamkeit.«

68

Dortmund, 17:13 Uhr MEZ

HELENA PETROVA stieg aus dem Auto, überquerte die schmale Straße und ging vorbei an überfüllten Mülltonnen und einer alten Couch, die so siffig war, dass sie sich nicht einmal mit einem Taucheranzug daraufsetzen würde. Aber da saß jemand, eine alte Frau. Obwohl es nicht kalt war, trug sie einen braunen Mantel mit Strickkragen, braune Lederhandschuhe und eine Mütze mit Zierschleife. Es waren wohl Relikte aus einem anderen Leben, neben ihr standen Plastiktüten voller Glasflaschen. Was war das für ein Land, das diejenigen vergaß, die sich um das Land verdient gemacht hatten? Helena grüßte die alte Dame und ging weiter. Vor dem Haus mit der Nummer 23 blieb sie stehen. Die Tür zum Hausflur stand offen, aber niemand war zu sehen. Aus einem offenen Fenster drang die Stimme des Radiomoderators. Er schwärmte vom Fußballklassiker Deutschland gegen England, der am Abend erneut ausgetragen werden sollte. Wieder einmal ging es um das berühmte Wembley-Tor.

Helena lehnte sich gegen einen verkümmerten Baum und holte das Smartphone hervor. Nach dem vierten Freizeichen wurde das Gespräch angenommen.

»Ich bin jetzt vor dem Haus«, sagte sie.

»Der Deal ist geplatzt«, sagte Fitzgerald.

»Also lassen wir ihn?« Sie blickte die Fensterfront hinauf. Irgendwo dort wohnte Tariq, der in etwas mehr als drei Stunden einen Terroranschlag verüben wollte.

»Was, meinen Sie, sollen wir tun?«

Es war eine rhetorische Frage, das wusste Helena. Fitzgerald würde niemals die Kontrolle abgeben. Er hatte immer einen Plan. Und auch die scheinbar absurdesten Entscheidungen führten später zum Ziel: mehr Macht.

»Lassen Sie es nicht wie einen Unfall aussehen, aber beseitigen Sie die Beweise, dass er der Attentäter gewesen wäre. Die Deutschen sollen glauben, die Anschlagsgefahr bestünde weiter.« Fitzgerald beendete das Gespräch.

Helena blickte noch einmal zu der alten Frau, die gedankenversunken einfach nur dasaß. Verdient hätten sie es, dachte Helena. Was war das für eine Gesellschaft, die Millionären zujubelte, während alte Menschen, denen Respekt gebührte, zum Müllsammeln gezwungen waren? Sollten sie doch alle verrecken, während sie jubelten und ihre reichen Götter anbeteten. Aber das passte offenbar nicht in Fitzgeralds Plan. Oder hatte er ausnahmsweise eine menschliche Regung? Ein Gewissen? Wahrscheinlich nicht. Helena betrat den Flur. Es roch nach gebratenem Essen und Reinigungsmittel.

Tariq wohnte in der vierten Etage. Die Wohnungstür war nur angelehnt. Helena griff unter ihre kurze Jacke. Das Gefühl, eine Waffe in der Hand zu haben, beruhigte sie. Mit der Mündung zum Boden betrat sie die stille Wohnung. Es war totenstill. In der Küche fand sie Tariq bäuchlings auf dem Boden. Arme und Beine waren verkrampft, als wäre er einen grausamen Tod gestorben. Helena konnte keinen Puls erfühlen. Als sie aus dem Augenwinkel eine Bewegung wahrnahm, wirbelte sie herum. Vor ihr stand ein Mann im dunkelblauen Anzug und mit braunen Schuhen. Wegen seines dunklen Teints vermutete sie, er sei Araber. Er kam ihr bekannt vor. Deswegen drückte sie nicht sofort ab.

»Lange nicht gesehen, Yvonna.« Er hatte eine dunkle, angenehme Stimme.

Jetzt fiel es ihr ein! Salman. Auch wenn das wahrscheinlich nicht sein richtiger Name war. Er kannte ihren ja auch nicht. Salman war vom al-Muchabarat al-'Amma, dem saudischen Geheimdienst. Sie waren sich schon ein paarmal über den Weg gelaufen, hatten aber niemals auf derselben Seite gestanden, obwohl sie zumindest ähnliche Interessen gehabt und deshalb zusammengearbeitet hatten.

Helena senkte die Waffe, steckte sie aber nicht weg. Sie deutete auf Tariqs Leiche. »Ist er überflüssig geworden?«

Salman zuckte mit den Schultern. »Wir haben, was wir wollten. Ein Anschlag in Deutschland lag deshalb nicht mehr in unserem Interesse.«

Helena steckte die Pistole nun doch weg. »Dann muss ich mir die Hände nicht dreckig machen.«

»Wieder einmal gleiche Interessen?« Er grinste.

»Sozusagen.«

»Eigentlich könnten wir mal gemeinsam etwas essen.«

»Bei Kerzenlicht und Rotwein?«

Irgendetwas vibrierte. Salman blickte auf seine Smartuhr. »Wir müssen weg. Offenbar haben wir die Deutschen unterschätzt.«

»Haben Sie Tariq ermitteln können?«

»Sieht ganz so aus.«

Sie gingen gemeinsam die Treppe hinab. Nicht extrem schnell, aber in gebotener Eile. Vor der Haustür blieben sie kurz stehen.

»Bis bald?«, fragte Salman.

»Wird sich wohl nicht vermeiden lassen.«

Sie gingen in entgegengesetzte Richtungen davon. Als Helena wieder bei der alten Frau war, rauschten schwarze Vans heran. Noch bevor die Fahrzeuge stoppten, wurden die Schiebetüren aufgerissen. Männer in schwarzen Polizeiuniformen und Sturmhauben sprangen heraus und rannten in den Flur des Hauses mit der Nummer 23.

69

Berlin, 01:26 Uhr MEZ

WIEBKE MEINERT und Uwe Templer trafen sich unter einer Autobahnbrücke. Er lehnte an der mit hässlichen Graffiti beschmierten Wand und hatte die Hände in den Manteltaschen vergraben. Die Bogenlampen spendeten trübes Licht. Er wirkte wie ein Agent des Kalten Krieges, ein Relikt längst vergangener Zeit, überaltert und müde. Als Wiebke sich näherte, drückte er sich von der Wand ab. Für die Zeit eines Atemzugs wirkte Templer wie ein Vater, dessen Tochter weit nach der vereinbarten Zeit von der Disco nach Hause gekommen war, besorgt und beruhigt zugleich.

»Ich freue mich, Sie zu sehen«, sagte er.

In diesem Moment dachte Wiebke kurz darüber nach, ihn zur Begrüßung zu umarmen. Sie ließ es bleiben, lächelte ihn aber dafür an.

»Gibt es Neuigkeiten?«, fragte sie.

»Sie meinen, bis auf die Tatsache, dass wir die Tommys zwei zu null nach Hause geschickt haben?«

Wiebke runzelte die Stirn. »Wovon sprechen Sie?«

»Das Länderspiel.« Er betonte es so, als müsste sie so was wissen. »Gestern Abend in Dortmund.«

»Davon habe ich keine Ahnung. Ist mir auch egal.«

Er winkte ab. »Die schönste Nebensache der Welt. Das Spiel

sahen achtzigtausend Menschen live im Stadion und fast neun Millionen vor den Fernsehern zu Hause.«

»Warum erzählen Sie mir das?«

»Ziemlich viele Zuschauer für einen verheerenden Terroranschlag.«

»Das war das Ziel?«

Templer nickte. »Auf die deutschen Sicherheitsbehörden ist Verlass. Aber der mutmaßliche Terrorist war schon tot, als die Polizei eintraf. Ihm wurde Gift injiziert, genau wie dem Attentäter von Monchique.«

»Geheimdienst?« Wiebke verschränkte die Arme.

»Sieht schwer danach aus. Ich tippe auf die Saudis. Es ist ihre Art, so zu töten, und sie haben, was sie wollen.«

»Und das wäre?«

»General Nasir ist wieder auf Kurs. Der Sudan hat sich der Allianz gegen den Iran angeschlossen. Unseren Geheiminformationen zufolge verlegen die Saudis Truppen nach Khartum, um von dort gegen die *Liberation Fighters of Sudan* vorzugehen. Erste Missionen gegen die Terroristen wurden der Weltöffentlichkeit schon präsentiert. Die Saudis gehen mit gnadenloser Effizienz vor.«

»Die machen sich nicht einmal die Mühe, zu verschleiern, dass sie alles schon vorher wussten.«

Templer nickte. »Und der saudische Botschafter wird nicht müde zu betonen, dass sein Land gegen den Terror in der Welt kämpft, um auch Deutschland sicherer zu machen. Schließlich wäre es beinahe zu einem verheerenden Terroranschlag gekommen.«

»Lassen Sie mich raten, die Saudis wollen wieder Waffengeschäfte mit Deutschland machen.«

»Wie es aussieht, werden sie erfolgreich verhandeln. Die Regierung denkt über eine Lockerung der Ausfuhrbeschränkungen nach.«

»Das ging schnell.«

Templer nickte. »Hier ganz in der Nähe gibt es eine kleine Kaffeebude, die Nachtschwärmern wie uns sicher noch etwas verkauft. Vielleicht nutzen Sie die Gelegenheit, mir mal einen Becher auszugeben.«

»Von mir aus. Aber ich kann mich nicht daran erinnern, dass Sie mir jemals einen Kaffee spendiert haben.« Wiebke lachte, und es tat gut. Ihr Lachen hallte von den Wänden der Unterführung wider.

Die drei schwarzen BMW kamen aus dem Nichts. Das Quietschen der Reifen übertönte Wiebkes Lachen. Die Autos spuckten Männer in dunklen Anzügen aus, die sie und Templer sofort einkesselten. Fluchtmöglichkeiten waren nicht mehr vorhanden, weder sie noch Templer bewegten sich. Nun wurde eine weitere Tür geöffnet. Ein älterer Mann im braunen Trenchcoat stieg gemächlich aus.

»Guten Morgen zusammen«, sagte er mit einem südländischen Akzent. »Schön, dass ich Sie hier treffe.«

»Wer sind Sie?«, zischte Wiebke.

Er zuckte mit den Schultern. »Ich habe so viele Namen. Zuletzt war ich José Eduardo. An meinen neuen Namen habe ich mich noch nicht gewöhnt. Er klingt italienisch, dabei hasse ich Italien.«

José zündete sich eine Zigarette an, nahm einen tiefen Zug und blies den blauen Dunst wieder aus. »Viel wichtiger ist aber, was für ein Mann ich heute bin. Wollen Sie das wissen?«

Wiebke merkte, wie Templer sich anspannte. »Bereit?«, flüstere er.

Ihm war also auch klar, dass das Unvermeidliche bevorstand. Es beruhigte Wiebke, dass Templer nicht kampflos aufgeben würde. Sie wägte ihre Chancen ab. In ihrem Rücken stand ein Fahrzeug, sie sah drei Männer. Vor ihr waren zwei Autos mit sieben Männern. Der Fluchtweg war klar.

»Und was für ein Mann sind Sie heute?«

José nahm noch einen tiefen Zug, dann warf er die halb aufgerauchte Kippe auf den Boden. Kleine Steinchen knirschten unter seiner Schuhsohle, als er die Glut austrat.

»Sie haben wirklich mächtige Menschen verärgert. Fitzgerald will sich dafür bei Ihnen revanchieren. Und er bekommt immer das, was er will.«

»Und Sie sind sein Arsch vom Dienst?«

»Charmant bis zuletzt.«

»Ich weiß es!« Wiebke zeigte mit dem Finger auf ihn. »Sie sind der Mann, der Filmzitate klaut.«

»Ich bin der Mann, der Sie heute tötet!«

Templer wirbelte herum. Er hatte eine Beretta in der Hand und feuerte sofort los. Die drei Männer in Wiebkes Rücken gingen in Deckung. Sie sprintete zum Auto, während ihr Projektile um die Ohren pfiffen. Sie schlitterte über die Motorhaube und direkt in den ersten Mann hinein. Templer war dicht hinter ihr. Er schaltete den zweiten Mann mit gezielten Schüssen aus. Dem letzten Angreifer warf er die leer geschossene Pistole an den Kopf. Schüsse hämmerten in den BMW. Geduckt rannten Templer und Wiebke los. Quer über die Straße zur Böschung. Dort musste es Deckung geben. Scheinwerferlicht blendete sie. Ein Fahrzeug raste auf sie zu. Templer stieß Wiebke zur Seite. Während sie sich abrollte, sah sie, wie Templer vom Auto erfasst und in die Luft geschleudert wurde. Sein Körper schlug hart auf der Straße auf. Er bewegte sich nicht mehr.

Sie wollte zu ihm, aber Schüsse schlugen vor ihr in den Asphalt ein und drängten sie zurück. Sie rannte weiter zur Böschung, aber ihre Verfolger ließen nicht locker. Oben an der Böschung waren Baumreihen zu erkennen. Sie rannte, bis sie der Wald verschluckt hatte. Sie rannte immer weiter, bis sie nicht mehr wusste, wie lange sie gerannt war. Den Wald hatte sie hinter sich gelassen, statt der Bäume war sie nun von Häusern umgeben. Irgendjemand hatte offenbar die Polizei gerufen. Sirenen zerrissen die Stille. Das verschaffte ihr die Zeit, die sie brauchte, um unterzutauchen.

Kraftlos taumelte sie in einen Hinterhof. Zwischen zwei Müllcontainern rutschte sie auf den Boden. Ihr liefen die Tränen. Vor Erschöpfung. Das redete sie sich ein. Da war aber auch die Trauer um Uwe. Immer wieder sah sie vor sich, wie das Auto ihn in voller Fahrt erfasste. Uwe war tot, daran gab es keinen Zweifel. Und es gab auch keinen Zweifel daran, dass sie es auch bald sein würde. Die Polizeisirenen waren kaum verklungen, als sie Schritte hörte. Die Verfolger suchten sie gnadenlos. Wiebke huschte aus ihrem Versteck und duckte sich zwischen geparkte Autos. Auf der anderen Straßenseite erkannte sie eine Mauer, die offenbar zu einem Friedhof führte. Schlagartig wurde ihr klar, wo sie war.

Wiebke kletterte über die Mauer und rannte zum Grab ihrer Schwester. Dort zu sein fühlte sich an, als wäre sie im Himmel und in der Hölle zugleich. Ihr Verstand sagte ihr, dass Saskia tot war. Es gab keinen vernünftigen Beweis dafür, dass ihre Zwillingsschwester noch lebte.

»Weißt du, Saskia?« Sie schloss kurz die Augen und rief sich ins Gedächtnis, wie lächerlich Saskia das Selbstgespräch gefunden hätte. »Du warst der wichtigste Mensch in meinem Leben, auch wenn ich es nicht zugeben wollte. Du fehlst mir, und ich vermisse dich so sehr, dass es wehtut.« Sie ertastete die Inschrift des Grabsteins. *Das Schicksal nennt keine Gründe.*

Wiebke zuckte zusammen. War da nicht ein Knacken? Sie verharrte auf dem kalten Boden, zwang sich, keine hektischen Bewegungen zu machen. Atmete flach und horchte in die wieder eingekehrte Stille hinein. Aber der Friedhof schwieg. Sie spannte jeden Muskel an, konzentrierte sich. Diese Verfolger gehörten zweifelsohne zu den Old Men. Wie hatten die sie finden können? Wiebke hatte alles getan, um sie abzuschütteln.

Normalerweise war sie gut darin, unsichtbar zu werden, um dann wie ein Geist ihre Gegner auszuschalten. Aber jetzt wurde sie von Geistern heimgesucht. Ihre Verfolger schlichen sich an. Das bedeutete nichts Gutes. Das bedeutete es nie.

Ihre Sinne schärften sich. Der Geruch feuchter Erde stieg ihr in die Nase. Die Kälte wurde noch intensiver.

Der Lichtstrahl einer Taschenlampe durchschnitt das Nachtgrau, strich über Grabsteine und verharrte schließlich auf ihrem Oberkörper. Das Licht blendete sie.

Die Verfolger hatten sie gefunden.

Das Ende war unvermeidlich.

»Wir sehen uns, große Schwester. Gleich bin ich bei dir.«

Nein! So durfte es nicht enden. Nach all dem, was sie erlebt hatte? Wie häufig hatte sie mit dem Tod gespielt. Mit hohem Einsatz, mit dem höchsten Einsatz. Und auch, wenn sie alle diese Spiele für sich entscheiden konnte, war sie gestorben. Immer ein Stück mehr. So durfte es also nicht enden. Wiebke ging in die Hocke. Die Schritte kamen näher. Katzenhafte Schritte. So, wie sich ein gedungener Mörder an sein Opfer heranschleichen würde. Aber warum dann die Taschenlampe? Heimlichkeit und Licht passten nicht zusammen. Das alles hier war ein Geschäft der Dunkelheit. Wiebke atmete flach. Sie brauchte den richtigen Moment. Die lange Flucht forderte ihren Tribut. Für einen langen Kampf reichten die Kräfte nicht mehr. Erst recht nicht gegen einen Profi. Und das waren sie, die Männer von diesem José.

Nun waren die Schritte ganz nah. Sie verharrten an Saskias Grabstein. Der Lichtstrahl war dorthin gerichtet, wo Wiebke bis vor ein paar Atemzügen noch gewesen war.

»Deine Zeit läuft ab«, sagte eine bekannte Stimme. »Komm raus, und bring es hinter dich.«

Er hatte recht. Aus der Ferne hörte sie Motorengeräusche, die sich dem Friedhof näherten. Selbst wenn sie diesen Mann am Grab ihrer Schwester töten würde, hätte sie kaum eine Chance, den Verfolgern zu entkommen. Sie war in die Enge getrieben. Wie ein wildes Tier von den Jägern in die Enge getrieben wird, um es zu erlegen. Aber Wiebke würde wie eine einsame Wölfin bis zum Schluss kämpfen. Sie kam hinter dem Grabstein hervor und lauerte auf ihre letzte Chance. Sie hatte nur einen Schlag. Und der musste tödlich sein.

»Was machst du hier?«, fragte sie ihn.

David drehte sich zu ihr um. In der einen Hand hielt er die Taschenlampe, in der anderen eine P99.

»Bitte, Wiebke, hör mir zu!«

Sie schüttelte den Kopf. »Ich bereue jede Sekunde, die ich mit dir verbracht habe.«

Die Worte taten ihm weh. Das konnte sie an seinem Gesichtsausdruck erkennen. Vielleicht hätte es zwischen ihnen was werden können. Nicht so etwas, was man in der Werbung für Bausparverträge oder Babynahrung sah. Aber eventuell etwas gleich Wertvolles? Ein Zusammensein, das sich wie ein neutraler Tempel anfühlte, in dem Feinde wider Willen einander die Wunden lecken und das wahre Leben spüren konnten. So wie in diesem Motelzimmer. Diese gemeinsame Zeit hätte überall hinführen können. Aber sie hatte genau hierhin geführt. In eine Sackgasse.

Die Motorengeräusche verstummten. Autotüren wurden zugeschlagen. Die Old Men kamen. Jetzt endete es.

»Die sind uns dicht auf den Fersen. Los jetzt!«

»Was willst du von mir?«

»Dir den Arsch retten! Wir haben keine Zeit für Erklärungen.« Er drängte sie in Richtung Straße. Dort war ein hoher Zaun. Wiebke zog sich hoch. Er war schon halb drüber, als die Verfolger ins Sichtfeld kamen. Sie rannten auf den Zaun zu.

»Beeil dich!«, trieb Wiebke ihn an.

Schüsse peitschten. David hielt mitten in der Bewegung inne

und fiel dann zurück ins Gras. Mit letzter Kraft richtete er sich auf und reichte ihr einen USB-Stick.

»Deine Schwester ...« Er hustete. »Sie lebt.«

Wieder waren Schüsse zu hören. Die Treffer erschütterten seinen Körper. David starb im Kugelhagel.

Willkommen im Haus der Ewigkeit. Wiebke schenkte David ein letztes Lächeln. Dann rannte sie zur Straße.

Eine dunkle Limousine raste heran und hielt dicht neben ihr. Die Beifahrertür wurde aufgestoßen.

»Einsteigen!«, schrie Bellheim.

Wiebke zögerte.

»Für so was haben Sie keine Zeit. Einsteigen oder sterben!«

Bellheim hatte recht. Ihre Verfolger waren gefährlich nahe. Es war ihre Entscheidung. Hier sterben oder bei dem Mann einsteigen, dem sie am allerwenigsten auf der Welt vertraute.

Saskia lebt! Und ich werde sie suchen. Auch wenn es das Letzte ist, was ich tue.

Wiebke sprang in den Wagen.

EPILOG

Unbekannt, 08:25 Uhr

GUTEN MORGEN, Herr Liebknecht.« Fitzgerald begrüßte den Professor auf der Veranda. »Genießen Sie das Paradies?«

Professor Liebknecht betrachtete das ferne Strandpanorama. Die seichten Wellen, die den hellen Sand liebkosten, und die Palmen, die Schatten spendeten. Es roch nach exotischen Pflanzen und nach dem Salz des Meeres.

»Ein wundervoller Ort«, sagte er zu Fitzgerald.

Dieser stützte sich auf das Geländer. »Es wird Zeit, dass Sie unseren anderen Gast treffen.«

»Ich hatte schon das Vergnügen, wenn auch nur kurz.«

Die beiden Männer gingen die Veranda entlang, bis sie zu einer riesigen Terrasse wurde, die hoch über dem brandenden Meer auf einer Felsenklippe thronte. Unter einem hellgelben Baldachin saß eine Frau. Sie hatte es sich auf einem Stuhl gemütlich gemacht und blickte in die Ferne.

»Sie haben Besuch, Frau Meinert«, sagte Fitzgerald.

Saskia drehte sich zu den Männern um. »Ich hatte mir schon beinahe gedacht, dass Sie es sind, als das Propellerflugzeug landete.«

»Wie das denn?«, fragte Professor Liebknecht.

»Ich hörte das Echo des Verrats.«

DANK

ZUALLERERST MÖCHTE ICH mich bei den Menschen bedanken, die für ein Buchprojekt wahnsinnig wichtig sind. Nämlich bei Ihnen, liebe Leserin und lieber Leser. Ich hoffe, ich konnte mein Ziel erreichen: viel Spaß und spannende Unterhaltung.

Ich möchte mich auch bei Irene Mihalic, Katja Keul, Frithjof Schmidt und Rainer Kahrs bedanken. Ohne eure Antworten würde ich wahrscheinlich noch jetzt in der sudanesischen Savanne umherirren.

Ein herzliches Dankeschön geht an meine Testleserin Amelie Kühn.

Zum Schluss möchte ich mich auch bei meiner Familie bedanken. Ohne euer Verständnis hätte dieses Romanprojekt nicht realisiert werden können.